21. 12.

한 희정

행복하세요. 매일매일
다른 누가 아니라 진짜 내 마음으로 ♥

연모
2

한희정 대본집

연모 2

초판 1쇄 발행 2022년 1월 13일
초판 2쇄 발행 2022년 2월 10일

지은이 | 한희정
펴낸이 | 金湞珉
펴낸곳 | 북로그컴퍼니
책임편집 | 전설
디자인 | 김승은
주소 | 서울시 마포구 와우산로 44(상수동), 3층
전화 | 02-738-0214
팩스 | 02-738-1030
등록 | 제2010-000174호

ISBN 979-11-6803-021-3   03810
Copyright © 한희정, 2022

· 이 책의 원작은 만화 〈연모〉(이소영/대원씨아이)입니다.
· 표지 및 내지에 수록된 사진 저작권은 KBS에 있습니다.

· 블로그: blog.naver.com/blc2009
· 인스타그램: @booklogcompany
· 페이스북: facebook.com/blc2009
· 유튜브: 북로그컴퍼니

한희정 대본집

연
모 戀慕 2

북로그컴퍼니

스무 편의 대본을 쓰기 위해 모니터 앞에 앉아 바라보았던 스무 번의 텅 빈 그 여백보다, 작가의 말을 쓰기 전인 지금 이 순간이 어쩐지 더욱 아득하고 어렵게만 느껴집니다. 대본집을 내는 일이 제게는 〈연모〉라는 드라마와 아름답게 작별하는 이별의 한 과정인 것만 같아 오래도록 빈 여백을 채우지 못한 채 손가락을 들어 글을 썼다 지우기를 반복하며 화면 위를 서성입니다.

그러는 사이 해는 저물고, 창밖으론 도시의 조명이 별빛처럼 반짝입니다.
그리고 그 불빛이 어느 바닷가 마을에 뜬 별빛이라 생각하며 괜히 휘와 지운이를 떠올려 봅니다. 파도 소리가 들리는 바다 앞 작은 집에서 밥을 짓고, 사람 사는 냄새를 풍기며 행복하게 살고 있을 두 사람을 생각하면 그래도 다행이라는 생각이 듭니다. 오래 아팠던 아이들이니 오래 행복했으면 좋겠습니다. 언젠가 지운이가 휘에게 해 주었던 그 말처럼, 단 하루가 아니라 매일매일...
그렇게 정말 살아 있는 사람처럼 기억 된다면 더없이 좋겠다는 생각을 합니다.

드라마 대본은 영상이 되기 위해 쓰여진 글입니다.
영상이 되지 못했다면 사라졌을 이야기를 세상에 내놓을 수 있게 애써 주신 많은 분들이 계십니다. 한 분 한 분 소중한 그 이름들을 모두 적어 내려갈 순 없지만 이 자리를 빌려 감사하단 인사를 꼭 드리고 싶습니다.

부족한 대본을 가득 채워 아름다운 드라마를 만들어 주신 송현욱 감독님 고맙습니다. 감독님이 없을 때만 늘 하는 얘기지만, 제가 드라마를 시작하고 처음 함께한 분이 감독님이라서 살아가며 큰 힘이 되었습니다. 함께, 또 따로 늘 응원합니다.

저보다 〈연모〉를 더 생각하고, 더 진심이었던 훌륭한 보조작가 소영이, 진실이,
매회 엔니오 모리코네 부럽지 않은 훌륭한 음악을 만들어 주신 음악감독님,
어느 밤, "저는 〈연모〉가 너무 좋습니다, 작가님." 하며 응원과 용기를 주셨던 윤재혁 CP님, 함께 촬영하며 좋은 작품 만들어 주신 이현석 감독님 고맙습니다.
기획 단계부터 긴 시간 함께 고민하며 힘이 되어 준 한혜연 피디님, 송민주 피디님
그리고 저를 믿고 작품을 맡겨 주신 이건준 센터장님 고맙습니다.
다음 번 제주에선 제가 딱새우를 사 드릴게요.

박은빈 배우가 아닌 휘는 상상이 안 되게끔 훌륭한 연기를 보여 준 은빈 씨와
지운이보다 더 지운이 같았던 멋진 배우 로운 씨.
대본보다 훨씬 멋진 연기로 캐릭터에 생명을 불어넣어 주신 〈연모〉의 모든 훌륭한
배우님들과 뜨거운 열기와 찬 공기를 온몸으로 맞으며 좋은 드라마를 만들기 위해
현장에서 노력해 주신 〈연모〉의 모든 스태프분들께 감사와 존경의 마음을 보냅니다.

그리고 〈연모〉를 쓰느라 지난 3년 동안 드라마에 엄마를 빼앗긴(?) 우리 딸 그린
이와 제가 글 쓰는 일에 전념할 수 있게 육아를 도맡아 준 존경하는 남편 이혁하 씨,
사랑합니다.

'숏폼'이 대세인 시류에 맞지 않게 느리고 길었던 20부의 드라마를 봐 주신 시청자분들께도 꼭 감사의 인사를 드리고 싶습니다. 드라마가 끝났음에도 기꺼이 대본집을 구해 읽어 주시는 분들을 떠올리며 글을 쓰는 일에 더욱 진심을 담아야겠다고 새삼 다짐해 봅니다.

　감사하고, 또 감사합니다.

　〈연모〉는 결국 사랑 이야기고, 사람 이야기입니다.

　이 드라마가 보편의 사랑과 평범한 사람 이야기로 기억되면 좋겠습니다.

　연모하고, 연모했습니다. 모두.

일러두기

1. 이 책의 편집은 한희정 작가의 집필 방식을 따랐습니다.

2. 드라마 대사는 글말이 아닌 입말임을 감안하여, 한글맞춤법과 다른 부분이라 해도 그 표현을 살렸습니다. 지문의 경우 한글맞춤법을 최대한 따르되, 어감을 살리기 위해 고치지 않고 그대로 둔 경우도 있습니다.

3. 대사와 지문에 등장하는 말줄임표나 쉼표, 느낌표와 마침표 등의 문장부호 역시 작가의 집필 의도를 살리기 위해 그대로 실었습니다.

4. 이 책은 작가의 최종 대본으로, 방송된 부분과 다를 수 있습니다.

5. 이 책의 원작은 만화 〈연모〉(이소영/대원씨아이)입니다.

차례

"감추어진 왕
역사에서 철저히 사라져야만 했던 비극의 왕
나의 왕의 이야기다…."

만약, 우리가 기억하는 역사의 뒤편에
여자의 몸으로 왕위에 올라
역사에서 철저히 사라져야만 했던 왕이 있었다면 어떨까?

자신의 비밀을 숨긴 채 살아야 했던 비운의 왕.
그리고 그 왕을 사랑하게 된 한 사내.

왕의 스승으로 궐에 들어온 사내는
그가 여자인 줄은 꿈에도 모르는 채 비밀스러운 사랑을 시작하게 된다.
내가 사랑하는 사람이 같은 사내인 것도 모자라
감히 용안도 함부로 쳐다볼 수 없는 이 세상의 지존이라면
과연, 이 사랑은 어떻게 될까?

정체를 감춘 여자 왕 이휘와, 그녀의 스승 정지운의 '관계전복 로맨스'가
궁궐이라는 치열하고도 낭만적인 공간을 배경으로
때로는 설레게, 때로는 애절하게 그려진다.

─────※ **이휘** 조선의 왕세자

눈처럼 새하얀 얼굴에 얼음처럼 차가운 눈빛.

미소년과 미소녀의 경계에 선 듯 선이 고운 외모는 잘생겼다기보다는 아름답고, 아름답기보다는 신비롭다. 거기에 용포빨(?)을 장착하여 누구도 범접하기 어려운 위엄까지. 궐내 궁녀들의 마음을 뒤흔들어 놓기에 충분하다.

여간해서는 자신의 감정을 드러내는 법이 없는 포커페이스.

도도하고 까칠한 건 고귀한 태생인 왕세자의 기본 옵션이라 해도, 표정 없는 얼굴로 타인의 감정을 배려치 않는 독설을 마구 날려 대니 눈 호강을 하면 뭐 하나. 동궁전은 궁녀들에겐 저승사자를 모시는 곳일 뿐 언감생심 승은을 입는 건 꿈도 꾸지 못한다.

누구에게도 쉽게 곁을 허락하지 않으며, 선을 넘는 행동은 절대 용서치 않는다.

자신의 최측근 이외에는 누구도 다섯 보 이내로는 들이지 않는다 하여 궁인들 사이에서는 오보 저하, 얼음보다 차가운 성격이라 하여 동빙고 마마로 더 유명하다.

1년 365일 강박에 가깝도록 인시 반각(새벽 4시)이면 일어나 하루를 시작하는 성실함. 조강, 주강, 석강에 야대까지 시강원의 수업은 거르는 법이 없으며 왜소해 보이는 겉모습과는 달리 검이면 검, 활이면 활 무예에도 뛰어나다.

문무文武로만 따지면 누구도 따를 자 없는 완벽한 왕재라는 말씀.

아버지는 왕이요, 외조부는 조정을 주름잡는 훈구파의 거두이니 천상천하 유아

독존, 두려울 것도, 거칠 것도 없는 것이 당연할 것 같지만 사실, 그에게는 누구에게도 차마 말할 수 없는 비밀이 있었으니 바로 조선의 존귀한 왕세자 휘는... 여자다!

커다란 용포에 여인의 몸태를 숨기고서 제 자신과 끊임없이 싸우고 있는, 세자의 쌍생 여동생이자 가짜 왕세자.

혜종과 빈궁 한씨의 딸로 태어난 휘는 왕실의 쌍생은 불길의 징조라는 이유로 태어나자마자 죽어야 할 운명에 처했던 불운한 아이였다. 모친이었던 빈궁은 딸아이의 목숨을 살리기 위해 핏덩이였던 휘를 빼돌려 밖으로 내보냈지만, 운명의 장난처럼 휘는 다시 궁녀가 되어 궐로 돌아오게 된다.

우연한 기회에 자신의 쌍둥이 오빠인 세손을 만나게 된 휘는 아무것도 모른 채 그저 세손의 명에 따라 서로의 옷을 바꿔 입는 위험한 역할 놀이를 하게 되고. 쌍생 여아의 존재를 확인한 한기재는 정석조에게 여아를 죽이라는 명을 내린다.

그러나 정석조의 활에 맞아 목숨을 잃은 아이는 다름 아닌 휘의 옷을 대신 입은 제 오라비다.

한 아이라도 살리고자 했던 빈궁은 휘에게 모든 것을 털어 놓은 뒤 그녀를 세손으로 살아가게 한다. 저 혼자 힘으로는 달아날 곳도, 달아날 수도 없었던 어린 휘는 그렇게 누구도 감당치 못할 비밀을 짊어진 채 세손으로, 또 세자로 지금껏 살아왔던 것이다.

다행히 세월은 처음의 두려움과 고통까지도 익숙하게 만들어 주었고, 어느새 고통마저 일상이 되었다. 세자로 지내는 동안 행복하진 않았으나 굳이 불행하지만도 않았다. 자신을 지워야 했으나, 그 대가로 여자로 태어나서는 해 보지 못할 일들을 마음껏 할 수 있었으니 불만은 없었다.

첫사랑 소년, 지운을 다시 만나기 전까지는.

지운은 곧 깨질 것 같은 살얼음 위에 서서 끝도 없는 강물 아래를 내려다보는 휘에게 이제 그만 고개를 들어 강 너머를 보라고 용기를 준다. 그리고 언제 깨질지 모르는 얼음판 위를 함께 건너가 보자고 손을 내민다.

지운으로 인해 사람을 믿지 못하고 냉소하던 휘는 조금씩 변하게 되고, 사랑하지 않으려 굳게 닫았던 마음 역시 조금씩 열리기 시작한다.

그러나 사랑을 시작하면서, 제 모습 그대로의 여인이기를 바라면서, 왕세자 휘의 진짜 위기가 시작된다.

──❈ 정지운 시강원 사서

휘의 스승이자 휘의 첫사랑이다.

끈기, 집념, 배짱의 조선 상남자. 얼굴, 잘생겼다. 패션, 끝내준다.

싸움, 자기 말로는 조선 '제二 검'이란다. '제一 검'이 아닌 건 아직 겨루어 보지 않은 이들이 있어서 하는 겸손의 표현이라 말하는 능구렁이.

그런 자신의 뜻에 따라 저자 끝 외딴 초가에 위치한 삼개방이라는 불법시술소(?)에서 여인들의 얼굴을 고쳐 주는 의원으로 활동 중이다.

주 고객은 북촌의 고관대작 안방마님과 도성의 이름난 기녀들.

명나라에서 배워 온 그의 의술은 신통방통하기가 그지없어서 군살은 쏙 빼주고, 얼굴은 차오르는 보름달처럼, 머리는 흑단처럼, 피부는 도자기처럼 만들어 준다고 소문이 난 지 오래. 하여 삼개방엔 그를 찾는 여인들의 발길이 끊이지 않는다.

이런 그의 이력만 보자면 그저 돈만 밝히는 한량 의원 정도가 딱이겠으나, 사실 그는 사헌부 집의 정석조의 아들로, 일찍이 문과에 차석으로 급제한 화려한 스펙까지 고루 갖춘 명망가의 도련님이시다.

무엇 하나 부족할 것 없는 그가 이러한 이중생활을 하는 것엔 나름 복잡한 사연이 숨겨져 있는데, 그 이유 중 하나는 자신의 아버지 정석조 때문이고, 또 다른 하나는 자신의 첫사랑 소녀 담이 때문이다.

어린 시절, 아버지의 어두운 비밀을 목격한 지운은 이 핑계 저 핑계를 대며 변방으로, 또 명으로 떠돌았고 그렇게 출사를 미뤄왔다.

아버지처럼 살지 않겠다고 다짐한 지운은 사람을 죽이는 일이 아니라 살리는 일을 하고자 명으로 가 의술을 익혔다. 그리고 그 의술을 이용해 담이와 빈민촌 아이들을 도와주겠다 했던 약속을 지켜가고 있었던 것인데.

어느 날 제 삶에 나타나 새 세상을 눈뜨게 해주었던 한 아이...

거짓말처럼 나타나 연기처럼 사라져버린 그 아이를 이제는 잊었노라 생각했는데, 강무장에서 만난 한 여인으로 인해 또 다시 뇌리에 선명하게 그 아이가 떠오르기 시작한다.

삼개방 아이들을 구하기 위해 그토록 거부하던 궐에 든 지운은 세자시강원의 서연관이 되어 왕세자 휘를 만난다. 나라의 국본이며 지존이 될 존귀한 사내... 그런 이의 모습에서 자꾸 첫사랑 소녀 담이가 떠올라 혼란스러운 지운.

그렇게 휘의 스승이 된 지운은 세상에서 가장 이상하고 위험한…
그러나 누구보다도 아름답고 불경한… 그런 연애를 시작한다.

——❊ 이현 왕실의 종친

온화하고 부드럽다. 다정하고 다감하다.
공자의 정명에 딱 어울리는 한 사람을 꼽으라면 바로 이현이다.
자신이 있어야 될 자리가 어딘지 알고, 자신이 해야 할 일이 무엇인지 아는 사람.
교만하지 않고 예의 바르며 정도를 아는 인물로 일희일비―喜―悲하지 않으며, 남의
눈치 따윈 보지 않는 곧은 성품의 소유자다.
어린 시절, 장난삼아 세손전에 숨어들었던 이현은 휘의 비밀을 알게 된다.
처음엔 믿지 않았고, 후엔 그 사실로 인해 펼쳐질 일들이 두려웠다. 그러나 이보
다 앞선 감정은 저 작고 연약한 몸으로 얼음처럼 차가운 철갑을 뒤집어 쓴 채 자신을
감추려 안간힘을 쓰는 휘에 대한 연민이었다. 하여 이 엄청난 비밀을 끝내 누구에게
도 발설하지 않은 채 홀로 간직하기로 결심한다.
그렇게 오랜 세월, 이현은 휘의 키다리 아저씨 같은 존재가 되어 그녀를 지켜준다.
칼날 같은 구중궁궐 속 홀로 남은 소녀의 안전한 울타리가 되어 주겠다고… 할 수만
있다면 평생 휘의 충신으로 그녀의 비밀을 지켜주며 사는 것이 그의 목표다.
그러나 자신의 가장 절친한 벗, 지운이 휘를 사랑하고 있음을 알게 되면서
사랑과 우정, 그 가운데서 이현의 가슴은 소용돌이치며 흔들리기 시작한다.

——❊ 김가온 휘의 호위무사

무예로 단련된 근육질의 탄탄한 몸, 한일자로 굳게 닫힌 입술이 매력적인 사내.
언제나 무표정한 얼굴로 그림자처럼 휘를 지킨다.
말이 없고 웃음이 없다. 감정 역시 없는 듯하다.
그가 어떤 사내인지, 어떤 삶을 살아왔는지 아는 이는 없다.
그저 군령에 충실한 군인이었으며, 병조의 추천을 받아 동궁전 호위무사가 되었다

는 것 밖에는 알려진 것이 없는 사내. 그러나 한 번씩 휘를 따라 대전을 향하는 그의 눈빛은 날카롭고 서늘하게 변한다.

왕이 지키고 있는 대전, 가온은 몇 번이고 그곳으로 뛰어들어 왕의 목을 긋는 상상을 하곤 했다.

자신의 벗 하나 지키지 못한 무능한 왕...

한기재의 모략으로 아비가 비참한 죽음을 맞이한 후, 가온을 지탱한 것은 왕과 제 아비를 죽인 자들을 향한 복수심이었다. 신분을 숨기고 동궁전의 호위무사가 되었을 때 마침내 자신이 꿈꾸던 복수의 그날이 가까워 온 것에 홀로 눈물을 삼켰는데.

휘의 곁을 지키며, 가온은 조금씩 흔들리는 자신을 발견한다.

자신보다 더 차가운 얼음 갑옷 속에 스스로를 감추고 살아가는 왕세자.

자신의 소임을 다할수록 위험해지는 휘의 비밀을 알아버린 순간, 왕실을 향한 가온의 칼끝은 흔들리기 시작한다.

죽이려던 왕에게서 '자신의 사람을 지키지 못했다'라는 진심을 듣게 된 가온은 그동안 벼르던 복수의 칼을 거두고 휘의 편에 선 진정한 호위무사로 거듭나게 된다.

훗날 혜종의 죽음을 목격하는 유일한 목격자로, 휘가 왕이 된 후 혜종을 죽인 자들을 홀로 추적해 나간다.

──❈ 신소은   이조판서 신영수의 외동딸

이리 봐도 저리 봐도 부티가 좔좔 흐른다.

도도하고 콧대 높은 사대부가 아가씨.

어여쁜 외모의 절반은 타고난 것이며 또 다른 절반은 후천적 노력으로 이루어 냈을 만큼 의지가 강하고 야무진 성격이다.

뛰어난 가문에 출중한 외모, 대담한 성격까지 더해져 어떤 상황에서든 당당하고 자신감이 넘친다.

누구에게도 기죽지 않고, 어떤 상황에서도 자기 소신을 명확히 밝힐 줄 아는 신여성. 그러나 필요할 땐 적절히 여인이라는 점을 무기로 사용하고, 때로는 아버지를 뒷배 삼아 원하는 것을 반드시 제 손에 넣고야 마는 귀여운 모습도 보인다.

언제나 최고, 가장 좋은 것, 가장 높은 자리를 탐내어 여인으로서 최고의 자리에 오를 수 있는, 세자빈 자리에 욕심이 있기도 했다.

그러나 지운을 만나고, 그에게 빠지며 갖고 싶은 자리냐, 갖고 싶은 사내냐 일생일 대 고민에 빠진다.

──※ 노하경 병조판서 노학수의 늦둥이 막내딸

조금은 허술하고 백치미도 있는 귀여운 여인이다.

어렵게 본 늦둥이 막내딸 하경의 말이라면 팥으로 메주를 쑨다 해도 곧이곧대로 믿는 딸 바보 아버지 밑에서 귀하게 자란 탓에 세상 어두운 줄 모르는 티 없이 맑은 영혼의 소유자다.

소은과는 어린 시절부터 알고 지낸 친구 사이로, 수줍음 많고, 모든 일에 서툴고 부족한 자신과 달리 언제나 똑 부러지고 당찬 소은을 동경한다.

그래서 항상 주인공의 친구1이 된 느낌이나 불만은 없다.

아니, 오히려 내 친구가 예뻐서 기분 좋은 속없는 순둥이다.

그래서 소은이 아닌 자신이 중전이 되었다 했을 때는 믿을 수가 없었다.

내가 정말 중전이라고? 행복했다. 처음으로 주인공이 된 것 같은 기분 때문도 있었지만 자신의 낭군님이 될 왕, 휘는 하경이 첫눈에 반한, 첫사랑이기도 했기 때문!

하여 궐에 들어온 하경은 전하를 기쁘게 해 드리고 싶다는 일념 하나로 살아간다.

자신이 할 수 있는 모든 방법으로 휘를 행복하게 만들어 주려 애쓰고 또 애쓴다.

하경은 안다. 이제 자신의 세상에서 주인공은 소은도, 자신도 아닌 자신의 낭군님, 오직 휘라는 것을.

──※ 한기재 휘의 외조부. 좌의정

상왕上王을 만든 공신으로, 현現 왕의 장인으로, 세자 휘의 외조부로, 훈구대신들을 장악하며 권력의 정점에 서 있다.

조정의 관리 중 그의 집 문을 거치지 않은 자가 없다는 말이 공공연히 나돌 정도로 한기재의 저택엔 언제나 그의 줄을 잡으려는 선비들로 문전성시를 이룬다.

그런 이유로 간혹 젊은 선비들과 신진 세력의 정치적 공세를 받기도 하지만, 표리 부동한 조선의 얼굴을 잘 알기에 오히려 그는 더 당당하다.

제 앞길을 막는 자는 수단과 방법을 가리지 않고 처리한다. 누군가의 눈치를 보고 머리를 조아린다는 건 한기재에게 어울리는 행동이 아닌 것이다.

아쉬울 것 하나 없어 보이는 그에게도 딱 하나 아쉬운 것이 있다면 바로 제 뒤를 이을 아들의 부재다.

하여 자신의 외손이자 세자인 휘는 제 아들 대신이요, 가문의 미래다.

휘가 과거, 자신의 손으로 숨통을 끊어 놓으려던 쌍생 여아라는 사실은 꿈에도 모른 채, 오직 휘를 왕위에 올릴 그날만을 기다린다.

—— ※ **정석조** 지운 父. 한기재의 심복

옳고 그름을 판별하는 정확한 눈을 가졌으나 옳은 것이 늘 정답인 것만은 아니라 생각하는 현실적인 감각을 지녔다.

그것은 다른 말로 상황 판단과 정치적 감각이 뛰어나다는 것이 될지도 모르겠다.

그러한 자신의 판단을 바탕으로 한기재를 위시한 훈구파와 궤를 함께하고 있다.

혜종의 충신인 내금위장 윤형설과는 과거 학문과 무예를 나누는 벗이었으나, 현재는 서로의 목에 칼을 겨누는 적이 되어 버렸다.

10년 전, 쌍생 여아를 직접 처리한 자로 누구보다 예민하게 휘에 대해 의심한다.

언제나 냉철함과 냉정함을 유지하지만, 그 역시 목숨 걸고 세자를 지키고자 하는 제 아들의 행보 앞에 어쩔 수 없이 흔들리는 아버지라는 이름의 한 인간이다.

—— ※ **혜종** 휘의 父. 현現 왕

반정을 일으켜 집권한 선왕이 필요악에 의해 공신들의 권력을 키워 주는 모습을 보며, 아버지와는 다른 왕이 되길 꿈꾸었다.

그러나 쌍생아를 출산한 빈궁이 핏덩이 딸아이를 감싸 안고 살려 달라 애원했을 때, 공신들의 눈이 두려워 제 입으로 그 아이는 살릴 수 없다 말하며 제 딸을 버렸을 때, 혜종은 제 아버지와 다를 바 없는 왕이 되어 버렸다.

그렇게 죽은 딸과 세자빈에 대한 죄책감으로 평생을 살아왔다.

왕위에 오른 뒤 개혁적이고 파격적인 정치 행보로 새로운 세력을 외척으로 키우며 한기재와 정치적 대립을 시작한다.

그로 인해 휘에게 제 마음을 오롯이 보이지 못하지만, 이것이 휘를 지키고 조정을 안정시키는 유일한 방법이라 생각한다.

──❋ 윤형설   내금위장

과거 빈궁의 부탁으로 쌍생 여아인 휘를 몰래 사가로 내보내 살린 인물로 세자 시절부터 혜종을 지켜 온 왕의 호위무사다.

휘의 모든 비밀을 알고 있으면서도 자신의 주군인 혜종에게 끝끝내 알리지 않고 침묵하는 건 그것이 주군을 지키고 휘를 지키는 일이라 생각하기 때문이다.

· 왕실 사람들 ·

──❋ 원산군   이현의 형. 왕실의 종친

부드러움 속에 숨겨진 야망을 품고 있다.

부드러운 미소와 겸손한 자세로 휘를 보필하고 있으나 세자였던 아버지가 일찍 돌아가시지만 않았더라도 왕의 자리는 자신의 것이 되었을 거다 생각한다.

다정하고 다감한 이면에 서늘할 만큼 무서운 냉정함도 가지고 있는 이중적 인물.

──❋ 창운군   휘의 숙부. 왕실의 종친

종친이라는 신분을 무기로 방탕하고 광기 어린 행동을 일삼는 왕실의 문제아.

작은 일에도 쉽게 흥분하는 충동적이고 공격적인 성향으로 제 손에 피를 묻히는 것을 두려워하지 않는다.

아니 어찌 보면 오히려 그러한 가학을 즐기는 건지도 모른다.

그가 이렇듯 활개를 칠 수 있는 건 왕실 최고 어른인 대비의 비호 아래 있기 때문인데, 자신의 행동이 조정에서 문제시될 때마다 큰어머니인 대비마마에게 꾸지람을 듣지만 그뿐, 용서를 구하고 돌아서면 또다시 같은 행동을 반복하는 소시오패스적 성향을 지녔다.

——※ 대비　휘의 조모

왕실의 최고 어른으로 휘에게는 한없이 자애롭고 따뜻하지만 자신의 외척 인사들을 조정에 대거 포진시켜 세력을 만들어 온 만만치 않은 내공의 정치 9단.

왕의 유고 시 후계자를 정할 수 있다는 막강한 카드를 쥐고 누구의 손에도 놀아나지 않는 자신만의 정치를 선보인다.

——※ 중전　중전. 혜종의 계비. 휘의 계모

혜종이 휘에게 차가운 것이 자신에 대한 사랑과 자신의 아들 제현대군에 대한 신뢰라 굳게 믿고 있다.

자신이 숙의에서 중전이 되었듯, 제현대군 역시 세자가 되지 말란 법이 없다며 나약한 아들을 왕재로 키우기 위해 끊임없는 모략을 꾸민다.

——※ 제현대군　휘의 이복동생

어머니 중전과 외조부 창천군은 네가 세자의 자리를 차지해야 한다고 말하지만 정작 제현대군은 왕위에 대한 욕심이 조금도 없다.

늘 형님인 휘의 애정을 갈구해 온 제현대군은 자신의 존재 자체가 휘에게 위협이 되는 것이 고통스럽다.

──❋ 빈궁   휘의 생모

쌍생은 절대 불가하다는 왕명이 떨어졌을 때, 죽음을 위장해 쌍생 여아를 궐 밖으로 빼돌려 살렸다.

그러나 결국 아버지 한기재에게 휘의 존재를 들킨 후 조선 땅 어디에도 딸아이가 숨을 곳은 없다는 것을 깨닫고 좌절한다.

빈궁의 목적은 오로지 하나. 제 딸아이를 살리는 것이다.

· 조정 사람들 ·

──❋ 신영수   이조판서. 소은 父

합리적이고 중도적인 성향으로 한기재와 창천군, 그 어느 세력에도 속하지 않고, 오로지 자신의 신념에 따라서만 행동한다.

과묵하고 진중한 성격으로, 딸인 소은에게 엄한 아버지이지만 언제나 딸아이의 의견을 존중해 자신의 논리대로 속단하거나 속박하지 않는 존경스러운 아버지이기도 하다.

──❋ 노학수   병조판서. 하경 父

한기재 측 대신으로 관직의 무거움에 비해 말이 많고 행동 역시 가볍기 그지없다.

늦둥이 딸 하경이를 세상에서 가장 사랑하는 조선판 딸 바보.

존재 자체만으로도 완벽하고 사랑스러운 딸이 이 나라의 국모가 되어 자신의 위상을 드높여 주다니, 기특하기 그지없지만 한편으론 싸가지 없는 왕에 호랑이보다 무서운 대왕대비, 거기에 눈빛만 봐도 지려버릴 것 같은 한기재까지...

그 여린 아이가 말 한 마디, 숨 한 번 제대로 뱉어 내기 어려울까 봐 걱정이 이만저만이 아니다.

───※ **창천군** 부원군. 영의정

유순하고 부드러운 이미지로 정치적으로 큰 영향력은 없었으나, 혜종의 탄탄한 지지를 받으며 급부상하고 있다.

언젠가 자신의 외손주 제현대군이 세자를 밀어내고 왕위를 차지할 것이라고 철석같이 믿고 있다.

───※ **익선** 세손이 존경하던 강서원의 스승이자 혜종의 세자 시절 벗

극 초반 한기재와 각을 세우다 한기재의 모함에 의해 처형된다.

가온의 친부.

· 휘의 사람들 ·

───※ **홍내관** 동궁전 내관

과거 세손을 모시던 소환이었다.

세손과 얼굴이 똑같은 휘를 제일 처음 발견한 것도 바로 홍내관이었는데 어느 날 세손의 갑작스런 죽음으로 세손과 휘의 운명이 뒤바뀌자 휘의 곁에서 비밀을 지켜주며, 휘의 충직한 신하이자 가장 가까운 친구가 된다.

──❊ 김상궁 동궁전 상궁

휘에게는 어머니와 다름없는 존재로, 휘의 어머니였던 빈궁의 지밀상궁이었으나, 빈궁이 죽은 후 휘를 돌봐왔다.
휘의 출생부터 성장까지 모든 비밀의 과정을 알고 있는 인물로 언제나 노심초사 휘의 걱정뿐이다.

──❊ 양문수 시강원 보덕

휘의 스승이자, 시강원 최고 실세.
언제나 왕과 세자의 눈치를 보는 데 급급해 보이지만 조직 생활만큼은 최적화된 인물이다.

──❊ 박범두 시강원 문학

천재적인 머리... 그러나 춘방 앞에만 서면 그는 언제나 아프다.
여기가. 저기가. 여기저기가 다.
평생을 읽고 외어 온 경서들인데 세자의 앞에만 가면 눈이 빙빙 난독증이 오는 것 같은 건... 그저 기분 탓일까?

──❊ 최만달 시강원 서리

손 빠르고, 발 빠르고, 입빠르고...
여기저기 궐 소식을 물어 오는 시강원 최고 정보통, 만달통신.

❀ 김씨부인   지운 母. 정석조의 부인.

명문가 출신의 아름답고 현숙한 여인으로 소문났었으나, 아들과 남편 사이에서 속 썩느라 다소 거칠어졌다.
하지만 지운에겐 누구보다 자애롭고 든든한 지원군.

❀ 방질금   지운의 친한 동생

천진난만하고 겁이 많다.
자신과 여동생을 죽음의 위기에서 구해 준 지운을 형님으로 모시며 따른다.
궐에 든 지운을 대신해 삼개방을 운영하는 인물.

❀ 방영지   질금의 여동생

강단 있고 똑 부러지는 성격으로 철없는 오빠를 단속하느라 바쁜 소녀.
삼개방에서 못 하는 일 빼곤 다 하는 실세로, 손님몰이와 입소문의 귀재다.

❀ 구별감   대전별감

지운의 친한 형. 지운이 의원으로 활동할 당시 몰래 궐에 들어 궁녀들을 시술할 수 있게 돕기도 하고, 온갖 소식을 물어다 주는 지운의 정보통으로 활동하기도 한다.

용어정리

S#   장면(Scene)을 의미한다. 같은 장소, 같은 시간 내에서 이루어지는 일련의 행동이나 대사가 하나의 씬을 구성한다.

인서트   중간에 특정 장면을 삽입하는 것. 인물의 표정이나 동작, 이야기 흐름 상 중요한 소품 등을 의도적으로 강조해 보여주기 위해 사용한다.

(점프)   씬 중간에 장면을 급전환하는 것. 같은 장소 내에서 시간의 경과를 나타내거나 스토리 진행을 빠르게 보여줄 때 사용한다.

몽타주   따로따로 편집된 장면들을 짧게 끊어 붙여서 하나의 긴밀하고 새로운 장면을 만드는 기법을 말한다.

플래시백   회상 장면을 말한다. 지금 일어나고 있는 사건의 인과를 설명할 때나 인물의 성격을 설명하기 위해 쓰이기도 한다.

(E)   효과음(Effect)을 뜻한다. 보통 등장인물은 보이지 않고 소리만 나는 경우에 사용한다.

/cut   가까운 공간 안에서의 각도 전환을 의미한다.

F.O   페이드아웃(Fade-Out)을 의마하며 화면이 점차 어두워지면서 장면이 바뀌는 기법을 말한다.

dis.   디졸브(Dissolve)를 의미하며, 한 화면이 사라지는 동시에 다른 화면이 나타나는 기법을 말한다. 짧은 시간의 경과나 가까운 장소의 이동, 씬을 마무리할 때 사용한다.

11부

제가 틀렸습니다.

다시는 저하를 홀로 두지 않겠습니다. 다시는요.

S#1.   소은 집 마당

잔이의 시신이 마당에 눕혀져 있다. 신영수와 소은을 비롯한 가솔들 참혹한 심정으로 바라보면. 가솔 중 한 명이 잔이의 시신 위로 흰 천을 덮어 준다. 그 옆에, 피 묻은 손으로 서 있는 휘, 분노를 참을 수 없는 표정이고. 잔이를 옮겨 온 가온의 옷에도 피가 묻어 있다...
손에 쥔 창운군의 옥관자를 보는 휘, 분한 표정... 결심한 듯 밖으로 나서면.

S#2.   창운군 군저. 방 안

무언가를 숨긴 듯, 벽장문을 쾅 닫고, 손을 스윽 닦는 창운군, 병풍을 둘러쳐 벽장문이 보이지 않게 만든다. 창운군의 눈가 옆(떨어진 옥관자 부근)으로 잔이에게 할퀸 상처가 조금 보이는데, 동시에, 쾅! 방문이 열리며, 서늘한 표정의 휘가 성큼성큼 들어온다.

창운군   (조금 놀라다, 애써 태연히) 저하께서 예까지 어인 일...(이십니까)
휘   (뜯어진 옥관자 봤다. 역시구나, 눈빛 변해 멱살을 들어 올리며) 무슨 짓입니까.

창운군	갑자기 왜 이러십니까...
휘	왜 이러냐고? 사람이 죽었다... 아무 죄 없는 아이가 죽었단 말이다.
창운군	(숨이 막히는 듯 켁켁 바라보면)
휘	(죽일 듯 노려보며) 왜 죽였느냐. 죄 없는 그 아일, 왜!!!
창운군	(켁켁 숨이 막혀 발버둥 친다) 이것 좀 놓고...
휘	(죽일 듯 노려보다, 팽개치듯 멱살을 잡은 손을 놓고 쏘아본다)
창운군	(헉헉 숨을 몰아쉬고, 분한) 아무리 저하라 하나 위아래도 없이 다짜고짜 이게 무슨 짓입니까!!
휘	(창운군 앞으로 제가 주운 옥관자를 던지듯 놓는다. 서늘한) 이번만큼은 내 숙부를 절대 용서치 않을 것입니다...

앞에 떨어진 옥관자를 보는 창운군, '젠장... 이게 왜...' 불안이 이는 얼굴로 휘를 돌아본다. 휘, 창운군 쏘아보면
창운군, 낭패스러운. 귀찮게 됐다는 듯 표정 굳어지는 데서.

〈연모 11부〉

S#3. 한성부 조사실

창운군 억지로 앉혀진 듯 앉아 있다.
그 옆에 선 휘, 가온도 근처에 있고.
판윤, 난감한 듯 보고 서 있는.

창운군	(건방지게 앉아서) 말씀드렸잖습니까. 내 그 시각에 거길 지나긴 했지만, 죽인 적은 없다고요.
휘	(그 뻔뻔함에 분한 듯 보면)
창운군	내가 미쳤다고 도성 바닥에서, 그것도 백주대낮에, 노비 계집을 죽여? 그럴 가치도 없는 목숨에 왜 힘을 빼겠습니까? 아주 지나던 개가 웃지... 안 그렇습니까?

판윤	(난감한 듯 보면)
휘	허면 얼굴에 난 그 상처와 떨어진 이 옥관자는 어떻게 설명하실 겁니까.
창운군	아, 이거... 이것도 그 계집애가 지멋대로 날 할퀴어서 이리 된 것이라지 않습니까. 제 주인을 닮아 앙칼진 게... 감히 왕친인 내 몸에 상처까지 내고 말야. (판윤에게 보이며) 보입니까? 죄를 물어야 할 사람은 내가 아니라 그 계집이란 말입니다. (혼잣말처럼) 죽으면 단가. 이씨...
휘	(부들부들 겨우 주먹을 쥐고 참아 내면)
판윤	(휘 눈치 보며) 혹, 증인을 알려 주시면 데려와 문초, 아 아니. 증언을 들어보겠사옵니다. 저하.
창운군	(비웃듯 바라보면)
휘	(창운군은 상종도 않고, 판윤 향해) 죽은 아이가 자상을 입었소. 검시관을 보내어 흉기를 특정하고, (창운군 보며) 살인자의 거처를 샅샅이 뒤져 봐야 할 것입니다.
판윤	(난감하게 보면)

창운군, 휘 보란 듯 하- 황당한 웃음.
휘, 분하게 노려본다.

S#4. 온양. 골목 전경 + 지운의 거처

적당히 허름한 초가집이 사람들로 북적댄다. 메뉴판처럼 써 붙여진 종이에 '고마운 만큼 내시오. 아이와 노인은 공짜' 정도 쓰여 있고, 종이 밑으로 보이는 바구니에 각종 곡식, 식재료, 짚신 등등 빈약하게 들어 있다. 옆으로 배포 큰 손님이 주고 간 닭도 한 마리 꼬꼬대고.
주로 노인, 아이들이 많이 보이는 집 앞. 북적이며 몰려드는 사람들 사이, 한 아낙(집주인)이 마당에서 나와 사람들 줄을 세운다.

아낙(집주인)	줄들 서시오! 우리 의원께서 젤루 싫어하는 것이 새치기여~~!
손님1	여기가 한양서 온 침술가 양반네 맞지? 침술 실력이 아주 신내림 수준이라

더만?

아낙(집주인) 응. 맞게 찾아오셨어. 줄 서요. 줄 서.

평상에 앉은 지운, 한 명씩 환자를 본다. 귀가 어두운 노인 한 명, 지운 앞에 앉으면.

지운 (노인의 맥 짚고. 골치 아픈, 소리친다) 할아부지! 내가 뭐 먹지 말랬어!

노인환자 (뭐?) 부지깽이?

지운 (하...) 음시익! 먹으면 안 되는 거~!

노인환자 음시익?

지운 (끄덕끄덕) 육고기! 달달한 거! 드시지 마시라고~!!

노인환자 물고기!

지운 (하...) 육! 고기! 달달한 거!

노인환자 (아~ 알았다 알았어. 흐뭇하게 웃고 알겠다는 듯, 일어서서 가는)

지운, 뿌듯한 듯 웃는데. 노인환자, 일어서며, 보호자로 보이는 할머니에게 "육고기랑 달달한 거 많이 먹으랴" 가는. 지운, 허탈하게 일어서, 노인의 귀에 대고 다시 소리치는 데서.

(점프)
앞에 앉은 피부병을 가진 어린아이(아토피 정도) 요리조리 살펴보던 지운. 아이가 빙긋 미소 짓고, 지운도 함께 장난스레 미소 짓고.
약재 함에서 약초를 몇 개 꺼내어 썰면서, 보호자와 아이 향해 말 잇는다.

지운 미지근한 물에 이 약초를 달여서 소양증이 생긴 부위를 씻어내 주세요. 절대 긁지 못하게 하시구요. (아이 향해) 간지러울 때마다, (어금니 꽉 물고, 주먹 쥐고, 참아 내는 제스처) 으르크(이렇게) 다섯믄 세(다섯만 세).

아이가 꺄르르 웃자, 지운, 함께 예쁘게 웃고, 아이의 볼 톡 건드려 주는.

지운 할 수 있지?

아이	(끄덕끄덕) 네! (손에 곱게 쥐고 온 달걀 한 알 지운의 손에 쥐어 주며) 고맙습니다~! (일어서면)
지운	잠깐 옆에 가서 기다리고 있어~ (약재 계속 썰며)

그때 아낙(집주인)의 안내받으며 들어서는 이현. "친구시라고?" 이현 "그렇소…" 지운, 마침 발견하고.

지운	어, 현아!
이현	정지운…! (낯선 풍경에 할 말 잃은 채 보면)
지운	마침 잘 왔다 야!

지운, 어제 본 사이처럼 자연스럽게 이현을 데려와 약재 써는 자리에 앉힌다, 속성으로 약재 써는 걸 보여주며.

지운	어쩐지 꿈자리에 구렁이 한 마리가 마당에 보이더니. 귀인이 올 징조였나 보다. (뿌듯) 잘 할 수 있겠지?

뭐? 놀라 보는 이현. 그러나 얼결에 일손 돕고 있고,
이현, 열심히 약재를 썰면. 바쁘게 돌아가는 지운의 업장 모습에서.

S#5. 지운의 거처. 마당 평상 / 밤

하늘엔 별이 맑다. 마당엔 모깃불이 지펴져 있고.
마당에 눈에 띄는 꽃나무(10부 11씬 휘가 보았던 바로 그 꽃) 한 그루 옆으로, 바지 둘둘 걷어 앉은 이현과 지운. 시원한 물에 발 담그고 탁족 중이다. 두 사람, 손님들이 값 대신 치른 곡식들, 감자, 고구마, 계란 등을 쪄서 간식으로 두고 먹는다. 시원한 수정과나 술을 마시며 더위 식히는 둘. 이현, 휘익 마당 둘러보며, 생각났다는 듯.

이현	대체 이 구석까진 어찌 들어온 겐가. 골목만 몇 번을 돌았는지… (찐 감자

	정도 들고) 삼복더위에 내가 쪄 죽는 줄 알았네.
지운	그만 좀 구시렁대십시오. 군대감. 기왕 낙향한 벗을 도우러 왔으면서 뭔 말이 이리 많으실까?
이현	돕긴! 인사나 하려고 들렀더니. 이리 외진 곳인 줄 알았으면 진작 다른 곳에서 보았을 것을 말야. (고개 절레절레하면)
지운	(웃고) 꽃나무가 예쁘잖아. 시름시름 앓던 이들도 낯빛까지 화사해져 돌아간다 이거야.
이현	(나무 한 번 보고, 싱겁다는 듯 픽-) 지낼만은 한가 보다.
지운	그럼. 좋지. 물 좋고, 공기 좋고, 사람들도 좋고... 이리 좋은 줄 알았더라면 진작 올 걸 그랬다. (픽 웃는데, 조금 씁쓸해지는)
이현	(대충 알겠고, 역시 조금 무거운 마음 숨기며) 다행이다. 잘 지내 보여서 말야.
지운	(망설이다) 저하께선 잘 계시지? 별일은 없고?
이현	(여러 생각에 복잡하지만, 숨기며 얼버무리는) 궐은 걱정 마... (잠시, 지운을 보다가, 기억난 듯 뒤적이는) 아, 너희 어머니께서 가는 길에 꼭 전해 주라셨는데.
지운	어머니? (뭔가 불길한 듯 손을 탁 막으며) 뭔데? 또 이상한 거지? 우리 마님께서 또 무슨 엉뚱한...

하는데, 이현의 손에 들린 건, 조그마한 염낭.

지운	(황당한) 뭐냐 이건...?
이현	(웃으며 주는) 용한 보살께서 써 줬다고. 사용법은 알거라시던데...
지운	(받아서 열어보면, 부적이다) 후... 또 당했네 우리 어머니... 그놈의 청룡산 보살. (장난스러운 눈빛 되고) 너가 할래 현아? 이거 속곳에 달고 다니는 거거든? 어? 너 해라 너. 내가 해 줄까?
이현	(질색) 치워라.
지운	자자. 제가 채워 드리겠습니다. 나으리. 나랏일 하시는 분께서 건강하셔야지요. 예? (다가가면)
이현	야!! 손 안 치워?

둘, 탁족하던 물도 쏟고, 도망가고 잡히고 하는 데서.

S#6.   지운의 방 / 밤

지운과 이현 자리 깔고 각자 누워 있는데, 뒤척이는 지운, 생각이 어지러운
듯, 조용히 일어난다. 자는 이현을 한번 돌아보고 조용히 밖으로 나가면. 이
현, 역시 잠들지 못한 듯, 고요히 눈뜨고 문밖 지운의 그림자 보는.

S#7.   지운의 거처. 마당 / 밤

밖으로 나온 지운, 후우... 한숨 뱉어 내는 모습 어쩐지 쓸쓸하다.
휘를 떠올리듯 꽃나무를 바라보는 지운의 표정, 그 위로

인서트 / 온양 일각
이제 막 온양으로 온 듯한 지운, 거간꾼(사쾌) 사내 하나와 걸어가고 있다.

거간꾼   (이미 지친 듯) 아니, 몸 누일 곳만 있으면 된다시던 분께서 여긴 이래서 싫
        다. 저긴 저래서 싫다... 내 보니, 조선팔도 어디에도 선비님이 원하는 곳 같
        은 건 없을 듯싶습니다. (구시렁대며 걸으면)

지운, 역시 마음이 잡히지 않는 듯, 한숨으로 보는데
어느 길 끝, 지운의 눈을 사로잡는 꽃나무 하나...
10부 11씬 휘가 바라보던 그 꽃나무다.

지운   (멍하니 꽃나무 보고 서 있다가) ...저기로 하겠네.

거간꾼, 구시렁구시렁 걷다가 "예?" 돌아보면, 어느새 성큼성큼 꽃나무가 있
는 집으로 들어가는 지운. 애틋한 눈빛으로 꽃나무를 보고 선 모습에서...

다시 현재
꽃나무 아래 선 지운의 눈빛, 쓸쓸하다.

S#8.   집 앞 / 현재 / 다음 날, 아침

말이 세워져 있고, 그 옆에 선 이현. 그만 떠나려는 듯 지운 보면.

지운   (아쉬운 듯) 이렇게 매몰차게 가 버릴 거, 뭣하러 왔냐.
이현   굶어 죽을 일은 없어 보이니 됐다.
지운   (허리춤 툭 쳐 보이며) 어머니께 얘기 전해 줘. 잘 차고 다니겠다고.
이현   (웃으면)
지운   (함께 웃고, 잠깐 망설이다) 궐 사람들한테도... 안부 전해 주고.
이현   (그 마음 알겠다. 끄덕이고) 들어가. (하나둘 시끄럽게 오는 사람들 보는) 오
        늘도 바쁘겠네.
지운   (사람들 보곤, 하루가 또 시작됐구나. 으아- 기지개) 아무래도 조만간 값을
        좀 올려 받아야겠어. 영 적자다 적자. (웃으면)
이현   (마주 웃으며 말에 오르는) 또 보자.

이현이 탄 말 출발하면. 가는 뒷모습 오래 바라보고 선 지운에서.

S#9.   한기재 사저

한기재, 정석조와 마주 앉아 있다.

정석조   병조정랑이 변을 당한 곳이 병조 관청 내였다 합니다.
한기재   관청에서 살인이 났는데, 어찌 이리 조용하단 말이냐.
정석조   아무래도 내금위장의 명이 있었던 것 같습니다.
한기재   (조금 이상한) 주상께서 사건이 알려지는 걸 원치 않으신다...
정석조   (그렇다는 듯 숙이고) 이와 관련해 대감께 말씀드릴 것이 있습니다.

한기재	(뭐냐는 듯 보면)
정석조	얼마 전 스스로 목숨을 끊었던 운암을 비롯해, 죽은 함경도 관찰사 권세겸과 이번 병조정랑까지... 모두 10년 전, 익선의 추국 당시 결정적인 증언을 한 자들이었습니다.
한기재	(그 말에 보고) 허면 10년 전 익선의 일로 누군가 사람들을 죽이고 있다는 뜻인가.
정석조	(긍정하듯, 무겁게 보며) 대감께서도 당분간 조심하시는 게 좋을 듯합니다.
한기재	(언짢은 기색이 스친다. 잠시 생각하는데)
청지기	(들어와, 서찰 전하며) 대감. 창운군 댁에서 서찰을 보내왔습니다.
정석조, 한기재	(창운군이라는 말에 보면)
한기재	(받아 들어 본다. 잠시, 대수롭지 않게 덮어두고는) 익선의 일에 대해 계속 조사하고 보고하게.
정석조	예. 대감.

S#10. 동궁전. 휘의 처소

마주 앉은 휘와 이현, 다과상 두고 앉아 있다.

휘	예조의 일은 잘 끝내고 오신 겁니까.
이현	예. 마침 정사서가 자리 잡은 곳이 그 근방이라 잠시 만나고 왔습니다.
휘	(그 말에 잠깐 멈칫) 아, 그러셨군요...
이현	(잠시 망설이다) 잘 지내는 것 같았습니다. 건강히, 바쁘게요.
휘	(그렇구나...) 다행이네요.
이현	(망설이다) 저하께선 괜찮으십니까?
휘	뭘, 말씀이십니까?
이현	두 분, 꽤 막역히 지내셨잖습니까. 마음이 헛헛하실까, 해서요.
휘	(애써 마음 숨기고, 웃으며) 헛헛은요...
이현	(그런 휘를 살피듯, 조금 걱정스럽게 보면)
휘	(지운을 떠올리듯 무거운 표정에서)

S#11. 폐전각

고요한 폐전각. 잠시, 문이 열리고 들어오는 사람. 휘다.
지운의 생각에 홀로 폐전각을 찾은 휘. 지운과 함께했던 마루 끝에 앉아 가
만히 연못을 바라보는데. 어느 순간, 바람결을 따라 쨍그랑... 아름다운 풍경
소리가 들려온다.
휘, 문득 소리가 난 방향으로 고개를 들어보면, 언제부터 있었는지 처마 끝,
흔들리는 풍경 하나 달려 있고. 또다시 바람이 불어오면 쨍그랑... 맑은소리
로 흔들리는 풍경... 바라보는 휘의 눈빛이 흔들린다. 무언가 떠오른 듯... 슬
프게 굳어지는 표정 위로.

지운 (E)   풍경이요?

        # 플래시백/ 8부 49씬
        동궁전 누정에서 술을 마시는 휘, 지운, 가온, 이현이 보인다.
        화기애애한 분위기 속, 일동의 시선 휘에게 모이면.

휘   (떠올리듯 아련한) 그 소리를 들으면 그립던 어느 순간으로 돌아가는 것만
        같거든요. 아무 걱정도 없고, 아무것도 하지 않아도 되던... 아주 어릴 적 어
        느 순간으로 말이지요. (쓸쓸한 미소, 술잔을 들면)
이현   (짐작하듯 그런 휘를 본다)
가온   (역시 어떤 느낌(공감하듯)으로 무겁게 휘를 보면)
지운   (잘은 모르겠지만, 그런 휘의 표정에. 얼른 술잔 짠- 부딪히며) 이 소리와도
        비슷하지 않습니까? 좋아하시는 그 풍경 소리 말입니다. (찡긋, 부러 밝은
        미소로 보면)
휘   (그 모습에 픽 웃어버리고 만다)

        지운, 휘의 그 미소 따뜻하게 보다가, "자자, 다시 술잔들 채웁시다. 술이요
        ~" 하며 술잔 채우고. 그렇게 지운의 밝은 목소리 점점 사라지며, # 다시 현
        재

쨍그랑... 바람에 흔들리는 풍경을 바라보는 휘. 이 역시 지운의 짓이구나...
텅 빈 폐전각. 홀로 눈물을 참아 내는 쓸쓸한 모습에서.

S#12. 동궁전 마당

휘, 애써 마음을 다잡고 담담히 걸어오는데,
"저하~!" 부르며 달려오는 홍내관. 휘, 돌아보면

홍내관   저하. 한성부에 넘기신 그 창운군 대감 일 말입니다.
휘   (그 말에) 그래, 어찌 되었더냐.
홍내관   그것이... 일이 좀 어려워질 것 같습니다. (난감한 듯 보는)

S#13. 한성부. 집무실

휘, 판윤과 마주 앉아 있다. 옆엔 따라온 홍내관.

판윤   창운군 대감께선 그날, 곧바로 상헌군 대감을 뵈러 가셨다 했습니다. 상헌
        군 대감께서도 그리 증언을 해 주셨고요.
휘   (의외다) 외조부께서 말입니까?

        생각하는 휘 표정 위로 # 플래시백 / 10부 56씬

창운군   참, 그거 아십니까? 이판을 낙마시킨 공으로 상헌군 대감께서 내게 한자리
        를 주겠다 약속하셨는데...

휘   (그 때문이구나, 대충 알겠고) 흉기는, 찾아보았습니까?
판윤   그것이... (약간 눈빛 피하며) 관원들을 군저로 보내 찾아보았으나 아무것도
        발견치 못하였습니다.
휘   발견치 못한 것입니까? 발견치 않은 것은 아니고요.

판윤	(큼... 눈빛 피해 시선 돌리면)
휘	(판윤의 태도에, 역시 한기재 때문이로구나... 답답한 듯 보는 데서)

S#14. 한기재 사저 전경

홍내관, 밖에서 안의 상황이 걱정스러운 듯 지켜보고 있고.

S#15. 동. 사랑채

한기재, 입궐을 위한 의관 정제 중이다. 보고 선 휘.

휘	이유가 무엇입니까.
한기재	(관심 없이 의관 정제에만 집중한다)
휘	정녕 이판대감을 낙마시킨 일로 창운군 숙부를 비호해 주고 계시는 것입니까?
한기재	(그 말에 돌아본다) 사람도 짐승도 저를 따르는 이를 예뻐하는 법이지요.
휘	(그 말에 보면)
한기재	저하께서 노골적으로 내게 반기를 들 생각을 다 하시다니. 내 마음이 많이 상하였습니다. 상의도 없이 세자빈을 맞으려 하시다니 말이지요.
휘	그 일과 창운군 숙부의 일은 상관없는 일이지 않습니까...
한기재	(비웃듯) 내 항상 저하의 편을 들어줄 것이라, 그리 믿고 계시나 봅니다.
휘	(보면)
한기재	내가 저하의 사람이 아니라, 저하가 나의 사람인 것을... 여즉 헷갈리시나 봅니다.

청지기, 들어와 "가마가 준비되었습니다. 대감" 하면, 한기재, 휘를 한 번 보고 돌아서 나간다. 휘, 분한 듯 주먹이 떨리고.

S#16. 한기재 집. 마당

한기재, 밖으로 나서면 얼른 예를 갖추고 물러나는 홍내관.

휘　(가는 한기재 본다. 생각 정리하고) 자은군 형님을 좀 뵈어야겠다.

홍내관　(보다가, 가는 휘 얼른 따르는 모습에서)

S#17. 도성 거리 일각

한기재가 탄 가마가 궐로 향한다. 멀리서 지켜보는 누군가의 시선, 복면의 가온이다. 활을 들어 조준하는 가온, 한기재에게 정확히 겨눠지고, 잠시, 긴 장된 숨을 참듯 탕- 활을 날린다.
한기재에게로 곧바로 날아가는 화살. 그러나 챙- 동시에 어디선가 등장한 정석조가 칼로 활을 막아낸다. 놀라 바라보는 가온.
가마꾼들 역시 놀라 가마를 멈추면.

한기재　(돌아보며) 무슨 일이냐.

정석조　자객입니다. 대감. 어서 피하시지요. (호위무사들에게) 대감을 모시거라.

한기재, '자객?' 조금 놀라보면, 호위무사들, 한기재의 가마를 둘러싼다. 정석조, 그대로 가온이 사라진 방향으로 달려가는.

S#18. 동. 일각 골목

한기재를 향해 다시 한번 활을 날리는 가온. 그러나 가온의 위치를 확인한 정석조, 활 하나를 더 막아내며 가까워져 온다. 가온, 마지막 시도로 활을 들어 한기재를 겨냥하려는데, 가마꾼과 호위무사들에 가려져 한기재가 보이지 않고. 어쩔 수 없이 활을 내리는 가온. 그러나 어느새 다가온 정석조가 가온을 공격한다. 칼을 꺼내 드는 가온, 정석조와 몇 번의 대치가 오가다 어깨쯤 상처를 입고, 주춤, 위기를 맞는 순간! "무슨 일이냐!" 뒤에서 나는 소리에, 급히 달아나기 시작한다. 동시에 가온을 따라 달려가려는 정석조의 앞으로 윤형설과 휘하 군사 몇이 다가와 막아선다.

윤형설	(막듯이 나서며) 자네가 여긴 어쩐 일인가.
정석조	좌상대감을 노린 수상한 자가 있었습니다. 말씀은 다음에 드리지요. (다시 가려는데)
윤형설	(막아서며) 수상한 자라니. 이곳엔 아무도 없었네.

인서트 / 상처를 움켜쥔 가온. 벽 뒤에 몸을 숨긴 채 자신을 돕는 듯한 윤형설을 본다.

정석조	(막아서는 윤형설을 이상한 듯 본다. 이미 사라진 가온의 모습 확인하고, 더욱 의심스러운) 내금위장이야말로 이 시간에 왜 하필 이곳에 계시는 것입니까.
윤형설	궐 밖 순시를 돌고 있었네.
정석조	참으로 이상한 일이군요. 내금위장께서 직접 이곳까지 나와 순시를 돈다니... (의미심장하게 보면)
윤형설	수상한 자가 있으면 내가 잡아들일 터이니, 자넨 그만 돌아가 보게.

정석조, 윤형설이 분명 무언갈 숨기고 있음을 느끼듯 바라본다.
마주 보는 두 사람의 눈빛.

일각, 가온, 자신을 비호한 윤형설을 보며 뭔가 이상하다는 눈빛... 곧 급히 몸을 숨기듯 자리를 벗어나는 데서.

S#19. 혜종의 처소

윤형설, 예를 갖추고 들어와 혜종에게 보고한다.

윤형설	김가온 그자는 무사히 빠져나갔습니다.
혜종	그래. 수고하였다.
윤형설	(걱정되는) 그자를 계속 궐에 두실 생각이십니까. 전하께서도 위험하실지 모릅니다.
혜종	(고민이 깊은) 내 다시 말할 때까지, 그 아이를 잘 지켜보거라. 더 이상 누구도 다치는 일은 없도록 해야 할 것이다.

S#20. 동. 복도

윤형설, 무거운 눈빛으로 나오면, 동시에, 다가오는 한기재.
윤형설, 잠시 보다 예를 갖추면, 한기재, 유심히 한 번 보고, 스쳐 간다.
곧 혜종의 처소로 들어가는 한기재. 윤형설, 긴장으로 보는데.

S#21. 동. 처소 안

한기재, 들어오면, 바라보는 혜종.

혜종	좌상께서 말도 없이 어쩐 일이오. (하다가) 아, 자객의 습격을 받았다고... 내 방금 내금위장에게 보고 받고 알아보려던 참인데.
한기재	(살피듯 가만 보다가) 병조정랑의 죽음을 감추신 연유가 무엇입니까.
혜종	(보면)
한기재	육조의 관청에서 일어난 살인 사건을 고요히 묻으신 이유가 있을 것 같은데 말이지요.
혜종	(여유롭게, 미소와) 그야 당연히 군사들이 동요할까 저어되어 그런 것 아니겠소. 군심을 살피는 것 또한 군주의 도리이니.
한기재	하여, 전하께선 역모자의 시신까지 수습하여 묘를 쓰셨는지요.
혜종	(보면)
한기재	10년간 익선의 기일마다 빠짐없이 찾으시는 그곳 말입니다. 그 또한 군주의 도리라 믿어 드리면 되겠습니까.

혜종	(비꼬는 말에 차갑게 바라보면)
한기재	익선의 역심을 증언한 자들이 요 근래 모두 죽어 나갔다 합니다. 그 배후가, 누구라 생각하십니까? (지목하듯 보면)
혜종	(비웃듯) 설마... 나를 그 배후라 여기는 것이오?
한기재	(차갑게 바라본다)
혜종	(재밌다는 듯 웃으며) 좌상께서 많이 놀라셨나 보오? 나를 찾아 투정을 다 부리시고.
한기재	(분하게 보며) 직접 나서셨든, 비호하는 것이든. 놀이는 이쯤에서 끝내는 것이 좋으실 것입니다. 그게 아니라면, 이제부턴 제가 진짜 재밌는 놀이를 보여드릴지도 모르니 말이지요.

한기재, 차갑게 바라보면
혜종, 역시 쏘아본다. 두 사람, 강렬하게 눈빛 부딪히는 데서.

S#22. 창운군 집. 사랑채 / 밤

이현과 마주 앉아 술을 마시는 창운군,
자신을 찾아온 이현을 의심스러운 듯 살펴본다.

이현	뭘 그리 보십니까. 조카가 숙부님 댁에 인사를 온 것 가지고요.
창운군	현이 니가 이유 없이 나를 찾을 리는 없을 테고. (다 안다는 듯) 세자가 시키더냐? 잔이라는 그 계집 일에 대해 뭐라도 알아내라 말이다. (비웃듯 보면)
이현	(그제야 못 속이겠다는 듯 끄덕이며) 숙부님답지 않게 눈치가 제법 좋아지셨습니다.
창운군	(이 새끼가... 보면)
이현	(노골적으로 바라보며) 그래서 말인데... 대체 왜 죽이신 겁니까? 어차피 상헌군 대감께서 뒤를 봐주고 계시니, 알려주실 수도 있을 것 같은데.
창운군	(그 말에 비웃듯, 술 마시고는) 힘이라는 것이 이렇게 좋은 것이더구나. 든든한 뒷배를 둔다는 것이 얼마나 즐거운 것인지... 세자가 그리 까불고 다니

는 것이 이해도 되고 말이다.

이현   (조금 굳어 바라보면)

창운군   (씨익, 기분 나쁘게 웃으며) 진정 알고 싶으냐? 내가 왜 그랬는지...

이현   (보면)

창운군   (얼굴 바짝 갖다 대고는, 낮게) 화가 나서 그랬다. 꼴같잖게 나대는 세자를 보자니 아주 화가 나서 견딜 수가 없었거든. (굳어진 이현의 표정을 재밌다는 듯 보다가, 떠올리듯 제 관자놀이 쪽 상처를 만지며) 그래도 죽일 생각까진 없었는데, 감히 왕족인 내 몸에 손을 댄 그년의 잘못이지...

창운군, 아무렇지 않게 안주 따위 집어 먹으며 "뭐가 이렇게 짜!" 밖을 향해 고함치며 음식을 다시 가져오라 명하면
보는 이현, 짐승 같은 그 행태에 부들부들... 겨우 참아낸다.
픽, 그 모습 보던 창운군, 자신의 도발에도 가만히 참는 이현의 모습에 문득 알 수 없는 불길한 예감이 스친다.

인서트 / 복면을 쓴 휘가 창운군의 방을 뒤지고 있는 모습.

창운군, 설마... 생각하다가 벌떡, 말릴 새도 없이 일어나 방을 벗어난다. 놀라 보는 이현.

S#23. 창운군 처소 안 + 마당 / 밤

쾅- 문을 열고 들어오는 창운군. 그러나 정갈한 방 안. 침입의 흔적은 없고. 잠시, 돌아서려다가 문득, 병풍 옆 흐트러진 물건을 발견하고는 깨닫듯, 확- 병풍을 걷고 칼을 숨겨둔 벽장을 연다. 벽장 속 갖은 귀중품들이 잔뜩 들어 있고, 곁에 든 어느 함을 열어보는 창운군,
숨겨놓은 칼이 들어 있자 휴... 안도하고 돌아서는데, 순간 제 목에 깊이 들어온 또 다른 칼날에 멈칫, 바라보면. 칼을 들고 선 사람은 복면 차림의 휘다.

휘   (복면을 벗으며) 덕분에, 찾았습니다. 숙부님.

창운군, 당했구나... 분하게 보다가, 에잇! 휘를 향해 옆의 물건 따위 던지고
는 급히 달아나기 시작하면, 턱- 어느샌가 다가와 앞을 막아서는 이현. 창
운군의 발을 걸어 넘어뜨렸다. 쿠당탕- 마당으로 굴러떨어지는 창운군. 소
란에 호위하던 창운군의 무사들 칼을 빼 들고 달려오면, 저벅저벅 창운군
앞으로 걸어오는 휘.

이현   세자저하이시다. 칼을 거두거라!

무사들, 소리에 주춤주춤... 칼을 내리고 물러서면
분한 듯, "으악!!!" 소리치며 휘와 이현을 노려보는 창운군.

휘   (손에 들린 칼을 보이며) 물증을 찾았으니, 제 외조부 역시 더는 숙부를 비
호하긴 어려우시겠지요.

창운군   (쳇... 분하게 바라보며) 내 이판댁 재산을 축내었으니 그에 따른 값을 치르
면 될 일 아닙니까.

휘   (그 말에 차갑게 보며) 타인의 목숨을 빼앗은 자는 참형에 처한다!

창운군   (! 참형이라는 말에 조금 놀라 보면)

휘   죽은 그 아이 역시 이 나라의 백성입니다... 허니 마땅히 살인의 죄로 다스
려야 하겠지요.

창운군   (그제야 조금 당황하며) 살인죄라니... 설마 그깟 노비년의 목숨 따위로 저
하의 숙부인 제 목숨을 내놓으라는 것은 아니시겠지요?

휘   (긍정하듯 바라보면)

창운군   아무리 그래도 세상 만물엔 경중이란 게 있는 법입니다!

휘   (차갑게 식으며) 그래서, 숙부의 목숨은 무겁고, 죽은 여노비의 목숨은 가
볍다 말하시는 것입니까?

창운군   그, 그야 당연한 것 아니겠습니까. 저는 왕족이고... 게다가 앞에 계신 저하
의 숙부인데...

휘   허면, 왕족인 숙부의 목숨보다, 세자인 제 목숨은 훨씬 더 중한 것이겠군요.
그런데도 세자인 내게 해를 가하였다?

창운군	그, 그게 무슨...
휘	강무장에서 한 번, 탕욕장에서 또 한 번... 그리고 오늘.
창운군	(흠칫해서 보다가) 그건 실수... (하다가) 가, 감히 왕족인 저의 몸에 해를 가한 계집입니다...! 어차피 죽을 목숨이었단 말입니다!!
휘	(그 말에 눈빛 살벌하게 변해) 어차피 죽을 목숨이면, 숙부 역시 여기서 죽어도 될 목숨 아니겠습니까. (칼을 빼내 창운군에게 겨눈다)
창운군	(흠칫, 조금 놀라 바라본다)
휘	설마하니 조카가 숙부를 정말로 죽일까 한가한 생각을 하고 계시는 건 아니겠지요... (조금 깊이 목을 찌르면 흐르는 핏물)
창운군	(그제야 헉! 놀라) 어, 어찌 이러시는 것입니까. (흐르는 핏물에) 사, 살려주십시오. 저하... 제가 잘못했습니다...
휘	목숨을 구걸하고 싶다면 내가 아니라 죽은 그 아이에게 하시지요.
창운군	(무슨 말인가 보면)
휘	그 아이의 무덤을 찾아가 속죄의 절을 올리십시오. 허면 내 지금 당장 목숨을 거두는 대신 순순히 금부로 넘겨 드릴 것이니.
창운군	(충격) 노, 노비의 무덤에 절을 하란 말씀이십니까!!
휘	(서늘하게 굳어 보며) 왜, 하지 못하시겠습니까?
창운군	(살벌한 휘의 눈빛에) 아, 아닙니다. 합니다. 하겠습니다...

휘, 그제야 칼을 거두고 창운군을 바라보면
살았구나... 휴... 안도하는 창운군. 제 목에 흐르는 핏물에 사색이 되어 본다.
충격으로 일그러지는 표정.
이현, 휘의 마음을 이해하듯 무겁게 바라보는 데서.

S#24. 잔이 무덤 / 이른 아침

멀리 동이 터 오르고 있다. 아직 흙도 마르지 않은 잔이의 무덤가.
굴욕감을 참아 내며 잔이의 무덤 앞에 무릎을 꿇는 창운군.
치욕에 부들부들... 이가 갈리는 표정이다.
그 모습 담담히 바라보고 선 휘와 이현. 그리고 소은.

휘, 죽은 잔이의 무덤을 바라보니 어린 시절 자신의 삶이 떠오르는 듯 표정이 무거워진다. 그런 휘를 바라보는 이현. 마음이 무겁고.
그들의 곁에서 슬프게 눈물을 훔치는 소은의 모습이 화면에 담긴다.
그렇게 잔이의 무덤가에 선 이들의 모습에서.

대비 (E) 무릎을 꿇다니요!!

S#25. 대전. 편전

혜종, 대비, 휘가 앉아 있다.

대비   (노발대발, 기막히는) 왕실의 종친을 한낱 노비의 무덤 앞에 무릎 꿇게 하다니요! 어찌 그런 무모한 일을 저지르신 것입니까!
휘   (곧은 표정, 흔들림 없이 보며) 숙부께서는 왕친이라는 권력을 이용해 죄 없는 이의 목숨을 앗았습니다. 그러니 최소한 그에 따른 사죄는 하여야 한다 생각하였습니다.
대비   (그런 휘를 못마땅하게 보며) 창운군의 행실이야 어디 어제오늘의 일입니까! 참으셨어야지요! 누구보다 나서 강상의 도를 지켜야 할 세자께서 어찌하여 그런 실수를 하신 겝니까!
휘   실수가 아닙니다.
대비, 혜종 (! 바라보면)
휘   (여전히 흔들림 없이 보며) 저는 마땅히 해야 할 일을 하였을 뿐입니다. 백성을 섬기라는 아바마마의 말씀을 따랐고, 왕실의 권위를 지키라는 할마마마의 뜻을 따른 것입니다. 하여, 저는 제 행동에 일말의 부끄러움도 없사옵니다.
대비   (더 이해할 수 없고) 세자!!!
혜종   (휘의 마음을 가늠하듯 바라본다. 잠시 상황을 정리하듯) 이 일은 내가 알아서 정리할 터이니 너는 그만 나가 보거라.
대비   (그런 혜종 역시 이해할 수 없고. 허! 기막힌 듯 바라본다)
혜종   (책임을 통감하듯 무거운 표정, 생각에 잠기는 데서)

S#26. 대전 앞

대전에서 나오는 휘와 동궁전 일동. 무거운 표정으로 걸어오면,
다가오는 한기재.

한기재   성군이 되고자 하셨습니까?

휘   (바라보면)

한기재   저하께서 하신 그 행동이 종친과 사대부들을 자극할 수 있다는 생각은 어
찌 하지 못하신 겁니까.

휘   (대답 없이 보면)

한기재   (차갑게 바라보며) 이 나라가 유지될 수 있는 이유는 귀천의 질서가 문란하
지 않다는 명분, 그 때문입니다. 왕이 되실 분이라면 적어도 하찮은 목숨 하
나로 질서를 깨트리는 일 따윈 하지 마셨어야지요.

휘   (표정 굳어진다) 하찮은 목숨이라 하셨습니까?

한기재   천한 계집아이의 죽음에 저하께서 나선 것이 잘못이란 말입니다.

휘   (그 말에 더욱 분하고, 겨우 참으며) 세상에 하찮은 목숨이란 없습니다. 아
무 이유 없이 죽어야 할 목숨도 없고 말이지요. (한기재를 똑바로 보며) 그
누구도, 남의 목숨을 함부로 할 수는 없습니다. 그 누구라도요.

한기재   (차가운 눈빛, 기막힌 듯 서늘하게 휘를 보면)

휘   (원망어린 눈빛, 부들부들... 지지 않고 바라보는 데서)

S#27. 온양. 지운의 거처

손님들에게 침을 놓던 지운, 휘의 얘기를 전해 들은 듯 놀라 본다.

지운   세자저하께서요?

아낙(집주인)   아, 그렇다니까! 지금 도성 바닥이 아주 그 얘기로 난리들이래잖어. 숙부를
욕보인 세자라고 말이야. 강상죄네 뭐네 욕하는 사람들도 있는데, 그야 다

양반네들 말이고. 우리 같은 사람들은 속 시원하니, 나랏님이 이리 좋을 때
가 없어.

지운   (조금 놀라고) 그래서 어찌 되었답니까? 그래도 왕실 종친을 건드렸으니 저
        하께서 꽤 곤란을 겪으실 것 같은데... (걱정으로 보면)

아낙(집주인) (? 조금 의아한 듯 보다가) 도성 일엔 영 관심 없는 것 같드만, 세자저하
        얘기엔 아주 귀가 쫑긋하네?

지운   예? 아니, 뭐... (멋쩍게 웃으면)

아낙   내 그 얘길 듣고 나니까 10년 묵은 체증이 다 가라앉는 것이, 내 평생 이런
        일도 다 보고 말이야. 아구 재밌어. 속 시원해~~

일동, 공감하듯, 끄덕끄덕 저마다 그 일에 대해 좋다고 한마디씩 하면, 지운,
역시 그런 휘가 자랑스러운 듯... 그러나 한편으론 걱정을 떨칠 수가 없는데.

S#28. 지운 거처. 마당 / 밤

달이 밝다. 역시나 잠을 이루지 못한 듯 마당 평상에 앉아 꽃나무를 보고
있는 지운.

지운   (걱정, 혼잣말) 괜찮으신 거지요. 저하...

걱정 어린 지운의 앞으로, 언제부터 있었는지 나무 아래 휘의 환영이 보인
다.

휘   왜 또 자지 않고 나오셨습니까?

지운   여기까지 와서도 저는 자꾸 저하 생각뿐입니다. 걱정되고, 보고 싶고...

휘   (다가와 지운의 곁에 편히 걸터앉으며) 그래서 이 집으로 온 겁니까. 이리
    구석에 있는 곳까지요? (지운 돌아보고 맑게 웃으면)

지운   (그 미소가 더 아프다) 곁에 있고 싶습니다. 저하. 안고 싶고, 만지고 싶고...
    함께 있고 싶습니다...

그러나 어느새 사라져 버린 휘의 환영... 텅 빈 마당. 제 옆에 떨어진 꽃잎을 만져 보는 지운의 쓸쓸한 표정에서.

창천군 (E) 우리 사람을 만들자니요?

S#29. 중궁전

중전, 창천군과 마주 앉아 있다.

중전 (불안한 듯) 아무래도 전하의 성심이 우리 제현대군이 아니라 세자에게로 기울고 있는 것 같습니다. 창천군의 일만 봐도 그렇습니다. 잘못을 한 세자는 멀쩡히 두고 종친에게만 벌을 내리다니요.
창천군 그야 창운군의 성정이 워낙에 흉포하여 본보기 삼아...
중전 (답답한, 목소리 낮춰) 아버님께 맡긴 사병도 말만 사병이지, 따지고 보면 전하의 군대가 아닙니까. 이걸 진짜 우리의 것으로 만들어야지요!
창천군 (그 말에 보며) 그게 무슨 말씀이십니까.
중전 (결심한 듯) 우리가 언제까지 전하의 입만 바라볼 수는 없지 않냐는 말입니다. 여차하면 먼저 칠 생각도 해야지요...
창천군 (그 말에 놀라 본다, 심각해지는 표정, 공감하듯 끄덕이는 데서)

S#30. 창운군 군저. 사랑채 / 밤

종복 하나의 안내를 받아 군저로 들어가는 원산군.
동시에 쟁그랑, 술잔 깨어지는 소리와 함께 쫓기듯 밖으로 나오는 노비 하나. 문 벌컥 열리며 "술 더 가져오라고 술!!" 소리치는 창운군이 보인다. 원산군, 바라보면. 알아보는 창운군. 흥... 자조적으로 보고.

S#31. 동. 사랑채 / 밤

엉망으로 흐트러진 채 술을 마시고 있는 창운군.

창운군   왜, 내가 쪽팔려 목이라도 맸을까 감시하러 오셨는가?
원산군   솔직히 말하면 조금 기대는 했는데, 역시, 그럴 배포도 없으신 분 아닙니까.
창운군   이 자식이...!! (멱살을 잡아채며) 이제 니 놈까지 나를 조롱하는 것이냐? 그
          래, 숙부씩이나 돼서 니 옆에 붙어 있으니 비위나 맞춰 준다 우스워 보였느
          냐 말이다.
원산군   그따위 자기 연민만 하고 계시기엔 조정의 사정이 더 나빠 보이는데 말이지
          요.
창운군   (무슨 말인가 보면)
원산군   (손을 뿌리치며) 전하께서 곧 숙부님의 직첩을 빼앗고 경상도로 귀양을 보
          내겠다 하십니다.
창운군   뭐라고...?! 뭐 이런... 개 같은 경우가 있어!! 아예 나를 죽이라고 하거라... 아
          니, 내 가서 모두 죽이고 그 자리서 죽어 버리고 말 것이야!! (분한 듯 옆에
          둔 장식용 칼 따위를 빼 들고 뛰쳐나가려 하면)
원산군   정녕 그리 가서 개죽음을 당할 것입니까?
창운군   (씩씩대며 노려본다) 니가 뭘 안다고 지껄이는 것이냐. 아직도 니놈이 원손
          이었다 착각하는 모양인데... 잘 보거라. 머지않아 너도 나와 똑같이 되고 말
          것이니... 빌어먹을 세자로 인해 모두 다 빼앗기고 말 것이다.
원산군   (차가운) 그럴리가요. 저는 다시는 제 자릴 빼앗기지 않을 것입니다.
창운군   (흥, 비웃으며 보면)
원산군   (그런 창운군을 보며) 숙부님의 원통함을 제가 풀어 드리겠습니다.
창운군   (무슨 말인가 보면)
원산군   그 목숨, 제게 거시지요.
창운군   (어이없고) 뭐라? 이 새끼가 진짜... (기막힌 듯 보면)
원산군   그리 가서 개죽음을 당하느니, 제게 한 번 걸어보시란 말입니다. 어차피 이
          제는 밑져야 본전 같은데... 제게 아주 좋은 패가 있거든요. 세자를 무너뜨
          릴 패가 말이지요.

창운군, 그 말에 조금 놀라 바라보면

원산군, 의미심장한 표정으로 창운군을 보는데, 그 표정이 살벌하다.

S#32. 창운군. 사저 뒷산 계곡 / 새벽

"으악.." 하고 주저앉는 나무꾼 하나.
보면, 졸졸졸 흐르는 개울물에 창운군의 옷을 입은 시신 한 구가 엎어져 있
다. 그 옆으로 유서로 보이는 종이도 보이고.
누군가(원산군) 저벅저벅 다가와 시신 옆 떨어진 종이를 집어 들면
놀라 바라보는 나무꾼의 모습. 종이를 펼쳐보는 사람, 다름 아닌 원산군이
다. 시신을 바라보는 원산군, 의미심장한 표정에서.

S#33. 숲속. 누각 / 낮

깊은 계곡 사이에 위치한 누각. 힘겹게 도착한 듯, 창천군이 걸어온다. 휴...
숨을 몰아쉬는 창천군. 주변을 돌아보면 아무도 없고.

원산군 (E) 오셨습니까. 대감.
창천군 (소리에 돌아본다) 이런 곳으로 나를 부른 연유가 무엇이오.
원산군 그야, 다른 뜻이 있겠습니까. 그저 함께 사냥이나 하자고 불렀지요.
창천군 (뭔가 찜찜하게 보며) 나는 사냥에 취미가 없소. 특히 종친들과 하는 사냥
은 더더욱 말이지요.
원산군 물론 그러시겠지요. 전하께서 제현대군을 귀애하시니, 굳이 사냥감을 찾아
다닐 이유가 있으시겠습니까.
창천군 (그 말에 조금 경계하듯) 대체 무슨 말을 하는거요.
원산군 눈앞에 잘 차려놓은 밥상도 겁 많은 늑대에겐 그림의 떡일 뿐 아니겠습니
까.
창천군 뭐요?!
원산군 (서찰을 하나 건네며) 창운군 대감께서 남긴 유섭니다. 저하께 당한 치욕을
못 이기고 목숨을 끊으셨다더군요.

창천군	(깜짝 놀라 보면) 어, 어찌 이런 일이...
원산군	(속내를 숨기며) 숙부님의 죽음에 상심한 사람이 비단 저 혼자라 생각지 않습니다. 이는 강상의 도가 무너진 일이지요. 양반이 노비에게 무릎을 꿇고, 숙부가 조카에게 조롱을 당해 목숨까지 끊어버렸으니... 조선의 사대부들이 가만히 두고 볼 수만은 없는 일이 아니겠습니까.
창천군	(그제야 뜻을 알아차린 듯 놀라 바라보는 데서)

S#34.　도성 일각 (산 아래)

산을 내려온 두 사람(창천군, 원산군).

원산군	아, 부원군의 조카께서 성균관의 장의를 맡고 있다 들었습니다.
창천군	(보면)
원산군	나라의 중대사엔 언제나 유생들이 앞장서 왔지요. 숙부님이 남기신 그 서찰을 조카님께 전해 주시지요. 큰 힘이 될 것입니다.

원산군, 그대로 예를 갖추고 돌아서면
창천군, 무겁게 바라보는 데서.

S#35.　동. 일각

종복과 함께 걸어오던 이현, 창천군과 헤어지는 원산군을 본다.

종복	큰 도련님! (다가가 예를 갖추면)
원산군	(본다. 함께 있던 이현을 보고) 퇴청하는 길인가 보구나.
이현	사냥을 가신다더니... (조금 이상한) 부원군과 함께 가신 것입니까?
원산군	(대답 대신) 산엘 다녀왔더니 허기가 지는구나. 어서 집으로 가자꾸나.

원산군, 의미심장한 미소, 그대로 앞장서면

이현, 원산군의 뒤로 멀어지는 창천군을 보고 뭔가 이상한 듯,
다시 원산군을 돌아본다. 불안해지는 이현의 표정에서.

이현 (E)   이게 다 무엇입니까!

S#36. 이현의 군저. 마당 / 다른 날, 이른 아침

밖으로 나서려는 원산군을 막아서는 이현.
원산군의 방에서 상소문을 발견한 듯 놀란 얼굴로 원산군을 본다.

이현   세자저하를 폐하라는 유생들의 상소가 왜 형님의 방에 있는 것입니까.
원산군   보았으니 알 것이 아니냐.
이현   (그 말에 보면)
원산군   이번 일은 저하께서 섣불렀다. 아주 큰 실수를 하신 게지.
이현   허면, 창천군 대감을 만난 것도 모두 그 때문이었습니까. (원망스레 보며) 어
           찌 형님께서 이러실 수 있습니까. 왜 이런 일에 형님께서 앞장서고 계시냔
           말입니다.
원산군   (차갑게 바라보며) 너야말로 대체 언제까지 세자의 편만 들고 있으려 하느
           냐. 그만 현실을 직시하거라. 니 숙부가 죽었다. 세자는 이제 끝났다는 말이
           니라.
이현   형님!! (겨우 참으며) 이러지 마십시오. 제발 멈추십시오. 제발..!!
원산군   안타깝지만 그럴 수는 없구나. 이제 그들의 의지를 나도 더는 막을 수 없으
           니 말이다...

원산군, 그 말만 하고 그대로 이현을 스쳐 가면
이현, 충격으로 바라본다. 절망스러운 표정에서.

S#37. 몽타주

세자를 폐하라는 유생들과 유림들이 곳곳에서 일어난다.

구호를 외며 저자를 행진하는 유생들

궐 문 밖, 성균관 유생들이 강상의 도를 어지럽힌 세자를 폐하라 구호를
외친다.

궐 문 앞, 가마에서 내리는 한기재, 그런 유생들을 바라보는 표정. 심각하
게 굳어지는데.

S#38. 편전

착 가라앉은 분위기. 혜종, 무거운 표정으로 생각에 빠진 듯, 눈을 감고 앉
아 있다. 그 앞의 창천군, 입이 마르는 듯, 혜종의 눈치 보면.

혜종   (한동안 말없이 있다가) 누굽니까. 유생들을 규합해 움직인 것이.
창천군   (긴장으로 보며) 예?! 그, 그게 무슨 말씀이온지... 소신 역시 지금 너무나 황
          망하고 기가 막혀서... (하는데)
혜종   이리 하면 제현대군이 세자의 자리를 가질 수 있을 거라 생각하는 겁니까.
창천군   (그 말에 조금 놀라 본다. 당황을 숨기며) 무슨 그런 말씀을 하시옵니까. 전
          하. 진실로 저는 모르는 일이옵니다.
혜종   (탕! 서안을 내려치며) 부원군의 조카가 성균관 장의인 걸 모두가 알고 있
          소! 정녕 끝까지 나를 기만할 생각이오!
창천군   소, 소신의 조카가 장의인 건 사실이나, 반상의 법도를 거스르지 말라 권당
          을 결의하는 유생들의 움직임까지 제가 어찌 막을 수 있겠사옵니까...
혜종   (끝까지 발뺌하는 창천군을 싸늘히 보는데)

동시에 문이 벌컥, 열리더니 노한 표정의 한기재, 성큼성큼 다가온다.
누가 말릴 새도 없이 그대로 창천군의 멱살을 잡고 들어 올리더니
그대로 창천군의 뺨을 쫙-! 내려친다, 나가떨어지는 창천군.

혜종   (놀라) 이게 무슨 짓이오!!! (노해서 보면)

한기재   (창천군을 향해 서늘하게) 부원군께서 책임지고 저들을 모두 물리십시오.
              지금 당장...

창천군   (갑작스러운 상황에 제 뺨을 감싸 쥐고 황망하게 바라본다) 어찌 이런...

한기재   (아랑곳 않고, 혜종을 돌아보는) 군사들을 푸시지요. 궐을 장악하고 세자
              저하를 욕보이는 저들을 역모죄로 엄히 다스려야 할 것입니다.

혜종   역모인지 아닌지는 내가 판단하오. 이 사안은 내가 결정 할 것이니 상헌군
              은 그만 물러가시오.

한기재   주모자를 잡아들이고, 목을 내어 거십시오. 필요하다면 제가 군사들을 움
              직이지요. 세자의 폐위를 입에 올리는 자들은 모조리 잡아 그 입을 찢고,
              혀를 뽑아 놓을 것입니다.

              한기재, 분한 듯 바라보면, 그 말에 기겁하여 바라보는 창천군,
              기세에 질려 뭐라 말도 못하고 떨고 있으면.
              혜종, 차갑게 바라보는 눈빛, 답답한 표정에서.

S#39. 궐 문 앞

              성균관 유생들 정좌하고 앉아 권당을 벌이고 있다.
              "유교의 근간을 뒤흔든 세자저하를 엄벌하여 주시옵소서!" / 주시옵소서!"
              장의의 선창을 따라 유생들 복창하면
              일각에 선 이현, 그 모습 걱정스럽게 바라보는데
              노학수와 호판, 수군거리며 지나간다.

노학수   저하께서 조금 심하다 싶긴 했지만, 일이 이 정도로 번질 줄 누가 알았겠소.

호판   창천군의 죽음이 기름을 부은 격이지요. 이번만큼은 상헌군 대감도 쉽게
              해결하진 못하실 겁니다.

노학수   (헉!) 허면 정말 저하께서 폐위라도 된다는 말입니까?

호판   (유생들의 모습을 걱정으로 보다 자리를 뜬다)

노학수   거 참, 같이 좀 갑시다! (얼른 따르는 데서)

노학수와 호판 멀어지면, 그 이야기를 모두 들은 듯 이현의 표정 어두워진
다. 유생들 "아이고, 아이고.." 이젠 곡소리까지 내기 시작하고.

S#40. 동궁전 뜰 / 밤

동궁전 뜰까지 곡소리가 들려온다.
참담한 표정으로 듣고 서 있는 휘의 모습.
홍내관과 김상궁, 차마 어떤 위로도 건넬 수 없어 안타까운데.

홍내관   배웠다는 분들이 어찌 저리 모진 말들을 하시는지... (머뭇머뭇) 눈 딱 감고
         대전에 가 잘못했다 하시는 게 어떻겠습니까. 이러다 정말 무슨 일이 생길
         지 알 수 없는 것 아닙니까.
휘   (참담한) 너희도 내가 심했다고 생각하느냐...
홍내관   그게 아니라... (안타깝다) 지금까지 잘 참아 오시지 않으셨습니까... 헌데 이
         번엔 어찌하여...
휘   나도 참으려 하였다. 참을 수도 있었겠지. 헌데 이번만큼은... 그러고 싶지 않
         았다. 지난 10년을 그리 참으며 살아오지 않았느냐.
홍내관, 김상궁   (보면)
휘   신분이 천해서 죽어야 했던 그 아이와, 계집이어서 죽어야 했던 내가... 다를
         것이 무엇이겠느냐.
홍내관   (그런 마음인지 몰랐다) 저하...
휘   이번에도 이리 또 모른 척해버린다면, 앞으로 10년, 아니 어쩌면 영영... 내
         삶은 목숨만 연명하는 것 말고는 아무 의미가 없지 않느냐. 그런 삶이 무슨
         의미가 있을까 그런 생각이 들었다. 겨우 이 자리 하나 지키자고 눈 감고 귀
         막고 살아가는 것이 대체 무슨 의미가 있는 것이냐고...
홍내관, 김상궁   (마음이 무겁고)
휘   (멀리 들려오는 곡소리에) 지금의 저들을 보니 아직도 이곳은 내가 태어나
         던 그때와 하나도 변한 것이 없는 것 같구나. (쓸쓸하다)

김상궁   (잠시, 그 모습을 보다가) 잘하셨습니다.

휘   (바라보면)

김상궁   빈궁마마께서도 저하의 삶이 그리 되는 것은 원치 않으셨을 것입니다. 마마
        께서 살아 계셨더라면 분명 옳았다. 잘 하였노라. 그리 말씀하셨을 것입니
        다. 그러니 자책하지 마시옵소서. 저도, 홍내관도 끝까지 저하의 뜻을 따를
        것이니 말입니다.

        김상궁, 다 괜찮다는 듯, 애틋한 미소로 휘를 바라보면
        휘, 그 말에 고마우면서도 이내 다시 서글퍼지는 얼굴, 괴로워지는데.

S#41.   이현의 방 / 밤

        서안 앞 홀로 앉아 있는 이현. 서안 위에는 예쁜 함이 하나 있다.
        이현, 용기가 나지 않는 듯, 망설이다 조심스럽게 함을 열어 보면
        그 안에 들어 있는 것은 어여쁜 여인의 꽃신이다. 오래전 휘에게 주려고 사
        두었던 꽃신을 흔들리듯 바라보는 이현. 곁으론 휘에게 주려했던 옥가락지
        (5부 4씬)도 보이고... 생각에 잠기듯 바라보는 이현.

        # 플래시백 / 5부 4씬

휘   (품속에서 아까 옥가락지 꺼내서 돌려준다) 저보단 형님께 더 필요하지 않
        겠습니까. 형님이야말로 나중에 연모하는 여인이 생기면 주시지요.

        쓸쓸한 얼굴로 꽃신과 옥가락지를 바라보던 이현.
        무언가 결심한 듯 표정에서.

S#42.   동궁전. 처소 / 밤

        어두운 방 안. 휘, 잠들지 못한 채 홀로 앉아 있다.

걱정이 깊은 듯 조용히 한숨 내쉬는 휘. 앞으로 어떻게 해야 하는 것인가...
마음이 혼란스럽다. 잠시, 조용히 문이 열리고 들어오는 이현.
그런 휘를 바라본다. 손에는 앞씬의 그 함이 들려 있고.

휘	형님...
이현	(겨우 다잡고 자리에 앉는다) 아직 침수에 들지 않으셨던 겁니까.
휘	(애써 담담히 웃으며) 밖이 저리 소란인데 쉬이 잠들 수 있겠습니까.
이현	(그런 휘의 모습에 마음이 찢어질 것 같다. 안타깝게 보는데)
휘	(자신을 걱정하는 이현의 마음 안다는 듯) 부끄럽네요. 형님껜 왜 늘 이런 모습만 보이게 되는지 원... (쓸쓸하게 웃으면)
이현	(그런 휘를 가만히 바라보다가) 저하께 고백할 것이 있습니다.
휘	(고백이라는 말에 바라보면)
이현	제가 열네 살이던 무렵에 저하를 처음 뵈었습니다. 두 눈은 너무 깊어 끝도 모를 정도로 맑았으나 그곳을 가득 채운 건 이유 모를 경계심이었지요.
휘	(그 말에 놀라 보면)
이현	피붙이 같던 세손마마의 눈빛을 제가 어찌 모르겠습니까. 얼굴도, 목소리도, 걸음걸이까지 모두 똑같았지만... 저하께선 분명 제가 아는 세손이 아니셨습니다...
휘	(! 다 알고 있었구나. 충격으로 보며) 모두 알고 계셨던 것입니까...
이현	(담담히 말을 이으며) 그 사실이 처음에는 혼란스러웠고, 그 후엔 두려웠습니다. 그리고... 또다시 저하를 뵈었을 땐 지켜 드리고 싶었습니다. 밤새도록 손이 터지면서 활을 쏘던 그 아이를, 넘어져 뼈가 깨져도 이를 물고 일어나던 그 아이를... 남들은 상상도 할 수 없을 정도로 고달픈 세상에 홀로 우뚝 남겨져 버린 그 아이를... 제가 지켜 주겠다 다짐했습니다.
휘	(눈빛이 흔들린다) 형님...
이현	(휘를 깊게 바라보다, 결심한 듯 앞의 그 꽃신이 든 함을 내민다)
휘	(바라보면)
이현	폐세자가 되면 저하를 기다리는 것은 죽음뿐입니다. 아니 운 좋게 폐세자가 되지 않더라도 앞으로 기다리고 있는 일들을 어찌 버티실 것입니까. 지금까지는 어떻게든 여인의 몸으로 버텨 왔으나 앞으로는 더 어려워질 것입니다. 비밀이 탄로 나면 목숨을 잃게 될 거라는 사실을 아시지 않습니까. 이렇게

	도, 저렇게도... 저하를 기다리는 것은 죽음뿐입니다.
휘	제게 무슨 말씀이 하고 싶으신 것입니까...
이현	저하께서 더 가지 못하고 멈추었던 그 길 끝에 바다가 있다던 제 말을 기억
	하십니까. 그곳에 돛이 아주 큰 배가 있다고요.
휘	(보면)
이현	그 배를 타고 떠나시지요. 저하께서 원하는 곳이 그 어디든 제가 모실 것입
	니다.

이현, 간절하게 휘를 보면,
그런 이현을 보는 휘의 눈빛, 요동치듯 거세게 흔들린다.
떨리듯 이현이 건네준 상자를 열어보는 휘.
그 속에 든 여인의 신발을 보고 숨이 막히듯, 혹 눈물이 끼쳐 오고.
두려운 듯 이현을 바라보는 휘. 차마 아무 말도 하지 못하면
이현, 안타까운 듯 바라보는 눈빛에서.

S#43. 대전. 편전 / 밤

무겁게 홀로 앉은 혜종. 그 앞으로 폐세자를 요구하는 상소들이 산을 이루
고 있다. 멀리 들려오는 유생들의 곡소리.
괴로운 표정의 혜종. 고심하는 표정에서.

S#44. 휘의 처소 / 밤

이현이 돌아간 후, 야장의 차림의 휘, 홀로 앉아 있다.
거울을 바라보면 상투를 올린 근엄한 세자의 모습.
휘, 잠시 머리를 풀어보면 긴 머리가 흘러내려 금세 어여쁜 여인의 모습이
되고. 그런 제 모습을 잠시, 서글프게 바라보던 휘.
털어 내듯 다시 상투를 올리려다 문득 옆으로 밀어 놓은 함에 시선이 간다.
그 속, 어여쁜 수가 놓인 작은 꽃신... 잠시, 꽃신을 꺼내어 보는 휘. 조심스럽

게 바라보다 일어나 제 발을 넣어 본다.

휘, 경대를 보면, 경대 속 제 모습 영락없는 여인이다.

오랜만에 신어보는 여인의 물건에 자신도 모르게 눈물이 차오르고.

잠시, 다시 신을 벗어 상자에 넣으려는 순간, "전하 어찌 오셨다 그냥 가십니까?" 하는 김상궁의 목소리가 복도 끝에서 들려온다.

혜종이 왔다는 소리에 놀란 듯 황급히 돌아보는 휘.

설마 방금 이 모습을 본 것일까... 온몸이 떨려 오고.

차마 나가보지도 못한 채 흔들리는 시선에서.

S#45. 궐 밖 전경 / 다음 날, 아침

여전히 폐세자를 외치는 유생과 선비들의 모습이 보인다.

S#46. 정전

엄숙한 분위기 속, 용상에 앉은 혜종, 대신들을 내려다보는 눈빛,
깊은 생각에 잠긴 듯 무거워 보이는데.

대신1   ... 부디 전하께서 비답을 내려 주시옵소서.

대신들   비답을 내려 주시옵소서.

한기재, 서늘하게 군은 표정, 혜종을 돌아보면.
가만히 침묵하던 혜종, 결심한 듯 무겁게 입을 연다.

혜종   세자를... 폐위에 처한다.

혜종의 폭탄 발언에 놀라 바라보는 대신들.
충격에 빠진 대신들 혜종을 바라보면
한기재, 역시 충격인 듯, 혜종을 쏘아본다.

잠시, "아니되옵니다 전하! 통촉하여 주시옵소서!"
그 자리에서 무릎 꿇고 절하는 사람들과,
무겁게 고개 숙이는 대신들로 정전 안이 혼란스러워지는 데서.

S#47. 동궁전 전경

동궁전의 모든 궁녀와 내시들, 뜰에 엎드려 통곡하고 있다.
"아니 되옵니다 저하... 떠나시면 아니 되옵니다..."

S#48. 동궁전 복도

자리를 지키는 홍내관, 김상궁을 비롯한 수발궁녀들, 모두 울음을 쏟아 내
면. 가온, 역시 무거운 표정으로 고개를 숙이고 있는데.

S#49. 동. 동궁전 처소

홀로 앉아 있는 휘. 마음은 아프지만 언젠가 이런 날이 올 거라 예상이라도
했다는 듯 생각보다는 담담한 표정이다.
조용히 자신이 쓰고 있던 익선관을 벗어 서안 위에 내려놓는 휘.
잠시, 덩그러니 놓인 휘의 익선관에서.

S#50. 폐전각 / 밤

휘, 홀로 폐전각을 거닐며 조용히 둘러본다.
이곳도 마지막인 듯, 하나하나 눈에 담는 휘. 담쟁이넝쿨로 가려진 문, 지운
이 가꾼 화단, 처마 끝 지운이 달았던 풍경까지...
이내 연못 앞에 선 휘, 잠시 연못에 비친 제 모습을 바라보면

플래시백
/ 1부 42씬. 함께 물에 빠지던 어린 지운과 휘.
/ 1부 44씬. 어린 지운에게 입을 맞춰 숨을 불어넣던 휘. 눈 뜬 지운, 놀라
바라보면, 두 아이 눈 마주치는 데서.

휘, 지운이 그리운 듯, 슬픈 얼굴로 한참 연못을 바라본다.
잠시, 쓸쓸히 돌아서는 휘. 그런데 거짓말처럼 그런 휘 앞에 지운이 서 있
다. 놀라 바라보는 휘. 꿈이라도 꾸는 듯... 믿기지 않는 눈빛으로 멍하니 지
운을 바라보면. 역시나 거세게 흔들리는 눈빛으로 휘를 바라보는 지운. 잠
시, 성큼성큼 다가와 휘를 확, 제 품으로 끌어당긴다.

지운   제가 틀렸습니다. (휘를 제 품에 꽉 안은 채) 다시는 저하를 홀로 두지 않겠
       습니다. 다시는요...
휘   !! (그제야 현실이구나, 놀라 눈빛 흔들린다)

차오르는 눈물을 겨우 참아 내는 휘. 그러나 애써 다잡듯 지운을 밀어내면,
아프게 바라보는 지운.

휘   이게 무슨 짓입니까. 돌아가십시오! 여기가 어디라고... (차마 말 못 이으면)
지운   (곧게 보며) 이젠 저하께서 뭐라고 하셔도 저하의 곁에 있을 것입니다. 저하
       를, 지킬 것입니다. 제가...

휘, 그 순간 오래토록 참아왔던 눈물이 툭... 떨어진다.
바라보는 지운, 더는 참을 수 없는 듯, 휘에게 다가가 깊게 키스하는 데서.
11부 엔딩.

12부

고백할 것이 있다는 내 말... 궁금하지 않습니까.

이것이... 나의 비밀입니다.

S#1.   빈전 / 2부에 이어서 / 과거 회상

암전된 화면 위로 빈궁의 목소리 들려온다.

빈궁 (E)   딸아입니다.

화면 밝아지면.
한기재가 가고 난 후, 빈전에 홀로 남은 빈궁. 그 앞에 충격으로 굳어 선 혜종이 서 있다. 궁녀복을 입고 죽은 세손의 시신을 바라보는 혜종의 눈빛 흔들리고. 다가오던 윤형설, 모든 것이 탄로 났다는 사실에 그대로 멈춰서 무겁게 바라보는데.

빈궁   (힘겹게 거짓말을 한다) 태어나자마자 저하께서 버리신 그 딸아이가 바로... 지금 저하 앞에 있는 이 아입니다.

혜종, 믿을 수 없다는 듯 충격으로 바라보면
입술을 꽉 깨물고 고통과 두려움을 참아 내는 빈궁.
윤형설, 역시 차마 진실을 말할 수 없어, 괴롭게 고개를 숙이면

S#2.   세손전 처소 앞 / 과거 회상

다과상을 챙겨 돌아서는 나인1, 2.

나인1   요즘 세손마마께서 좀 달라진 것 같지 않아?
나인2   익선 어른 돌아가시고 충격이 크셨대잖아.
나인1   아무리 충격을 받아도 그렇지, 매번 보던 얼굴까지 어떻게 까먹어...

나인1, 2 돌아서다 혜종을 발견하고 헉! 얼른 조아린다. 달아나듯 물러나면.
혜종, 모두 들은 듯, 뭔가 이상하다는 표정인데

S#3.   궐 일각 / 밤 / 과거 회상

일부러 세손을 데리고 밤 산책을 하는 혜종.
뒤에는 조내관과 궁녀들 따르고 있고.

혜종   (긴장한 채 따르는 세손을 보곤) 가끔 밤 산책을 함께 하자 찾아오더니, 요
        즘 통 소식이 없더구나.
휘   예? 아 그것이...
혜종   혹, 지난번 경회루를 지나다 본 들짐승 때문에 겁을 먹었더냐.
휘   (당황스러운데) 아... 예. 실은 그때 조금, 아니 좀 많이 놀라서요...
혜종   사내 녀석이 원... (그저 미소로 보는데)

휘, 잘 넘어갔나보다. 휴... 작게 한숨 쉬고 걸어가면
휘를 내려다보는 혜종. 굳어지는 표정. 복잡한 기색 애써 감추고.

S#4.   세손전 앞 / 밤 / 과거 회상

휘, 예를 갖추고 세손전으로 들어가면.
그 모습 보고 선 혜종과 곁에 와 서는 조내관.

조내관   들짐승이 아니라 고양이를 보시고 마마께서 귀애하지 않으셨습니까.
혜종   아비가 농을 하니, 세손이 장단을 맞춰줬던 게지... (애써 태연한 척하지만
         금세 무거워지는 표정에서)

휘 (E)   어머니... (흐느끼는 휘의 울음소리 들려온다)

S#5.   빈궁의 침소 앞 / 과거 회상 (2부 44씬에 이어지는)

         급하게 달려온 혜종. 나인이 고하려 하자
         고개 젓고 눈짓한다. 나인, 물러나면
         혜종, 눈물을 거두고 안으로 들어가려 하는데 문득

빈궁 (E) 잊지 말거라. 어여쁜... 내 딸아...

         혜종, 겨우 지탱하던 끈이 끊어지듯 툭... 괴롭게 고개를 숙인다.
         잠시, 정신을 다잡으려는 듯 눈을 질끈 감고 숨을 고르더니,
         "고하거라." 물러나 있던 나인에게 말한다.

나인   (얼른 다가와) 세자저하 드십니다.

         안으로 들어가는 혜종의 뒷모습. 문이 닫히면. 화면 암전되며.

〈연모 12부〉

S#6.   대전. 편전 / 밤

어두운 편전 안. 고요한 분위기 속 휘와 혜종만이 마주 앉아 있다.
무거운 침묵이 두 사람을 감싸고.

휘   (어렵게 입을 뗀다) 저를 폐하시는 이유가 숙부님의 일 때문입니까...

혜종   (그런 휘를 바라보다가, 무겁게) 아니다.

휘   (조금 놀라 바라보면)

혜종   ...어젯밤 동궁전에 갔었느니라. (참혹한 심정으로) 네가 여인임을... 내 알고
        있었느니라.

휘   (충격이고) 언제부터... (떨려온다) 허면 어찌하여 모른 척하신 겁니까...

혜종   이제 와 그게 무엇이 중요하겠느냐. 결국 이렇게 되어 버린 것을...

휘   (충격이다. 흔들리듯 그런 혜종을 바라보면)

혜종   (아픈 마음 참아 내며) 나를 원망하느냐.

휘   (여전히 혼란스럽고... 그런 자신을 가다듬듯 잠시... 혜종을 바라본다)

혜종   (역시 아프게 바라보면)

휘   ... 이날을 오랫동안 상상해 봤습니다. 아바마마께서 알게 되면 어떻게 될지,
        두려웠었거든요... (다시 혜종을 보며) 세자로서 아바마마를 원망한 적은 없
        습니다. 다만, 이 궐에서 태어난 한 사람으로서... 원망하였습니다. (눈물을 애
        써 참아 내며) 저 역시, 부모님께 사랑받고 싶었던 평범한 아이였으니까요.

혜종   (애써 참으며 바라보면)

휘   (용기 내) 여쭙고 싶은 것이 있습니다.

혜종   (보면)

휘   다시 제가 태어나던 그때로 돌아간다 해도, 같은 선택을 하실 겁니까?... 어
        명이 아니었더라면 달라질 수 있었던 것인지... 여쭙고 싶었습니다.

혜종   (안타까운 눈빛, 그런 휘를 무겁게 바라본다. 잠시, 대답 대신) 궐을 떠나 네
        삶을 살거라.

휘   (대답을 회피하는 듯한 그 말에 실망의 기색이 스치고) 저는... 한 번도 제
        삶을 산 적이 없습니다.

혜종   (뭐라 말 못 하고, 안타깝게 보면)

휘   (허탈한 듯 바라보며, 원망스러운) 이것이 아바마마의 뜻이라면 받들어야겠
        지요.

휘, 참아 내듯, 일어나 예를 갖춘 후 그대로 편전을 벗어나면
그런 휘의 뒷모습을 무겁게 바라보는 혜종의 안타까운 눈빛에서.

S#7.   동궁전 일각 / 밤

홍내관, 놀란 듯 이현을 바라본다.

홍내관   (당황해 바라보며) 비, 비밀을 알고 있는 이가 누구냐니요...
이현   자네와 김상궁, 그리고 내금위장 말고 또 있는가.
홍내관   (어떻게 알았지? 너무 놀라 말이 막 꼬인다) 대체 무슨 말씀을 하시는 건지
모르겠습니다. 저는 진짜...
이현   (굳은 표정) 말해 주게. 이제부턴 나도 자네들과 함께 저하를 지킬 것이네.
홍내관   (어떡해야 하는 건가, 당황해 보는 데서)

S#8.   동궁전 근처 일각 + 폐전각 앞 / 밤

무복 차림의 지운, 성큼성큼 동궁전을 향해 걸어간다.
누가 볼까 주위를 살피며 쫓아가는 구별감.

구별감   (말리듯 잡으며) 참말로 죽을라고 환장한겨? 달포 만에 나타나서는 다짜고
짜 세자저하를 만나겠다니... 다들 동궁전 쪽으론 고개도 안 돌리는 거 몰
라? (답답한) 폐위라니까 폐위! 까딱하다가는 다 같이 죽는다고!
지운   놔. 상관없으니까. (뿌리치고 성큼성큼 가면)
구별감   (답답한) 저... 저... 귀신같은 놈, 저거.

구별감, 한숨 쉬고 따르다 문득 무언가를 본 듯

구별감   (히익! 놀라고) 저기 저하 아녀?

지운, 급히 걷다 그제야 보면,
일각, 휘, 홀로 쓸쓸히 폐전각으로 향하는 모습이 보인다.

구별감   내가 궐에 넣어 줬다고 말하지 말어. 나, 난 모르는 일이니께!

구별감, 행여나 들킬세라 줄행랑치듯 돌아서면
휘의 모습 보고 선 지운. 마음이 찢어지는 것 같다.

S#9.   동. 폐전각 앞 / 밤

폐전각 앞으로 걸어와 홀로 선 휘.
잠시, 넝쿨을 걷고 비밀의 문으로 들어가면
일각, 뒤따라온 지운. 울컥, 눈가가 젖어 들고.

S#10.   폐전각 / 밤 / 11부 엔딩에 이어서 (지운 시점)

지운, 안으로 들어오면. 지운을 그리듯 쓸쓸한 눈빛의 휘가 보이고.
외롭고 처참해 보이는 휘의 모습에 마음이 찢어질 것만 같다.
잠시, 더는 참지 못하고 성큼성큼 휘에게로 다가가는 지운.
휘, 그제야 인기척에 돌아보면, 거세게 흔들리는 눈빛으로 휘를 바라보는
지운. 더는 견딜 수 없다는 듯 휘를 확, 제 품으로 끌어당긴다.

지운   제가 틀렸습니다. (휘를 제 품에 꽉 안은 채) 다시는 저하를 홀로 두지 않겠
        습니다. 다시는요...
휘   !! (그제야 현실이구나, 놀라 눈빛 흔들린다)

차오르는 눈물을 겨우 참아 내는 휘. 그러나 애써 다잡듯 지운을 밀어내면,
아프게 바라보는 지운.

휘	이게 무슨 짓입니까. 돌아가십시오! 여기가 어디라고... (차마 말 못 이으면)
지운	(곧게 보며) 이젠 저하께서 뭐라고 하셔도 저하의 곁에 있을 것입니다. 저하를, 지킬 것입니다. 제가...

휘, 그 순간 오래도록 참아왔던 눈물이 툭... 떨어진다.
바라보는 지운, 더는 참을 수 없는 듯, 휘에게 다가가 깊게 키스하는 데서.

S#11. 동. 폐전각 마루 / 밤

앞씬의 키스로 서로 서먹하게 앉아 있는 휘와 지운.
두 사람 모두 무거운 표정이다. 누구도 먼저 입을 떼지 못한 채 연못만을 바라보는데.

지운	(가만히 폐전각을 바라보다) 오랜만에 이곳에 오니 좋네요. 꽃도, 나무도, 연못도 모두 그대로고... (짐짓 분위기를 풀어보려) 근데, 공기는 영 온양만 못한 것 같기도 하고 말입니다.
휘	(그제야 픽, 힘없이 웃으면)
지운	(그 모습에 마음이 아프고) ...함께 가지 않으시겠습니까? 지금처럼 이리 평상에 앉아 지겹도록 꽃이 피고 지는 걸 함께 보시지요. 밤엔 별도 보고, 흐린 날엔 마당에 떨어지는 빗소리도 함께 듣고 말이지요. (안타까운 미소 감추며 보면)
휘	(그런 날을 떠올리듯, 서글픈 미소가 스치고) 저는, 못갑니다.
지운	(안타깝게 보면)
휘	(조금은 슬픈 표정으로 먼 곳을 보며) 꿈을 꾸었습니다... 제가 아주 먼 훗날에 있는 꿈을요. 깨고 나니 마음이 조금 아프더군요. (제 삶을 떠올리듯) 내게 먼 날들은 늘 그랬거든요... 아프고, 무거웠습니다.
지운	(안타까운) 저하...
휘	(지운을 보며, 어쩐지 애틋한) 변했다고만 생각했는데, 변하지 않은 것 같아 다행입니다. (혼잣말처럼) 정말... 다행입니다.

지운   (차마 아무 말 못 하고 보면)

휘   (다잡듯 일어난다) 정사서는 그냥 정사서의 길을 가십시오. 나는, 이제 나의 길을 갈 테니...

지운   (막듯이 잡으며) 말씀드렸잖습니까. 이제 저하께서 뭐라고 하셔도 제가 곁에 있을 것이라고.

휘   (자신을 잡은 지운의 손을 바라본다) 나는 정사서가 행복했으면 좋겠습니다. 내게 매일매일 행복하라 했던 그 말처럼... (젖어 드는 눈가와 달리 입가엔 애써 평안한 웃음을 지으며) 그리 살아 주십시오. 이것이 정사서에게 바라는 내 마지막 부탁입니다.

　

휘, 쓸쓸히 자신을 잡은 지운의 손을 떼어 내면
마음 아픈 듯 그런 휘를 바라보는 지운.
그렇게 마주 선 두 사람의 모습에서.

S#12.　한기재 사저 / 새벽

꼿꼿한 자세로 서안 앞에 앉아 있는 한기재.
작은 함 안에 있는 무언가를 보고 있다. (가루로 된 독약 따위)
독약을 바라보는 한기재의 눈빛 서늘하리만큼 차가워 보이고.
잠시, "접니다. 대감" 소리와 함께 안으로 들어오는 정석조.
한기재 앞에 놓인 함을 알아본 듯 잠시 시선 멈춘다.

한기재   (대수롭지 않게 뚜껑 닫으며) 그래, 알아보라고 한 건 어찌 되었는가.

정석조   (잠시, 시선 거두고) 오대산 인근에 창천군 대감의 군사들이 있었습니다. (장부 하나를 건네며) 그곳으로 군수 물자가 넘어갔다는 걸 확인해 줄 장부입니다.

한기재   (장부를 넘겨본다. 비웃듯) 아무리 좋은 검도 다룰 줄 모르는 자에겐 위험한 물건일 뿐이거늘... 주상께서 헛된 욕심을 부리셨구만...

정석조   (바라보면)

한기재   (장부를 덮고) 저하께서 오늘 강화로 떠나신다고... (의미심장한 눈빛, 독이

든 함을 본다. 다시 정석조를 보며) 소식을 받으면 그 즉시 저하를 모시고 돌아와야 할 것이네. 그리 오래 걸리지는 않을 테니 말일세.

정석조   예. 대감. (고개를 숙여 예를 갖춘다. 한기재 앞의 독초함을 보는 시선에서)

S#13. 동궁전. 휘의 처소

곧 길을 떠날 모양인 듯 도포 차림인 휘. 그 앞에 제현대군이 앉아 있다. 고요한 처소 안 찻잔을 두고 마주 앉은 두 사람.

휘   (애써 담담하게) 사가의 생활은 어떠하였느냐. 이제 곧 궐에 들어와야 될 터이니 조금씩 정리를 해 두어야겠구나.

제현대군 (모든 게 자기 탓인 것만 같다) 죄송합니다. 형님...

휘   (안타깝고) 어찌 그런 말을 하느냐.

제현대군 그냥... 그래야만 할 것 같아서요...

휘   (그 모습에 마음 아픈) 이리 마주 앉아 차 한잔 마시는 일이 뭐가 그리 어려웠는지... (쓸쓸하게 보며) 못난 나의 열등감 때문에 너를 밀어내기만 하였구나.

제현대군 (그 말에 눈물이 후드득 떨어진다)

휘   눈물을 보이지 말거라. 연약해지면 안 된다. 궐에서는 언제나 당당하고 자신 있게 행동해야 하느니라.

제현대군 (슬픈 눈빛으로 그런 휘를 보면)

휘   (애틋하게 보며) 잘 할 수 있을 것이다. 겸이 너는... 하나뿐인 내 아우가 아니냐.

제현대군 형님...

휘   (슬픔을 참아 내듯, 애써 담담히 바라보는 데서)

S#14. 대전 뜰

휘의 행렬을 배웅하기 위해 선 대전 궁인들과 몇몇 대신들.

휘, 떠나기 전 혜종에게 인사를 올리기 위해 기다리고 있다.
그러나 끝내 모습을 보이지 않는 혜종.
잠시, 처소에서 나온 조내관이 홍내관을 향해 무겁게 고개를 저으면
안타깝게 바라보는 홍내관, 김상궁 등.

홍내관   (차마 혜종이 나오지 않을 거란 말은 전하지 못하고) 저하... 이만 가 보셔야
할 것 같습니다.

휘, 역시 체념한 듯, 혜종이 있는 대전 처소 쪽을 바라본다.

휘   (혜종에게 들릴 듯한 목소리로, 담담히) 소자 그만 물러가 보겠습니다. 부디
강녕하시옵소서. 아바마마...

처소를 향해 절을 올리는 휘. 그대로 돌아서면

S#15. 동. 혜종 처소

홀로 무겁게 앉아 있는 혜종. 휘의 목소리를 들은 듯 표정이 굳어진다.
담담히 슬픔을 참아 내는 혜종.
잠시, 문이 열리고 윤형설이 들어온다.

윤형설   ...말씀하신 대로 모든 준비를 마쳤습니다.
혜종   (끄덕이고, 담담히 윤형설을 바라본다) 그 아일, 잘 부탁하네.
윤형설   (고개를 숙이고) 전하를 속인 죄, 저의 목숨으로 갚을 것입니다.

윤형설, 예를 갖추고 돌아서려는데

혜종   고맙네. 지금껏 그 아이의 비밀을 잘 지켜주어... (진심 어린 눈빛으로 보며)
자네도... 몸조심하게.
윤형설   (!, 그 말에 잠시, 더욱 깊이 숙이고 비장하게 돌아서 나간다)

혜종   (쓸쓸히 바라보는 데서)

S#16. 동. 대전 마당

　　　　무거운 표정의 윤형설 걸어 나오는데 궐 일각, 이현이 걸어오고 있다.
　　　　마주 보는 두 사람. 잠시 서로를 향해 끄덕, 눈빛 교환한다.

S#17. 궐 문 안 일각

　　　　궐 문 너머로 휘를 기다리는 귀양 행렬과, 대신들의 모습이 보인다.
　　　　무겁게 바라보는 휘. 이현, 그런 휘에게 다가서면, 마주 보는 두 사람.

휘　　　(무겁게 바라보며) 송구합니다. 형님. 결국, 이런 대답밖에 드리지 못해서
　　　　요...
이현　　(괜찮다는 듯 끄덕여주며) 준비되셨으면 출발하시지요. 저하.

　　　　이현, 앞장서면
　　　　휘, 궐 문 너머를 잠시 바라보다 역시 함께 발걸음 옮기고.

S#18. 궐 문 밖

　　　　짐을 가득 실은 말과 수레들이 서 있다.
　　　　함께 귀양길에 오른 동궁전 궁인들 모습도 보이고...
　　　　자신을 배웅하기 위해 선 종친들과 대신들의 모습을 바라보는 휘.
　　　　마음이 무겁고. 일각에 선 한기재에게 다가가는 휘. 만감이 교차한다.

휘　　　(담담히) 그만, 가보겠습니다.
한기재　(끄덕이고) 조심히 다녀오십시오. 저하. (곁에 선 정석조에게) 자네가 저하

를 잘 보필해 주시게.

휘   (그 말에 잠시 본다. 끝까지 미련을 버리지 못하는 한기재가 가여울 지경이
      고. 씁쓸한 듯 바라보면)

정석조, 목례하고, 군사들을 통솔하듯 자리로 이동하면.
그런 정석조를 보는 휘와 일각의 이현.

S#19. 동. 일각

침통한 표정으로 선 김상궁. 담담히 눈물 훔쳐 내면
곁에 선 홍내관, 무언가 이상한 듯 주변을 돌아본다.

홍내관   (이상하고) 아까부터 김가온 그자가 보이질 않습니다. 설마... 저 혼자 도망
        친 것은 아니겠지요?
김상궁   (보다가 쯧, 가볍게 등 떠밀며) 쓸데없는 걱정 말고, 저하나 잘 챙기시게.

홍내관, 김상궁의 타박에 어쩔 수 없이 시선 거두면
잠시, 준비된 말 위에 오르는 휘, 동시에 행렬이 출발한다.
일각의 원산군, 떠나는 휘의 모습에 미세하게 입꼬리가 올라가고.
한기재, 점점이 멀어지는 휘의 행렬을 바라보는 비장한 표정에서.

S#20. 동. 다른 일각

변복 차림의 가온, 몸을 숨긴 채 떠나는 휘를 지켜보고 있다.
마음이 좋지 않은 듯 무거운 표정의 가온에서.

S#21. 도성 외곽 거리

휘의 행렬이 줄지어 이동 중이다. 휘의 곁엔 홍내관이 따르고.
담담한 표정의 휘, 멀리 무언가를 발견한 듯 조금 동요하여 보면.
멀리, 어느 나무 가지에 휘가 어여삐 보았던 꽃(10부 11씬)과 같은 색의 천
이 매듭져 묶여 있다. 휘, 이내 그것이 지운의 짓임을 알아채듯
조금은 착잡한, 그러나 따뜻한 미소로 바라본다.

휘	참으로 말도 안 듣는 자가 아니냐...
홍내관	예? (보면)
휘	가서 저것 좀 가져다주거라.
홍내관	예? 뭘...? (보면)
휘	(애틋한 눈빛으로 매듭을 바라보고)

S#22. 귀양길 일각

여장(旅裝)을 꾸린 지운, 휘가 지나갈 길 어딘가 나무에 또다시 그 매듭을
짓고 있다. 멀리, 조금씩 다가오는 휘의 행렬을 기다리듯 보고 선 지운. 천천
히 휘의 모습이 다가오면 역시 마음 아픈 듯 바라본다.

S#23. 동. 휘가 있는 길 위 + 지운이 있는 곳

행렬 속 휘, 홍내관이 가져다준 듯 그 매듭 천을 손목에 묶었다.
휘, 멀리 지운을 발견한 듯 옅은 미소를 지으면.
멀리 떨어져 있어도 함께인 듯 서로를 바라보는 두 사람.

S#24. 동. 행렬 일각

행렬을 따라 함께 이동 중인 문수, 만달, 범두.
범두, 아까부터 계속 홀쩍이면 바라보는 만달.

만달	(딱하게 보며) 그만 좀 그치십시오. 어찌 그리 눈물 바람이십니까...
범두	혼자 남겨진 어머니를 두고 가자니 발걸음이 안 떨어져 그러네. (훌쩍이며) 과거에 급제하고 궐문을 넘을 때만 해도 청운의 꿈을 꾸었는데...
만달	(이해하듯 안쓰럽게 보는데)
문수	(평소와 달리 꼿꼿하게) 지금 자네가 신세 한탄이나 할 때인가! 가서 저하를 잘 보필할 생각을 해야지! 지금 제일 힘드신 분이 저하 아니신가!
범두, 만달	보덕 어른... (평소답지 않은 문수를 황당하게 보면)
문수	(충절이 가득한 눈빛으로 앞선 휘를 본다. 흑, 역시 눈물 차오르고)
범두	(문수 모르게 속닥속닥) 어찌 저러시는 건가?
만달	(속닥속닥) 글쎄요. 충격이 커서 실성이라도 하셨는지...
문수	(콧물 팽 풀고 걷다가 일각에 행렬을 따르는 듯 보이는 지운을 발견하고, 놀라 촐랑대는 말투로) 어? 저기 정사서 아니야?!
범두, 만달	(돌아보면 지운의 모습 이미 사라져 보이지 않고)
문수	야! 니들 봤어? 봤지? 정사서가 왜 왔지?? (감탄하며) 설마 우리를 따르려고...!!
범두	(속닥속닥) 자네 말대로 정말 실성이라도 하셨나 보구만...

범두, 쯧쯧 짠하게 바라보면
만달, 역시 그런 문수를 짠하게 보며, 으쌰- 짐 메고 다시 걷는다.
문수, "맞는데! 진짠데~?" 연신 돌아보며 걸어가고.

S#25. 산 속

행장을 매고 산을 오르는 지운. 역시 어느 나뭇가지에 앞선 그 매듭을 묶으려 하는데, 조금 떨어진 곳 이상한 인기척이 느껴진다.
지운, 인기척을 따라가 보면, 행렬이 오는 길목을 지키듯 몸을 숨긴 복면의 사내 몇. 놀라 급히 몸을 숨긴 지운. 등에 찬 검을 꺼내어 들고선 사내들의 정체를 살피는데. 잠시, 누군가, 복면의 사내들에게 다가온다. 은밀히 지시를 내리는 사람... 바로 윤형설이고! 놀라 바라보는 지운. 그 순간 휘의 행렬이 산길에 바짝 다가오는 모습이 보인다. 지운, 이게 대체 무슨 일인지 혼란스러운데.

S#26. 동. 산길

도성을 지나 외곽의 으슥한 산길로 접어든 행렬.
앞서던 이현, 잠시 주변을 돌아보는 듯하더니 먼저 말을 세운다.
일동, 이현을 바라보면

이현   여기서 잠시 쉬어가시지요. 저하.
휘   (조금 의아하고) 여기서요?
이현   (일동에게) 말을 멈추거라. 이곳에서 쉬어갈 것이니라.

일동, 이현의 소리에 행장을 내리면

이현   (휘에게) 저기에 자리를 봐 놓으라 하였으니 조금만 쉬고 계시지요.

휘, 조금 이상하지만, 별 의심 없이 이현이 말한 자리로 걸어간다. 조금 긴장한 눈빛으로 바라보는 이현.
홍내관과 김상궁, 휘의 뒤를 따르면, 이현, "잠시만!" 두 사람을 불러 세운다.

이현   자네들은 저하께서 마실 물과 땀을 식힐 옷가지를 좀 챙겨 오게.
홍내관, 김상궁   (조금 의아하게 보다가) 예? 아, 예... 군대감. (가면)

돌아보는 정석조. 아무래도 뭔가 이상한 듯, 이현에게 다가간다.

정석조   조금만 더 가면 물을 마실 수 있는 계곡이 있으니 거기서 행장을 푸시지요.
이현   저하께서 힘들어하십니다. 물은 사람들을 시켜 길어 오면 될 일이니, 그냥 쉬었다 가지요.
정석조   이곳은 산세가 힘해 산도적이 자주 출몰하는 지역입니다. 그러니 지금이라도 제 말대로 장소를 옮기시지요.

이현   행렬의 책임자는 집의가 아니라 접니다. 설마 종친인 제가 저하를 위험에 빠트릴 일을 하겠습니까.

정석조, 어쩔 수 없는 듯, 그래도 못내 찝찝한 듯 주변을 돌아보는데
동시에 "꺅-" 하는 나인의 비명 소리가 들려온다.
소리에 돌아보는 이현과 정석조.
휘가 있는 곳, 복면의 누군가(윤형설) 휘의 목에 칼을 들이댄 채 인질로 잡고 있는 모습이 보인다. 이현, 그 모습 보는 위로.

플래시백 / 윤형설 집무실 / 밤
윤형설을 찾아온 이현.

이현   제가 그 행렬의 길잡이가 되지요. 집의께서도 종친인 내 명은 거부하지 못할 겁니다.
윤형설   (그런 이현을 보는 표정에서)

다시 현재
정석조, 놀라 칼을 빼고 휘가 있는 곳으로 달려가려는 순간
정석조의 길을 막듯 발아래 박히는 화살들.
정석조, 바라보면 윤형설과 함께 온 복면의 수하들, 활을 쏘며 달려온다.
(사람은 맞추지 않고, 위협하듯 땅과 짐 따위에 박히는 화살들) 갑작스러운 복면들의 공격에 아수라장이 되는 행렬.

정석조   (군사들에게) 저하를 지켜라!!

순식간에 복면들과 군사들의 교전이 시작되면
정석조, 역시 복면들을 헤치며 휘에게 다가가는데

S#27.   동. 휘가 있는 곳

갑작스러운 복면들의 출현에 놀라 보는 휘.

윤형설   (목에는 칼을 들이댄 채 휘에게만 들리게) 내금위장입니다. 저하. 절 따라
　　　　 오시지요.
휘   (! 그 말에 놀라 보면)
윤형설   전하의 어명입니다.

　　　　 휘, 어명이란 말에 놀란 듯, 윤형설을 바라보면
　　　　 윤형설, 혼란스러운 틈을 타 그대로 매어 놓은 말 위로 뛰어오른 후,
　　　　 휘를 끌어당겨 제 뒤에 태운다.
　　　　 윤형설, 곧 빠르게 말을 몰아 산 속으로 달려가면
　　　　 정석조, 날아오는 화살을 피해 급히 말에 뛰어오른다.
　　　　 두 사람의 뒤를 쫓기 시작하는 정석조.

S#28.   동. 조금 떨어진 일각

　　　　 옷가지 등을 챙겨오다 소란에 놀라 돌아보는 홍내관과 김상궁.

김상궁   이게 대체 무슨 소린가!
홍내관   (급히 다가오며) 저하께 변고가 생긴 것 같습니다.

　　　　 놀란 두 사람, 들고 있던 물건도 떨어트리고 급히 달려가려는데
　　　　 어느새 두 사람에게 다가온 이현.

이현   (낮게) 저하는 무사하시네.
홍내관,김상궁   예?! 그게 무슨... (영문 몰라 보면)
이현   설명할 시간이 없네. 자네들은 어서 나를 따라오게!

　　　　 이현, 사라진 휘를 확인하듯 고갤 돌려보다 돌아서면

어찌된 영문인지 몰라 당황하는 홍내관과 김상궁, 이현을 따르고.

S#29. 산 길

앞서가는 윤형설의 말과, 조금 떨어져 쫓고 있는 정석조의 말이 보인다. 잠시, 그 뒤로 어느샌가 말을 타고 쫓아오는 지운의 모습이 보인다. 정석조의 뒤를 쫓던 지운, 이대로는 안 되겠지 순간 말머리를 돌려 지름길로 들어가면, 여전히 말을 달리는 정석조.

S#30. 동. 다른 일각 (갈림길)

정석조, 어느새 윤형설의 뒤를 바짝 쫓아왔다.
활을 꺼내 윤형설의 말을 겨냥하는 정석조.

윤형설　(돌아보며, 낭패스러운) 꽉 붙잡으십시오. 저하. (더 빠르게 말을 달리고)
휘　　　(역시 돌아보는 표정)

정석조, 말의 다리쯤을 향해 활을 쏘려는 순간, 어느샌가 정석조를 추월한 지운이 그 앞을 막아선다. 앞발을 치켜드는 정석조의 말.
그 바람에 활을 놓치는 정석조, 다시 자세를 잡으면
그 사이 윤형설의 말은 가시거리에서 사라져 보이지 않고.

정석조　(앞을 막아선 지운을 놀라 본다) 니가 어찌 여기 있는 것이냐!
지운　　(돌아서 사라진 휘를 확인한다. 안도하듯 정석조를 바라보면)
정석조　저하를 데려간 자가 누구냐. 말하거라!

\# 플래시백 / 25씬에 이어서
지운, 나무 정도 뒤에 몸을 숨기고 윤형설의 말을 듣는다.

| 윤형설 | 내가 저하를 모시고 무사히 안가에 도착할 때까지, 반드시 저들의 추격을 막아야 한다. |

지운	(떠올리며) 모릅니다. 그저 저하를 구하고자 하는 자들이겠지요.
정석조	(그런 지운을 쏘아본다) 비키거라. 저하께선 다시 궐로 돌아가셔야 한다.
지운	(그 말에 조금 이상하고) 그게 무슨 말입니까?

마침, 뒤를 쫓아오는 군사들의 모습이 보인다.

| 정석조 | (뒤를 확인하고 어쩔 수 없는) 납치범으로 몰리기 싫다면 어서 여길 떠나는 것이 좋을 것이다. |

정석조, 말머리를 돌려 관군들에게 다가가면
바라보는 지운. 잠시, 고개를 돌려 휘가 사라진 방향을 본다.
지운의 앞에 놓인 갈림길에, 난감한 표정에서.

S#31. 산 속. 안가 앞

윤형설의 말이 매어져 있다.

S#32. 동. 안가 안

윤형설이 미리 준비한 듯, 정리되어 있는 빈 안가.

윤형설	일단 옷부터 갈아입으시지요. (무복 정도 건네면)
휘	(받지 않고) 대체 어떻게 된 겁니까. 어명이라니...
윤형설	(무거운 표정에서)

플래시백 / 편전 / 밤

윤형설, 혜종과 마주 앉아 있다.

혜종   (무겁게 침묵하다가) 자네 그 목숨을 날 위해 바친다고 하였지.
윤형설   (그 말에 혜종을 본다. 다시 고개 숙이며) 그러하옵니다. 전하.
혜종   이제부터 그 목숨, 세자를 위해 바치거라... (떨리듯) 세자의 비밀을 끝까지
            지켜야 할 것이다.
윤형설   (! 그 말에 놀라보면) 알고 계셨던 겁니까... 저하의 비밀을.

            # 다시 현재
            윤형설, 미리 준비되어 있던 함 하나를 내민다.

윤형설   전하께서 전해 달라 하셨습니다.

            휘, 당황스러운 듯, 조심스레 열어보면,
            상자 안, 어여쁜 여인의 옷과 편지가 담겨 있고.
            휘, ! 믿기지 않는 듯, 흔들리는 눈빛으로 바라보는데.

S#33. 동. 방 안

            홀로 앉은 휘, 떨리는 손으로 편지를 펼친다.
            한 자 한 자 정성스레 써 내려간 혜종의 편지를 읽는 휘의 얼굴 위로 혜종
            의 목소리.

혜종 (E)   네가 이 편지를 읽을 때쯤이면, 궐은 한바탕 소란이 나 있겠구나.

S#34. 혜종 몽타주

            # 대전. 처소 / 밤
            고요한 처소. 혜종, 서안 앞 홀로 앉아 휘에게 편지를 쓴다.

흔들리는 등불 아래, 정갈한 글씨로 써 내려가는 편지.

혜종 (E) 니가 원치 않을 일이라는 것을 알았기에 차마 네게도 알릴 수 없었다. 나는, 이렇게 끝까지 너의 뜻을 꺾은 못난 아비로 남게 되었구나.

혜종, 잠시 붓을 멈추고 무거운 표정에서,

플래시백 / 6씬

혜종 궐을 떠나 네 삶을 살거라.
휘 저는... 한 번도 제 삶을 산 적이 없습니다.

뒤돌아 멀어지는 휘를 보는 혜종의 착잡한 눈빛 위로

혜종 (E) 이것이 너를 잃는 것보다는 나을 것이라 생각했다. 너를 지킬 수만 있다면... 이제 그런 원망쯤은 달게 받아 낼 수 있을 터이니.

대비전 / 혜종과 대비, 언성을 높이고 있다.

대비 세손을 두고 제현대군을 세자에 올리자니요! 정녕 중전의 치마폭에 싸여 성명(聖明)을 잃으신 겝니까 주상!!
혜종 (무거운 표정)

혜종 (E) 너의 세자 책봉을 반대한 이유도 그 때문이었다. 허나, 너는 내가 우려하였 던 것보다 훨씬 더 강한 아이더구나...

연무장 / 낮
어린 휘, 군사 하나와 격검 대련을 하고 있다. 휘, 실수로 군사의 검에 맞으 면, 한기재 쯧... 못마땅하게 처다본다. 그런 한기재의 눈치를 보는 휘. 작은 손에 칭칭 감긴 붕대는 이미 핏빛으로 물들어 있지만 포기하지 않고 다시 목검을 고쳐 잡고 내려친다.

일각, 윤형설을 대동한 혜종, 마음 아픈 듯, 그 모습을 무겁게 본다.
혜종을 발견한 한기재, 예를 갖추면 휘 역시 혜종을 보고 인사하는데
혜종 그대로 돌아서 차갑게 지나간다. 그 모습에 표정 어두워지는 휘.

혜종(E)   그래서 더 아팠고, 그래서 더 괴로웠다. 너를 보는 일이... 내겐 세상에서 가
         장 어려운 일이더구나.

         앞씬에 이어 걸어가는 혜종과 윤형설.

혜종   (잠시 한기재와 휘를 돌아보며) 창천군의 세력을 키울 것이다. 하여 세자가
         왕이 되었을 때, 상헌군의 손에 휘둘리지 않도록 만들 것이다.
윤형설   (조금 놀라고, 무겁게 고개 숙인다)

         # 대전, 처소 / 다시 편지를 쓰는 혜종의 모습 위로.

         # 플래시백 / 6씬

휘   다시 제가 태어나던 그때로 돌아간다 해도, 같은 선택을 하실 겁니까?... 어
         명이 아니었더라면 달라질 수 있었던 것인지... 여쭙고 싶었습니다.
혜종   (안타깝게 휘를 보는 표정 위로)

혜종(E)   그날 나의 선택을 오랫동안 후회했다... 하여 나는 또다시 후회할 일을 만들
         지 않으려 한다.

         # 플래시백 / 11부 44씬
         꽃신을 신은 휘를 보는 혜종, 눈빛이 흔들린다. 고심하듯, 돌아서면

혜종(E)   이휘. 너의 오라비 이름이었지만 내게는 이제 너의 이름이다. 조선의 세자였
         고, 하나뿐인 나의 딸이었던...

플래시백 / 11부 46씬
"세자를 폐위에 처한다." 말하던 혜종의 무참한 표정에서

S#35. 다시 방 안 / 밤

떨리는 손으로 편지를 내려놓은 휘, 혜종이 준 옷을 꺼내 들어 본다. 고운
연분홍빛 한복에 예쁜 꽃이 수놓인 옷... 그 위로 투두둑, 눈물이 떨어진다.
그제야 아버지의 진심을 깨닫고 후회하듯 옷을 끌어안고 오열하는 휘의 모
습 위로.

혜종 (E)   그저 살아 다오. 나에게 너의 소식이 들려오지 않도록...

S#36. 대전. 혜종 처소 / 새벽

고요한 분위기 속, 조내관의 도움을 받아 의관정제 하는 혜종.
문밖, "전하, 상헌군 대감 드셨습니다." 소리 들려오면
돌아보는 혜종.

(점프)
혜종과 한기재 마주 앉으면, 나인 하나 차를 내어온다.
찻상을 두고 마주 앉은 두 사람, 고요한 정적이 흐르고.

한기재   간밤에 잠은 좀 주무셨습니까.
혜종   (저를 걱정하는 한기재의 말에 헛웃음이 나는 듯, 잠시 바라보면)
한기재   (찻잔을 들며) 자식을 사지로 내몰았으니, 물론 편치 않으시겠지요.
혜종   (차갑게 보면)
한기재   귀하게 지킨 아이가 아닙니까. 딸아이를 버리고 선택한 아들이었으니...
혜종   (미세하게 떨리고, 허탈하게 웃으며) 하여 내가 상헌군을 싫어하지 않소. 그
         선택을 하게 만든 것이 바로 그대였으니. (차갑게 보면)

한기재	(담담히 끄덕인다) 그래, 이제 어찌하실 생각이십니까.
혜종	당연히 제현대군이 세자의 뒤를 이어야겠지요. 안타깝게 되었소. 선대왕대의 영광을 그리워하였을 텐데. (비웃듯 보면)
한기재	(역시 웃고는, 차를 마신다. 잠시 혜종을 바라보고는) 바람이 찹니다... 부디 옥체 보존하시옵소서.

바라보는 혜종. 허탈한 듯, 시선을 거두고 차를 마신다.
이른 새벽, 고요히 차를 마시는 두 사람의 모습에서.

S#37. 안가. 마당 / 아침

윤형설이 준비해 둔 옷(수수한 남색 무명천으로 된 융복 느낌)을 입고 서 있는 휘. 잠시, 윤형설, 무거운 표정으로 돌아온다.

휘	(얼른 다가가) 어찌 되었습니까?
윤형설	길목마다 관군들이 포진해 있어 나루터로 곧장 가기는 어려울 것 같습니다. 제가 다른 길을 알아볼 테니 잠시만 더 이곳에 계십시오.
휘	(걱정으로) 뱃길이 막혔다면 다른 길이라고 안전하겠습니까. (잠시 고민하다) 내게 좋은 생각이 있습니다.
윤형설	(보는 데서)

S#38. 폐가 근처. 산 속

풀숲을 헤치며 휘의 흔적을 찾아다니는 지운.
밤새 산속을 헤매고 다녔는지 여기저기 긁히고 엉망인 모습이다.
"대체 어디 계신 겁니까 저하..." 피곤한 기색 역력하지만
휘의 걱정으로 걸음을 멈출 수 없는 듯, 다시 힘을 내 이동하려는데
문득, 저 멀리 지운이 길목마다 매듭을 지었던 천과 같은 천이 나무에 매듭 지어 있는 것이 보인다.

지운   저건...!

지운, 놀라 달려가면 분명 자신이 지은 매듭과 같은 천이다.
주변을 둘러보던 지운. 조금 떨어진 곳 버려진 집(안가) 하나를 발견하고 설마... 바라보는.

S#39. 안가 곳곳

지운, 급하게 달려 들어와 "저하...!" 벌컥, 방문을 연다. 그러나 이미 떠난 듯 텅 비어 있는 방. 다른 곳들을 살펴도 마치 처음부터 아무도 오지 않았던 듯, 아무런 흔적이 남아있지 않다.
지운, 허탈하게 돌아서는데... 문득, 다시 돌아보면...
부엌 아궁이 속, 타다만 휘의 옷(궐을 떠날 때 입은 옷)이 보이고,
떠난 지 얼마 되지 않았는지 여전히 잔불이 남은 것을 보고는, 다시 황급히 달려 나가는 데서.

S#40. 나루터 근처 거리

나루터로 향하는 문 앞, 관군들, 휘를 찾듯 검문을 하고 있다. 행여나 짐 속에 숨겨 놓진 않았나, 수레 하나하나 열어 보며 물샐 틈 없이 감시하는 모습 보이고.

S#41. 동. 일각

휘를 찾듯 두리번거리며 걸어오는 지운. 그러나 들고나는 사람들 속 휘의 모습은 보이지 않는데, 순간, 그런 지운의 맞은편으로 스쳐 지나가는 쓰개치마를 쓴 한 여인... 다름 아닌 휘다! 혜종이 준 옷을 입고 여인의 모습을

한 휘. 삿갓을 눌러쓴 윤형설과 함께 사람들 눈을 피해 지나가면, 지운, 휘를 알아보지 못하고 그 곁을 스쳐 지나간다.

S#42. 동. 다른 일각

수하들과 함께 휘를 추적하는 정석조, 여긴 아닌 것 같다. 말하며 지나가는데, 조금 떨어진 곳, 스치듯 지나가는 어느 여인의 발에 찰나로 시선이 머문다. 정석조, 치맛자락 사이로 사내의 신발을 본 것도 같은데! 이상함에 돌아보는 정석조. 그러나 어느새 여인의 모습은 인파들 사이에 섞여 보이지 않고.

S#43. 나루터 입구

휘와 윤형설, 걸어오면 조금 전보다 관군들이 더 많이 포진해 있다.

윤형설   (어떡할까 하다가) 여기서부턴 따로 가는 것이 좋겠습니다. 관군들이 제 얼굴을 알고 있으니 함께 간다면 저하께서 위험해지실 겁니다.
휘   (걱정) 괜찮으시겠습니까.
윤형설   걱정 마십시오. 먼저 건너가 계시면 곧 뒤따르겠습니다.

휘, 알겠다는 듯 끄덕인다. 쓰개치마를 고쳐 쓰고 홀로 가는 휘.
긴장된 눈빛으로 관군 앞에 멈춰 서면
관군들, 잠시 일별 후 그대로 휘를 통과시킨다. 안도하는 휘.
일각에서 지켜보던 윤형설, 역시 안도하듯 다른 길로 돌아서는데.

S#44. 동. 일각

급히 걸음을 옮기는 윤형설. 그 순간, 윤형설의 앞을 막아서는 누군가, 정석조다! 그 곁으로 정석조의 수하들도 몇 있고.

정석조   역시 자네가 맞았군.
윤형설   (낭패스럽다. 긴장을 감추고 보면)
정석조   함께 있던 여인은... (깨닫듯) 세자께서 변복을 하신 모양이군.
윤형설   (표정 관리하며) 안타깝지만 한발 늦었네. 이미 안전한 곳에 모시고 돌아오
         는 길이니.
정석조   (가늠하듯 보다가, 옆의 수하를 향해) 당장 가 모든 여인들의 얼굴을 확인
         하거라! 조금이라도 의심되는 자가 있다면 지체 말고 데려와야 한다!

         예! 명을 받은 수하들 달려가려는데
         윤형설, 챙-! 검을 빼 들고 막아선다.

윤형설   이미 폐세자가 되신 분이네. 목숨만은 살리도록 길을 열어 주게.
정석조   (보다) 나 역시 저하를 살리고자 하는 일이네.

         윤형설, 무슨 말인가. 말의 의미를 가늠하듯 정석조를 바라보면
         부딪히는 두 사람의 눈빛, 금방이라도 터질 듯 팽팽하게 맞선다.
         잠시, 정석조, 수하들에게 눈짓하면, 수하들 윤형설을 향해 달려들고.
         그렇게 수하들과 일전을 벌이는 윤형설의 모습에서.

S#45.   어느 기와집 앞

         말 몇 마리 매어져 있는 기와집 앞.
         윤형설의 수하 하나가 주변을 살피고 은밀히 들어간다.

S#46.   동. 기와집 마당

         마주 선 이현, 김상궁, 홍내관.

홍내관	(놀라며) 저, 전하께서 시키신 일이었다고요?! (믿기지 않는) 헌데 어찌 저희에겐 말씀도 않으시고...
이현	(무겁게) 미안하네. 혹여라도 일이 틀어질까 염려되어 저하와 자네들 모두에게 말하지 못하였네...
김상궁	(역시 놀랐다가, 그 마음 이해하듯) 잘하셨습니다. 저하께서 먼저 아셨더라면 절대 동의하지 않으셨겠지요... (불안한 듯 대문 쪽 보며) 아무 일 없으셔야 할 텐데...

그때 급히 들어오는 윤형설의 수하.
세 사람, 얼른 수하에게 다가간다.

이현	어찌 되었는가.
수하	아직...
홍내관	(걱정) 설마... 잡힌 건 아니겠지요?
수하	이포 나루 부근에 아직 관군들이 깔려 있다 하니 잡히시진 않은 것 같습니다.
김상궁, 홍내관	(조금 안도하면)
이현	(걱정) 아무래도 내가 가서 알아봐야겠네. 내가 돌아올 때까지 꼼짝 말고 이곳에 있게. (수하에게) 두 사람을 잘 보살펴 드리거라.
수하	예.

이현, 급하게 나서면 홍내관, 김상궁 걱정으로 바라본다.

S#47. 나루터. 배 위

배가 출발하기 직전이다. 휘, 쓰개치마로 얼굴을 가린 채, 긴장한 표정인데. 군사 하나, 사람들의 얼굴을 하나씩 확인하고 있다. 이내 휘의 앞에 선 군사.

군사1	고개를 드시오.
휘	(눈 내리깐 채 고개만 살짝 들어 보이고)
군사1	(이상한 듯) 똑바로 들라니까. (뭔가 알아채려는 듯 보면)

누군가 배에 오르고, 배가 조금 휘청한다.
휘, 지금이라도 벗어던지고 도망가야 하나, 꽉 쥔 손에 힘이 들어가는 그 순간, 휘의 어깨를 감싸오는 누군가의 팔. 보면, 지운이다!

지운	부인! 화가 많이 났소? 걸음이 어찌 그리 빠른지... (애교 섞인 궁시렁) 내 다른 여인을 훔쳐본 게 아니래도 참.

휘, 당황하면. 지운, 군사에게 보란 듯 미소 지어 보이는.

지운	고생이 많으십니다...만, 아무리 급해도, 남의 집 아낙의 얼굴을 이리 함부로 보려 하시다니요... (휘의 쓰개치마를 더욱 가려 주고) 너무 아름다워, 괜히 눈이나 부실게요.

지운, 보란 듯이 한 손으로 휘를 더욱 안듯이 하면, 눈이 마주치는 두 사람.
지운, 안심시키듯 미소 짓고, 다시 군사를 보면.
군사, 조금 당황해서 어버버대고. 옆에 있던 사람들, 웃음 터진다. "맞아~~! 새댁 얼굴은 봐서 뭣해." 사람들의 장난스러운 맞장구에, 군사, 큼큼, 지운과 휘를 지나쳐 가고.

지운	(배 탕탕 치며) 자자. 빨리 출발 좀 합시다. 우리 부부가 갈 길이 멉니다!

군사, 어쩔 수 없다는 듯 돌아서 내리면, 드디어 출발하는 배.
긴장이 풀린, 휘, 손에 힘이 풀리듯, 쓰개치마를 살짝 내리면. 지운도 안았던 팔을 풀어낸다. 떨리는 듯한 지운의 표정, 그제야 드러나고.

휘	(소리 죽여) 어찌 된 겁니까.
지운	(소리 죽여) 행렬을 따르다 내금위장과 떠나는 모습을 봤습니다. 변장하셨

을 거란 생각은 했는데... (애써 떨리는 마음 감추며) 제법... 잘 어울리십니다.

휘   (민망한 듯 시선 마주치지 못하면)

지운   (걱정하듯) 헌데 어찌 혼자 계신 겁니까.

휘   그것이... (하다가) 듣는 귀가 많으니, 내려서 얘기하시지요.

지운, 알겠다는 듯 끄덕이며 다시 휘를 보는데, 그 모습 너무 아름다워, 새삼 가슴이 떨리고...

지운   (정신 차리자, 괜히 얼굴 짝짝 치며) 어허~ 바람 좋네~

강 너머 보면서 슬며시, 휘의 어깨에 손을 올릴락 말락, 올릴락 말락... 하는데, 한 여자아이(예닐곱 살 정도)가 둘의 앞에 와서 선다.

아이   언니. 저도 언니처럼 예쁘게 머리 좀 묶어 주세요.

휘   (잠깐 당황해 보면)

지운   (휘가 불편할까) 아저씨가 해 줄까? 아저씨도 머리 잘 땋거든.

아이   (잠깐 고민하다가, 히히 웃는, 끄덕끄덕, 끈 주면)

휘   (용기 내어 끈을 받아 드는) 제가, 하지요. (아이 향해 미소 지으면)

더 밝게 웃는 아이, 앉으면, 휘가 머리를 땋아 준다.
앉아 있던 아이, 문득 곁으로 휘의 발에 신겨진 남자 신발을 본다.

아이   언니 근데 왜 남자 신발을 신고 있어요?

휘   (당황해서 발을 얼른 넣으면)

지운   (어색한 웃음) 아하하하, 이 언니가 발이 좀 커서 그래! (말 돌리려 얼른) 이 언니 예쁘지?

아이   네! 눈이 부시게요!

배에 탄 일동, 아이의 말에 허허 웃으면
지운, 휘, 둘 다 얼굴 붉어지고.

아이	아저씬 좋으시겠어요. 이리 어여쁜 각시도 있고. (헤헤 웃으면)
지운	뭐? (어색한 듯, 웃다가, 슬쩍 휘를 본다)
휘	(민망해서 얼굴 빨개지는 데서)

S#48. 건너편. 나루터 일각

조금 멀리 나루터가 보인다. 배에서 내린 듯 사람들 사이로 걸어오고 있는 휘와 지운. 지운, 사람들의 눈을 가리듯 휘를 감싸며 걸어와 일각에 숨듯 선다. 둘, 잠깐, 떨리듯 서로를 보면

지운	(이어 말하듯) 허면, 전하께서 저하를 살리시기 위해 내금위장을 보내셨단 말입니까?
휘	예. 아바마마께서 따로 거처를 봐 두셨다 합니다. 헌데... 제가 여기 있을 건 어찌 아셨습니까.
지운	(휘가 묶어 두었던 천 보이며) 찾으라 묶으신 거 아니시고요?
휘	(알아봤구나. 조금은 멋쩍게 미소로 보면)
지운	(생각 정리하고) 허면 이제 떠나실 일만 남은 거란 말인데... (휘를 보며, 장난스러운 표정 되는) 궐에만 계셨던 귀한 분께서, 이 험난한 세상을 어찌 살아가시려나... (결심하듯) 하. 하는 수 없겠네요! 제가 저하를 먹여 살리는 수밖에요. 이제, 걱정 않으셔도 됩니다!
휘	(허세에 픽, 웃음 나고. 못 미더운 듯 보면)
지운	아니. 제 의술을 무시하시는 겁니까. (안타깝다는 듯) 아, 저하께서 온양엘 와보셨어야 하는 건데...! 감자에 고구마에, 각종 곡식, 종종 고기로 값을 치르는 사람도 있으니... 제 의술 정도면 저하의 그 까탈스러운 입맛은 맞춰 드릴 수 있다 이겁니다. (자신감 넘치게 보면)
휘	(픽- 웃음이 나는데, 잠깐 생각하다가 무언가 할 말이 있다는 듯) 정사서...
지운	예?
휘	...고백할 것이 하나 있습니다.

휘, 말해도 되겠지... 고민하듯, 자신이 입은 여인의 옷자락을 만지작댄다.

지운   (약간의 기대감으로 보며) 고백이요...?
휘   (긴장한 듯 치맛자락을 꽉 잡으며) 정사서에게 말하지 못한 것이 있습니다...
지운   (휘의 그 모습에) 대체 무슨 말씀을 하시려고 이리 안절부절을 못 하시고...
        (덩달아 긴장되는 듯 겨우 웃으면)
휘   그러니까 실은 제가...

휘, 용기 내어 겨우 말문을 열려고 하는데, 들어오는 다음 배 한 척이 보인
다. 그 배 위에 서 있는 정석조. 곁엔 무장한 수하들 함께 서 있고.
휘, 그런 정석조의 모습에 놀라 굳어지면
지운, 그런 휘의 시선을 따라서 돌아본다.

S#49. 동. 배 위

멀리 두 사람을 확인한 정석조, 돌아보는 지운의 모습에 확신하듯. 그러나
아직 정석조의 시선엔 돌아보는 지운의 모습에 가려져 휘의 얼굴은 제대로
보이지 않고.

S#50. 다시 나루터 + 배 위

다가오는 군사들과 정석조의 모습에 지운,
순간 휘의 손을 잡아끌어 도망치기 시작하면
배 위, 그 모습에 서둘러 활을 꺼내 드는 정석조.
멀리 노상의 천막을 이은 끈 따위를 맞히면
그물처럼 떨어져 길을 막는 천막.
휘와 지운, 다행히 아슬아슬하게 피해 내달린다.

정석조   (머뭇대는 수하들에게) 절대 놓치지 말아야 한다!

정석조의 명에 따라 도망치는 두 사람을 향해 활을 날리는 수하들.
휘와 지운, 날아오는 화살을 피해 달아나는데
순간, 휘의 어깨를 스치는 화살 하나.
휘, 휘청, 순간 쓰러질 뻔한다.

지운   (급히 잡아주며) 저하! 괜찮으십니까!
휘   (이 악물고, 다시 일어나며) 괜찮습니다. (불안하게 돌아보면)

달려오던 정석조, 다시 활을 겨누는데, 돌아보는 휘.
그 모습에 무언가 떠오른 듯 멈칫, 놀라 흔들리는 눈빛.

플래시백 / 1부, 궁녀 담이의 모습

정석조, 놀라 저도 모르게 활을 내린다. 혼란스러운 듯...
그런 정석조를 스쳐 휘와 지운에게로 달려가는 수하들에서.

S#51. 궐. 전경 / 밤

S#52. 대전 일각 / 밤

조내관, 독이 든 함(11씬) 을 보고 고민하고 있다.
그때, 혜종에게 들어갈 탕약 그릇을 든 의원1 다가오고.
조내관, 급히 함을 닫는다.

조내관   주시게. 내가 하겠네.

의원1, 잠시 의아한 듯 보다가, 예. 대답하고 조내관에게 탕약 소반을 건네
면. 받아드는 조내관. 무거운 표정으로 탕약을 보는 데서.

S#53. 대전 복도 / 밤

유난히 길게 느껴지는 대전 복도. 탕약을 든 조내관 무겁게 걸어온다.
찰랑찰랑 흔들리는 탕약이 보이고.

S#54. 대전. 혜종 처소 / 밤

서안 앞에 앉아 있는 혜종, 기척에 고개를 들면
스르르 문이 열리고 누군가 들어온다. 혜종, 조금 놀라 보는 데서.

S#55. 어느 산 속 일각 / 밤

횃불을 든 군사들, 휘와 지운을 찾아 돌아다닌다.
큰 바위 뒤, 몸을 숨긴 휘와 지운. 숨을 죽이고 군사들이 지나가길 지켜본
다. 화살에 스친 상처로 피범벅인 휘의 어깨. 억지로 참아 보지만 힘이 든
듯 하얗게 질린 얼굴 위로 연신 식은땀이 흐른다.

수하   여긴 없습니다.

정석조의 수하들, 두 사람 발견하지 못하고 스쳐 지나가면,
지운, 그제야 조금 안심한 표정으로 휘를 돌아본다.
식은땀을 흘리는 휘, 조금 혼몽한 표정이고.

지운   저하! (놀라 보다가) 이대로는 안 되겠습니다. 치료부터 하셔야 합니다.
휘   저는 괜찮습니다...

휘, 하지만 이미 기력이 다한 듯... 지운 쪽으로 기대듯 쓰러지면

"저하...!" 지운, 쓰러지려는 휘를 얼른 받쳐 안는다.
지운, 놀라 제 품에 쓰러진 휘를 보는 데서.

S#56. 산 속 동굴 / 밤

산 속 깊은 곳, 중간중간 달빛이 신비롭게 쏟아지는 동굴 안
지운, 다친 휘를 안아 들고 급히 들어온다.
지운, 저 역시 땀으로 범벅이 되어 있지만 휘의 걱정으로 정신이 없는 모습
이고.

지운   저하. 이제 다 왔습니다. 조금만 더 참으십시오.

지운, 일각에 조심스레 휘를 기대 앉히는데 상처가 심한 듯, 신음하는 휘. 어
깨가 온통 붉은 피로 젖어 있다. 그러나 정신은 잃지 않은 듯.

지운   (이마를 짚어보면 불덩어리고) 잠시만 계십시오. 열을 내릴 물을 구해 오겠
        습니다.
휘   (나가려는 지운을 잡는다) 가지 마십시오...
지운   (안심시키듯) 괜찮습니다. 걱정 마십시오. 금방 올 것입니다.

지운, 안심시키듯 휘와 눈을 맞추고는 급히 달려 나가면
흐릿한 정신의 휘, 힘들게 지운을 본다.

S#57. 계곡 / 밤

팔목에 감겨 있던 천 따위를 둘둘 풀어 계곡물에 깨끗이 빠는 지운의 다급
한 표정.

S#58. 동굴 / 밤

지운, 적신 천을 들고 급히 들어와 휘의 이마를 닦아 주면
휘, 여전히 혼몽한 의식으로 그런 지운을 바라본다.

지운   정신을 잃으시면 안 됩니다... 저하.

휘   (혼몽한 의식으로 보며) 고맙습니다. 이리 옆에 있어 줘서... (아픈 듯 찡그리면)

지운   (마음이 아프고) 말씀하지 마십시오. 상처 때문에 더 아플 것입니다.

휘   (힘없이 웃고, 애틋하게 보며) 고백할 것이 있다는 내 말... 궁금하지 않습니까...

지운   (걱정으로 생각할 겨를이 없는 듯, 정신없이 휘를 챙기면)

휘   (그 모습에 눈물이 고인다. 윽... 신음을 참으면)

지운   (피가 다시 번지는 휘의 옷을 보곤, 놀라며) 상처가 덧난 듯싶습니다. 상처를 봐야겠습니다.

지운, 급히 휘의 옷을 벗기려 하면
반사적으로 그런 지운의 손을 막듯이 잡는 휘.

지운   (그런 휘를 보면)

휘   (떨리듯 잠시 보다가, 이내 결심한 듯) 내가... 내가 하겠습니다.

지운, 조심스럽게 잡았던 손을 떼면
휘, 그런 지운을 본다. 잠시, 결심한 듯 천천히 제 옷고름을 풀기 시작하면,
바라보는 지운. 곧 스르르 흘러내린 옷 사이로 가냘픈 휘의 어깨와 가슴을
가린 끈이 드러난다.

지운   (믿기지 않는) 저하...

굳어 보는 지운, 여자인 휘의 모습에 눈빛이 흔들린다.
겨우 고통을 참아 내는 휘. 이제야 제 비밀을 밝히듯 지운을 바라보는 눈빛

엔 슬픔과 두려움이 공존하듯... 떨려 오고.

휘   (애써 담담히 보며) 이것이... 나의 비밀입니다.

지운, 역시 충격인 듯 뭐라 말도 못 한 채 바라보는 표정, 거세게 흔들리는
데서.

S#59.   대전 / 밤 / 54씬에 이어서

천천히 고개를 들어 앞을 보는 혜종, 그 앞에 칼끝이 반짝인다.
혜종 앞에 검을 겨누고 선 사람 다름 아닌 가온이다!

휘를 보며 거세게 흔들리는 지운의 눈빛과
자신에게 검을 겨눈 가온을 담담히 바라보는 혜종의 모습
분할로 보이면서. 12부 엔딩.

13부

해 질 녘쯤 집으로 돌아와

제가 잡은 물고기로 저하께 맛있는 밥을 차려 드리지요.

장날이 되면 함께 나들이를 가는 겁니다.

저하와 함께 장터 구경도 하고

그곳에서 작은 선물을 저하 몰래 살 것입니다.

S#1. 한기재 사저. 사랑채 / 밤

정석조를 따르던 수하 하나, 한기재 앞에 엎드려 있다.

한기재   (노해 보며) 저하께서 사라졌다니!
수하1   행렬이 산길을 지나던 중 변복한 내금위장과 군사들이 나타나 세자저하를
        빼돌렸다 합니다.
한기재   (조금 놀라고) 내금위장이? (허, 기막힌 듯 생각하다) 하여 아직도 세자는
        찾지 못했단 말이냐!
수하1   (고개 숙이고) 집의께서 내금위장을 붙잡았다 하니 곧 찾을 수 있을 것입
        니다.
한기재   (쾅- 주먹으로 서안을 내려친다. 일이 꼬여 분한 듯, 눈빛 사납게 떨리는 데
        서)

S#2. 어느 창고 / 밤

윤형설, 의자에 몸이 묶인 채 앉혀져 있다.
고문이라도 당한 듯 온몸 여기저기엔 상처가 가득하고.

잠시, 창고로 들어오는 정석조. 그런 윤형설을 바라본다.

정석조   전하께서 저하의 목숨만은 살리라 명하셨나보군... 폐세자를 명하고 유배까
          지 보내면서도 자네를 시켜 저하를 빼돌리려 하시다니...
윤형설   (여전히 형형한 눈빛, 그런 정석조를 보면)
정석조   솔직히 조금 놀랐네. 여장까지 해서 눈을 돌릴 생각을 다 하다니...
          (떠올리듯) 담이라고 했던가... 그 아이와 많이 닮았더군. 하긴, 쌍생이었으
          니 당연할지도 모르지... (표정 조금 무거워지면)

          윤형설, ! 담이라는 말에 조금 긴장한 듯, 눈빛 흔들린다.
          정석조, 그 눈빛 느끼듯 잠시 보면

윤형설   이렇게까지 해서 저하를 찾으려는 이유가 무엇인가. 자네 말대로 어차피 폐
          세자가 되신 분이네. 이제 그만 저하를 놓아주게.
정석조   그건 내가 결정할 문제가 아니네. 상헌군께서 선택하실 일이지...

          그때, 정석조의 다른 수하 하나가 급히 들어온다.

수하2   황학산 인근 숲에서 의심스러운 남녀를 보았다는 자가 있었습니다.
정석조   (그 말에 본다. 생각하듯) 내가 올 때까지 여길 잘 감시하고 있거라.

          정석조, 윤형설 한 번 돌아보고 밖으로 나가면
          불안한 듯 보는 윤형설의 표정에서.

S#3.   동굴 / 밤 / 12부 엔딩에 이어서

          굳어 보는 지운, 여자인 휘의 모습에 눈빛이 흔들린다.
          겨우 고통을 참아 내는 휘. 이제야 제 비밀을 밝히듯 지운을 바라보는 눈빛
          엔 슬픔과 두려움이 공존하듯... 떨려 오고.
          지운, 충격이다. 뭐라 말도 못 한 채 바라보는 표정, 거세게 흔들리는데, 겨

우 바라보던 휘, 다시 고통에 찡그리면

지운   (! 본다. 더 묻지 않고) 치료부터... 해야겠습니다.

지운, 애써 가다듬고 휘에게 다가간다. 휘의 가녀린 어깨가 더욱 신경 쓰이
는 듯, 조심스럽게 손을 뻗어 상처 부위를 지혈하면. 고통을 참아 내는 휘...
잠시, 말없이 어색한 분위기가 이어지고.
휘를 치료하는 지운의 손길, 더욱 조심스러워진다.
차마 눈도 마주치지 못한 채 서로의 생각으로 복잡한 두 사람.
잠시... 휘의 어깨에 난 상처를 동여맨 지운. 바닥에 떨어진 휘의 옷을 들어
다시 어깨에 걸쳐 준다. 시선 마주치는 두 사람. 휘, 먼저 고개를 돌려 시선
을 피해 내면.

지운   (그런 휘가 불편할까, 자리에서 일어나며) 불을 피울 만한 것을 좀... 찾아봐
야겠습니다...

지운, 복잡한 표정, 더 아무것도 묻지 못하고 동굴 밖으로 나가면
바라보는 휘. 말 없는 지운이 불안한 듯, 무겁고 심란한 표정이다.

S#4.   동. 동굴 밖 / 밤

터질 듯한 심장을 겨우 참아 내며 밖으로 나온 지운. 방금 전까지 휘를 치
료했던 제 손을 바라본다. 여전히 떨리듯... 동굴 안을 돌아보는 표정. 아무
래도 믿기지 않는 듯 혼란스럽다. 떨치듯 숲을 향해 가는 지운에서.

〈연모 13부〉

S#5.   숲 일각 / 밤

휘를 찾아 숲을 헤매는 정석조와 수하들.
수하 하나, "여기! 핏자국이 있습니다!" 소리치면
다가가는 정석조. 수하가 말한 장소에 휘의 것으로 추정되는 핏자국이 떨어져 있다.

정석조   (확인하듯 보고) 멀리 가지 못하였을 것이다. 이 부근을 샅샅이 뒤지거라. 반드시 저하를 찾아야 한다.

수하들, "예!" 대답하고 다시 걸어가면

정석조   (곁의 수하에게) 자은군의 행적은 아직이냐.
수하2   계속 수색 중입니다.
정석조   (생각하듯, 다시 숲으로 향하는 데서)

S#6.   동굴 안 / 밤

지운이 피워 놓은 듯, 모닥불이 타오른다.
앞에 홀로 앉아 있는 휘. 걱정스러운 표정으로 밖을 보면

S#7.   동. 밖 / 밤

차마 들어가지 못하고 동굴 밖, 홀로 앉아 있는 지운.
생각에 잠긴 듯, 속을 알 수 없는 복잡한 표정이다.
잠시, 밖으로 나오는 휘. 그런 지운에게 다가온다.

지운   (아직 어떡해야 할지 모르겠고, 시선 맞추지 못하고 일어나 어색하게) 왜 나오셨습니까... 뭐 불편한 거라도 있으신지...
휘   (역시 복잡하지만, 애써 담담히) 안에... 혼자 있으려니 답답해서 말입니다...

휘, 무거운 표정으로 자리에 앉으면

지운, 어떡해야 하나 보다가, 역시 자리에 앉는다.

나란히 앉아 어두운 숲을 바라보는 두 사람.

머리 위 별은 쏟아질 듯한데, 누구도 선뜻 먼저 말을 꺼내지 못한 채 침묵만이 흐른다.

휘	(그런 지운의 모습에 마음이 무겁고. 떨리듯) 왜 아무것도 묻지 않는 것입니까. 나에 대해...
지운	(여전히 혼란스러운 듯, 휘를 바라보지 못한다)
휘	(지운의 마음을 가늠하듯)... 많이 놀랐다는 거 압니다. 정사서를 속인 나를 원망하고 있겠지요.
지운	예. 원망하고 있었습니다... 저하가 아닌 저를...
휘	(그 말에 보면)
지운	여린 그 몸으로 어떻게 그리 힘든 일들을 홀로 감당하셨는지... (안쓰럽게 바라보며) 죄송합니다. 제가 더 일찍 알아채지 못해서...
휘	(! 그 말에 울컥해 보면)
지운	(아픈 미소로 바라보고)
휘	(잠시, 용기 내듯, 담담히 고백한다) 쌍생이었습니다. 이 나라 세손이었던 나의 오라버니와...
지운	(그 말에 조금 놀라 보면)
휘	(떠올리듯) 오라버니가 죽고... 제가 대신 그 자리에 앉게 되었지요. 사람들을 속여가며 지금껏 남의 삶을 살아왔습니다.
지운	(처음 알게 된 사실에 차마 아무 말도 할 수 없고, 무겁게 시선 내리면)
휘	(애써 담담한 표정인데)
지운	힘든 일들은 나중에, 천천히 말씀해 주십시오. 지금은 저하의 몸이 우선입니다. 그러니 굳이 설명하지 마십시오. 지금은...
휘	(그런 지운의 마음이 고맙고, 미안해져) 어쩌면 나중에도 모든 걸 다 말하지 못할지도 모릅니다...
지운	(그런 휘를 보면)

휘, 슬프게 지운을 보는 시선에서 # 플래시백
/ 2부 10씬. 세손의 시신과 함께 빈전에 있던 정석조.
/ 2부 39씬. 정석조와 함께 있던 지운을 보던 휘.

휘   (자신이 담이라는 말을 차마 할 수 없어 마음 무겁고, 고개 숙이면)
지운   (이해하듯 바라보며) 아무 말씀 안 하셔도 괜찮습니다. 어차피 바뀐 건, 아
         무것도 없으니까요.
휘   (그런 지운을 보면)
지운   지금 제 앞에 계신 분이 저하시잖습니까. 저는 그거면 됩니다. 저하만 계시
         면 아무것도 상관없습니다. 저는...
휘   (속 깊은 지운의 말에 울컥 눈물이 맺히며 보면)
지운   (위로하듯, 따뜻하게 그런 휘를 안아준다. 역시 마음이 아프고)

         지운의 품에 안긴 휘, 눈물이 흐른다.
         그런 두 사람의 머리 위로 별들이 아름답게 빛나는 데서.

S#8.   대전. 혜종 처소 / 새벽

         휘에 대한 생각에 착잡한 듯, 홀로 앉아 있는 혜종.
         표정이 무거운데... 순간 조용한 기척이 들려온다.
         혜종, 고개를 들어보면. 혜종의 앞으로 스윽 들어오는 시퍼런 칼날.
         검은 복장의 자객... 가온이다! 가온, 혜종을 향해 칼을 겨누면
         조금 놀랐지만 이런 날이 올 줄 알았다는 듯, 이내 담담히 보는 혜종.

가온   (혜종과 눈이 마주치면, 칼을 겨눈 채) 왜 나를 도운 겁니까.
혜종   ...사람을 죽이고자 한다면, 단호해야 할 터인데. 아무래도 그럴 생각이 없는
         모양이군.
가온   답하시지요. 내금위장을 시켜 내 뒤를 밟고 날 도운 이유가 무엇인지.
혜종   (잠시 보다) 그자들을 죽인 너의 이유는 무엇이냐. 그리하면 모든 것이 해결
         될 것이라 생각하였느냐... 그것이 아니면, 네 울분이 풀릴 것이라 생각하였

느냐.

가온   (그 말에, 흔들리는 눈빛) 당신이 뭘 안다고 그래... 당신이 나에 대해 대체 뭘 안다고...

가온, 분노와 슬픔이 뒤섞인 눈빛 위로

플래시백 / 익선의 처형 장면을 보며 울부짖던 어린 가온.

가온, 아버지 생각에 다시 눈빛 날카로워진다.
칼 더 바짝 들이밀면, 흔들리는 가온의 부절... 혜종의 눈에 들어온다.

혜종   제석(除夕)... 낡은 것을 몰아내고 새해를 맞이한다... 네 아비와 새로운 세상을 만들고자 약속하며 나눠가진 것이다.

가온   (몰랐던 사실이다. ! 바라보면)

혜종   나는 그 약속 하나 제대로 지키지 못한 채 벗을 잃고, 자식마저 버린 못난 왕이 되어버렸구나...

가온   (흔들리듯, 그런 혜종을 보면)

혜종   허나, 단 한 순간도 그 약속을 잊은 적은 없었다. (그런 가온을 보며) 내 명이 다하는 날까지... 그리 살아갈 것이다. 네 아비와 꿈꾸었던 그 세상을... 만들어나갈 것이니라.

가온, 이제야 알게 된 사실에 눈빛이 요동치듯, 칼끝이 흔들리는데
순간, 문밖으로 "전하, 탕약을 들이겠습니다." 말하는 조내관의 목소리와 그림자가 나타난다.
놀라 바라보는 두 사람.

S#9.   동. 복도 + 처소 안 / 밤

탕약 쟁반을 든 조내관, 드르륵 문을 열고 들어가면
어느새, 사라진 가온. 아무 일도 없었던 듯 혜종 홀로 앉아 있다.

조내관, 혜종 앞에 탕약 쟁반을 가져오면.

\# 병풍 뒤 / 가온, 몸을 숨긴 채 그 모습을 바라본다.
가온의 시선으로, 혜종에게 탕약을 건네는 조내관이 보이고.
얼핏, 손이 조금 떨리는 것 같기도 한데...

탕약을 마시는 혜종, 지켜보는 조내관.

조내관　　대화 소리가 들리는 것 같았는데... 누가 계신가 하였습니다.
혜종　　　(이내 차분히 빈 그릇을 내려놓고는) 서책을 음독 중이었느니라.
조내관　　예...

잠시, 빈 그릇을 챙겨 돌아서는 조내관. 문밖을 나서면
가온, 역시 조용히 처소를 벗어나려 하는데

혜종　　　(돌아보지 않은 채) 은서야...
가온　　　(제 이름에 놀라 멈칫, 서면)
혜종　　　관악산 중턱 너른 바위 뒤에 네 아비의 무덤이 있을 것이다. 가 보거라.

가온, 흔들리는 눈빛으로 혜종을 바라보면
혜종, 차마 돌아보지 못한 채 무거운 표정에서.

S#10.　대전 밖 일각 / 밤

대전을 빠져나온 가온, 잠시 멈춰서 혜종의 말을 떠올리듯 무겁게 자신의
부절을 내려다본다. 그 순간 "전하!!!" 비명과 같은 소리가 들려오고. 돌연
주위가 소란해지더니 대전을 향해 급히 달려가는 궁인들과 어의들의 모습
이 보인다. 무슨 일인가... 잠시 보던 가온, 불길해진 표정으로 급히 돌아 다
시 달려가면.

S#11. 대전. 복도 / 밤

"전하!!" 다급한 궁인들의 발걸음 사이, 열린 문틈으로 쓰러진 혜종의 손 하나가 보이고.
어의(서의원 / 손이 얽은, 그러나 여기서 보이지는 않고), 급히 진맥을 하고 처치를 하지만 혜종은 미동이 없다. 이미 숨이 끊긴 듯, 고요한 혜종의 모습. 순간 혜종을 확인한 어의 미묘한 표정. 찰나로 스치면. "전하...!!" 처소 앞에 모인 모든 궁인, 대신들이 일제히 무릎을 꿇고 오열한다. 일각에 몸을 숨기고 지켜보는 가온. 충격이다. 떨리는 눈빛에서...

S#12. 궐 전경 / 새벽 - 아침

대전 지붕 위, "상위복... 상위복..." 외치는 내관의 뒤로... 해가 떠오른다. 차가운 바닥에 떨어지는 혜종의 용포에서.

S#13. 동굴 안

달빛이 스며들던 곳이 어느새 아침 햇살로 바뀌어 있다.
종유석의 물방울이 똑똑- 일정한 간격으로 떨어지는 소리 들려오고.
지운이 피워 둔 모닥불은 어느새 그을음만 남은 채 사그라져 있다.
그 곁으로 서로를 껴안듯... 마주 본 자세로 잠이 든 두 사람.
쏟아지는 햇살에 지운이 먼저 눈을 뜬다.
잠시... 제 눈 앞, 가만히 잠이 든 휘의 얼굴을 애틋하게 바라보는 지운. 손으로 쓸어보듯, 가만히 휘의 눈, 코, 입을 바라본다. 이 작은 몸으로 어떻게 지금껏 견뎌온 것인가... 휘에 대한 애틋함이 더욱 커지는데. 곧 눈을 뜨는 휘. 제 앞의 지운을 보고선 부스스 몸을 일으키려 하면

지운   (막듯이 잡으며) 잠시만... 이대로 있어 주시면 안 되겠습니까. 저하...

휘, 그 말에 잠시... 가만히 지운을 바라본다.
그대로 누워 서로를 바라보는 두 사람. 애틋한 눈빛이 오가는데.

지운   몸은... 좀 어떠십니까.
휘   (어리광 섞인 진심으로) 아직... 아픕니다. 많이...
지운   (안쓰런, 머리 뒤로 넘겨주며) 괜찮을 것입니다. 제가 저하의 곁에 있을 테
       니...
휘   (마음 아픈) 나와 함께 있으면 평생 도망자 신세로 살아야 할 겁니다. 가족
       도... 벗도, 모두 포기한 채 숨어 지내야 할 터인데...
지운   괜찮습니다. 저는... 꿈꿔 온 삶과 비슷하기도 하니... (웃어 주면)
휘   (농담 섞인 그 말에 픗, 웃는다. 고맙고, 애처롭게 보면)
지운   (따뜻하게 바라보며) 이 동굴을 나가 안전한 곳에 도착하면 가장 먼저 작은
       초가집을 구할 것입니다. 아마도 바닷가 근처가 좋을 것 같습니다. 물고기
       를 잡을 배를 탈 수 있을 것이니...
휘   ......
지운   해 질 녘쯤 집으로 돌아와 제가 잡은 물고기로 저하께 맛있는 밥을 차려
       드리지요. 장날이 되면 함께 나들이를 가는 겁니다. 저하와 함께 장터 구경
       도 하고 그곳에서 작은 선물을 저하 몰래 살 것입니다.
휘   (그런 날을 꿈꾸듯, 옅은 미소 지으면)
지운   (휘를 보며) 갖고 싶은 것이 있으십니까?
휘   (마주 보고, 그렇게 미소 짓듯) 천천히 생각해 보지요. 정사서에게 받고 싶
       은 그 선물...

지운, 미소로 따뜻하게 바라보면
휘, 행복한 미래를 꿈꾸듯, 바라본다. 애틋한 두 사람에서.

S#14.   숲 일각. 어느 창고 전경

군사들 몇이 지키고 선 허름한 창고가 보인다.

S#15. 창고 안 + 밖

앞씬에 이어 여전히 묶여 있는 윤형설. 그 앞, 정석조의 수하 하나가 윤형설을 지키듯 서 있다. 옆엔 도자기로 된 물병 정도 보이고.

윤형설 (힘든 목소리) 이보게... 물 좀 주시게.
수하 (약간 귀찮은 듯 보다) 여깄소.

수하, 물병을 입에 대주면 윤형설, 물을 받아먹는 척하다가 의자에 묶인 채로, 의자를 돌려 수하를 공격한다. 수하, 나가떨어지면 동시에 깨어지는 물병 조각. 윤형설, 급히 조각을 들고 밧줄을 끊으려 하는데
"웬 놈이냐!" 하는 소리와 함께 밖이 시끄러워진다.
설마, 들킨 건가 낭패스럽게 보는 순간 문이 벌컥, 열리고 들어오는 누군가.
"괜찮으십니까!" 달려오는 이현이다.
문밖엔 쓰러진 군사들 몇 보이고.

윤형설 (놀라) 군대감...
이현 (안도하듯, 급히 밧줄 풀어주며) 군사들이 이리로 가는 것을 보고 찾았습니다. 어찌 된 겁니까? 저하께선...
윤형설 나루에서 헤어졌습니다.
이현 (놀라 보면)
윤형설 아마 황학산 쪽으로 향하였을 것입니다. 정석조가 군사들을 이끌고 그곳으로 갔습니다. 우리가 그들보다 먼저 저하를 찾아야 합니다!

이현, 끄덕이고. 윤형설과 급히 나서는 데서

S#16. 동굴 앞

지운, 나서듯 동굴 앞에 있고, 걱정스럽게 바라보는 휘.

지운   잠시만 여기서 기다리고 계십시오. 제가 마을로 내려가 입을 옷과 먹을 것
            을 좀 구해 오겠습니다.
휘   (염려 말라는 듯 끄덕인다)
지운   (걱정스러운 듯 보다가 돌아서면)
휘   (조금 머뭇하듯... 그런 지운을 보는데)

S#17. 동. 다른 일각

정석조와 수하들, 우거진 풀숲을 헤치며 휘의 흔적을 찾는다.

수하   (무언가 발견한 듯) 저기!
정석조   (돌아보면 조금 떨어진 곳 동굴이 보이고, 급히 발걸음 하는 데서)

S#18. 동. 동굴 안

급히 들어오는 정석조와 수하들. 그러나 어느새 텅 빈 동굴 안.
정석조, 이미 꺼져 그을음만 남은 모닥불 흔적을 바라본다.
그을음을 헤치면 타다만 피 묻은 천 보이고.
한발 늦었구나! 낭패스럽게 떠난 흔적을 보는 정서조의 표정에서.

S#19. 저잣거리

핏자국을 가리려 장옷 정도 걸친 휘와 지운 걸어온다.

지운   (걱정스레) 산에서 기다리시라니까... 힘드실 텐데요.
휘   김상궁과 홍내관이 저를 많이 걱정할 것입니다. 한시가 급하니 곧바로 가는

게 아무래도 낫지 않겠습니까.

지운　(괜히) 저와 떨어져 있는 것이 마음 쓰여 그런 것이 아니고요?

휘　(기막혀 보며) 뭐라고요? (그러나 싫지 않게 웃으면)

지운　(역시 미소로 보고) 북성산 너머에 안가가 있을 거라셨지요?

휘　예. 그곳에 가면 다들 만날 수 있을 것입니다. (기대감이 스친다)

지운　(끄덕이다가, 피가 배어 나온 옷을 보며) 일단 옷부터 갈아입으셔야겠습니다. 이대로는 너무 눈에 띌 것이니...

휘　(끄덕이며 보는 데서)

S#20. 포목점 안 + 밖

지운, "이걸로 주시게." 하며 옷을 계산하고 있다.
잠시, 돌아보면. 밖의 휘, 곁의 좌판에 무언가(비녀들)를 보고 있다.

지운　(옷을 들고나오며) 가시지요. 제가 옷을 갈아입을 만한 곳을 봐 두었습니다.

휘　아, 예...

휘, 지운의 시선에 얼른, 손에 든 것을 놓고 돌아서면
함께 돌아서던 지운, 문득 고개 돌려 휘가 보던 곳을 본다.
그곳에 예쁜 비녀들 몇 놓여 있고... 잠시, 멀어지는 휘를 쫓듯 급히 발걸음
옮기는 지운에서.

S#21. 숲 일각

윤형설과 이현, 휘를 찾아다닌다. 관군들이 보이자 몸을 숨기는 두 사람.

이현　아무래도 흩어져 찾아보아야겠습니다. 저하께서 안가로 가셨을 수도 있으니 내금위장께선 그곳에 다녀와 주십시오. 저는 근처를 더 찾아보겠습니다.

윤형설　예. (서둘러 자리를 뜨면)

이현	(반대 방향으로 서둘러 걸음 옮긴다)

S#22. 저자 다른 일각

지운, 손에 한과 봉투 정도 든 채 뒷짐 지고 서 있다. 휘를 기다리듯.
잠시, 무복 차림의 사내 복장으로 갈아입고 나오는 휘.
지운, 돌아보면. 휘, 어쩐지 조금은 시원섭섭한 듯... 묘한 감정이고.

지운	(불쑥 한과 하나를 건네면)
휘	무엇입니까?
지운	허기가 질 것 같아서요. 드셔 보십시오. 입에 꼭 맞으실 것입니다.
휘	(픽, 고맙게 보면)
지운	(따뜻하게 보다가) 옷은 잘 맞으십니까?
휘	이, 예... 이제야 제 옷을 입은 듯 편안하네요... (겸연쩍게 웃으면)
지운	(휘의 마음을 헤아리듯) 너무 아쉬워 마십시오. 곧 자리를 잡고 나면 제가 매일 어여쁜 옷을 사 드릴 것이니. 그때는 저하께서 치마를 입으시든, 댕기를 드리시든 아무도 신경 쓰지 않을 것입니다.
휘	(그 말에 고맙게 보고, 떨리듯) 실은 아직도 실감이 잘 나질 않습니다. 궐을 떠나 진짜 제 삶을 살아간다는 것이요...
지운	(그 모습 잠시 안쓰럽게 보다가, 불쑥 한과 봉투 쥐어주며) 저하, 잠시만 여기 계십시오. 제가 사야 할 것이 있었는데 깜빡했습니다!
휘	예? 무엇을...
지운	(벌써 가고 있다) 드시고 계십시오. 금방 오겠습니다!

벌써 저만큼 달려가는 지운을 어리벙벙하게 보는 휘, 이내 픽 웃고.
하늘을 올려다보면 어쩐지 유독 더 눈부시고 따뜻하게 느껴진다.
여유를 즐기듯 천천히 주위를 구경하는 휘.
머지않을 평범한 일상을 떠올리듯 입가엔 어느새 옅게 미소가 떠오르는데...
그 순간 뒤에서 불쑥, 나타나는 누군가의 거친 손!

휘, 입이 막힌 채 끌려가듯 사라지고.

(점프)
잠시 후 돌아온 지운. 급히 다녀온 듯 상기된 얼굴로 숨을 몰아쉰다. 손에
는 아까 휘가 보고 있던 비녀가 들려있다. 설레는 얼굴로 비녀를 보던 지운,
이내 휘가 있던 곳이 가까워지자 얼른 비녀를 숨기는데 휘가 있어야 할 자
리, 텅 비어 있다.
"저하?" 두리번거리며 휘를 찾는 지운. 잠시 후, 멀지 않은 일각, 바닥에 떨
어져 있는 한과 봉투 발견하면, 불안을 직감한 듯 굳어지는 표정에서.

S#23. 어느 기와집 (안가)

윤형설, 급히 안가로 들어오는데, 안가 텅 비어 있다.
어쩐지 이상한 느낌에 본능적으로 칼을 뽑아 들고 돌아보면
타다닥! 어느새 활과 칼을 겨누고 윤형설을 둘러싸는 정석조의 수하들!
윤형설, 잡은 칼을 고쳐 쥐며 눈빛을 빛내는데.
일각, 수하 하나가 재갈이 물린 채 묶여 있는 김상궁과 홍내관을 끌고 온다.

수하   (김상궁의 목에 칼 대며) 이 둘을 살리고 싶으면 검을 버리거라.

낭패스럽게 그 모습을 보는 윤형설.
김상궁과 홍내관, 재갈이 물린 채, 안 된다는 듯 괴롭게 고개를 젓는다.
그들의 목 끝에 더욱 깊이 박히듯 다가오는 칼날.
윤형설, 결국 어쩔 수 없이 검을 내리면
수하들, 달려들어 포박하는 데서.

S#24. 산길

역시나 입에 재갈이 물린 채 정석조의 수하들에게 포박당한 채 끌려오는

휘. 보면 앞에 정석조가 서 있다.

정석조, 눈짓하면 수하들, 포박하듯 휘를 잡았던 팔을 풀고, 입에 물린 재
갈을 빼준다.

휘   (분하게 쏘아보며) 이게 무슨 짓이냐!!
정석조   (예의는 갖추지만 서늘한) 송구합니다. 하오나 이제 궐로 돌아가실 시간입
         니다.
휘   (! 궐이라는 말에 조금 놀라 본다) 그게 무슨 말이냐... 궐이라니.

동시에, 정석조의 뒤로 하얀 상복을 입은 누군가가 뚜벅뚜벅 다가오기 시작
한다. 휘, 드리우는 그림자에 고개 들어 바라보면, 차가운 표정으로 휘를 내
려다보는 한기재다. 그 뒤로 호위하듯 따라붙은 군사들도 보이고. 곁으로
휘가 타고 갈 가마도 하나 보인다.

휘   외조부님께서 어찌... (불안하게 흔들리는 눈빛, 상복 차림의 한기재에 굳어
         본다)
한기재   (담담히 내려다보며) 전하께서 붕어하시었습니다. 속히 환궁을 준비하시지
         요. 저하.
휘   (!! 믿을 수 없다. 충격으로 바라보는 표정) 그게... 무슨 말씀이십니까. 아바
         마마께서 돌아가시다니...
한기재   (담담하게 보는 데서)

S#25. 저자 / 석양

휘를 찾아 여기저기 뛰어다니던 지운, 결국 찾지 못한 채 다시 휘가 사라진
그곳으로 돌아왔다. 도대체 어디로 사라지신 건가 막막한데
그런 지운의 곁으로 지나가는 백성들 두엇.

백성1   왕이 죽었다니? 그게 참말인가?
백성2   그렇다니까. 아까 철수하던 군사들 못 봤어?

백성1	왕이면 뭐해 죽는 건 이리 똑같은데... 세상사 참 무상하다니까. (쯧쯧쯧... 지나가면)
지운	(그 말에 놀라고, 설마 하는 표정으로 돌아보는 데서)

S#26. 궐. 전경 / 밤

삼엄한 경비와 함께 침묵에 잠긴 듯 고요한 궐 전경.

원산군 (E)	독살이라니?

S#27. 혜종 빈전 근처 일각 / 밤

사람들 발길이 닿지 않은 어느 일각.
상복 차림의 원산군과 종친 하나가 마주 서 있다.

종친1	(주변 살피며, 목소리 낮춰) 전하를 마지막으로 뵈었던 의원의 말이 옥체가 변색된 것이 분명 독살일 것이라 하였습니다.
원산군	대체 누가 그런 짓을... (표정 굳어지고, 심각하게 생각하는데)

S#28. 동. 혜종 빈전 / 밤

혜종을 모신 관이 놓여있는 빈전.
대비, 창천군 및 종친 대신들 몇(한기재, 제현대군 빼고)이 상복 차림으로 자리하고 있다. 생각에 빠진 표정으로 안으로 들어오는 원산군. 대신들을 살피듯 보며, 제 자리에 가 서면.

창천군	(답답한) 뭘 더 고민하시옵니까! 더 늦기 전에 어서 후계를 지목해 주시옵소서. 대비마마.

대비   국상 중입니다! 재궁을 앞에 두고 어찌 그런 말을 꺼내는 겝니까!

창천군   전하께서 갑자기 승하하신 이때 세자의 자리마저 비어 있으니 민심이 동요
할 것입니다. 환난이 닥쳐오기 전에 어서 보위를 정하셔야 하옵니다.

창천군측 대신들 몇, 함께 "보위를 정하셔야 하옵니다." 압박하듯 숙이면.
원산군, 그런 창천군을 바라본다.

대비   (고민하듯, 머리가 지끈댄다. 빈 한기재의 자리를 돌아보며) 헌데 상헌군은
왜 아직 보이지 않는 게요.

창천군, 불편한 표정 감추며 돌아보면 비어 있는 한기재의 자리.
대신들 역시 수런대며 둘러보면, 원산군. 그제야 뭔가 이상한 듯... 표정이
굳어진다. 동시에 빈전의 문이 열리고, 등장하는 한기재.
대비와 대신들, 못마땅한 듯 돌아보면 그 뒤로 함께 걸어오는 나른 한 사
람... 바로 휘다! 휘, 무명옷 차림 그대로 뚜벅뚜벅 걸어오면

대비   (놀라 보며) 세자가 여길 어찌...
일동   (놀라 보는) 저하...!
한기재   (반응들 여유롭게 받으며) 소신, 저하를 뫼셔오느라 잠시 늦었사옵니다.

창천군, 허! 기막힌 듯 바라보면
여전히 놀란 듯 입이 벌어져 바라보는 사람들. 그 사이 휘, 말 한마디 없이
뚜벅뚜벅 걸어 들어온다. 제 눈앞에 보이는 혜종의 재궁에 그제야 아비의
죽음을 실감하듯 눈빛이 흔들리는 휘.
피가 날 만큼 주먹을 꽉 쥔 채 눈물을 보이지 않으려 괴롭게 참아 내며 뚜
벅뚜벅 신주 앞으로 걸어간다. 갑작스러운 휘의 등장에 누구도 선뜻 입을
떼지 못하고 바라만 보면, 순식간에 빈전 안엔 정적만이 깃들고. 기어이 당
도한 혜종의 신주 앞, 믿기지 않는 눈빛으로 무너지듯 괴롭게 바라보는 휘.
자책으로 짓눌린 어깨가 부들부들 떨려온다.

휘   (엎드리며, 후회의 탄식처럼 새어 나오는) 아바마마...

일동, 귀신이라도 본 듯, 차마 아무 말 못 하고 그런 휘를 바라보면.
만족스러운 듯 바라보는 한기재의 표정. 원산군, 그제야 판도가 바뀌었음을
알겠다. 깨닫듯 바라보면. 숨소리조차 들리지 않는 긴장된 분위기에서.

S#29. 빈전. 일실 / 밤

대비와 창천군 마주 앉아 있다.

창천군   폐세자의 신분으로 유배길을 이탈한 죄인이 궐에 들다니요! 국상 중인 궐
        안에 죄인을 멋대로 데리고 온 상헌군과 세자를 모조리 잡아들이시지요.
        왕실의 지엄함을 보이셔야 하옵니다. 마마!

대비   (역시 혼란스럽지만) 아무리 죄인이라 하나 자식으로서 부모에 대한 상례
        를 다하러 온 것까지 어찌 벌을 한단 말이오. 세자가 아비에 대한 예를 다
        하도록 잠시만 내버려 두시오.

창천군   마마!! 엄연히 국법이라는 것이 있사옵니다. (답답한) 마마께서 하지 못하시
        겠다면 제가 나서 군사들을 움직이지요. 당장 가 상헌군과 세자를 잡아들
        이라 명할 것입니다.

대비   (못마땅한) 창천군! (말리려는데)

문이 열리고 들어오는 한기재.
창천군, 조금 놀라 바라보면

한기재   (점잖은 위엄) 내 대비마마께 드릴 말씀이 있으니 창천군께서는 좀 물러나
        주시지요.

창천군   (허, 기막히고. 더는 주눅 들지 않은 채, 씩씩대면서 보다가 팽 물러나면)

한기재   (그런 창천군 보다가, 대비 앞에 앉는다)

대비   (역시 못마땅한 듯 한기재 바라보면)

S#30. 동. 복도 / 밤

밖으로 나온 창천군, 분한 듯 돌아보는 표정 위로 대비의 목소리 새어 나온다.

대비 (E) (나무라듯, 못마땅한) 아무리 그래도 세자를 데려오다니! 대체 어쩌시려는 겁니까!
창천군   (비웃듯 걸어가면)

S#31. 동. 다시 방 안 / 밤

대비 한기재 마주 앉아 있다.

한기재 옥좌가 비었으니 어서 후계를 선택하셔야지요.
대비   (기막힌) 지금 폐세자가 된 이를 다시 왕위에 올리기라도 하라는 말입니까?
한기재 (당연하다는 눈빛) 역모를 저지른 자를 올릴 수는 없는 일 아닙니까?
대비   (그 말에 멈칫, 보고) 그게 무슨 말입니까? 역모라니요?!
한기재 (여유롭게 보는 표정에서)

S#32. 빈전 / 밤

신주 앞에 멍하니 홀로 앉은 휘. 문득 주위를 둘러보면, 있어야 할 제현대군은 보이지 않고. 궁인들만 몇 있을 뿐이다.

휘   (곁의 대신에게) 제현대군은 어디에 있습니까...

S#33. 빈전. 일실 / 밤

제현대군, 구석에 앉아 얼굴을 묻은 채, 홀로 슬픔을 참아 내고 있다.
문이 조용히 열리고, 들어서는 사람, 휘다.
제현대군, 소리에 얼굴을 들어 보면, 마주 보는 두 사람.

휘   (안타까운) 겸아.
제현대군   ...형님!

휘, 안타까운 눈빛. 말없이 다가와 제현대군을 바라보면
놀라 바라보는 제현대군, 휘와 마주 서자, 울컥 눈물이 터져 나온다.

제현대군   (흐르는 눈물 닦아내며) 송구합니다. 형님께서 제게 눈물을 보이지 말라 하
          셨는데...
휘   (그 말에 울컥 눈물이 솟는다. 제현대군의 어깨를 안아주며) 괜찮다. 다 괜
          찮을 것이다. (읊조리는) 괜찮을 것이야.
제현대군   (휘의 품에서 그제야 끅끅 소리 죽여 울음을 쏟아내는 데서)

S#34. 궐. 어느 일실 / 밤

원산군과 마주 앉은 창천군.

창천군   참으로 가관이지. 상례를 핑계로 폐세자가 종횡무진 궐을 활보하고 다니
        니!
원산군   그것 때문에 이리 저를 보자 하신 것입니까.
창천군   (아무래도 불안하다) 상헌군이 유배 간 세자까지 데려온 데에는 다 꿍꿍이
        가 있지 않겠소. (목소리 낮춰) 전하께서 독살당했다는 소문이 공공연히
        돌고 있다 들었소. 자칫하다가는 우리도 상헌군의 손아귀에 놀아나게 될지
        모른다 그 말입니다.
원산군   우리라니요? 대체 무슨 말씀을 하시는지 모르겠습니다.
창천군   (순간 기막히고) 군대감이 나와 함께 권당을 도모하지 않았소. 그 일로 전

하와 나의 사이가 틀어졌다 의심하는 이들이 많소이다. 행여라도 그걸 이용하려 들기 전에,

원산군 남들이 들으면 오해하겠습니다 대감. 권당을 도모하신 것은 대감이시지요. 저는 그저 창운군 대감의 억울함을 풀어드리려 말씀을 올렸던 것뿐이고요.

창천군 (기막히고, 쏘아보며) 이제 와 발을 빼시겠다? 군의 그 검은 속을 내 모를 줄 아시오? 세자가 나가떨어지면 차례가 올 거라 생각한 게 아니오. 상헌군이 지키고 선 세자보다 아직 어린 우리 제현대군이 만만하였던 게지!

원산군 (제법이라는 듯, 픽, 차게 웃으며) 그리 잘 아시는 분께서 욕심을 내었을 땐 그에 따른 책임도 응당 져야 한다는 걸 모를 리 없었을 텐데 말이지요...

창천군 뭐, 뭐요?!

원산군 부원군께서도 알다시피 지금 상황에 전하께서 승하하면 제일 득을 볼 사람이 누구겠습니까. 그리 자명한 사실을 상헌군께서도 모를 리 없었겠지요... (물 건너간 제 계획에 역시 표정 굳어지면)

창천군 (허! 기막히고, 부들부들 바라보는 데서)

S#35. 대비전 / 밤

놀라 바라보는 대비 앞으로 장부 하나를 내미는 한기재.

한기재 창천군이 사병을 길렀습니다. 이게 무엇을 의미하겠습니까.

대비 (조금 놀라지만) 사병을 기른 것은 분명 잘못된 일이나 이것만으론 역모라 할 수 없습니다.

한기재 얼마 전, 창천군께서 유생들을 주동한 일로 상왕전하와 갈등이 있었지요... 전하께옵서 창천군의 사병의 존재 역시 알고 계셨으니 창천군 께서 얼마나 두려웠겠습니까.

대비 (그 말에 놀라 본다) 설마... 창천군이 주상을 독살했다는 겁니까?

한기재 (그렇다는 표정으로) 선택하시지요. 역심을 품은 제현대군인지... 아니면 폐세자인지...

대비 (당황스럽고, 놀라 보는 데서)

S#36. 중궁전 / 밤

중전, 홀로 앉아 불안에 떨고 있는데, "부원군 대감 드십니다." 소리와 함께, 급히 들어와 앉는 창천군.

중전	(걱정 가득한) 어찌 됐습니까?
창천군	(고개 젓는, 낭패스러운) 원산군 그 작자와 도모 하는 것이 아니었는데! 안면몰수를 해도 정도가 있지...
중전	(분한) 유생들 일로 문책을 받을까 염려된 아버지가 왕을 독살했다는 소문이 파다하답니다. 이 일을 어찌하면 좋습니까!
창천군	(젠장! 주먹이 떨려온다. 낭패 어려 생각하면)
중전	이리 앉아서 당할 수는 없습니다! 당장 사병을 부르시지요!
창천군	(놀라 보면)
중전	(종이와 먹 등을 꺼내며) 시간이 없습니다! 연통을 쓰십시오. 얼른!

창천군, 결심한 듯 허둥지둥 받아드는데, 그때! 문이 벌컥 열리며 들어서는 의금부 군사들.

중전	이게 무슨 짓이냐!
관군1	전하를 시해한 역적들이다. 당장 잡아들이거라!

관군들, 달려가 중전과 창천군을 포박하면 "뭣들 하는 것이냐! 이 손 놓지 못할까!" "너희가 무슨 짓을 저지르는지 아는 것이냐! 어디 중전마마께 함부로 손을 대는 것이야!" 소리치며 끌려나가는 두 사람.

S#37. 동. 마당 / 밤

발버둥치며 끌려 나오는 중전과 창천군. 그 앞으로 다가오는 한기재.
두 사람, !! 두렵게 바라보면.

한기재   (물증인 듯, 독초를 던지며) 상선을 사주하여 전하의 탕약에 독약을 타셨다
        고요...
창천군, 중전   (! 무슨 말인가 보면)
한기재   (창천군의 귓가에) 싸움을 거시려거든 상대를 잘 고르셨어야지요...
창천군   사, 상헌군... (!! 두렵게 바라보면)

        한기재, 서늘한 눈빛. 끌고 가라는 듯 군사들에게 눈짓한다.
        "이건 모함이요! 모함!!" 소리치며 끌려가는 두 사람에서.

S#38. 빈전. 일실 / 밤

        휘와 제현대군, 마주 앉아 있다.

제현대군   (조금 진정한 듯) 헌데 여긴 어찌 오신 겁니까...
휘   (떠올리듯, 마음이 아프고) 아바마마께서 가시는 길에 인사라도 올리고 싶
        어 온 것이니라.
제현대군   (역시 안타깝고) 형님...

        두 사람, 서로의 마음을 헤아리듯 안타깝게 바라보는데
        순간, 들이닥치는 군사들.

관군2   (관군들 향해) 뫼시거라.

        휘와 제현대군, 놀라 바라보면
        꽤 거칠게 제현대군을 잡아끄는 군사들.

휘   (놀라고, 급히 막아서며) 이게 무슨 짓이냐!! 당장 놓거라. 당장!!

        군사들, 휘의 말에도 아랑곳없이 제현대군을 끌고 나가면

"형님!!!" 두려움에 돌아보며 끌려가는 제현대군. "이거 놓아라. 놔!!" 소리친다. 휘, 충격으로 바라보면.

S#39.   빈전. 다른 일실 / 밤

한기재, 수하에게 보고를 받고 있던 중이다. 수하, 예를 갖추고 나가면, 쾅- 문 열리고 들어서는 휘. 격하게 걸어가 한기재 앞에 선다.

휘	제현대군이 잡혀갔습니다. 대체 어떻게 된 일입니까!
한기재	중전과 창천군이 전하의 독살을 사주했다 합니다.
휘	(충격으로 보는) 어째서... (말도 안 된다는 듯) 부원군께서 그럴 이유가 없지 않습니까...!
한기재	제 욕망을 채우려는 것에 이유 같은 건 없는 법이지요...
휘	(충격이다. 믿을 수 없어 보면)
한기재	보위를 오래 비워둘 순 없으니, 속히 마음을 추스르십시오.
휘	(불길한) 그게 무슨 말입니까. 허면...
한기재	(끄덕이고, 만족스러운) 내 앞에 선 이가, 그 자리에 앉아야 한단 뜻입니다.
휘	(그제야 모든 것이 한기재의 공작이라는 것을 알겠고, 눈빛 변해) 저는 이미 폐위된 세자입니다! 아바마마의 뒤를 이을 이는 제현대군뿐입니다. 어서 그 아이를 풀어 주십시오! 저는 제 자리로 돌아갈 것입니다.
한기재	그럴 수 없습니다. (차갑게 휘를 보며) 스승이었던 자의 도움을 받아 도망을 꾀하였다고요? 왕명을 어기고 도망한 폐세자로 죽음을 맞는 것 외에, 저하껜 선택지가 없습니다.
휘	(참을 수 없는, 쏘아 보면)
한기재	(눈빛 사나워지며) 내금위장 윤형설은 그 팔다리를 자르고, 내관과 상궁은 당장 목을 베지요. 정지운, 그자는 관노로 보내어 평생을 빌어먹게 하는 건 어떻겠습니까.
휘	(부들부들 떨려온다. 거친 숨을 몰아쉬며 핏발 서려 보는데)
한기재	(서늘한) 너를 왕으로 만들기 위해, 내 어디까지 할 수 있는지 진정 보여주길 바라느냐.

휘	(충격이고, 겨우 참아 내며) 어째서... 어째서 이렇게까지 하시는 것입니까...
한기재	말하지 않았느냐. 욕망을 채우려는 것엔 이유 같은 건 없는 법이라고...
휘	(충격으로 부들부들 바라보면)
한기재	왕이 되십시오. 저하의 사람들을 지키고자 하신다면 지킬 수 있는 힘을 기르셔야지요... (경고하듯 바라보다, 밖을 향해) 게 누구 없느냐. (수하 하나 들어오면) 저하를 동궁으로 모시거라.

들어온 관군들, 휘를 끌고 가듯 일으키면
휘, "놓거라! 이거 놓으란 말이다!" 끌려가는 휘를 보는 한기재의 차가운 표정에서.

S#40. 궐 일각 / 밤

휘, 허탈한 듯 멍하니 군사들에 의해 끌려 나오면
어느새 궐에 당도한 이현, "저하!" 놀라 달려간다.
군사들, 그런 이현을 막아서듯 칼을 뽑으면.

이현	(서늘한 위엄으로) 비키거라... 이게 무슨 짓이냐!
군사	저하를 모시라는 상헌군 대감의 명입니다. 아무도 만나실 수 없습니다. (다시 휘를 끌고 가려 하면)

이현, 분하게 보다가 챙, 칼을 빼앗아 군사들을 공격한다.
얼른 휘를 제 품으로 당기고, 군사들에게 칼을 겨루는 이현.
군사들, 대치하듯 이현을 둘러싸면

이현	(많이 걱정한 듯) 괜찮으십니까. 저하...
휘	(참담한 표정) 형님...
이현	(눈가가 붉어지고, 하고 싶은 많은 말을 참으며) 무사해 주셔서 고맙습니다...
휘	(괴롭게 바라보면)

이현	함께 궐을 나가시지요. 제가... 모실 것입니다. (군사들을 향해 칼끝을 매섭게 겨누는데)
한기재 (E)	칼을 거두시지요.

돌아보면.
소란에 밖으로 나서던 한기재, 군사들과 대치 중인 이현을 바라본다.

이현	(한기재를 향해 돌아선다. 차갑게 보며) 내금위장과 동궁전 사람들론 모자라십니까. 어찌 저하를 이리 험하게 대하시는 겁니까.
한기재	군대감께서 멀쩡히 이곳에 계신 것이, 내 마지막 예우였다는 걸 모르시나 봅니다.
이현	(차갑게 바라보면)
한기재	(다가서며) 원산군께서 세자의 자리를 삭탈하는 데 큰 공을 세웠다지요... (서늘하게) 두 형제를 왕친이라는 이유만으로 봐 드리는 것은, 여기가 마지막입니다. 명심하십시오.

한기재, 경고하듯... 다시 군사들에게 눈짓하면
군사들, 순식간에 이현에게 다가가 이현을 포박한다.
챙. 바닥에 떨어지는 이현의 칼.
이현, 끌려가며 "이거 놓거라. 이거 놔!! 저하! 저하!!" 소리치면
휘, 자신의 사람들이 하나씩 끌려가자 무력한 눈빛, 괴롭게 바라본다.
한기재, 다시 돌아서는데

휘	부탁이 있습니다.
한기재	(돌아보면)
휘	겸이를... 한번만 만나게 해 주십시오.
한기재	(잠시 보다가) 그리 하시지요. (가면)
휘	(고개를 떨군다. 부들부들 떨려 오는 데서)

S#41. 궐 문 앞 / 밤

정석조, 궐을 나서는데, 멀리 달려오는 지운이 보인다.
지운, 정석조와 눈이 마주쳐 잠깐 멈춰 섰다가, 떨쳐내듯 궐문을 향해 가면,
정석조, 감정을 참아 내지 못하고, 그대로 지운을 향해 가선, 거칠게 뺨을
내리친다.

정석조	어리석은 놈.
지운	(아무렇지 않은 듯, 곧게 보는) 저하께선 어디 계십니까.
정석조	니가 대체 무슨 짓을 저지른 것인지 아느냐.
지운	세자저하를 만나야겠습니다.
정석조	폐세자를 빼돌려 대체 어찌하려 한 것이야!
지운	(간절한) 아버지... 저하를 봬야 합니다.
정석조	(전혀 말이 통하지 않을 것 같자) 이제 니가 함부로 만날 수 있는 분이 아니시다.
지운	(순간, 이해가 가지 않고) 그게 무슨 말입니까.
정석조	곧 즉위식이 있을 것이다. 그만 돌아가거라.
지운	(믿을 수 없는) 허면, 저하께서 왕이 되신단 말입니까.
정석조	(긍정의 의미로 침묵하는)
지운	(정석조의 표정 보곤, 멍한) 안 됩니다... 안 돼요... 안 돼...

충격인 듯, 급히 달려가는 지운에서.

S#42. 의금부. 옥사 / 밤

대군 복장 그대로 의금부 옥사에 갇혀 있는 제현대군.
휘, 안타까운 눈빛, 터벅터벅 걸어서 그 앞에 서면
제현대군. 그런 휘를 발견하고 바라본다.

제현대군	(창살에 매달리며) 형님!
휘	(마음이 찢어질 듯하고)

제현대군	(두려운) 정말 저희 조부님께서 아바마마를 죽이신 겁니까? 아니지요... 아니라고 말씀해 주십시오...
휘	(차마 아무 말 못 하고 괴롭게 바라보면)
제현대군	(눈물을 글썽이며) 매일 두려웠습니다. 언젠가 제가 형님의 자리를 빼앗게 될까 봐요...
휘	(그 말에 안타깝게 바라보면)
제현대군	헌데, 그게 아니었던 모양입니다. 실은... 어마마마와 조부님의 욕심 때문에 언젠가 이런 날이 올까 그것이 두려웠나 봅니다. 제가 죽을까 봐. 죽는 것이 무서워서요...
휘	(제현대군의 그 말에 울컥 눈물이 치솟고) 미안하구나 겸아...
제현대군	(슬프게 바라보면)
휘	나는, 나만 이리 힘든 줄 알았다. 나만 두려운 줄 알았느니라...
제현대군	(여전히 두려운 듯 휘를 바라보면) 형님...
휘	아바마마는 내가 죽였다... 나 때문에 돌아가신 것이니라.

휘, 괴롭게 고개를 떨구면
바라보는 제현대군, 두 눈엔 눈물이 가득하고.

휘	(다짐하듯) 걱정 말거라. 내가 살려줄 것이니... 너는 죽지 않을 것이다. 절대, 죽도록 내버려 두지 않을 것이니라...
제현대군	(두려운 눈빛, 그러나 휘를 믿는다는 듯 끄덕이면)
휘	(다짐하듯, 괴롭게 바라보는 눈빛에서)

S#43. 빈전. 일실 / 새벽

한기재, 방문을 열고 들어오면
한기재를 기다린 듯 고요히 앉아 있는 휘.
휘의 뒤로 햇빛이 스며들어오고. 눈이 마주치는 두 사람.

휘	(일어서는) 왕이 될 것입니다.

한기재	(가늠하듯 바라보면)
휘	폐세자를 죽음의 위기에서 구해 내어 왕으로 만드신 그 은혜, 잊지 않겠습니다.
한기재	(픽 웃듯 바라보면)
휘	단 한 가지, 부탁이 있습니다.
한기재	말씀하시지요.
휘	제현대군만은 살려주십시오. 제 사람들은... 건들지 않겠다. 그것만 약속해 주십시오. 허면, 기꺼이 외조부님의 인형이 되어 드릴 것이니.
한기재	그것이면 되겠습니까.
휘	(그렇다는 듯 바라보면)
한기재	(어렵지 않다는 듯 고개 숙이며) 성은이 망극하옵니다... 전하.

만족한 듯 바라보는 한기재. 다가가 휘의 어깨를 다독이듯 툭툭 눌러 잡는다. 바라보는 휘.
한기재, 만족한 듯 걸어 나가면.
홀로 앉은 휘의 어깨에 피가 번지듯... 옷이 젖어 든다.
더한 고통을 참아 내듯, 꼿꼿하게 서 있는 휘의 모습에서.

S#44. 동. 마당 / 새벽

한기재를 만나고 나오는 휘. 순간 주위가 소란스러워지더니 누군가 군사들을 막무가내로 밀어내며 안으로 들어오고 있다.
휘, 보면, 군사들에 둘러싸인 지운이다!
지운, 휘를 발견한 듯, 군사들을 헤치며 거침없이 다가온다.
눈앞에 휘만 보이는 듯, 그녀를 향해 거침없이 다가가는 지운. 칼로 막아서는 관군 하나를 치워내다가, 손에 상처가 나지만, 그대로 나아간다. 휘, 흔들리듯 그 모습 바라보다, 겨우 감정을 참아 내곤 지운을 향해 가는.

휘	모두 물러서라.

휘의 말에 관군들, 그제야 길을 열면, 지운, 휘를 마주 본다.
주체할 수 없는 감정으로 서로를 보고 선 지운과 휘.
지운, 저벅저벅 다가가 휘 앞에 서는데.

지운   (손을 휘의 어깨 주변까지 올렸지만 만지지 못하고, 울컥한) 몸은... 상처가
       다 아물지, 않았을 터인데...
휘   (그런 지운을 제지시키듯 한 발짝 물러서면)
지운   (휘의 행동에 손이 뚝 멎어, 믿기지 않는 듯 휘를 보면)
휘   미안합니다.
지운   저하...
휘   정말... 미안합니다.
지운   (정말이구나. 절박한) 안 됩니다. 아니라고 해 주십시오.
휘   (괴롭게 바라보면)
지운   (아닐거라 믿고 싶은) 저와 약속하지 않았습니까... 함께 할 것이라고...
휘   (아프게 보면)
지운   지금이라도 저와 나가시면 됩니다. 제가 모시겠습니다. 저하... 제발...
휘   이젠 제 곁에 오시면 안 됩니다. 절대... (참아 내듯 돌아서면)
지운   (괴롭게 보다가, 간절한) 허면, 치료만... 치료만이라도 하게 해 주십시오. 제
       발...

지운, 피에 조금 젖어 색이 짙어진 휘의 옷자락을 바라본다.
휘, 그 말에 더 뭐라 하지 못한 채 바라보는 표정.
눈물을 참아 내는 두 사람, 슬프게 서로를 마주 보는 그 표정에서.
화면, 화이트아웃.

홍내관 (E) 주상전하 납시오.

S#45. 정전

도열한 대신들, 돌아보면, 정전 문이 열리며 빛이 쏟아져 들어온다.

찬란한 빛 사이로 근엄하게 걸어 들어오는 사람... 붉은색 용포를 입은 휘다.
대신들을 지나쳐 옥좌에 오르는 휘. 자리에 앉으면, 일제히 허리를 굽히는
대신들... 그 사이 영의정이 된 한기재와 내금위장이 된 정석조도 보인다.
휘, 담담하고 곧은 표정으로 대신들을 내려다본다.

휘   상참을 시작하겠소.

용상에 앉은 붉은색 곤룡포의 휘. 그 모습에서. 13부 엔딩.

14부

원한다면 궐에 더 머물러도 좋습니다.
정주서만 괜찮다면... 조금 더 함께 있고 싶습니다. 나는...

기다렸습니다. 그 말을. 더 늦었으면...
그래도, 기다렸을 겁니다. 언제까지나.

S#1.   지운의 집. 사랑채 / 아침

입궐 준비하는 정석조, 김씨부인의 도움을 받아 내금위장복을 입는다.

김씨부인   참으로 잘 어울리십니다. 처음 입신에 뜻을 두셨던 그 모습처럼요.
정석조   (별말 없이 군모를 쓰고 돌아서면)
여종   (귀신이라도 본 듯, 뛰어 들어오며) 도, 도련님이 오셨어요!
정석조, 김씨부인   (그 말에 역시 조금 놀라 보면)

S#2.   동. 마당 / 아침

정석조와 김씨부인 방에서 나오면, 마당으로 들어서고 있는 지운.
두 사람을 보고 멈춰 선다.

김씨부인   (놀라며) 지운아... 니가 어떻게... (문득 정석조의 눈치 살피면)
지운   (무겁게 정석조를 본다) 아버지께 드릴 말씀이 있습니다.
정석조   (보는 시선에서)

S#3.　　동. 사랑채 / 아침

정석조 앞에 무릎을 꿇는 지운.
정석조, 바라보면.

지운　　어떤 관직이든 상관없습니다. 궐에 들어갈 수만 있게 도와주십시오...
정석조　...무슨 심경의 변화가 있어 이런 부탁을 내게 하는 것이냐.
지운　　전하를... 지키고 싶습니다.
정석조　(그 눈빛 보다가) 충심인 것이냐.
지운　　(무겁게 가라앉는 눈빛, 이내 그렇다는 듯 보면)
정석조　돌아가거라. 너는 궐에 어울리는 사람이 아니다.
지운　　어째섭니까! 어째서 제가 궐에 어울리지 않다 말씀하시는 것입니까...
정석조　그건... 네가 옳고 그름을 판단할 수 있는 아이라 그렇다.
지운　　(무슨 말인가 보면)
정석조　궐은 옳은 것만이 늘 정답인 곳이 아니다. 그러한 곳에서 니가 그 알량한
　　　　충심만으로 견딜 수 있을 것이라 생각하느냐.
지운　　(흔들리는 눈빛)
정석조　(잠시 보다가, 무시하듯 일어나려 하면)
지운　　맞춰가겠습니다! 그 세상에...
정석조　(그 말에 돌아보면)
지운　　(물러서지 않겠다는 듯 단단하게 바라보는 눈빛에서)

S#4.　　한기재 사저. 사랑채

찻잔을 사이에 두고 한기재와 마주 앉은 정석조.

정석조　(결심에 선) 제 아들을 전하의 곁에 두고 싶습니다.
한기재　(찻잔을 들다 바라보며) 자네 아들은 왕을 빼돌려 도망하려 했던 자가 아
　　　　닌가. (여유롭게 차를 마시며) 내 그 죄를 묻지 않은 것만으로도 감사해야

할 일이건만, 주상의 곁에 두겠다니...

정석조 제가 대감을 위해 처음으로 사람을 베었던 날, 제게 약조하셨지요. 대감을 따른다면 저와 제 가족이 남에게 고개 숙일 일은 없을 것이라고. 약조하신 그 말씀, 지금 지켜 주십시오.

한기재 (보면)

정석조 대감께서 뜻을 이루셨으니, 제게도 그에 따른 과보가 있어야겠지요.

한기재 (그런 정석조를 가만히 본다. 비웃듯 입가에 옅게 오르는 미소에서)

S#5.　근정전 앞 / 다른 날, 낮

붉은 용포를 입은 휘, 정전을 향해 걸어간다. 어깨의 상처가 신경 쓰이듯, 잠시 바라보면, 역시 걱정으로 바라보는 김상궁.
어두운 표정의 휘, 다잡듯 다시 걸으면, 그 뒤로 궁인들 길게 따른다. 조금 떨어진 곳, 너른 근정전 앞뜰을 가로지르며 휘에게 다가오는 누군가... 지운이다! 승정원 주서의 옷을 입은 지운, 휘의 앞에 다가서면. 놀라 바라보는 휘. 눈빛이 흔들리는데.

지운 두 달이면 족할 겁니다. 어떤 말도, 어떤 마음도 전하지 않겠습니다. 그저 상처가 아물 때까지만... 전하의 곁에 있겠습니다. 없는 사람이라 생각하십시오. 저도... 그리하겠습니다.

지운, 물러서지 않겠다는 단호한 표정으로 그런 휘를 바라보면
휘, 흔들리는 눈빛... 그렇게 마주 선 두 사람의 모습에서.

〈연모 14부〉

S#6.　궐 일각 / 몇 달 후, 낮

"중전마마~ 중전마마!" 본방나인 유공과 중궁전 나인들, 중전마마를 외치며 급하게 쫓아가면, 저 멀리 한 마리 나비처럼 나풀나풀 뛰어다니는 사람, 하경이다. 손엔 휘에게 줄 편지가 들려 있고.

하경   (지나가는 대신 하나 붙잡고) 전하께서 여기 계신다 하여 왔는데... 혹
       못 뵈었는가?
대신1   아, 방금 경연을 마치시고 처소로 드신다 하였사온데...
하경   (밝아지며) 알려줘 고맙네! (얼른 가려다가, 다시 붙잡고) 헌데 오늘도 정무
       가 많으시다던가?

       대신1, "예?" 하고 보면
       하경, "아, 아니네..." 후다닥 돌아선다. 잠시 손에 든 편지 보고 갈팡질팡하는
       데, 그런 하경을 발견하고 다가오는 노학수.

노학수   이게 누구십니까! 중전마마께서 여기까진 어인 행차시옵니까~!
하경   (보고, 화색, 달려가며) 아부지!
노학수   아부지가 뭡니까. 체통을 지키셔야지요. (애정 그득해 보면)
하경   (그 말에, 아차차 다소곳이) 좌상대감을 뵈옵니다.
노학수   (하경 손에 들린 편지 보며) 헌데 손에 든 그것은...?
하경   아... 이거요. (수줍은, 몸 배배 꼬면서, 노학수 귓가에 낮게) 전하께 드릴 연
       서입니다...
노학수   연서요? 매일 중궁전에서 쓰신다는 것이 이것이었습니까?
하경   매일은 아니고 가끔...! 가끔 자주...? 헌데 읽고나 계신지 모르겠습니다. 워낙
       에 기별이 없으셔서... (조금 시무룩해지면)
노학수   당연히 읽고 계시겠지요! 읽으시고 읽으시고 또 읽으실 것입니다. (주눅 든
       모습 안쓰럽고) 어깨 펴고! 눈에 힘 꽉! 마마께선 상헌군께서 선택하신 분
       아닙니까. 언제나 당당하셔야지요!
하경   (그 말에 기운 차리듯, 어깨 펴고, 눈에 힘 꽉!) 이렇게요?
노학수   (잘했다는 듯 끄덕끄덕, 웃으면) 훨씬 보기 좋습니다.
하경   (씩 웃고) 허면, 저는 전하를 뵈러 가보겠습니다. 아버님.

하경, 보란 듯이 꼿꼿하고 도도하게 걷다가 삐끗하면
아이쿠 찡그리며 보는 노학수. 걱정이 가실 날이 없다.

노학수   (가는 하경의 뒤에 대고) 중전마마! 조심... 조심하시옵소서... 제발!

S#7.   승정원 집무실

바쁘게 움직이는 승정원 관원들 사이, 장계를 분류 중인 한 사내... 지운이
다. 지운, 수북하게 쌓인 장계를 들고 어딘가로 향하면
도승지가 된 문수, 휘에게 올릴 장계와 상소들을 미리 보며 통(通)과 불통
(不通)으로 나누고 있다.

문수   (습관처럼 글을 소리 내어 읽는, 점점 목소리 줄이며) 뇌물을 받고 관직을
           매매한 이조전랑 김사헌에 대한... (눈으로 읽고는) 김사헌이라면 상헌군 대
           감의 육촌 조카가 아닌가. (끙... 고민하다가) 불통!
지운   (잠시 보지만, 관심 없다는 듯 장계만 챙기고)
문수   (다시 다른 장계 펼쳐 읽으며) 영의정 한기재가 전하의 외조부라는 이유로
           조정을 장악하고... (얼른 덮고, 불통 자리에 넣은 후 다음 것 읽는) 조용히
           물러나게 하심이... (또야? 한숨, 다음 것 읽는) 그를 배척하심으로써 공론을
           따르시고... (탁! 상소 덮고는) 그냥 다 치워라 치워. (에휴... 못 해 먹겠다)

      지운, 문수가 말한 불통 장계들을 보면
      그 모습 모두 본 듯 다가오는 범두, 만달.

만달   배신자...
범두   상헌군을 탄핵하라는 상소가 이리 빗발치는데도 모른 척하시다니. 많이 변
           하셨습니다. 보덕, 아니 도승지 영감. 그래도 전하의 스승이셨던 분이신데
           말이지요.
문수   (범두 보며, 성가신) 넌 왜 또 여기 왔어? 호조정랑이 됐으면 호조에나 박혀
           있을 것이지. 뭔 볼일이 있다고 허구한 날 찾아와서는...

범두	이리 모든 사안들을 영상대감의 눈치에 따라서만 처리할 거면 도승지가 왜 필요하답니까? (옆에 선 지운에게 동조를 구하듯) 그렇지 않은가? 정주서.
문수	(이게 죽을라고~ 눈을 부라리면)
지운	(옅은 미소, 감정을 알 수 없고) 어쩔 수 없지요. (불통에 있는 장계 챙겨 들며) 허면 이건 제가 처리하겠습니다.

지운, 장계 들고 걸어가 폐기함에 쏟아 넣으면, 혀를 차듯 보는 범두, 만달.

범두	내가 사람을 잘못 봤나 보네. 회강 때 연꽃 운운하며 상헌군 대감을 대차게 한 방 먹이던 그 사람은 어딜 가고...
만달	(눈치 주듯 쉿!) 내금위장이신 아버님이 직접 꽂아 넣은 곳 아닙니까. 그러니 본인도 편전에는 들지도 않고 맨날 장계만 들고 왔다 갔다 하는 거겠지요. 전하 옆에 붙어서 정원일기를 작성하기에는 양심에 너~무 찔려서. (흥, 배신자 보듯 바라보면)
문수	(퍽- 머리 치며) 맘대로 추측하지 마라 그랬지 내가. 까라면 까야지 니네고 별수 있을 것 같애?
만달	(머리 부비며, 우쒸... 보면) 맞지 않습니까? 정원일기도 안 쓰려면 대체 주서로는 왜 들어왔답니까?
문수	(그건 그렇다. 이상한 듯 보다가, 괜히 범두 만달 쫓으며) 정신 사납게 하지 말고 가라고. 좀 가~!

범두, 만달 쫓기듯 가면
지운, 모두 들었지만, 애써 모르는 척, 제 할 일 하는 모습에서.

S#8.　대전. 휘의 처소

용포 차림의 휘, 어의 하나(서의원)에게 문안진후를 받고 있다.
옆으론 김상궁과 승지 하나가 함께 있고. (홍내관은 없다)

서의원	(휘의 맥을 짚고 나서) 즉위하신 후 한동안은 줄곧 맥이 불안정하셨는데,

지금은 많이 좋아지셨습니다.

휘   (소맷부리 내리며) 고맙네. 그만 물러가 보게.

서의원, 승지와 함께 일어나 예를 갖추면
잠시, 바라보는 휘. 조금 안도한 듯, 자신의 어깨 쪽을 잠시 본다.

김상궁 (E) 전하, 승정원에서 장계를 가지고 왔습니다.

S#9.   동. 처소 밖 복도 + 안

서의원과 승지 밖으로 나오면
어느새 장계를 가지고 와 대기하듯 서 있는 지운.

인서트 / 처소 안, 문 쪽으로 시선 주는 휘. 잠시, "들라하라" 말하면
휘의 목소리에 주변을 살피는 김상궁.
잠시 지운과 모종의 눈짓 주고받고 낮게.

김상궁   (조금 불편한 듯 보며) 이각 안에는 마무리하셔야 합니다.

지운, 끄덕이고는, 안으로 들어간다.
멀어지는 승지와 서의원 등을 살핀 후 처소 문을 닫는 김상궁. 주변을 경계
하듯 살피는 표정에서.

S#10.   휘의 처소 안

문이 열리고 들어서는 지운.
서안 앞에 앉은 휘, 그런 지운을 보면

지운   (담담한) 주서 정지운. 주상전하를 뵙습니다...

두 사람, 눈이 마주치면, 잠시 어색한 공기가 흐르고.

S#11. 동. 대전 마당

대전 쪽으로 향하는 정석조
마침 대전에서 나오는 서의원과 마주한다.
서의원, 예를 갖추고 지나가면, 문득 생각난 듯 불러 세우는.

정석조   문안진후를 마치고 가는 길이신가.
서의원   예. 내금위장 어른.
정석조   전하께선 좀 어떠신가? 다치신 곳은 이제 많이 나으셨는가?
서의원   (처음 듣는 말인 듯) 예? 다치시다니요?
정석조   (그런 서의원의 반응이 이상한데)

S#12. 휘의 처소

햇살이 스며드는 휘의 처소. 어느새 발이 하나 내려져 있다.
발 너머 마주 앉아 휘의 어깨를 치료하고 있는 지운.
장계를 가져온 판 사이로 숨겨온 듯, 작은 함 속에는 휘를 치료할 도구들
들어 있다. 지운, 휘의 어깨 상처를 보면, 시간이 꽤 흐른 듯 상처는 거의 아
물어 있다. 상처를 보는 지운의 표정. 안도와 동시에 아쉬운 표정이 스치는
데.

지운   (약을 바르고 새 붕대를 감아주며) 상처가 많이 호전되어 이제 사나흘 정
        도만 더 경과를 지켜보면 될 것 같습니다.
휘   (역시 아쉽지만, 담담하게) 그렇지 않아도 어의의 말이 맥도 제법 안정되었
        다더군요... 아무래도 몸이 많이 나은 듯싶습니다.
지운   예... (복잡 미묘한 감정이다. 붕대 마무리해 주며) 불편한 곳은 없으신지 한

번 움직여 보시지요.

휘   (팔을 조금 움직여 본다) 괜찮습니다.

휘, 다시 옷을 입으려 흘러내린 용포에 손을 뻗으면
지운, 역시 휘의 옷을 챙겨주려 손을 뻗었다가 두 사람의 손이 스치듯 맞닿
는다. 잠시, 눈이 마주치는 두 사람. 어색해지는데.

인서트 / 대전을 향해 걸어오는 하경의 모습. 김상궁, 조금 놀라 보고.

휘, 애써 회피하듯 고개를 돌려 옷을 입으면, 지운, 역시 별다른 말없이 조
용히 치료 도구 등을 정리한다.

지운   (자리에서 일어나면)

휘   (잠시, 최대한 감정을 억제한 채) 매번, 감사합니다. 정주서...

지운, 그 말에 잠시 무거운 미소... 발을 걷고 돌아서면
안타깝게 보던 휘, 애써 담담히 다시 옷고름을 여미는데
순간, 벌컥! 문이 열리고 들어오는 사람... 하경이다.
앞에 선 지운에게 부딪혀 "아야..." 머리를 부비는 하경. 그 바람에 들고 있던
지운의 함이 바닥에 떨어져 피 묻은 붕대가 조금 보이고.

김상궁   (쫓아오며) 중전마마 어찌...! (화들짝 놀라 하경을 끌어내리려 하면)

휘, 지운, 모두 당황해 바라본다. 지운, 얼른 제 몸으로 붕대를 가리고 서면,
그보다 더 당황해 지운과 휘를 보던 하경, (다행히 떨어진 붕대는 못 봤고)

하경   소, 송구합니다! 전하!

하경, 누가 뭐라 하기도 전에 다시 문밖을 벗어나 쾅- 문을 닫는다.
순식간에 일어난 일에 서로 당황해 바라보는 휘와 지운.
지운, 얼른 떨어진 붕대를 함에 담아 보이지 않게 챙기면

S#13. 동. 복도

김상궁   갑자기 문을 그리 벌컥 여시면 어찌 합니까...
하경   (많이 당황한 듯 울상이 되어) 미안하네. 내 또 사가에서의 버릇이 나와서...
         어쩌지?
김상궁   (아무것도 눈치채지 못한 듯한 하경에 안도하고, 으이구... 한숨으로 보는데,
         일각에 다가오는 정석조, 보인다. 얼른, 더 들라는 듯) 전하. 중전마마 드시
         옵니다... (눈치 살피면)
정석조   (본다. 하경의 모습에 더 가지 않고 제 자리에 서는)

S#14. 동. 방 안

어느새 함을 숨기듯 다시 정리한 지운, 휘를 돌아보면.
휘, 들려오는 김상궁의 목소리에 작게 한숨. "들라 하시게." 말한다.
문이 다시 열리고 하경, 울상으로 주춤주춤 들어온다.

하경   송구합니다. 전하. 신첩이 아직 궁중의 법도에 익숙지 않아... (옆에 선 지운
         에게 작게) 미안하네...
지운   (옅은 미소) 아닙니다... 허면 저는 이만 물러나 보겠습니다. 전하.

지운, 휘를 향해 조용히 인사하고 나가면
휘, 조금 신경 쓰이는 듯 그런 지운의 뒷모습을 본다.

S#15. 동. 복도

밖으로 나온 지운, 닫히는 문 사이로 보이는 휘와 하경의 모습에 역시 마음
쓰이듯 무거운 표정인데.

돌아서면 보이는 정석조. 지운과 눈이 마주치고.

지운, 얼른 예를 갖추고 걸어간다.

지운이 든 장계 사이로 문득 뭔가가(치료함) 보이는 것도 같은데.

S#16. 동. 처소 안

주춤주춤, 눈치를 보며 휘의 앞에 다가가는 하경.

휘	(조금 전 상황으로 조금 불편하고) 대전엔 또 어쩐 일입니까.
하경	(화났나? 살피듯 보다가, 자신 없이) 그것이... (망설이다가 슬그머니 휘의 서안 위에 편지 올리며) 어젯밤 중궁전 나무 위에 앉은 종달새 한 쌍이 너무 어여뻐... 전하를 향한 신첩의 마음을 몇 자 적어 보았사옵니다. (발그레, 괜히 방바닥만 문질문질 보면)
휘	(죄책감에 표정 굳어지고, 애써 담담히) 고맙소. 내 읽어보리다.
하경	정말요?! (표정 밝아져) 참, 곧 관상감에서 길일을 잡아 아뢸 거라 합니다. (홀로 발그레) 혹 들으셨나 하여...
휘	(그 말에 조금 굳어지며) 그렇군요... (생각 많은 표정인데)

S#17. 어느 밀실

관상감 관원(일관), 의자에 앉혀져 있고. 그 앞에 마주 앉은 이현.

일관이 들고 있던 종이(합방일자)를 보고 있다. 홍내관은 관원 옆을 빙글빙글 돌며, 어깨를 툭툭 치기도 하는 등 위협하는 모양샌데...

홍내관	(협박하듯 은근히) 자네가 최상의 길일을 택하지 않고 상헌군 대감의 명에 따라서만 합방일을 정하려 한다는 소문이 있어.
일관	(억울하다는 듯) 오해십니다. 상헌군 대감께서 합방일이 자꾸 밀린다며 하루가 멀다하고 저희 관상감에 불호령을 내리시는 걸 전들 어쩝니까... 저희도 죽겠습니다 아주...

홍내관	아~ 그럼 요건 (돈 세는 손짓) 그저 관상감의 회식 값으로 받은 것이다?
일관	(헉 어떻게 알았지, 바닥에 넙죽 엎드려) 사, 살려주십시오.
이현	(토닥이며 일으키는) 이러지 말게. 우리가 자넬 왜 죽이겠나.
일관	(눈치 보며 일어나 다시 앉으면)
이현	전하께서 정무가 바쁘시어, 당분간 합방에 들긴 어려우실 걸세. 내 그말을 하러 들른 것이네.
일관	(어떡하지... 눈알 요리조리 굴리며) 하오나, 이번에도 길일을 내가지 않으면 저는 상헌군 대감께 죽은 목숨이온데...
홍내관	(요것 봐라) 것보다 우리 손으로 보는 저승길이 더 빠르지 않겠나 싶은데... 응? (어깨 꽉 쥐면)
일관	(이현을 보며, 울상 되어선) 주... 죽일 이유가 없으시다더니...
이현	(난감한 듯 긁적이고) 상선께선 생각이 다르신가 보군.
홍내관	(승리의 미소로 일관을 내려다보면)
일관	(덜덜덜 종이 내미는 척하다가) 어, 저기!
이현, 홍내관	(? 돌아보면)

일관, "송구합니다!!" 소리치며 냅다 도망치기 시작한다.
"네 이놈! 거기 안 서!!" 쫓는 홍내관과 이현.

S#18. 동. 궐 일각

우당탕 관모를 고쳐 쓰며 허둥지둥 달려 나오는 관상감 일관. 뒤를 보고
휴... 다시 돌아서다 어딘가 턱- 막히는데 보면 한기재. 헉! 눈 커지고. "사,
상헌군 대감!!" 사색이 되어 급히 조아리면.

한기재	관상감의 일관이 아닌가.
일관	(얼른 더 고개를 조아리면)
한기재	그래, 합방일은 나왔는가.
일관	예? 아, 예. 그러니까 그것이... (초조한 듯 눈알 굴리며 뒤를 살피는데)

동시에 일관을 찾듯 쫓아 나온 이현과 홍내관.
한기재와 마주한 일관에 표정 굳어지고.

일관   (뒤로 보이는 이현과 홍내관에, 헉! 미치겠다) 이달은 하늘의 기운이 좋지
        않아 음양이 조화롭지 못하니... 좋은 날을 잡기가 쉽지 않을 듯하온데...
        (나름 변명하는데)
한기재   (표정 굳고) 그따위 것은 중요치 않으니, 오늘 내로 날을 뽑아 내게 가져오
        시게.

한기재, 지나가면, "예. 대감.." 덜덜덜 떨며 인사하는 일관.
이현과 홍내관, 모두 본 듯... 역시 지나는 한기재에게 예를 갖춘다. 한기재,
일별하고 지나치면. 두 사람, 낭패스러운 표정에서.

S#19. 정전

중앙 어좌에 앉아 있는 휘를 중심으로 각자의 자리에 도열해 있는 대신들.
한기재와 노학수, 원산군 등 보이고.

대신1   (앞에 나와) 창천군과 함께 유생들의 권당을 이끌었던 대사헌 조영호에 대
        한 유배형을 마무리하였사오니 새 인물을 천거하심이 마땅할 듯하옵니다.
휘   (처음 듣는 말이다. 굳어지며) 유배라니요... (한기재를 보면)
한기재   (여유롭게 보며) 전하께서 내려주신 교서에 따라 절차대로 진행한 일이옵니
        다.
휘   (! 당황을 숨기며, 표정 겨우 참아 내고) 예...
노학수   전하, 올해 지속된 장마로 태실을 묻어둔 근처 지반이 불안정하다 걱정이
        많사옵니다. 이참에 태실을 이전하는 것은 어떻겠사옵니까.
휘   (무력한) 책임지고 맡을 마땅한 이가 있겠소.
한기재   종부시 제조이신 원산군을 보내시지요.
원산군   ! (순간 당황하고, 표정 굳어 보면)
휘   허나 그 일은 장기간의 계획이 있어야 할 일이니 해당 지역의 관리가 맡는

	것이,
한기재	(말을 끊듯) 왕실의 일이옵니다. 다른 누구보다 종친의 신분이 마땅하지 않겠습니까. (원산군을 보면)
원산군	(기막히고, 표정 애써 숨기며) 성심을 다하겠사옵니다... 전하.

한기재, 만족한 듯 바라보면, 무력한 휘와
분한 듯, 표정 감추며 한기재를 바라보는 원산군의 모습에서.

S#20. 동. 정전 앞

휘, 무겁게 정전에서 나오는데 대신2, 3 수군대며 지나간다.

관리1	태실을 이전한다니. 말이 추천이지 가면 1년이 될지 2년이 될지 모르는 일인데... 이건 거의 밀려나는 것이 아닙니까.
관리2	(낮게) 원산군이 죽은 창천군의 편에 서서 전하의 폐위를 주도했었다는 소문이 사실이었나 보군.

휘, 그 말에 표정 굳어져 바라보면

한기재 (E)	언짢으셨습니까?
휘	(소리에 돌아보면)
한기재	(미안한 기색 없이, 다가오며) 시급한 사안들이라 전하께 미처 말씀 올리지 못하고 소신이 처리하였사옵니다.
휘	(표정 숨기고) 예. 잘하셨습니다. (미소까지 띠어 보이면)
한기재	앞으로도 그런 골치 아픈 일들은 제게 맡기시고 전하께옵선 후사를 잇는 일에만 몰두하십시오.
휘	(후사라는 말에 조금 불편한 표정이고, 애써 참으면)
한기재	아무리 큰 나무라도 과실이 없으면, 베어 내고 새 나무를 심으려 드는 것이 이곳 궐의 생래가 아닙니까. (다정한) 돌아가신 선대왕 전하를 위해서라도 사직을 튼튼히 하셔야지요...

휘	명심하겠습니다. 외조부님. (표정 감추려, 고개 숙이는 데서)
하경 (E)	합방일이 벌써 나왔다고?!

S#21. 중궁전. 하경 처소 / 다른 날, 낮

하경, 휘에게 또 편지를 쓰던 중이었던 듯, 바닥으로 구겨져 던져버린 종이
들이 몇 보인다. 보는 김상궁, 손엔 비단에 곱게 싼 합방단자가 들려 있고.

하경	(김상궁의 시선에 머쓱해져) 아... 시문을 짓던 중이었네. 전하께서 시를 즐겨 읽으신다 하여... (종이 슬쩍 차내고는, 손에 들린 단자에 화색) 그건가? 합방단자!
김상궁	(마지못해 내밀며) 예. 관상감에서 보내온 것이온데...

하경, 환해지는 얼굴, 덥썩 단자를 잡아채면
김상궁, 못내 주고 싶지 않은 듯 힘을 꾹 주고는 놓질 못한다.
하경, ?? 보다가 끙... 힘주어 확 잡아당기면 벌러덩, 넘어가며 드디어 하경의
손에 들어오는 합방단자.
허겁지겁 펼쳐보는 하경, 날짜 확인하고 화색 돌며

하경	오느을~!!

하경, "어머 이렇게 빨리? 어떡해 어떡해~ 나 하나도 준비 못 했는데..." 설렘
과 긴장으로 유공과 함께 발 구르면, 끙... 심기 불편하게 바라보는 김상궁,
근심 어린 표정이고.

S#22. 대전 전경 / 밤

S#23. 대전. 휘의 처소 / 밤

중궁전에 들기 위해 의관을 갖추는 휘. 심란한 표정이다.

김상궁 (제가 더 초조하고) 정말 괜찮으시겠습니까. 지금이라도 몸이 좋질 않으시
        다고 하는 것이 어떻겠습니까.

홍내관 그건 지난 초야에 써먹었으니 이번엔 제가 나서겠습니다. 사람 없는 창고에
        불이라도 질러 소란이 일면 오늘은 무사히...

휘   (피할 수 없는 일임을 안다) 됐다. 중궁전으로 갈 것이니 길을 잡거라.

        휘, 심란한 듯 나서면
        홍내관, 김상궁, "전하, 대체 어쩌시려고..." 걱정으로 따른다.

S#24. 대전 일각 / 밤

        지운, 문수, 만달과 함께 퇴궐 중이다.

문수   오늘이 합방일이라 그런가 궐이 조용하네~

        지운, 그 말에 무겁게 보면
        마침 다가오는 휘의 행렬. 일동, 얼른 물러서 예를 갖춘다.

휘   (지운과 눈 마주치면, 애써 담담히) ...이제 퇴궐하십니까.

문수   예. 전하. 중궁전으로 향하시던 길이신가 봅니다.

휘   (대답 대신, 신경 쓰이듯 지운 쪽 한번 보고) 예. 그럼...

        휘, 지나가면, 돌아보는 지운. 무거운 마음이다.
        멀어지는 휘의 뒷모습을 안타깝게 바라보다 돌아서면.

S#25. 동. 일각 / 밤

지운을 스쳐 걸어가는 휘. 표정이 어둡다.
잠시 지운을 돌아보듯, 멈춰 서면

김상궁   (걱정으로) 어찌 그러십니까. 전하.
휘   (잠시, 무겁게 생각하는 표정에서)

S#26. 중궁전 / 밤

초 하나가 타오르는 방 안. 주안상을 두고 마주 앉은 휘와 하경.
하경, 오늘을 위해 곱게 단장한 듯 얼굴엔 홍조가 떠올라 있고.
휘, 무거운 표정, 생각 많은 얼굴로 말없이 술잔만 들이킨다.
비어있는 휘의 잔에 술을 따르기 위해 주전자를 잡는 하경.
역시 주전자를 잡던 휘와 손이 스치면 화들짝, 긴장하여 술을 쏟고.

하경   (허둥지둥 닦으며) 소, 송구합니다. 전하. 제가 너무 긴장하여...
휘   괜찮소. 두시오.

휘, 닦는 손 막듯이 잡으면, 잡힌 손에 두근두근... 붉어져 보는 하경. 너무
긴장하여 손이 떨려 오는데, 하경의 그 떨림이 휘에게까지 전해지는 듯, 휘
의 표정 더욱 불편해진다. 휘, 천천히 잡은 손을 떼면, 하경, 수줍게 얼굴 붉
히고

휘   (그런 하경 가만히 보다가) 중전께서는 오늘을 많이 기다렸소?
하경   (갑작스러운 질문에) 예?!
휘   하긴 초야 때도 머리만 내려 주고 방을 나섰으니 이리 제대로 마주 앉은 것
        이 처음인가 봅니다...
하경   (너무 긴장해 불쑥) 신첩, 원자를 생산하여 전하를 기쁘게 해 드리는 것이
        유일한 소망이 옵니다. (하다가, 지레 놀라) 아, 그러니까 제가 어떤 욕심이
        있어 그런 게 아니라...

휘	(그 말에 마음 더 심란하고) 미안하오...
하경	(갑작스러운 말에 보면) 예??
휘	내 추호도 중전을 욕보일 뜻이 없음을 믿어주시길 바라오.
하경	(여전히 선뜻 이해 못 하고) 전하...
휘	(진심을 담은 눈빛, 깊게 보며) 지금 이 방을 박차고 나갈 수 있으나 그러지 않을 것이오. 또한 왜 과인이 중전에게 모욕일 수 있는 일을 벌이는지 해명하지 않을 것이오. 그리고... 이런 지아비가 원망스럽다 증오스럽다... 미워해도 모두 달게 받을 것이오.
하경	갑자기 어찌... (하는데)

휘, 결심한 듯 밖을 돌아보며 "들라." 말하면
김상궁과 홍내관. 준비한 듯 요 두 개를 들고 들어온다.
하경, 무슨 상황인가 놀라 바라보면

휘	오늘 우리는 부부의 정을 나눈 것이오. 그리고... 앞으로도 합방일에는 지금처럼 두 개의 요가 준비될 것입니다.
하경	(! 충격으로 보면)
휘	물론 이 모든 일은 철저히 비밀로 행해질 것이니 중전께서도 그리 알아주시오... (무거운 표정, 차마 시선 더 맞추질 못하면)
하경	(충격이고) 전하 어찌 이러시는 것입니까... (곧 눈물이 터질 듯한데)
휘	(시선을 피하듯 다시 말없이 술을 들이킨다. 심란한 표정에서)

(점프)
두 개의 이부자리 위에 각각 자리한 휘와 하경.
돌아누운 하경, 홀로 눈물 삼키는 듯 어깨가 떨려 오면
휘, 잠시 돌아본다. 역시 심란한 마음 가눌 길 없고.
애써 담담히 자리에 누운 휘의 모습에서...

S#27. 정석조의 집. 지운 방 / 밤

지운, 휘를 떠올리듯... 손엔 13부 22씬의 비녀가 들려 있다. 심란한 표정.
잠시, 서랍에 다시 비녀를 넣어 놓으려는데, 들어오는 정석조.
지운, 급히 서랍을 닫고 일어나면

지운　　(혹시나 보았을까, 불편하게 바라본다) 아직 안 주무셨습니까.
정석조　(보다가) 네게 물어볼 것이 있다.
지운　　(보면)
정석조　전하께서 유배 길에 활을 맞으셨던 것을 알고 있을 것이다. 헌데 따로 치료
　　　　를 받으셨단 기록이 없더구나. 혹 네가 그 상처를 봐 드리고 있는 것이더냐?
지운　　(그 말에 조금 긴장하고, 둘러대며) 그럴리가요. 어의를 두고 어찌 제게 맡
　　　　기시겠습니까. 따로 치료를 할 만큼 상처가 깊지 않으셨겠지요.
정석조　(이상한 듯 보다가, 곧 알겠다는 듯) 그래... 다행이구나. 그만 쉬거라.

정석조, 나가면, 안도하듯 보는 지운. 잘 넘어간 건가, 조금 불안한 시선이
고.

S#28. 동. 밖 / 밤

밖으로 나온 정석조.

플래시백 / 13부 18씬
동굴에서 봤던 피 묻은 붕대의 흔적...

정석조, 지운의 거짓말에 방을 돌아보는 표정에서.

S#29. 대전. 휘의 처소 / 다음 날, 아침

휘, 김상궁의 도움을 받아 옷을 정리하며 문후 갈 준비를 하고 있다.
휘와 김상궁, 모두 어제 합방의 일로 마음이 좋지 않고.

김상궁   중전마마께 어쩌자고 그리 솔직히 다 말을 해 버리셨습니까... 그냥 적당히
        속이면서 넘기셔도 되었을 것인데...
휘   (하경을 떠올리듯, 무겁게) 진심이지 않으냐. 나를 대하는 중전의 마음이...
김상궁   (그 말에 보면)
휘   그 사람은 나를 진심으로 대하는데, 나는 거짓으로만 대할 수는 없었다. 적
        어도 그래선 안 되는 것이니까...
김상궁   전하...
홍내관   (들어오며) 전하, 대비전에 문후를 올릴 시간이옵니다.

        휘, 더 말 않고, 무거운 마음으로 돌아서면
        김상궁, 휘의 깊은 마음을 이해하듯 안타깝게 보는 데서.

S#30. 궐 일각

        휘 일행(홍내관, 김상궁 정석조 등), 문후를 여쭈러 대비전으로 향한다. 호
        위하듯 함께하는 정석조, 의심스러운 눈빛으로 휘가 다친 어깨 쪽을 돌아
        보면, 아무렇지 않아 보이고.

홍내관   (그런 정석조 신경 쓰이듯 보며, 김상궁에게) 김가온 그놈은 대체 어디로
        사라졌답니까. 참... (한숨) 구관이 명관이라고, 좀 이상한 구석은 있었어도
        차라리 그놈이 더 나았는데... 에휴...
김상궁   (그 말에 역시 무겁게 따르면)

S#31. 조내관 집 앞

        을씨년스러운 어느 기와집 앞, 사람이 빠져나간 듯 문 앞에 폐(閉)라고 적
        힌 글씨가 덕지덕지 붙어 있다. 그 앞에 서 살피듯 바라보는 누군가... 가온
        이다. 곁으로 행인들 지나가며 수군대는.

행인1	상선영감이 목을 달았담서?
행인2	말도 마시게 임금님이 드시는 약에다가 독을 탔다지 않는가.
행인1	독?
행인2	어서 가세. 귀신 나오는 집이라고 마누라도 도망갔다던데.

혀를 차며 멀어지는 행인들을 잠시 돌아보는 가온.
잠시, 텅 빈 조내관의 집을 바라보는 시선에서.

S#32. 대비전 앞 일각

먼저 온 하경 일행이 휘를 기다리듯 서 있다.
하경, 밤새 잠을 못 이룬 듯, 풀이 조금 죽은 채 있으면,

유공	왜 이리 표정이 어두우세요... 설마 어제도 아무 일 없으셨던 거예요?
하경	(복잡한, 자신 없게) 아냐 그런 거...

하경, 별다른 말 없이 한숨 내 쉬면 걱정스럽게 보는 유공.
곧 휘 일행 다가오면 "전하.." 예를 갖추는 하경과 중궁전 일동.
휘, "오셨소." 애써 담담히 보고선 앞장선다, 따르는 사람들.

S#33. 동. 대비전 안

대비에게 아침 문후를 올리는 휘와 하경.

휘	밤새 평안하셨사옵니까. 할마마마.
대비	어제가 합방이었다 들었는데, 잘 치루셨습니까?
하경	(합방이라는 말에 주춤, 저도 모르게 고개 푹 숙이면)
휘	(본다. 마음 무겁고, 부드럽게 넘기려는 듯, 웃으며) 어찌 그런 걸 다 여쭈시

는지요...

대비	이 늙은이가 주책이다 싶으시겠지만 죽기 전에 하루라도 빨리 원자를 안아 보고 싶은 할미의 마음이니 이해하세요. 주상.
휘	(겨우 웃으며, 마음 쓰이듯 하경 쪽 보면)
하경	(여전히 풀 죽어 고개 숙여 있고)
대비	(눈치 못 챈 듯) 참, 태실 이전에 원산군을 보내실 거라 들었습니다. (문득 한숨 쉬며) 부모를 잃고 찬 유배지에 머무는 제현대군만 생각해도 잠이 오지 않을 지경인데, 이제는 원산군까지 먼 곳으로 보낼 생각을 하니, 내 마음이 좋질 않습니다.
휘	(그 말에 역시 무거운 마음이고) 송구합니다. 할마마마.
대비	(괘씸한 듯) 영상께선 어찌 이 몸의 피붙이들을 가만두지 못하시는 건지... (한숨 쉬며) 아무래도 내가 너무 오래 산 모양입니다...
휘	(죄스러운, 무겁게 바라본다)
하경	(역시 심란한 표정인데)

S#34. 대비전 앞

휘와 하경, 대비전에서 나오면
뒤를 따르는 대전 일동과 중궁전 일동.
하경, 문득 휘의 목 주변에 붙은 먼지 혹은 실밥 정도를 발견하고, 떼어 줘야 하나 손을 뻗었다가, 차마 더 손을 뻗지 못하고, 조용히 손을 거두면. 일각에 선 정석조, 그런 하경의 행동에 문득 휘의 목덜미 쪽을 바라본다. 고개를 약간 숙이고 선 휘의 목 뒤로 인상적인 점(침 자국)이 보이고... 정석조, 이상한 듯 잠시 시선 두는데.

S#35. 도성 외곽. 나루터 일각

군사들이 조운선에 쌀과 곡식이 든 가마니를 싣고 있다.
일각에 숨어 그 모습을 유심히 지켜보고 있는 사람. 부호군 복장의 윤형설이다. 지나가던 군사 하나 쌀가마니를 실수로 터트리면 쏟아져 나오는 쌀 사이로 무기로 추정되는 것이 언뜻 보인다.

확인하듯 바라보는 윤형설의 시선에서.

S#36. 승정원 집무실 / 밤

문수, 만달과 함께 가져다 치울 장계들 정리 중이고,
지운은 제 자리에 앉아 승정원 업무 성도 보고 있다.
그들 사이 주절주절 이야기를 늘어놓는 범두.

범두   아니, 군량미를 딱 맞춰서 보내는데, 항상 함길도 것만 덜 왔다니... 이거 분명 중간에 누가 빼돌리는 거거든... 아님 누군가 사적으로 조운선을 이용하느라, 군량미를 일부러 덜 싣거나!

만달   (정답 맞추듯) 호판 대감이시네요! 조운선을 마음대로 이용할 수 있는 사람이 어디 흔하겠습니까.

범두   내말이! (주변 살피며 낮게) 그 양반 집무실에 아주 애지중지하는 문갑이 하나 있거든. 거기가 바로 복마전일세. 그걸 여는 순간...! (동시에 픽- 뒤통수 얻어맞는)

문수   이게 어디서 사람 인생을 조질려고! 욕하려면 다른 데 가서 해. 괜히 나까지 엮이게 하지 말고. 호조 일을 왜 여기서 지껄여?

범두   (뒤통수 문질문질) 사람 진짜 변했네... 을마나 오래 사실라고...

문수   (문득 이런 조정의 상황에 입맛이 쓰고) 입조심들 해. 느이도. 호판대감도 상헌군 사람, 아니, 조정에 상헌군 사람 아닌 이가 없어. 봐도 못 본 척, 들어도 못 들은 척! 목이 몇 개나 되는 거 아니면 알아서 입 다물라고... 궐 생활 오래 안 할 거야?

범두, 만달   (그런 문수의 말에 숙연해지면)

문수   (털어 내듯, 지운에게 가며) 이거 내사고에 보낼 것들이니까 얼른 가져다 놔.

지운   (담담히 일어서며) 예. 다녀오겠습니다.

지운, 나가는 표정, 역시 무거워진다.

에휴... 한숨 쉬는 문수와 범두, 만달에서.

S#37. 궐 일각 / 밤

장계 꾸러미를 들고 사고(史庫)로 걸어가는 지운.
어둠 속에 누군가 어딘가로 향하는 모습이 보인다.
지운, 돌아보면, 멀리 사당 쪽으로 걸어가는 사람. 휘다. 곁엔 홍내관이 따르
는 모습. 어쩐지 비밀스러운 듯 보이는데.

S#38. 사당 앞 / 밤

휘, 홍내관에게 "넌 여기 있거라." 말하고는 안으로 혼자 들어간다.
홍내관, "예. 전하" 일각에 망보듯 서고.

S#39. 사당 안 / 밤

홀로 어두운 사당 안으로 들어서는 휘, 어딘가로 다가가면
미리와 기다린 듯, 돌아서는 사람, 윤형설이다. (부호군 복장)
윤형설, "전하..." 휘에게 예를 갖추면, 바라보는 휘.

(점프)
조용히 마주선 윤형설과 휘.

휘	여연 쪽 일은 어찌 되어가고 있습니까?
윤형설	예상한대로 조운선을 이용해 무기를 운반 중이었습니다.
휘	(끄덕이고) 외조부께서 호판을 이용했나 보군요. 알겠습니다. 호조 쪽은 제가 알아보지요.
윤형설	(걱정으로) 조심히 움직이셔야 합니다. 상헌군께서 알게 되면 위험해지실

것입니다.

휘 걱정 마십시오. 전혀 의심치 못할 것입니다. 이미 나를 허수아비 왕이라 생각하고 있으니... (눈빛 빛내며) 외조부가 여연의 군사들을 아직까지 숨겨둔 것도 언제든 궐을 장악하기 위해서이겠지요. (다짐하듯) 그러니 반드시 사병의 존재를 밝혀내야만 합니다. 사병과 독살의 증거를 찾아내면, 외조부를 무너뜨릴 수 있을 것입니다...

인서트 / 어느새 일각에 몸을 숨기고 지켜보고 있는 지운. 휘의 말에 조금 놀란 듯 걱정이 스치고.

휘 (잠깐 눈빛 무거워졌다가, 털어 내듯) 참, 사라진 조내관의 아내는 찾으셨습니까?

윤형설 수소문 중이니, 곧 찾을 수 있을 듯합니다.

휘 분명 독살과 관련해 무언갈 알고 있으니 도망간 걸 겁니다. 꼭 찾아봐 주십시오.

윤형설 예.

윤형설. 끄덕, 예를 갖춘다. 잠시, 윤형설, 먼저 사당을 빠져나가면
휘, 일각으로 사라지는 윤형설의 뒷모습 살피다가 반대쪽 출구로 향해 가는데.

인서트 / 지운의 시선에 사당 쪽으로 향하는 군사들이 보인다.
지운, 순간, 밖으로 나서려던 휘를 끌어당겨 제 품으로 감싸 안듯 몸을 숨기면.

휘 (! 놀라 본다. 지운을 알아보고 흔들리는 눈빛)

지운 (애써 차분하게) 잠시만 계시다 나가는 게 좋을 것 같습니다.

동시에 밖에서 군사들과 홍내관의 대화 소리 들려온다.
놀라 돌아보는 휘, 지운, 역시 밖을 돌아보면
지운의 품속에 안긴 휘, 긴장과 당황으로 눈빛이 흔들린다.

잠시, 두 사람 그대로 서로를 안은 모양새로 어둠 속에 서 있는데.

S#40. 동. 밖 / 밤

순시를 돌던 군사 둘, 홍내관과 마주 서 있다.

순시1   상선 어른께서 이 시간에 여긴 웬일이십니까.
홍내관   아... 날이 좋아서. 산보 중이었네. 여기가 그렇게 걷기 좋더라고.
순시1, 2 (이상한 듯 보면)
홍내관   (불안하게 사당 쪽 살피다가) 그러지 말고 자네들도 같이 좀 걸으시겠나?
          (꽉 끌어당기며 은밀히) 내 혼자 보기 아까운 좋은 걸 보여줌세. 자자 따라
          오게 따라와.

홍내관, 막무가내로 군사들 이끌어 데려가면
"저희는 궐 순시를 도는 중이라.." 하며 끌려가는 순시들.
홍내관, 불안하게 사당 쪽 돌아보며 멀어진다.

S#41. 사당 안 / 밤

밖의 소리가 멀어지도록 서로를 안고 선 두 사람.
쿵쾅쿵쾅 누구의 것인지 모를 심장 소리를 듣고 있는 듯
두 사람, 모두 차마 서로를 떼어 내지 못한다.
그렇게 잠깐의 시간이 흐르고, 어색하게 먼저 떨어지는 휘.

지운   위험한 일을 하시나 봅니다. 상헌군께서 부호군을 궐에 들지 못하도록 명했
          다 들었는데...
휘   (멈칫 보다가, 시선 돌리듯) 여기서 들은 것은 모른 척해 주십시오. (무겁게
          돌아서려는데)
지운   (그런 휘에 마음 아픈, 불쑥) 그 표정도, 모른 척해 드릴까요.

휘   (멈칫, ! 흔들리듯 보면)

지운   (역시 마주 본다. 안타까운 눈빛 거두며) 어깨는... 괜찮으십니까. (애써 담담
           히) 대전으로 함께 가시지요. 마지막으로, 상처를... 봐 드리겠습니다.

           휘, 마지막이라는 말에 지운을 보면.
           무겁게 시선 내리고 돌아서는 지운에서.

S#42. 도성. 다리 위 / 밤

           휘를 만나고 온 윤형설, 무거운 표정으로 걸어오는데
           다리 위 서 있는 누군가 보인다.
           보면, 다리 아래 잔잔히 흐르는 물을 보고 서 있는 정석조.
           정석조, 느낌에 문득 돌아보면, 두 사람 눈 마주친다.

정석조   (잠시 살피듯 보다가) 지방에 있어야 할 부호군이 이 시간에 왜 여기에 있
           는 건가.

윤형설   (잠시, 다가가며) 자네야말로... 아직도 여길 오는지는 몰랐는데...

           정석조, 바라보면, 곁에 가 서는 윤형설.
           두 사람, 잠시 나란히 물을 보고 서면.

윤형설   상헌군께서 각 도에서 올라오는 장계까지 모두 막아선다 하더군. 뜻이 다
           른 대신들을 파직하고, 유생들까지 잡아들이신다지. 대체 어디까지 갈 생각
           이신가...

정석조   글쎄... 그걸 어찌 나에게 묻는 것인가.

윤형설   (씁쓸하고) 오래전 이곳에서 자네가 그랬었지. 나이가 들어 후회할 삶을 살
           진 말자고.

정석조   (그 말에 생각 많은 표정인데)

윤형설   그 선택을 후회한 적 없었는가? 상헌군의 곁에 선 자네의 선택 말일세.

정석조   (본다. 자조적 미소) 나는 한 번도 선택이란 걸 해본 적 없네. 선택은 항상

자네가 했을 뿐이지.

윤형설   (무슨 소린가 보면)

정석조   (흔들리는 눈빛 끝에) 선택은 자네처럼 명문가에서 난 자들의 몫이 아니었
나. 난 그저 갈 수 있는 길이 이 길뿐이라, 이곳으로 걸어왔을 뿐이네. 그러
니 다시 돌아간다 해도 남은 것이 이 길이라면, 이곳에 와 서 있겠지... (문
득 얼굴에 약간의 회한이 스치듯)

윤형설   (잠시 그런 정석조를 바라보면)

정석조   (윤형설 돌아보고) 이번 한 번은 벗으로서 넘어가 주지. 허나 다음번엔 이
리 모른 척 넘어가진 않을 걸세.

정석조, 윤형설을 스치듯, 그렇게 멀어져 가는 모습에서.

S#43.   대전. 휘의 처소 / 밤

내려진 발 뒤에서 언제나처럼 휘의 어깨 상처를 봐주고 있는 지운.
어색한 공기가 두 사람 사이를 가른다.
어느새 다 아물어 흔적만 옅게 남은 상처를 보는 지운.
치료를 마무리하면, 휘 옷깃을 여민다.

지운   (복잡한 마음 다잡으며) 다행히 흉은 남지 않을 듯합니다. 그래도 끝까지
약은 잘 발라 주십시오... 전하.

휘   (무거운 표정으로 굳어) 그리 하지요...

지운, 그런 휘를 잠시 바라보다 치료함을 챙겨 일어나면
돌아보지 않는 휘.

지운   (나가려다 잠시) 다치지 마십시오. 이제는.

휘, 그 말에 잠시, 흔들리는 눈빛으로 보면
지운, 그대로 예를 갖추고 방을 벗어난다.

떠난 지운을 보는 휘. 슬프고 심란한 표정에서.

S#44. 동. 대전 마당 / 밤

지운과 김상궁, 마주 서 있다.

김상궁　(조금은 잘라내듯, 더 예를 갖춰 인사한다) 그동안 고생하셨습니다.
지운　아닙니다. 그래도 혹 모르니 사나흘에 한 번은 상처를 살펴 주십시오.

김상궁, 예를 갖추고 돌아서면, 무거운 표정으로 휘가 있는 처소 쪽을 한 번 더 바라보는 지운.

이현　(김상궁과 함께 있던 모습에 짐작하듯, 잠시 고민하다, 다가가며) 지운아!
지운　(이현의 등장에 조금 놀라고 난감한 표정이고) 현아...
이현　(지운의 손에 들린 치료 물품이 든 작은 함 정도를 본다. 결심한 듯) 나랑 얘기 좀 하자.
지운　(그 말에 보는 표정에서)

S#45. 예조 집무실 / 밤

간단한 술상을 앞에 놓고 술을 마시는 이현과 지운.

이현　이렇게 같이 술잔 기울이는 거 되게 오랜만인 것 같다.
지운　그러게... (옅게 웃으며 술을 마시면)
이현　아버지께 부탁해 궐에 들어 온 이유가 전하 때문이었다는 거 안다. 지운이 니가 치료해 줘서 다행이라 생각했어. 적어도 너는 내가 믿을 수 있는 유일한 사람이니...
지운　(눈빛 흔들린다) 다 알고 있었던 거야? 너도... 전하에 대해 모두.
이현　(무겁게 끄덕이고, 술을 들이킨다. 잠시) 전에 말한 내 외사랑 말이다.

지운   (그 말에 보면)

이현   누군지 물어봤었지? 왜 고백하지 않는 거냐고...

지운   (그 말에 어쩐지 불안해지고) 갑자기 왜...

이현   (결심한 듯 바라보며) ...바로 전하시다. 그 사람이.

지운   (! 충격으로 보면)

이현   좋아해선 안 될 사람을 좋아하는 건 그런 거더라고. 내색할 수 없고, 내보이
       지도 못한 채 꾹꾹 눌러 담아야만 하는 거... 내 마음이 원한다고 함부로 다
       가갈 수도 없었다. 그랬다간 그 사람이 다칠지도 모르니... 나는 그저 마음인
       데, 그 사람에게는 칼날이 될지도 모르는 거잖아. 해서 평생을 숨기며 지켜
       만 봐 왔다. 가족도, 친구인 너한테도 말 못 하고 혼자서 말이야.

지운   (눈빛 거세게 흔들리고) 현아...

이현   품어선 안 될 마음을 갖는다는 건 그런거더라고. 그러니... (안타까움 숨기
       며 단호하게) 혹시라도 니 마음이 향하는 곳 역시 그곳이라면... 더 아프기
       전에 정리했으면 좋겠다.

       이현, 무거운 눈빛으로 지운을 바라보면
       지운, 충격인 듯, 괴롭게 흔들리는 눈빛에서.

S#46. 궐 일각. 산책로 / 밤

       이현과 헤어져 걸어가는 지운. 여전히 믿기지 않는 듯, 괴로운 눈빛 위로
       # 플래시백 / 45씬에 이어서

이현   이 세상에서 내가 믿을 수 있는 단 한 사람이 너라면, 목숨을 바쳐서라도
       지키고 싶은 사람은 전하야... (곧게 지운을 보며) 그분이 잘못되면 나는 이
       제 견딜 수 없을 것 같다. 지운아.

       지운, 괴로운 눈빛으로 돌아서면 조금 떨어진 곳, 홀로 산책 중인 휘의 모습
       이 보인다. 어두운 산책로를 따라 무겁게 걸어가는 휘의 모습. 역시 심란해
       보이고. 지운, 차마 다가가지 못한 채 그런 휘를 따라 보폭을 맞춰 함께 걸

어가는 위로.

지운 (E) 나도 마찬가지다 현아. 이제는 나도 전하가 내 세상의 전부다...

지운, 아픈 눈빛으로 조용히 휘를 응시하는 데서.

S#47. 궐 전경 / 다음 날, 낮

S#48. 궐 일각

승정원 자료 몇 챙겨 걸어가는 지운, 맞은편에 한기재와 호판 정도가 걸어 오고 있다.

지운 (얼른 길을 비켜 두 사람 향해 예를 갖추면)
한기재 (잠시 보고 끄덕, 대수롭지 않게 지나쳐가며 호판에게) 함길도로 향하는 조 운선은 출발하였는가.
호판 예. 말씀하신 것들 모두 빠짐없이 챙겨 실어 보냈습니다.

멀어지는 두 사람을 바라보는 지운. 조운선이라는 말에 잠시 사당에서의 휘 가 떠오른다. # 플래시백 /39씬, 사당 일각, 휘와 윤형설이 나누던 조운선 얘기를 듣던 지운.

다시 돌아보는 지운. 잠시 생각하는 표정에서.

S#49. 호조 앞

범두, 밖으로 나서면 지운이 기다리고 있다.

범두	정주서 자네가 호조엔 어쩐 일인가? 혹 내가 없다고 도승지 영감께서 궁금해 하시던가?
지운	부탁드릴 일이 좀 있습니다.
범두	부탁? 나한테?
지운	(끄덕이고, 결심한 듯 보는 데서)

S#50. 편전

휘 앞에 앉아 있는 범두. 덜덜덜 떨리는 손으로 장부 하나를 내민다.

휘	(의아한) 이게 무엇입니까?
범두	(긴장으로 말 제대로 못 하고) 그, 그것이...
휘	(몇 장 넘겨본다. 조금 놀라며) 이건... 군량미를 운송하는 조운선의 일지가 아닙니까? 정랑께서 이걸 어찌...
범두	(겁나는 듯 눈 제대로 못 마주치고) 함길도로 드나드는 조운선의 운항이 들쭉날쭉한 것이, 장부에 기입된 곡식의 양도 공안과는 꽤나 차이가 있는 것을 발견하여... (눈빛 피하며) 제, 제가 그래도 한때 시강원에 몸담았던 자로써 이런 일들은 전하께 꼭 알려드려야 할 것 같아 말입니다... (슬쩍 눈치 살피면)

놀라 다시 일지를 보는 휘. 탁탁탁, 책장 넘기는 손이 점점 빨라지면
"허, 허면 전 이만 물러가 보겠습니다."
자신의 일은 다 했다는 듯 허둥지둥 도망치듯 나가는 범두.
잠시, 그런 범두를 보는 놀란 휘의 얼굴에서.

S#51. 편전 밖 일각

허둥지둥 도망치듯 나온 범두. 모서리를 돌아 담벼락 뒤, 휴... 겨우 떨리는 마음을 진정시키고 서 있으면, 기다리고 있던 지운 다가온다.

지운	전하께 전해 드렸습니까?
범두	(보고, 지운의 손을 혹 제 가슴에 가져다 대며) 느껴지는가? 아주 그냥 심장이 터질 뻔하였네. 시강원에 있을 적부터 전하 공포증이 있는 내게 어찌 이런 일을 시킨단 말인가!
지운	(아직도 무서운 듯, 덜덜 떠는 모습에 고마운 듯 픽, 웃는데)

S#52. 편전 복도

일지를 들고 어딘가로 가려는 듯 급히 나오는 휘.
마음이 급한 듯 걸음이 빠르다.

S#53. 편전 밖 일각

범두	자넨 명줄이 서너 개는 되는가. 회강 때 그 의기는 다 꺾인 줄 알았더니... 그저 지나는 말로 호판대감의 비리를 말한 것을 이리 진짜로 훔쳐 오면 어쩌라고 참... (이제 와 걱정되고) 정말로 별일은 없겠지?
지운	(안심시키듯 미소로) 걱정 마십시오. 전하께서 잘 처리하실 것입니다.

일각, 휘. 그 말 모두 들은 듯, 놀라 본다.
잠시 몸을 숨기고 지켜보면.

범두	전하께 그리 필요한 자료라면 자네가 직접 드리지 않고, 왜 나를 시킨겐가.
지운	아... 제가 전하께 약속드린 게 좀 있어서요... (쓸쓸한 미소) 이 일은 끝까지 비밀로 해 주십시오. 부탁드리겠습니다.

일각의 휘, 모두 지운의 짓이었구나... 복잡한 표정으로 제 손에 들린 일지를 내려다보는 데서.

S#54.　내의원 일각 / 밤

경혈도(혹은 침을 연습할 동인형) 옆으로 종류별 침들이 놓여 있다.
정석조, 경혈도(혹은 동인형) 옆에 놓인 침들을 물끄러미 바라보는 위로 잠
시, 어의 하나가 부름을 받고 온 듯 들어온다.

어의　　　내금위장 어른. 이 시간에 어찌 저를 찾으셨는지요.
정석조　　(잠시 보다가) 내 아주 오래전, 사람의 숨을 잠시 멎게 하는 침술이 있다는
　　　　　소릴 들은 적 있네. 그게 정말 가능한 일인가?
어의　　　(갑작스러운 말에 당황하고) 예?
정석조　　(무겁게 보는 데서)

S#55.　대전 후원 / 밤

지운을 떠올리듯 심란한 휘, 홍내관만 데리고 궐을 걷고 있다.

홍내관　　(따라 걸으며, 낮게) 호조의 자료는 부호군께 은밀히 전달하였습니다.
휘　　　　잘하였구나...
홍내관　　(보고) 헌데 아까부터 왜 이리 표정이 안 좋으십니까? 낮에 무슨 일이라도
　　　　　있으셨습니까?
휘　　　　아니다. 그저 생각이 좀 많아... 편히 걷고 싶구나...
홍내관　　(보다가) 늘 가시던 그 길로 길을 잡을까요?
휘　　　　(끄덕이고) 아무도 없어 마음이 편하더구나.
홍내관　　어두워서 위험하던데...

　　　　　휘, 묵묵히 앞서 걸으면 홍내관, 걱정으로 따르고.

S#56.　궐 일각. 산책로 / 밤

휘, 홍내관과 함께 46씬 그곳까지 걸어왔다.
그런데 앞에는 보지 못했던 등불들. 휘의 걸음을 밝히듯 길을 따라 이어져
있고.

홍내관   (놀라며) 어라? 대체 누가 여기에다가...

홍내관, 돌아보는 사이
역시 놀란 듯 보는 휘. 어느새 홀린 듯 빛을 따라 걸어간다.
휘, 잠시 혼자서 길게 이어진 등불을 따라 길을 걷는데
저 멀리 쭈그려 앉은 누군가의 등이 보인다.
일일이 등을 밝히고 있는 지운이다.
지운을 발견하고 멈춰서는 휘. 흔들리는 눈빛으로 보면
그제야 휘를 발견한 듯, 역시 돌아보는 지운. 당황해 일어선다.

지운   (휘를 만날 줄 몰랐던 듯, 조금 당황한) 전하...
휘   (흔들리는 눈빛으로 잠시 바라보는데서)

(점프)
등불이 밝혀진 산책로를 함께 걷는 두 사람.

휘   등은 왜 밝히셨습니까...
지운   넘어져 다치시면 곤란하지 않겠습니까. 전하께선 늘 안전하지 않은 길을 택
하시니, 조금이라도 밝혀드리고 싶었습니다...

휘, 지운의 그 마음을 알겠다는 듯 고맙게 본다.
지운, 조금 무거운 눈빛으로 휘를 보면.
어느새 길의 끝까지 당도한 두 사람. 휘, 잠시 자신이 걸어온 길을 돌아보면
길게 이어진 등불들이 아름답게 흔들리며 빛나고 있다.
문득 부드러운 바람이 불어오면... 불빛들 일렁이고.

휘	(잠시 지운을 보다가) 상처가 다 나았습니다...
지운	(역시, 안타깝게 보고) 상처가... 다 나았군요...

두 사람, 잠시 서로를 바라보는데.

S#57. 동. 일각 / 밤

혼란스럽게 걸어가는 정석조, 그 위로 54씬 어의의 목소리.

어의 (E)	확실친 않으나 목 뒤의 혈을 막으면 잠시 맥을 멈출 수도 있다는 이야기가 전해지긴 하옵니다...

플래시백 / 34씬
휘의 목 뒤에 있던 선명한 침 자국.

정석조, 설마... 휘가 담이였을까... 믿을 수 없는 표정으로 돌아서는데.
그런 정석조의 눈앞에, 멀리 등불을 사이에 두고 마주 선 휘와 지운의 모습
이 보인다. 서로를 보고 미소 짓듯 선 두 사람의 모습에 동요하듯 멈칫, 굳
어 서는 정석조. 눈빛이 흔들리고.

S#58. 동. 산책로 / 밤

안타까운 표정 감추며 마주 보고 선 휘와 지운.

휘	(떨림을 숨기려 애써 담담하게) ...원한다면 궐에 더 머물러도 좋습니다. 정주서만 괜찮다면... 조금 더... 함께 있고 싶습니다. 나는...
지운	(휘의 그 말에 조금 놀라 본다, 떨리듯, 다가가 휘를 당겨 안으며) 기다렸습니다. 그 말을. (흔들리듯) 더 늦었으면...
휘	(안타까운 듯, 미소로 바라보면)

지운   (역시 눈 맞추고, 떠오르는 미소) 그래도, 기다렸을 겁니다. 언제까지나...

지운, 떨리듯 벅찬 마음으로 그런 휘를 본다.
등불 앞 서로를 마주 보고 선 두 사람. 입가에 조금씩 미소가 어리는데.

S#59.   동. 일각 / 밤

충격으로 그 모습 바라보는 정석조...
아무것도 모르는 채 미소로 서로를 바라보는 휘와 지운의 모습 위로,
마주 보고 웃는 어린 담이와 어린 지운의 모습이 겹쳐진다.

마주 보고 선 휘와 지운의 떨리는 눈빛과
그들을 지켜보는 불안한 정석조의 눈빛에서. 14부 엔딩.

15^부

허면, 하나만 약속해 주십시오.

내가 멈추라고 할 때는 반드시 멈춰야 합니다.

이건 어명입니다.

S#1.   정석조 집. 후원 / 밤

정석조, 생각이 심란한 듯 홀로 검술 훈련을 하고 있다.

플래시백
/ 1부 70씬, "나는...!" 뭐라 말하려는 세손을 죽이던 정석조.
/ 6부 46씬, 가온을 시켜 제 목에 칼을 대고 서늘히 바라보던 휘.
/ 14부 엔딩, 휘를 안고 있던 지운.

퇴청하다 들어오던 지운, 그런 정석조를 보고 예를 갖추면

정석조   (멈추고, 그런 지운을 본다) 이제 오는 것이냐.
지운   예. (예를 갖추고 제 방으로 가려고 하면)
정석조   (지나가려는 지운에게) 한번 겨뤄 보겠느냐.

지운 앞으로 목검을 던져주는 정석조.
지운, 받으며 보면.

(점프)

정석조와 검술 대련을 하는 지운. 어느새 장성하여 이제는 막상막하의 실력이다. 그러나 밀리듯 넘어지는 지운. 찰나의 순간 정석조의 목검이 지운의 목 아래 들어오고.

정석조   (잠시... 손을 잡아 일으켜주고는) 많이 늘었구나.

땀 흘리며 마주 보는 두 사람에서.

S#2.   동. 사랑채 / 밤

격검 수련을 끝내고 함께 술잔을 기울이는 두 사람.
정석조, 지운에게 술을 따라준다.

정석조   처음인 것 같구나. 너와 이리 마주 앉아 함께 술을 마시는 것이.
지운   (조금 무겁게 바라보면)
정석조   검술은 계속 익히고 있었더냐.
지운   명에서 떠돌며, 제 몸 하나는 지켜야 했으니까요.
정석조   (끄덕이고, 잠시 그런 지운 보다가) 처음 니가 검을 배우고자 했던 때가 떠오르는구나. 지키고 싶은 아이가 있다고 하였었지.
지운   (그 말에 보면)
정석조   (떠보듯) 담이라고 하였던가... 돌아와 그 아이는 만났더냐.
지운   (그 말에 잠시 본다. 쓸쓸하게 고개 젓고) ...죽었다고 합니다. 그때, 병이 들어 출궁하였다고...

정석조, 끄덕인다. 지운이 휘가 담이라는 건 모른다 확신하는데.

지운   그런 줄도 모르고 아버지를 의심했었습니다.
정석조   (무슨 말인가 보면)
지운   그 아이가 사라진 것이 혹 아버지와 관련이 있는 게 아닐까... 그렇게요...

지운, 이월을 죽이던 그때의 아버지가 떠오른 듯 표정 무거워지면
정석조, 역시 굳어 그런 지운을 본다.

정석조   아직도 나를 많이 원망하느냐.
지운   아니라고 하면 거짓이겠지요. 허나... 이해해 보려고 노력하는 중입니다. 가
         족을 위해 그 길을 택할 수밖에 없었다는 그 말을요...
정석조   (멈칫, 바라보면)
지운   여전히 어렵지만 말입니다...

지운, 무거운 표정으로 술을 마시면
정석조, 역시 무거워지는 표정으로 그런 지운을 바라보는 데서.

〈연모 15부〉

S#3.   어느 외딴 가옥 / 밤

어느 집 마당으로 저벅저벅 걸어 들어서는 누군가... 가온이다.
가온, 확인하듯, 집 안을 응시하는 시선. 그 위로.

S#4.   대전 복도 / 과거 회상 (13부 11씬에 이어)

궁인들 "전하..." 무릎 꿇고 오열한다. 일각에 몸을 숨기고 지켜보는 가온. 충
격이다. 눈빛이 떨리는데, 그런 가온의 시선에 사람들 사이를 빠져나와 도망
치듯 홀로 어딘가로 걸어가는 조내관의 모습이 보인다. 가온, 탕약을 가져
온 조내관을 깨닫듯, 급히 조내관이 사라진 방향으로 뒤쫓기 시작하면

S#5.   궐 일각 + 어느 창고 / 밤 / 과거 회상

사람들 사이를 헤치며 정신없이 걸어가는 조내관.

어느 건물 뒤쪽으로 사라지면

거리를 두고 그 뒤를 쫓던 가온. 조내관이 사라진 방향을 확인한다. 군사들이 지나가자 잠시 몸을 숨기는 가온. 잠시... 눈을 피해 다시 뒤를 따르면. 어느새 조내관의 모습 보이지 않고.

가온, 낭패스럽게 돌아서려는데, 어디선가 "으윽.." 하는 고통스러운 신음 소리가 들려온다. 돌아보는 가온, 소리가 들려오는 곳으로 향하면

어느 창고, 대들보에 목을 매고 버둥거리는 조내관의 모습!

가온, 놀라 그대로 칼로 목을 맨 끈을 끊어내면 텅- 가온의 발밑으로 떨어지는 조내관. 이미 숨이 끊긴 듯...

놀라는 가온... 문밖을 보면, 내의원 복장을 한 사내의 옷자락이 전각 안으로 사라진다. 스치듯, 보이는 얇은 손목 (조내관을 죽이려다 팔 토시가 벗겨져서 보이는) 이 언뜻 보이고...

가온, 급히 달려 나가지만 의원복의 사내는 사라진 후다. 혼란스러운 가온의 표정에서.

S#6.   어느 가옥 / 밤 / 다시 현재

말린 나물이 든 소쿠리 정도를 들고 오던 아낙(조내관의 처) 하나, 마당에 선 가온을 보며 "누구... (십니까?)" 하다가, 문득 가온의 허리춤에 달린 칼자루를 보고 "에구머니나..." 들고 있던 소쿠리를 떨어트린다. 돌아선 가온과 눈이 마주치면, 주춤주춤 달아나기 시작하는 아낙.

가온, ! 달려가 아낙을 붙잡으면

조내관처   (두려움에 질려) 살려주십시오... 살려주세요. 제발...
가온   (보는 표정에서)

S#7.   동. 방 안 / 밤

조내관처와 마주 앉아 있는 가온. 조내관처, 조금쯤 진정한 듯하고.

조내관처   저희 남편의 마지막을 보셨다고요...
가온   (끄덕이고, 무겁게) 누군가 부군을 살해하였습니다.
조내관처   (놀란 듯) 살해라니... 그게 무슨... (손이 떨려오면)
가온   (잠시 보다가) 나를 보고 달아난 이유가 뭡니까.
조내관처   (금방이라도 눈물이 터질 듯, 두렵게 가온을 본다)
가온   (대답을 바라듯 깊은 눈빛으로 아낙을 보면)
조내관처   (두려운) 사, 상헌군이 보낸 사람인 줄 알았습니다... 남편이 죽기 전 저를 이
          곳에 숨겨 놓았었거든요... 상헌군이 집에 사람을 보낼지도 모른다고 했습니
          다...
가온   (역시 한기재였구나. 무겁게 눈빛 가라앉아 아낙을 보다가) 상헌군과 무슨
          일이 있었던 것인지 말씀해 주시겠습니까.
조내관처   (두려운 듯 보다가, 가온의 눈빛에, 결심한 듯 괴롭게 입을 뗀다) ...10년 전
          제 남편이 저를 살리려 상헌군에게 큰 빚을 진 적이 있습니다. 그 댓가로 누
          군가에게 서찰을 전하였는데... 남편이 전한 그 서찰을 받은 이가 역모죄에
          휘말려 죽임을 당했다 들었습니다...
가온   (설마! 눈빛이 흔들리고)
조내관처   (아무것도 모른 채) 그 일로 상헌군에게 약점을 잡혀 지금껏... (말 다 못 잇
          고) 저를 죽여 주십시오. 모두 저 때문입니다. 비루한 이 목숨을 살리겠다고
          제 남편이... (흐느끼면)
가온   (참아 내듯 주먹을 꽉 쥔다. 떨리듯) 서찰을 받은 그 사람이 혹... 세손의 스
          승이었던 익선... 강화길입니까.
조내관처   (떨리듯 그런 가온을 보면)

인서트 / 동. 밖
윤형설, 다가오다 방 안의 이야기를 들은 듯 멈칫, 바라본다.
역시 충격인 듯, 놀란 표정... 여차하면 들어갈 준비를 하듯 칼을 손에 쥐고
방안을 주시하면.

다시 방 안.
가온, 괴로운 듯 눈가가 충혈된다. 부들부들 온몸이 떨려 오고.

가온   (겨우 참으며) 오늘... 내게 한 이야긴 아무에게도 말하지 마십시오...

S#8.   동. 밖 / 밤

가온, 허탈한 듯, 터벅터벅 걸어 나오는데 앞에 선 누군가... 윤형설이다.
조금 놀라는 가온. 마주 보는 두 사람의 표정에서

S#9.   궐 전경 / 다음 날, 아침

S#10.   승정원 집무실

면경을 들고 제 얼굴을 살피는 지운, 설레는 표정이다.
괜히 망건도 한번 만져 보고, 오늘따라 머리도 신경 쓰이는 듯 이리저리 만
져 보는 지운. 휘 앞에 서기 전 멋있어 보이고 싶은 마음이다.

문수   (거울 속으로 얼굴 비집고 들어오며) 뭘 그렇게 신경 써? 아까부터?
지운   (민망하다) 아닙니다 아무것도. (얼른 아무 장계나 챙겨 들면)
만달   (일직표 들고 다가오며) 주서 나리, 이달 일직표입니다.
지운   아, 고맙네. (받아 보다가, 가려던 만달 붙잡고) 잠깐, 잠깐! 편전 입직에 내
        가 다 빠져 있지 않은가?
만달   지금껏 나리께서 부탁하셨지 않습니까. 어전 출입은 되도록 빼 달라고. 하
        여 (문수 가리키며) 도승지 영감께서 특별히 배려해 주셨습니다.
문수   (끄덕끄덕, 자애의 미소)
지운   (아차, 당황을 감추며) 감사드립니다. 도승지 어른. 헌데... (눈치 빼꼼) 지금
        껏 저 때문에 김 주서 혼자 어전에 들어 고생을 하였지 않았습니까? (얼른

일직표 돌려주며) 이제부턴 제가 그 사람 몫까지 두 배로 일하겠습니다! 정
원일기는 앞으로 제가! 무조건 맡아 쓰겠습니다!! (아하하 어색한 미소, 싱
긋)

문수, 만달 (왜 저래? 이상하게 보는데)

S#11. 편전

검열된 장계들 읽고 있는 휘.

플래시백 / 14부 엔딩, 휘를 당겨 안는 지운.

지운   기다렸습니다. 그 말을. (흔들리듯) 더 늦었으면...
지운   그래도, 기다렸을 겁니다. 언제까지나...

휘, 지운을 떠올리듯 입가에 옅게 미소가 어리는데
그런 휘를 힐끔힐끔 바라보는 홍내관. 눈치 주듯 에휴~ 한숨 쉬고.

휘   (큼... 가다듬고, 그 눈빛에) 왜 그리 보느냐? 할 말 있음 하거라.
홍내관 (눈치 주듯) 아닙니다. 할 말은 뭐... (하다가) 정주서는 참~ 할 일도 없나 봅
니다? 나라의 녹을 받는 이가 그리 등이나 밝히고 앉았고. (어제 다 봤다는
듯, 눈치 주면)
휘   (어제 일이 찔리기도 하고, 괜히) 그야! 상촉내관들이 제대로 일을 못 하니
그러는 거 아니냐. 내가 가는 길엔 불도 제대로 안 밝히던 것들이, 빈청 쪽
엔 아주 등이 늘어서 눈이 다 부시더구나!!
홍내관 그야 상헌군께서 빈청에 자주 드나드시니... (억울) 제가 뭔 힘이 있습니까
~!

하는데 본초색(정원일기를 쓸 속기록 장부)을 든 지운, 조용히 안으로 들어
온다. 갑작스러운 지운의 등장에 놀라 보는 두 사람.

홍내관   정주서께서 편전엔 어인 일이십니까?
지운   어인 일이라니요. 주서인 제 일을 하러 왔지요. (본초색 보이며) 전하의 일
      거수일투족을 놓침 없이 담는 것이 이, 주서의 일 아니겠습니까.

      지운, 자연스럽게 주서 자리로 가 앉으면
      황당하게 보는 휘와 홍내관.

지운   (그 시선에) 왜들 그리 계십니까. 편히들 계십시오. 편히... 하던 일들 쭉... 하
      시고. (장부 펼치고, 붓을 잡으면)

      휘, 문득 어젯밤 그 포옹이 생각난 듯 얼굴 확- 붉어져 장계 따위 집어 들
      고 얼굴 가리면, 그런 휘를 보는 홍내관. "에휴... 에휴... 상촉내관 잡도리나
      하러 가야겠네..." 하며 팽, 나간다.
      귀엽다는 듯, 싱긋 미소로 휘를 보는 지운에서.

S#12. 중궁전

      다과를 앞에 두고 앉은 하경, 시무룩한 얼굴이다.

유공   (걱정으로) 합방일에 정말 아무 일도 없으셨어요? 그날 이후로 이리 드시지
      도 않고...
하경   (우울한, 면경에 비친 제 얼굴 보며) 내가 그리 박색이니?
유공   예?
하경   대체 내가 전하께 뭘 잘못한 건지... (한숨, 상 물리며) 이건 유공이 니가 먹
      거라. 번번이 이대로 내어가도 말들이 나올 테니... (시무룩)
유공   (말할까 말까 고민하다) 실은 전하께서 외조부이신 상헌군 대감과 사이가
      꽤 좋지 않다 들었습니다...
하경   (무슨 말인가 보면)
유공   마마께서 잘못한 것이 아니오라. 부원군께서 상헌군 대감의 총애를 한 몸
      에 받고 계시니 그것 때문에 거리를 두시는 게 아닐까 싶어서요... 전하께서.

하경	내가 아니라... 울 아부질 싫어한다고?
유공	(괜한 말을 했나 싶고) 송구합니다. 마마. 전 그저 마마께서 너무 자책을 하시기에...
하경	(유공 손 덥석 잡고, 기쁨에) 허면 내가 더 노력하면 바뀔 수도 있단 말이잖아!
유공	(황당) 예??
하경	(다시 힘을 내듯, 환해지며) 고마워 유공아! 고마워~!

유생1 (E) 이 나라가 정녕 한 씨의 조선입니까! 이 씨의 조선입니까!

S#13. 궐 문 밖

입궐하는 한기재, 자신을 탄핵하라 청하는 유생들을 본다. 유생들, "언로를 빼앗아 국정을 농단하는 상헌군을 파직하시옵소서 전하." "파직하시옵소서. 전하" 외치며 시위하면
그들을 지켜보는 사람. 순간, 군사들이 몰려들어 무자비하게 유생들을 잡아서 끌고 가면. 꺅- 흩어지는 사람들. 굳어 보는 한기재.

S#14. 빈청 복도

한기재 걸어가면, 노학수 따른다.

노학수	어찌 된 영문인지, 이놈들이 잡아 매를 치고 옥에 가두어도 그때뿐이고, 끝이 없이 저럽니다. 이래서는 도통 멈출 것 같지가 않은데 어찌 하면 좋습니까. 대감.

걸어가는 한기재. 그러나 역시 골치 아픈 듯, 표정 굳어지는데.

S#15. 대전. 휘의 처소

휘, 한기재와 찻잔을 두고 마주 앉아 있다.

휘   (짐짓, 비위를 맞추어 가며) 한 마리 개가 헛것을 보고 짖으면 백 마리 개가
        정말로 알고 같이 짖는다지 않습니까. 궐 밖의 유생들은 그저 누군가를 따
        라 앵무새처럼 같은 말만 반복하는 것이겠지요. 저는 신경 쓰지 않습니다.
        (고요히 차를 마시면)
한기재   (그 말에 만족한 듯 끄덕이는데)
휘   허나, 새의 깃도 많으면 배를 가라앉게 한다니, 저리 하나둘 멈추지 않고 모
        인다면 행여 외조부님께 부담이 될까 그것이 염려가 됩니다... (슬쩍 눈치 살
        피고) 하여 말인데,
한기재   (보면)
휘   신영수 대감을 궐에 다시 불러오는 것은 어떻겠습니까.
한기재   파직하여 낙향한 신영수를 말입니까.
휘   낙향하여 유생들을 가르치고 있다 들었습니다. 유생들 사이 덕망이 깊은
        자이니, 이 일에 도움이 되지 않을까 싶은데...
한기재   옳은 말씀이긴 하나, 조정의 일에 뜻이 없는 자입니다. 쫓기듯 내려간 자가
        다시 돌아올 리 만무하지 않겠습니까.
휘   (표정 살피며, 공감한다는 듯 끄덕인다)
한기재   (생각하듯, 조용히 차를 마시는 표정에서)

S#16. 신영수 지방 거처. 큰 방

작은 서원 느낌의 거처.
유생들의 책 읽는 소리가 낭랑하게 들려온다.
그 앞에서 함께 책을 바라보고 앉은 신영수.
조정을 떠나 후학을 양성하는 모습이다.

S#17. 동. 마당

신영수에게 예를 갖추고 돌아가는 유생들의 모습.
신영수, 방으로 돌아가려는데, 다가오는 종복 하나.

종복1   대감마님, 한양서 손님이 오셨습니다.

신영수, 손님이라는 말에 보면
안으로 드는 사람. 다름 아닌 문수다.

문수   (해맑게 보며) 아이고~ 오랜만입니다. 여산 선생!
신영수   (의외의 인물에 바라보는 데서)

S#18. 동. 사랑채

마주 앉은 문수와 신영수.

신영수   (완곡히 거절하듯) 저의 죄가 가볍지 않습니다. 감히 제가 어찌 벼슬길에
          다시 오르겠습니까.
문수   (난처한) 그렇게 자르지만 마시고... 제 얼굴 봐서라도 예?? 여기까지 와서
          빈손으로 돌아가면 제가 아주 난처합니다. 벌써 전하께서 내리신 교지까지
          이리... (교지 주섬주섬 꺼내면)
신영수   (다 안다는 듯) 전하가 아니라 영상의 뜻이겠지요. (단호한) 제 뜻은 이미
          전했습니다. 가서 영상께 잘 전달해 주시지요.(그대로 일어나면)

"대감~! 대감!!" 후다닥 쫓아가는 문수. 앞의 그 교지를 쥐여 준다.

문수   난 분명 전했습니다. 거절은 직접 하십시오~!!

문수, 신영수가 돌려줄까 봐 후다닥, 뒷걸음치며 마당을 벗어나면

한숨으로 보는 신영수. 돌아서다, 문득 이상함을 느끼듯 교지 열어 본다. 그
사이 서찰처럼 보이는 종이 끼어 있고, 꺼내 보면
텅 빈 여백에 "불비불명(不飛不鳴)" 네 글자만 적혀 있다.
조금 놀라는 신영수, 깊게 생각하는 표정에서.

S#19. 신영수 처소 / 밤

서안 위, 앞씬의 '불비불명' 서찰 놓여 있다.
고민하듯 앉은 신영수의 얼굴 위로 # 플래시백 / 10부 34씬

혜종　　사람들이 가득 탄 배가 한쪽으로 기울면 누가 가장 먼저 물에 빠지겠소?
　　　　힘없고 가진 것 없는 백성들이 가장 먼저 희생당하겠지... 그러니 이 배가
　　　　침몰하지 않게... 그대가 중심을 잡아주길 바라오.

신영수, '불비불명' 서찰을 바라보는 표정에서.

문수 (E)　신영수를 사헌부 대사헌에 임명하고자 하니...

S#20. 정전 / 다른 날, 아침

신영수, 관복을 입고 대신들 앞에 서 있다.

문수　　그 책임을 가벼이 여기지 말고, 시정을 탄핵하고 백관을 규찰하여 올바른
　　　　길로 이끌도록 하라...

휘를 대신해 교지를 낭독한 문수, 상선인 홍내관에게 교지를 넘겨주면, 홍
내관이 받아 앞에 선 신영수에게 임명 교지를 건넨다. 예를 갖춰 교지를 받
는 신영수와 그 모습을 바라보는 휘와 한기재. 대신들에서.

S#21. 정전 앞 일각

정전을 빠져나가는 대신들 사이 걸어 나오는 신영수.
한기재, 정석조와 함께 다가가면. 마주 보는 세 사람.

한기재   이리 와 주실 줄은 몰랐는데 말이지요.
신영수   나라의 부름에 모른 척하는 것 역시 신하의 도리가 아니지 않겠습니까.
한기재   (끄덕이고) 과거는 과거일 뿐이니... 앞으로 잘 부탁드리겠습니다. 대사헌 영
                감.

신영수, 예를 갖추고 지나가면

정석조   (멀어지는 신영수를 확인하고) 괜찮으시겠습니까. 대사헌이라면, 대감의 정
                치에 걸림돌이 되고도 남을 것입니다.
한기재   필요하다면 쓰임에 맞춰 쓴 후, 내 살로 만들면 되지 않겠나... (가는 신영수
                의 모습 가만히 바라보다 돌아서면)
정석조   (잠시 보는. 생각하듯 따르는 데서)

S#22. 편전

각자의 자리에 앉아 있는 휘와 지운.
잠시, "대사헌 영감 드셨습니다." 소리와 함께 신영수가 들어온다.
들어와 예를 갖추는 신영수.

휘   (기다렸다는 듯) 앉으시지요.

신영수, 다가와 앉고서, 앞씬의 '불비불명'이라고 적힌 서찰을 내민다. 휘, 보
면.

신영수   날지도 울지도 않고 웅크린 새가 바로 전하이십니까.

휘   (끄덕이며 바라본다) 도승지께서 잘 전달해 주신 모양이군요.

신영수   허면, 제가 해석한 의미 역시 맞을는지요.

휘   (자신감 있는 눈빛) 아마도요.

           # 인서트 / 지운, 일기를 쓰던 손을 멈칫, 멈추고 두 사람을 보면.

신영수   (끄덕이고, 생각 끝에) 아뢰옵기 외람되오나 저는 전하의 정치를 도와 드릴
           생각이 없습니다.

휘   (보면)

신영수   언제까지고 전하의 편에 서 있지만은 않을 것이란 말입니다. 전하께서 바르
           지 못한 길을 가시면 가장 먼저 그 반대의 길로 향할 것 입니다. 그리 해도
           괜찮으시겠습니까.

휘   (만족한 듯 보며) 물론입니다. 그게 바로 내가 그대를 이곳으로 다시 부른
           이유입니다. 외조부께서 장악한 지금의 조정을 바로 세우기 위해서 말이지
           요.

신영수   (그런 휘를 보면)

휘   (14부에 범두에게서 받은 장부를 건네며) 호조판서의 비리가 담긴 장부입
           니다. 아마도, 대사헌께서 맡으실 첫 번째 일이 될 것 같군요.

           신영수, 휘가 건넨 장부를 바라보면
           눈빛 빛내며 바라보는 휘의 표정에서.

           (점프)
           신영수 나가면, 바라보는 휘.
           문득, 주서의 자리에 앉아 있는 지운을 돌아본다.

휘   (머뭇, 일기에 담았을까 걱정하며) 정주서... 방금 그 얘기들은...

지운   (다 안다는 듯) 걱정 마십시오. 쓰지 않았습니다.

휘   (고맙게 보면)

지운   불비불명... 3년 동안 울지도 않고, 날지도 않은 새가 있었다지요. 오래 참아

온 만큼 그 새가 날아오르면 하늘을 뚫고 솟을 것이고 울기 시작하면, 천지를 뒤흔들 것입니다.

휘 (조금 난처한 듯 보면)

지운 큰일을 위해 때를 기다리셨다고요. 허면 저도 함께하게 해 주십시오.

휘 (말리려는 듯) 이 일은 나의 일입니다. 많이 위험한 일이고요.

지운 그날... 그 숲에서 전하와 제가 나누었던 많은 얘기들이 이제는 기약할 수 없게 되었지 않습니까. 그러니 이렇게라도 전하의 곁을 지키게 해 주십시오.

휘 (고민하듯 무겁게 보면)

지운 (빈 일기 보이며, 짐짓 가볍게) 이리 공범이 되었는데, 계속 모른 척만 하실 것입니까?

휘 (어쩔 수 없다. 결심한 듯) 허면, 하나만 약속해 주십시오.

지운 (보면)

휘 내가 멈추라고 할 때는... 반드시 멈춰야 합니다. 이건 어명입니다.

지운 (그 말에 따뜻하게 미소 지으며) 그리 하겠습니다. 전하...

S#23. 사헌부. 신영수의 집무실 / 밤

신영수와 감찰 몇 둘러앉아 있다.

신영수 (E) 호조판서 박원형은 가외의 것을 조운선에 싣기 위해 고의로 군량미를 빼돌렸다. 자네들은 함길도로 향하는 나루에서 호판의 사람들이 자주 이용하는 창고를 습격하게. 그곳에 빼돌린 군량미가 있을 것이니. 또한, 호조판서는 뱃사람들을 매수해 배를 고의로 파손시키기도 하는 등 그 죄가 엄중하니, 당장 잡아들여 그 죄를 물어야 할 것이네.

감찰들에게 지시하는 신영수의 목소리 위로,

몽타주
/ 조운 창고를 습격하는 사헌부 감찰들. 창고 문을 열면, 곡식을 담은 자루가 쌓여 있다. "찾았습니다!"

/ 뱃사람들로 보이는 사람들이 인근에서 감찰들에게 잡혀 나오고

/ 감찰들이 호판의 집을 둘러싸고, 들어서는 감찰들. 호판, 놀라 뛰어 나오며 "웬 놈들이냐!" 하면, "사헌부에서 나왔습니다." 하는 감찰 뒤로, 걸어 들어오는 신영수.

호판   (신영수의 등장에 놀라) 이게 무슨 짓이오!

신영수   함께 가주셔야겠습니다. 호판대감.

S#24. 사헌부 일실 / 밤

호판이 앉아 있고, 그 앞에 마주 앉은 신영수.

호판   나에게 이리 모욕을 주고도 무사할 수 있겠소?

신영수   함길도로 갈 군량미가 호판대감의 개인 사고에 모여 있더군요.

호판   그럴 리가 없소. 난 모르는 일이오.

신영수   (장부 내민다) 이리 명확한 증좌가 있습니다. 이 장부 속에 조운선을 사적으로 이용한 기록이 있습니다.

호판   (눈빛 흔들리며) 그, 그건... (뭐라 더 하려는데)

휘   (들어오며) 백성들은 헐벗음과 굶주림에 짚을 엮어 등을 가리고, 나무 껍질을 벗겨 주린 배를 채우는데, 호조판서라는 자는 나라의 재산으로 제 잇속만 챙기다니...

신영수   (예를 갖추며) 전하.

갑작스러운 휘의 등장에 "저, 전하..." 호판 사색이 되면.

휘   (걸어와 자리에 앉으며) 조운선을 사적으로 이용하였다 들었소. 뿐만 아니라 군사들의 식량까지 빼돌렸다고... 즉시 참형에 처해도 할 말은 없을 것이오.

호판   (참형이란 말에 놀라) 저, 전 그저 상헌군 대감의 일을 도왔을 뿐, 절대 다른 뜻은 없었습니다...!

휘	(걸려들었구나) 아~ 외조부님께서 시킨 것이다? 이래서 머리 검은 짐승은 거두지 말라는 것인데... (회심의 미소) 외조부께서 호판을 많이 아끼셨는데... 이리 배후로 지목했단 사실을 아시면 적잖이 실망하시겠습니다.
호판	(헉! 다시 납작 엎드리며) 제가 실언을 하였습니다. 이 일은 모두 저 혼자...
휘	덮어쓰시겠다?
호판	(빠져나갈 곳이 없다... 망했다) 살려주십시오. 전하...
휘	(회심의 미소 짓는 데서)

S#25. 승정원 집무실 / 밤

어두운 집무실 안, 지운의 주도로 무언가를 찍어내는 범두와 만달.

만달	(걱정으로) 이리 몰래 하고 있는 걸 들키면 모두 끝장인데... (하다가 열심히 적는 범두 보며) 헌데 정랑께선 왜 또 여기 껴 계십니까?
범두	(비장한) 결자해지라네! (입 삐죽, 울며 겨자 먹기로 열심히 쓰며) 헌데, 호판께서 사헌부에 잡혀갔다면서 이건 왜 필요한가?
지운	(대답 대신, 종이들 챙기며) 시간이 없습니다. 빨리 서둘러 주십시오..

범두, 만달, 지운과 함께 열심히 적어 놓은 종이들을 챙긴다.
그때 벌컥- 문이 열리며 들어오는 누군가. "웬 놈들이냐!!"
일동, 헉! 놀라 보는데, 등불 들어 보이는 사람... 문수다.

문수	뭐하냐 니들??
일동	(휴... 보는 데서)

S#26. 사헌부 일실 / 밤

신영수는 물러갔고, 호판과 단둘이 앉아 있는 휘.

휘	살길을 드리겠소. 조용히 처분에 따라 궐을 떠나면 외조부님을 배신한 것은 입 다물어 주지. 호판께서도 잘 아시다시피 외조부님께선 자비가 없는 분이시니... 그분께 죗값을 받는 것보단, 이편이 더 낫지 않겠소.
호판	(어쩔 수 없는) 전하의 명을 따르겠습니다. 부디... 목숨만은 연명할 수 있도록... (하는데)
휘	(눈빛 바뀌며) 조운선을 이용해 무기를 몰래 함길도로 빼돌리려 하였다고.
호판	(! 보면)
휘	외조부께 무기를 대고 있는 상단을 밝히시오. 허면 내 약조대로 해 주지.
호판	(! 난감한 표정으로 보는 데서)

S#27. 한기재 사저 / 밤

한기재, 관복을 벗고 있는데, 수하1이 급히 들어온다.

수하1	사헌부에서 호판대감의 사저를 급습했다 합니다.
한기재	뭐라?
수하1	호판께서 조운선에 무기를 싣느라 빼낸 곡식을 사고에 몰래 모아두었던 모양입니다. (난처한) 그 근방에 내일 여연으로 옮길 무기들도 보관되어 있사온데, 혹 사헌부에서 그곳까지 찾아낸다면...
한기재	(! 분하고) 남김없이 불태우거라.
수하1	예?
한기재	내 말 못 들었느냐!
수하1	예! 그리하겠습니다. (서둘러 나가면)
한기재	(분한 표정에서)

S#28. 대전. 휘의 처소 / 밤

야장의를 입고 있는 휘. 한기재, 벌컥 문을 열고 들어온다.

한기재	지금 나와 무얼 하자는 것입니까?
휘	(공손히 예를 갖추고) 대사헌께서 호판의 비리를 발견하였답니다. 외조부님의 권력을 등에 업고 군량미를 빼돌렸다지요.
한기재	아무것도 하지 말라는 내 말을 그새 잊으셨나 봅니다...
휘	그럴리가요. 외조부님의 명성에 누를 입힌 그 자를, 어찌 그냥 두고 볼 수 있겠습니까. 하여...
한기재	(어디까지 알고 있는 것인가 가늠하듯 보다가) 호판은 내 사람입니다. 허니 벌을 내려도 내가 내려야지요. 전하께는 선택권이 없습니다.
휘	(무겁게 보며)..이 일이 알려지면 겨우 가라앉은 민심이 동요할 것입니다.
한기재	그 역시 전하께서 입을 다무시면 될 일입니다.
휘	(바라보면)
한기재	감히, 내게 도전하려 하지 마십시오. 천진한 그 재롱을 봐주는 것도 여기까집니다...

S#29. 궐 문 앞 / 밤

한기재, 분하게 걸어 나오는데
문득 발밑에 밟히는 종이 하나... 한기재, 천천히 주워들어 보는 표정, 점점
일그러지기 시작하고. 곧 분한 듯 ! 돌아보는 표정. 종이를 구겨내는 위로.

지운 (E)   호조판서 박원형이 함길도로 향하는 군량미를 빼돌려 사리사욕을 채움은
물론이고

인서트 / 28씬에 이어, 돌아서는 휘, 모두 계획한 듯, 픽 승리의 미소.

S#30. 궐 일각 + 성균관 / 이른 아침

지운 (E)   이를 은폐하려 고의로 배를 파손하여 사헌부에 발각되었다...

지운의 목소리와 함께 각 관청마다 수북이 쌓인 종이를 가져가는 관리들.
성균관의 유생들도 종이를 돌려 본다.
도성 거리, 축포처럼 뿌려지는 앞씬의 그 투서.
지나가던 사람들 주워들고 읽고 한마디씩 하듯 수런거리는 데서.

S#31. 편전 / 아침

문이 열리고 들어오는 휘. 손엔 앞의 그 종이가 들려 있다.
주서 자리에 앉은 지운. 예를 갖추고, 모르는 척 시선 내리면.

휘   (무거운 목소리로) 일기에 쓰시지요.
지운   (보면)
휘   오늘 조참에서 영상이 호조판서 박원형의 파직을... 주청하였다.

지운, 쓰다가 멈칫, ! 휘를 보면
휘, 픽, 승리의 미소를 짓는다.

휘   제35계 연환계.
지운   (맞받아) 여러 계책을 한꺼번에 이용하여 목적을 달성한다!
휘   (끄덕) 제법 훌륭한 계책이었습니다. 정주서.
지운   (기분 좋은) 말로만요? 이왕 칭찬해 주시는 거, 소원도 하나 들어주시지요.
휘   소원? (? 보다가, 인심 쓰듯) 뭐, 말씀해 보시지요.
지운   그러니까 소원이...(하다가, 확인받듯) 전에, 약조해 주십시오. 절대 화내지
         않겠다고.
휘   (?) 대체 뭘 말하려고... 알겠습니다. 내 약조하지...(요)

하는데, 어느새, 다가와 쪽- 휘의 입술에 뽀뽀를 하는 지운.

휘   (당황해, 주변 둘러보며) 이, 이게 무슨...짓입니까. 지금... (황당하게 보면)
지운   화내지 않기로 하셨지요? (싱긋, 기분 좋은)

휘, 허, 어이없고. 차마 화도 못 내겠고. 얼굴 붉어져 주변 살피면.
지운, 그 모습 귀여운 듯 바라보고는, 모르는 척 주서 자리로 가 앉고. 휘, 기
막힌... 뭐라 말도 못 하고 허... 웃고 마는 데서.

S#32. 동. 대전 마당

예조 문서 정도 들고 서 있는 이현. 홍내관이 투덜대며 걸어온다.

홍내관   (피곤한 듯) 이번엔 또 무엇입니까?
이현   (미안한 미소) 예조에서 올리는 계본일세. 전하께 전해 주시게.
홍내관   (황당한) 아니 이런 건 직접 주셔야지 왜 절 시키십니까? 여기서 편전까지
         얼마나 걸린다고...
이현   내 요즘 일이 너무 바빠... 부탁 좀 함세.

         이현, 떠넘기듯 주고 돌아서면
         홍내관, "요즘 왜 저러셔? 전하께 뭐 잘못했나?" 갸웃. 받고는 걸어간다.
         이현, 잠시 편전 쪽을 바라보는 표정, 조금은 쓸쓸해지는 데서...

S#33. 궐 일각

지운, 기분 좋게 걸어오는데, 마침, 맞은편에서 걸어오는 이현.
두 사람, 서로를 발견하곤. 멈칫... 지운, 먼저 예를 갖추면

이현   (보다가, 어색하게 지나쳐 가려는데)
지운   (결심한 듯) 나 말이다. 궐 못 나갈 것 같다.
이현   (멈칫, 본다. 예상은 했지만, 표정 조금 굳어지면)
지운   그리고... 그 마음도 못 접어...
이현   그래... 그렇구나. (생각하듯 끄덕이고) 잘 알았다. 니 마음...

이현, 잠시 그런 지운을 보다가 그대로 스쳐 지나가면
지운, 조금 쓸쓸한 듯 보는 표정에서.

S#34. 중궁전

하경, 조금은 민망한 듯, 우물쭈물하며 앞에 앉은 사람을 보면
그런 하경보다 더 난처한 얼굴로 나란히 앉은 두 사람, 이현과 지운이다. 앞
씬의 상황과 더불어 더욱 난감한 표정인데.

하경   그러니까 제가 이렇게 실례를 무릅쓰고 두 분을 뵙자고 청을 드린 것은...
        두 분께서 전하와 가장 막역한 분들이고, 서로가 또 금란지교의 사이라 들
        어... (슬쩍 눈치 살피며) 이 자리가 불편친 않으시죠?
지운   예? (조금 어색한 미소를 지으며) 예... 무, 물론... (눈치 슬쩍 보면)
이현   (악의 없지만, 조금 뼈를 담아) 어릴 적 같은 스승께 동문수학한 사이일 뿐
        이긴 하나... (말 멈추고) 예, 연은 오래되었지요. 저희가.
지운   (서운함이 솟구치고, 티 나지 않게 슬쩍 째려보며, 기막힌) 하.
이현   (애써 눈빛 무시하고) 헌데, 어찌하여 저희를 부르셨는지요. 마마.
하경   아... 그것이...(문득 부끄러워져 변명하듯) 격무에 지치신 어심을 좀 달래 드
        리고 싶어서요... (반짝 바라보며) 전하께서 특별히 좋아하실 만한 것이 있
        는지 알고 싶습니다. 두 분께서 가장 잘 아실 듯하여...

하경, 수줍은 미소에
두 사람, 당황스러운 얼굴로 하경을 본다. 서로가 신경이 쓰이는데.

하경   뭐든 괜찮습니다. 알려 주세요. 제발... (답을 바라는 듯 반짝반짝 보면)

지운과 이현, 조금 당황스러워 서로 눈이 마주치고.
둘 다 차마 입이 떨어지지 않아 우물쭈물하는데.

이현   (어쩔 수 없다는 듯 무거운 표정으로) 전하께선... 단 것을 가끔 찾으십니다. 뭐 사..사..(사탕, 하려다가) 복숭아라던가, 곶감이나...

지운   (뭐야 이 자식. 보다가 견제하듯 불쑥) 아뇨! 꽃을 좋아하시니, 복숭아보단 복숭아꽃을 더 좋아하시겠죠. 곶감보단 감꽃을 좋아하실 겁니다. (하하하... 보면)

이현   (어쭈? 보면서) 전하께서 종종 홀로 산책하시는 걸 좋아하십니다.

지운   (비웃듯) 산책보다는 고요히 앉아 풍경 소리 듣는 것을 더 좋아하십니다! 홀로 시간을 보내고 싶으신 게지요!

하경   (급히 막 받아 적으면서, 눈빛 반짝) 허면 싫어하시는 건 뭡니까?

지운, 이현   예? (승부욕에 불타 해선 안 될 짓을 했다는 듯 당황해서 하경 보면)

얼른 말해 달라는 듯 보는 하경과, 당황한 지운과 이현.
잠깐 고요한데...

이현   (수습하듯) 이렇게 전하의 얘기를 함부로 하고 다닌 걸 싫어하실 겁니다.

지운   (얼른 맞장구치며) 예. 맞습니다. 결코 용서치 않으실 겁니다. 저희가 이런 얘길 전했다는 걸...

이현   꼭 비밀로 해 주십시오 중전마마.

지운   꼭이요. 비밀로 해 주셔야 합니다.

하경   (혼잣말하며 열심히 받아 적고) 자기 얘길 함부로 하는 거... (붓 내려놓으며, 만족스럽게 보며) 두 분이 괜히 막역지우가 아니십니다. 걱정 마십시오. (안심하라는 눈빛으로) 잠시만요! (급히 일어나버리면)

"저기!!" 이현, 지운 두 사람만 남아 뻘쭘하게 긁적긁적, 눈 마주치면, 급히 팽 돌리고 차를 마시는 데서.

S#35.   대전 앞

휘, 홍내관, 김상궁과 함께 걸어오고 있는데, 어디선가 "마마, 조심하십시오" / "저희가 하겠습니다..." 등의 목소리가 들린다.

일동, 돌아보면, 조금 떨어진 곳, 꽃에 파묻혀 얼굴이 잘 보이지 않고, 뒤뚱
거리는 치맛자락만 보이는 누군가 걸어오고 있다.

홍내관	뭐지요. 저 커다란 덩어리는...
김상궁	(그제야 깨닫고) 주, 중전마마...!!
휘	(역시 헉! 해서 보면)
하경	(휘를 발견한 듯, 얼굴 빼꼼. 환해져서) 전하!!

하경, 급히 꽃을 내리는데, 그 옆으로 사이사이 꽂혀있던 복숭아가 또르르
굴러가 휘의 발밑에 멈춘다. 바라보는 휘. 홍내관, 김상궁, 굴러가는 복숭아
를 줍느라 정신이 없으면

휘	중전... 이게 다 뭡니까.
하경	(티 없이 맑은) 전하께서 꽃을 좋아하신다 하여 조금 구해 왔습니다.
홍내관	(갸웃하며, 휘를 보며) 꽃을..? (꽃 더미 보며) 조금..?
휘	(당황해서 보는) 아... (어쩔 수 없어 옅은 미소와) 고맙소.

휘의 눈짓에 홍내관과 일동, 얼른 꽃을 받아들면

하경	그리고 단것도 좋아하신다 하여... (얼른 발밑에 복숭아를 주워 닦으며, 꼼지락꼼지락) 만기에 지치실 때, 드시면 좋을 것입니다. 부디 성후를 살피시옵소서. 전하...

하경, 수줍은 듯 휘를 보면, 둘, 눈이 마주치고. 그 떨림에 복숭아를 놓치는
하경. 복숭아가 굴러떨어지려는데, 탁 잡는 휘와 하경의 손이 겹쳐졌다. 하
경, 부끄러운지 손을 놓고, 얼른 눈을 내리깔고, 발그레... 홍조 띄우면, 당황
해 보는 휘의 표정에서.

S#36. 익선의 무덤 앞

작지만 정갈하게 관리 된 봉분 앞에 선 가온.

무덤 앞, 바람에 쓸려 뚜껑이 드러난 작은 함이 보인다.

흙에 파묻힌 함을 꺼내 보면, 안에 든 '제석(除夕)' 부절의 다른 반쪽 보이고. 떨리듯 꺼내 보는 가온.

플래시백 / 15부 8씬에 이어서

윤형설　함께하자꾸나... 선대왕의 억울함을 풀어 드리고, 네 아비가 그리던 그 세상을 만들 수 있도록...

가온, 고민하는 눈빛 위로.

플래시백

/ 의대칸 (가온이 궐에 있던 어느 시점, 8부 이전)

홀로 옷을 갈아입고 있는 휘.

일각, 칼을 손에 쥔 가온. 그런 휘를 보고 놀란다.

흔들리는 눈빛, 차마 칼을 빼지 못하고, 바라보다 돌아서는 데서.

/ 8부 2씬, 쓰러진 자신을 보호하듯 막아서던 휘와 그런 휘를 보던 가온의 시선, 가온, 명무사의 칼날이 날아오자 휘를 보호하기 위해 자신이 칼을 맞으면, 놀라 보던 휘.

/ 8부 8씬, 걱정스럽게 자신을 내려다보며 이름을 묻던 휘.

다시 현재

손에 혜종이 두었을 나머지 하나의 부절을 든 가온. 제 칼끝에 달린 부절과 맞추어 보면 마침내 '제석(除夕)' 하나의 단어가 완성되어 보인다.

S#37.　대전 처소 / 밤

꽃으로 둘러싸인 처소 안.

김상궁	(꽃을 정리하며) 전하의 진심이... 어째 잘못 통하였나 봅니다...
휘	(심란한데)
홍내관	(다가오며, 낮게) 전하. 부호군께 기별이 왔습니다.
휘, 김상궁	(보는 데서)

S#38. 궐. 사당 / 밤

휘, 들어서면, 기다리고 선 윤형설. 그 옆으로 가온이 서 있다.

| 휘 | (가온의 등장에 조금 놀라며) 니가 어찌... |

가온, 무거운 표정. 다가와 휘 앞에 천천히 무릎을 꿇는다.

가온	오래전, 강무장에서 저하를 노렸던 그 자객이 바로 저입니다...
휘	(놀라고)
가온	상왕전하를 시해하기 위해 동궁에 들 기회가 필요하였습니다... 지금껏 전하를 속여 온 죄... 어떤 처벌을 내리신대도 달게 받을 것입니다.
휘	(믿기지 않고, 설명을 바라듯 윤형설을 바라보면)
윤형설	상왕전하의 독살을 쫓던 중 함께하게 되었습니다... 이 아이가 선대왕의 마지막을 보았다 합니다...
휘	(그 말에 떨리고) 궐을 떠났다면 끝까지 모른 척 숨겼어도 되었을 텐데 이제와 진실을 고백하는 이유가 무엇이냐...
가온	(앞씬의 완성된 부절 내어놓으며) 선대왕께서 제 아비와 나누어 가진 것이라 들었습니다. 그 유지를... 잇고자 합니다.
휘	(부절의 글씨를 보고 혜종의 뜻을 알아채듯, 낮게) 제석...
윤형설 (E)	익선 강화길의 아들 강은서라 합니다. 상헌군에 의해 역적으로 몰려 죽임을 당한 자의 아들입니다.

S#39. 휘의 처소 / 밤

휘, 잠들지 못하고 앉아 있다. 그 위로 앞씬의 장면 이어진다.

플래시백 / 38씬에 이어서
휘, 떨리듯 가온을 보면

휘   (가온을 보며) 네가 본 것이 무엇이냐... 누가, 아바마마를 돌아가시게 한 것
       이냐.
가온   (무겁게 바라보는 표정에서)

다시 현재
휘, 각오를 다지듯 굳은 표정에서.

S#40. 한기재 사저 / 밤

한기재 앞에 무릎 꿇은 호판, 한기재 곁엔 정석조도 앉아 있고.

호판   죽을죄를 지었습니다. 대감... 부디 한 번만 용서해 주시지요...
한기재   전하께서 어디까지 아시던가. 여연으로 향할 무기에 대해서도... 알고 계시
        던가?
호판   (눈빛 흔들리고) 그, 그럴 리가 있겠습니까... 그저 제가 빼돌린 군량미에 대
        해서만...
한기재   (알겠다는 듯 끄덕이고) 내 다시 부를 때까지 잠시만 궐을 떠나 계시게...

호판 눈치 보다 "감사합니다. 대감. 정말 감사합니다." 하고 물러나면
정석조, 무거운 표정으로 돌아보는데.

한기재   (정석조에게) 여연의 일을 알고 있는 자네... 말이 새어나지 못하게 따라가
        잘 정리해 놓게.
정석조   (그 말에) 꼭 그렇게까지 하셔야겠습니까.

한기재 (제 말에 토를 다는 정석조를 한번 보고는, 차가운 눈빛) 하나의 과실을 범한 사람은 다른 과실도 범하게 되는 법이지. 허니 단 한 번의 실수도... 용납할 수 없는 법 아니겠는가.

정석조 (그것이 꼭 자신에게 하는 말처럼 느껴진다. 무겁게 보는 표정에서)

S#41. 거리 일각 / 밤

가마를 타고 가고 있는 호판의 앞으로 다가오는 정석조와 수하들.

호판 (가마 멈추고, 조금 놀라) 내금위장... 어찌... (불길해지면)

정석조, 수하들에게 눈짓하면, 동시에 가마꾼들을 베어버리는 수하들.
호판, 헉! 놀라 달아나려 하지만, 이내 정석조의 검에 푹 쓰러지고 만다. 괴롭게 바라보는 정석조의 표정에서.

S#42. 지운 집. 마당 / 밤

정석조, 무거운 표정으로 들어오면
"아버지." 부르는 지운의 목소리.
정석조, 돌아보면,

지운 (홀로 검술 훈련을 한 모습으로) 이제 오세요... (조금 어색하지만, 공손하게 예를 갖춘다)

정석조 (지운을 보니 마음이 무겁다) 아직 안 자고 있었더냐.

지운 예... 밤 공기가 좋아서요...

정석조 (끄덕이고) 그래... (애써 내색 않으려 하지만 표정이 무겁고)

지운 (그 표정에) 안색이 좋지 않으십니다... 무슨 일이라도 있으셨습니까?

정석조 (지운의 무구한 표정에 괴롭다) 조금... 피곤하구나. (무거운 표정, 그대로 돌아서면)

지운   (조금 걱정스러운 듯 보다가, 돌아서 다시 훈련하려 검을 집어든다)

잠시, 그런 지운을 돌아보는 정석조의 표정. 복잡해지는데서. F.O/F.I

S#43. 궐 전경 / 다른 날, 낮

S#44. 대전. 후원

평화로운 분위기의 후원. 휘, 커다란 나무 아래 기대앉아 있다.
따뜻하게 내리쬐는 햇살에 노곤한지 눈을 감은 채 잠시 쉬는 모습...
어느새 기대어 졸고 있고.
일각 대기하고 있는 김상궁과 궁녀들.
궁녀들, 휘의 그런 모습에 쿡... 미소 지으면

김상궁   (쓰읍! 경고 주고. 안쓰런 미소, 혼잣말) 많이 곤하셨나 보구만... (궁녀들에게) 여긴 내가 있을 테니, 전하께서 편히 쉬시도록 잠시만 물러나 있거라.

나인들, "예. 마마님." 조용히 물러가면
김상궁, 가만히 휘를 바라보다가, "덮으실 게 뭐가 있나.." 잠시 자리를 비운다. 잠시, 책 정도 들고 걸어오던 지운. 홀로 앉은 휘를 발견하고 반가워 다가오다 잠든 모습 확인하고, 사랑스러운 듯... 다정히 바라본다. 나뭇잎 사이로 스며드는 햇살에 눈이 부신지 찡그리는 휘의 모습에 손으로 살며시 햇살을 가려주는 지운... 얼굴엔 설렘이 가득한데. 그 순간, "전하.. 여기 계십니까?" 소리와 함께 다가오는 하경 모습에 헉! 놀라 저도 모르게 나무 뒤로 몸을 숨기는 지운.
이내, 잠든 휘를 발견하고 하경이 다가오면, 지운, 숨을 죽인 채 그 모습 지켜보는데.

하경   (잠든 휘를 보며, 떨리듯) 참으로 잘 생기셨다... 우리 전하...

설레듯 바라보던 하경. 두근두근... 가슴이 떨려오는 듯. 얼굴이 발그레해지고... 저도 모르게 휘의 입술로 다가가다가, 멈칫. '내가 이럼 안 되지...' 정신 차리듯 고개를 젓는다. 그러나 이내 다시 못 참겠다는 듯, 어느새 쪽- 휘의 입술에 뽀뽀를 하려 하고!

나무 뒤, 지운, 놀라고, 차마 말리지도 못한 채 초조한 듯 바라보면

문득 부스스 눈을 뜨는 휘.
하경, 순간 휘와 눈이 마주치면 자신의 행동에 화들짝 놀라 헉 뒤로 물러난다. 그러다 그대로 뒤로 넘어질 뻔하는데.
휘, 그런 하경의 모습에 저도 놀라 손목을 잡고 급히 끌어당긴다.
어어어...! 그러나 중심을 잃고 넘어지는 하경.
동시에 함께 중심을 잃고 하경의 위로 겹쳐지듯 마주 보는 휘.

하경	(심장이 터질 것 같다. 놀라고, 떨리는 눈빛으로) 전하...
휘	(! 역시 놀라고, 당황해 보면)

나무 뒤 지운, 그 모습에 놀라 미끌리듯 툭- 책을 떨어트리고.

휘, 그런 지운을 발견하고, 헉! 하경이 돌아보기 전에 얼른 일으키면.

하경	소, 송구합니다. 전하... (허둥지둥 변명하며) 오, 옥안에 뭐가 묻은 것 같아...
휘	(지운 신경 쓰이고, 가리듯) 아, 예... 다친 덴 없소?
하경	괘, 괜찮습니다. (얼굴 빨개져 고개 숙이면)
휘	(이 상황에 난감하고, 지운 신경 쓰여 이끌며) 갑시다. 대전에 가서 함께 차라도 마시지요.
하경	(그 말에, 환해지며) 예. 전하... 그렇지 않아도 향이 좋은 차를 가져왔사온데. 그걸로 들이라 이르겠습니다!

휘, 어색한 미소... 슬몃, 지운이 있는 곳 살피며 걸어가면

하경, 그런 휘와 함께인 것이 설레는 듯, 다정하게 걸어간다.
나무 뒤 홀로 남겨진 지운, 급히 책을 주워들며 안도의 한숨.
지운, 멀어지는 휘와 하경을 보는데 어쩐지 감정이 묘하다...

홍내관   (어느새 다가와) 나무 뒤에서 혼자 뭐 하십니까? (지운 살피는 곳 보면)
지운   (화들짝) 아? 아... 여기 뭐가 있어서... (괜히 딴청, 후다닥 돌아서며) 그럼...
    (가 버리면)
홍내관   뭐야..? (보는 데서)

S#45. 편전

어느새 주서 자리에 와 앉은 지운. 조금 전 휘와 하경을 떠올리듯 조금 복
잡한 표정이다. 잠시, 들어오는 휘. 어쩐지 제가 잘못한 것도 없는데 머쓱한
기분이고. 큼... 괜히 어색해져 자리로 가 앉으면.

지운   (빼꼼 보며) 중전마마께선 어쩐 일로...?
휘   아, 그냥 문후차...
지운   아... 예.

두 사람, 어쩐지 서로가 서먹하고.

지운   많이 피곤하셨나 봅니다. (저도 모르게 뼈를 담아) 그리 무방비하게 졸고 계
    시고...
휘   (그 말에 보며) 예?
지운   아니 그러니까 제 말은... 주위에 호위도 하나 두지 않으시고... 궐이라는 곳
    이 얼마나 위험한데! (하다가 얄팍한 제 질투심에, 좌절하듯) 송구합니다...
    (푹 머리 박고 붓 든다. 속은 상한데, 뭐라 말은 못 하겠고, 끙...)
휘   (그 모습에) 설마... 지금 질투를... 하시는 것입니까?
지운   (헉) 지, 질투라니요! 전 그저! 전하께서 위험하게 계시니 걱정으로... (질투
    맞는 것 같다. 눈알 또르르...)

휘   (그 모습 어쩐지 귀엽고, 놀리듯) 맞지요 질투?
지운   (허! 어이없고) 편전입니다! 모두 일기에 써야 하는 것들이니... 언행을 삼가
        시지요. 전하... (다시 머리 푹 박으면)

        휘, 그런 지운의 모습이 귀여운 듯, 픽, 미소로 보다가,
        문득 장난기 어린 얼굴로 다가간다. 지운, 흠칫, 다가온 휘를 보면.
        휘, 넌지시 소곤소곤 귓속말.
        (들리진 않지만, 윤대가 끝나면 폐전각으로 오라는 말이다)
        지운, ! 보는 표정에서.

홍내관 (E) 전하, 예문관 대제학이 윤대를 청하옵니다.
휘   (큼... 아무 일 없는 듯 돌아서 서안 앞으로 가며) 그래, 들라 이르라.
지운   (두근두근 휘를 보는 표정에서)

S#46. 폐전각

        끼익- 문이 열리고 폐전각으로 들어서는 지운.
        "갑자기 여기는 왜 오라고 하셔서..." 혼잣말하며 휘를 찾듯 둘러보는데,
        탁- 소리와 함께 문이 닫힌다. 돌아보면
        휘, 문을 걸어 잠그고 지운을 보는 표정.
        지운, ? 보면, 휘, 저벅저벅 지운에게 다가간다.

지운   (저도 모르게 뒷걸음질 치며) 왜, 왜 이러십니까?

        지운, 어느새 큰 나무 둥치에 막혀 서면
        탁- 벽치기 하듯 지운을 가두는 휘.

지운   (헉! 저도 모르게 침 꼴깍) 저, 전하... 어, 어찌...
휘   (그 모습, 귀여운 듯 씩 미소로 보면)
지운   자, 장난은 그만두십시오...

휘	장난? 아닌데...
지운	예? (다시 긴장으로 보면)
휘	(픽, 미소. 장난이었다는 듯 팔 풀고) 정주서가 그랬지요. 모두 감당하겠다고.
지운	(무슨 말인가 보면)
휘	(그런 지운을 깊게 바라본다. 따뜻한 눈빛으로) 나도 해 보겠습니다.
지운	(! 보면)
휘	감당하겠습니다. 이 마음...

지운, "전하..." 휘의 그 말에 떨리듯 바라보면
휘, 따뜻한 미소. 지운에게 다가가 먼저 입을 맞춘다.
조금 놀라 바라보는 지운... 잠시, 두 사람, 눈이 마주치면
이번엔 지운이 휘에게 부드럽게 입을 맞추고...
아름다운 폐전각 안, 따스한 햇살 아래, 감미롭게 입맞춤을 하는 두 사람의 모습에서. 15부 엔딩.

16부

비가 그치면 볕이 들고
안개가 걷히면 먼 곳의 풍경이 또렷하게 드러나지요.
향하고자 하는 곳이 있다면 언젠간 그곳에 닿을 것입니다.
아무리 오랜 시간이 걸린다 하더라도요.

S#1.   승정원 사고 / 밤

    춘추관에 보낼 정원일기를 정리하는 지운.
    책을 뽑다가 들고 있던 책이 바닥에 떨어지면, 얼른 줍기 시작하는데
    떨어진 책을 집어 들다 우연히 혜종의 죽음 당일 기록을 본다.

지운   (낮게 읽는) 승하하신 지 하루 반나절이 지나자 대행왕의 옥체가 부풀고 잇
        몸이 검게 변하였다... (뭔가 이상한 듯) 하루 반나절이 지나서라고...?

        지운, 책을 다시 몇 장 넘겨보면, '창천군이 부소화 독을 이용해 왕을 시해
        하였다...' 등이 적혀 있고.

지운   (글을 조금 소리 내어 읽는) 창천군이 부소화 독을 이용해...시해하였... (이
        상하다는 듯) 부소화는 반응이 바로 나타나야 하는 건데...

S#2.   승정원 사고 복도 / 밤

    지운, 급히 나가는데, 걸어오던 문수, 지운 발견하고.

문수	정주서, 거 있잖아. 일기 정리 하던 거는... (하다가, 가만) 너 어디 가냐? 일 안 하고?
지운	(난감한) 아... 저 잠깐 내의원 서고에 좀 다녀오겠습니다.
문수	내의원 서고는 왜? (하는데 지운, 이미 멀어졌고)

S#3. 상단. 일실 / 밤

윤형설, 상단의 거래 장부들이 보관된 방을 뒤지고 있다.
몇 개의 장부 보더니, 정리된 규칙을 알아챈 듯 손으로 서랍을 몇 개 쓸어
보고, 필요한 장부가 있을 것으로 보이는 서랍을 여는데...
칸이 비어 있다. 낭패스러운 윤형설. 그 순간 "웬 놈이냐!" 하는 소리 들리
고, 열어놓은 뒷문으로 빠르게 달아나는 윤형설.
군사들 들어와 보면, 서랍들이 여러 개 열려 있다. 몇몇은 윤형설이 나간 뒷
문으로 급히 뛰어나가고, "없어진 것이 있는지 확인하거라!" 낭패스러운 상
단 사람들의 표정에서.

S#4. 궐. 사당 안 / 밤

휘와 윤형설 마주 보고 있다.

윤형설	상단에는 무기를 거래한 자료가 없었습니다. 아무래도 그곳에 남겨두진 않은 모양입니다. 여연에 있는 사병 기지에 직접 가 봐야겠습니다. 상단에 없다면 분명 그곳에 두었을 것입니다...
휘	너무 위험하지 않겠습니까. 상단보다 경비가 더 삼엄할 것인데.
윤형설	(곧은 눈빛으로) 걱정 마십시오 전하. 다녀와서 뵙겠습니다. 급한 소식이 있으면 강은서 그 아이를 통해 보내 주십시오.
휘	(걱정스러운 눈빛) 알겠습니다. 조심하십시오.

S#5.   내의원 서고 / 밤

지운, 독초에 관한 책을 살펴보고 있다.

지운   (부소화의 설명이 적힌 부분 찾는 듯) 부소화... 부소화... (하다가, 찾은) 부
        소화를 섭취하면 배가 부풀고 잇몸이 검게 변하는 증세가 곧바로 나타난
        다.

        지운, 역시, 맞았구나 생각하듯, 다른 독초들에 대해 읽기 시작한다. 책을
        넘기는데, 마지막 페이지고, 찾는 독초 (부소화와 똑같은 증세를 가졌으나
        증세는 하루 반나절 후에 나타나는 독초)가 이 책엔 없는지 책을 덮는다.
        다른 책들을 펼쳐 읽기 시작하는 지운에서...

S#6.   궐 일각. 사당 근처 / 밤

        정석조 일각을 지나다가 사당 앞에 홍내관이 망보듯 서성이는 것을 보고
        이상한 듯 보는데. 그 순간 홍내관이 멀리서 걸어오는 순시들을 발견하고
        급히 다가가, 넉살좋게 연기하며 그들을 이끌고 일각으로 사라진다. 그 모
        습을 보던 정석조, 사당 쪽으로 눈길을 돌리는데, 그 틈을 타 몰래 빠져나오
        는 사람, 휘다. 바라보는 정석조의 눈빛에서.

        # 플래시백 / 15부 40씬

한기재   (제 말에 토를 다는 정석조를 한번 보고는, 차가운 눈빛) 하나의 과실을 범
        한 사람은 다른 과실도 범하게 되는 법이지. 허니 단 한 번의 실수도... 용납
        할 수 없는 법 아니겠는가.

        잠시 고민하듯 보다가 조용히 휘의 뒤를 밟는 정석조.

S#7.   동. 일각 / 밤

홀로 대전으로 향하는 휘. 그 뒤로 정석조 조용히 따르고...
휘가 일각 외진 곳을 지나는 그때, 정석조, 사위를 살핀다. 아무도 근처를
지나고 있지 않고, 정석조, 결심을 굳힌 듯 점점점 빠르게 휘를 향해 다가간
다. 걷던 휘, 발소리에 뒤돌아보면.
칼을 빼어 드는 정석조! 휘, 놀라 바라보면
"이야!!" 휘를 향해 칼을 치켜드는데!

지운 (E)   아버지.

갑작스러운 지운의 목소리에 돌아보는 정석조.
모두 상상이었다. 보면, 외진 곳에 선 휘를 일각에 숨어 몰래 보고 있는 정
석조. 서 있던 자리에 그대로 서 있는 모습이고,
정석조. 스스로도 잔뜩 긴장하였는지 이마엔 땀까지 조금 맺혀 있는 모습
으로 지운을 돌아본다. 의아한 듯 보고선 지운.
정석조. 칼을 쥔 손의 힘을 풀어낸다.

정석조   ...여기서 뭘 하느냐.
지운   (이상한) 아버지께선 뭘 하고... (계셨던 겁니까? 하려는데)

그들의 뒤로 들리는 홍내관의 소리 "전하!"
급히 휘를 향해 뛰어가는 홍내관과 홀로 있던 휘를 보는 지운.
그들을 멀리서 지켜보고 있던 것이 이상하다는 듯, 살피듯 정석조를 본다.

정석조   (그 시선 피해 내듯) 네 어미가 기다리겠다. 어서 집에 들어가 보거라.

정석조, 먼저 가버리면, 남겨진 지운, 알 수 없는 불안함에 바라보는 데서.

〈연모 16부〉

S#8. 한기재 사저 / 다음 날, 아침

한기재, 앞에 찻잔을 놓고 앉아 있다.
마주 앉은 정석조.

한기재 호판은 잘 정리하였는가.
정석조 예.
한기재 (끄덕이고) 대사헌의 여식과 자네 아들이 연도 있었고 하니, 혼사를 추진해 보는 것은 어떻겠나. 어차피 정치는 다 혼맥인 것을...
정석조 (조금 의외인 듯 보다가) 대사헌께서 받아들이신다면 나쁠 건 없지요.
한기재 (끄덕이고) 참, 간밤에 누군가 상단을 침입했다고 하네. (차를 마시며) 무기 거래에 이용한 상단이, 호판의 탄핵과 동시에 그런 일을 겪다니... 아무래도 자네가 여연에 한 번 다녀와야겠네. 사병의 증거가 될 만한 장부들은 모조리 정리해 가져와야 할 것이야.
정석조 예. 대감. (무겁게 고개 숙이는 데서)

S#9. 편전

양쪽으로 도열해 서 있는 승지들. 휘에게 보고를 올린다.
그 끝 쪽, 지운도 서 있고, 그 표정 위로

플래시백 / 7씬
휘를 멀리서 지켜보던 정석조의 눈빛.

다시 현재

문수 호조에 이번 조운선 사건과 관련된 자들이 더 드러나 사헌부에서 조사를

하고 있다 합니다. 조만간 호조에 들일 새로운 인재들을 대거 등용하셔야
할 듯하옵니다.

지운, 어젯밤 휘를 지켜보고 있던 아버지를 떠올리듯 심각하게 생각에 잠긴
표정인데. 그런 지운을 이상한 듯 보는 휘. 한 명씩 보고를 하던 중이고, 이
제 지운이 보고할 차례인데, 조용하자, 다들 그런 지운에 시선 준다. 휘, 지
운을 깨우듯 서안을 탁탁탁 치는.

| 휘 | 정주서. 정신 차리십시오. |
| 지운 | (그제야 퍼뜩) 아... 송구합니다. |

지운, 얼른, 들고 있던 장계 따위를 휘의 앞으로 가져다준다.
휘, 무슨 일이 있는 건가, 조금 걱정스럽게 보고.

S#10. 궐 일각

휘 걸어가고, 지운이 옆을 보필하듯 함께 걷고 있다.
뒤에는 홍내관 따르고 있다.

휘	하루 종일 무슨 생각을 그리 하시는 겁니까?
지운	송구합니다... 간밤에 잠이 좀 부족하여... (둘러대려는데)
휘	(쯧쯧... 그러나 걱정스러운 눈빛으로 보는데)

뒤에 따르던 홍내관, 알려주듯 "중전마마 오십니다." 소리에,
휘, 앞을 보면, 저 멀리 하경이 다가오고 있다. 곁에서 함께 따르는 사람. 소
은이고. 두 사람의 모습에 조금 놀라며 바라보는 휘와 지운.
소은, 하경을 만나기 위해 이제 막 입궐해서 중궁전으로 함께 향하던 길인
듯... 둘 모두 표정이 밝다. 두 사람. 그제야 휘를 발견하곤, "전하." 모두 예를
갖추어 인사한다.
휘와 지운, 소은을 보고 조금 당황한 눈치고.

소은 역시 휘와 지운의 모습에 조금 어색한 듯...

소은, 내색하진 않지만 오랜만에 보는 지운의 모습에 여전히 설렘을 느끼는 듯, 얼른 고개를 조아린다. 제 감정을 티 내지 않으려 애써 담담히 고개 숙인 소은.

휘	(복잡한 마음이다) 대사헌께서 돌아오시며 함께 왔다는 소식은 들었소.
소은	(예를 갖춰) 예. 전하...
하경	(두 사람을 살피듯 잠시 보면)
휘	헌데 궐엔 어찌...
소은	중전마마의 부름을 받았사옵니다.
하경	사가 시절 절친했던 벗이옵니다. 대왕대비마마께서 궐에 들도록 허락해 주시었습니다. (신나는 듯 소은을 보면)
휘	아, 예...
소은	(예를 갖춰) 지난날 전하께 깊은 은혜를 입었습니다...
휘	아니오. (잔이의 일이 떠올라 조금 안쓰럽게 보다가) 아, 오랜만에 만나 할 이야기도 많을 터이니, 중궁전으로 가 보시지요. 내 생과방에 일러 좋은 차와 음식을 올리라 말하겠소.
하경	(감격의 표정과) 망극하옵니다 전하...
휘	(끄덕이고, 뒤에 사람들 향해) 가자.

휘, 지나쳐 가면, 예를 갖추고 함께 따르는 지운.

지운	허면 저는 승정원으로 가 보겠습니다. 전하.
휘	(끄덕이고) 정원일기를 모두 담당한다던데. 피곤하면, 눈도 좀 붙이십시오.
지운	(휘의 마음 알겠고) 아닙니다. (고맙게 보다가 먼저 돌아선다)
휘	(보다가 발길 돌리려는데)

S#11. 동. 일각

하경, 휘와 헤어져 걸어오는 지운을 부른다.

하경	(소리 죽여) 정주서, 잠시만! (불러 세운다)
지운	(돌아보면) 예 마마.
하경	잠깐 시간이 되면 중궁전에 들어줄 수 있겠나?
지운	(갑작스러운 제안에) 예? (바라보면)
소은	(! 난처한 듯 작은 소리로 하경을 말리는) 중전마마...
하경	(소은을 보며 나만 믿으라는 듯) 내 궐 생활에 대해 긴히 묻고 싶은 것이 있는데, 마침 이리 마주쳤으니 말일세. 잠깐이면 되네. 잠깐.

일각, 휘, 걷다가 그 모습 돌아본다.
지운, 조금 난처한 듯, 그러나 하경을 따라 중궁전 쪽으로 걸음 하면.
잠시, 신경 쓰이는 듯 보는 휘. 이내 털어 내듯 돌아서 가면.
역시 보다가 따르는 홍내관.

S#12. 대전 처소

처소로 들어서는 휘와 홍내관.
휘, 자리에 앉다가 문득 신경 쓰이듯.

플래시백 / 10부 41씬

휘	(무거워지는 표정, 대충 알 것 같다) 혹... 소저의 마음에 다른 사람이 있습니까.
소은	(조금 놀라 봤다가, 답하지 못하고 고개를 숙이는) ...송구합니다.

휘, 소은의 등장에 내심 저도 모르게 신경 쓰이는 표정이다.
홍내관, 그런 휘를 보는 표정. 무슨 마음인지 알겠다는 듯.

홍내관	제가 잠시 중궁전에 다녀와 볼까요, 전하? 상황도 좀 살펴보고.
휘	상황을 살핀다니?

홍내관	(픽, 다 안다는 듯) 그날 등불 밝히고 하실 때 이미 다 눈치 챘습니다. 저는.
휘	뭐? (순간 당황스럽고, 숨기며) 무슨 소릴 하는 건지 모르겠구나. 허, 참... (큼큼. 시선 돌리면)
홍내관	(낮게) 김상궁 마마께는 비밀로 할 터이니 걱정 마십시오. (밖을 슬몃 살피다가) 허면 얼른 다녀오겠습니다. (종종종 나가면)
휘	아니... (차마 잡지 못하고, 머쓱... 내심 궁금하기도 한데)

S#13. 중궁전 누정

지운과 소은, 하경 다과상 앞에 두고 마주 앉아 있다.

| 하경 | (지운 향해) 두 사람이 전부터 인연이 있다고 들었네. 헌데 이리 또 우연히 마주하다니... 참으로 인연이란 신통한 것이 아니겠나. 마치 나와 전하의 만남처럼! |
| 지운 | 아, 예... 그렇지요. 인연이 참으로 기구... 아니, 신통한 것이지요. |

잠시, 밖의 유공이 "중전마마, 전하께옵서 다식을 내려주셨사옵니다." 말하면, 소리와 동시에 들어오는 홍내관. 손엔 작은 소반 하나 챙겨 든 모습이다.

홍내관	(일동에게 예를 갖추고, 잠시 지운을 보면)
지운	(홍내관의 등장에 어쩐지 나쁜 짓을 하다가 걸린 것처럼 이상하게 신경 쓰이고)
하경	(그저 좋은, 뿌듯해져) 전하께서 이리 신경을 다 써 주시고... 참으로 망극하다 전해 주시게.
홍내관	예. 마마... (중전에게 참한 미소, 천천히 다식 놓아주며 살피듯 지운을 본다)
하경	(다시 지운에게 말 이어 하며) 헌데, 정주서께서는 혼기가 아주 꽉 찬 나이에, 어찌 아직 짝이 없으신 건가?
지운	예? 아 그것이... 아직... (하는데)
홍내관	(희번덕! 지운을 본다)

지운	(순간 그 눈빛에, 다식 먹다 사례 걸리듯 컥- 콜록콜록)
소은	괜찮으십니까? (놀라 얼른 손수건 내밀며) 여기...
지운	아, 예... 고맙, 고맙습니다. (얼른 입 닦고 홍내관 보면)
홍내관	(언제 그랬냐는 듯... 지운을 보고)
소은	(말리듯) 중전마마. 어찌 그런 하문을 하시옵니까...
하경	어머... 내 정신 좀 봐. 정말 미안하네. 내 너무 사적인 질문을 하였지...
지운	아닙니다. 마마... (홍내관 보면)
홍내관	(마치 눈으로 지운에게 '지켜보고 있다' 경고하듯)

그런 지운의 시선에 하경도 함께 보면
홍내관, 언제 그랬냐는 듯 눈빛 풀고 예의 그 선한 미소.

하경	(? 보다가, 안 가고 있는 홍내관에게) 어찌 그리 계시는가?
홍내관	예? (깨닫고, 어쩔 수 없는) 아, 예... 허면 물러가 보겠사옵니다. 마마.
하경	전하께 감사드린다 꼭 전해 주시게나.

홍내관, 미소. 마지막까지 지운 살피듯 보며 물러가면
지운, 뭐지 이 분위기는... 당황스럽고
소은, 하경, 아무것도 모른 채 서로 얘길 나누는데.

S#14. 휘의 처소

휘, 앉아 있으면, 조용히 쓰윽 들어오는 홍내관

휘	(내심 기다렸지만 아닌 척) 그래, 얘기들은 잘 나누고 있더냐.
홍내관	예... 염려할 것 없으실 것 같습니다.
휘	(그 말에) 염려는 무슨... (큼... 시선 돌리면)
홍내관	(미소로 보고)

S#15. 중궁전 누정

소은   전하께옵서 중전마마께 참으로 다정하고 다감하신 것 같습니다. 이리 신경
      을 다 써 주시고 말이지요.

하경   그러게... (좋은, 발그레해지면)

지운   (큼... 괜히 기분 묘하고)

하경   너도 어서 좋은 낭군님 만나야지... (괜히) 정주서도 그렇고.

지운   예? 아, 예... 뭐... (머쓱해 차를 마시면)

소은   마마...

하경   (찡긋 미소, 살피듯 보고는 잠시, 수를 내듯) 아! 내가 너 궐에 들면, 꼭 전해
      주려던 것이 있었는데, 잠깐 기다려 봐!

      하경, 소은을 향해 잘해보라는 듯 장난스러운 미소 짓고 나간다.
      "마마...!" 소은, 당황해 하경을 잡으려 하지만 이내 둘만 남겨두고 나가는 하
      경. 지운과 소은 졸지에 둘만 남겨지자 조금 어색한 듯, 침묵이 흐르는데.

소은   (용기 내어) 궐에 계시는 줄은 몰랐는데... 온양에선 언제 돌아오셨습니까?

지운   아 그게... (얼버무리듯) 좀 됐습니다. 예... 실은 꽤 많은 일이 있었거든요. 그
      동안. (어색하게 웃으면)

소은   (그 미소에 저도 작게 웃고, 그제야 긴장이 조금 풀리듯) 중전마마께서 저
      희 둘의 인연을 오해하시고, 이리 자리를 만들어 주신 것 같습니다. 바쁘신
      것 같던데... 마마껜 제가 잘 말씀 올릴 터이니, 먼저 가 보시지요.

지운   아닙니다! (하다가, 미안한 듯) 그럼, 잘 좀 말씀드려 주시겠습니까? 실은 제
      가 잠깐 궐 밖에 만날 사람이 있어서요... (하다가) 아! 아실 겁니다. 질금이
      하고 영지... (삼개방 얘기가 조금 민망하고) 삼개방 아이들이요...

소은   아... 다들 잘 지내지요?

지운   그럼요. 그 아이들이야 세상이 망해도 살아남을 녀석들인걸요.

소은   (그 말에 풋 작게 웃으면)

지운   (편한 미소로, 일어나며) 다시 만나 뵈어 반가웠습니다.

소은   (역시 미소로 답례하는데, 잠깐 고민하다가, 결심한 듯) 저...!

지운   (돌아보면)

소은	마지막으로 도련님을 뵈었을 때, 제가 너무 제 감정만 앞세워 불편하게 만든 것은 아닌지 계속 마음이 쓰였습니다.
지운	(무슨 말인지 알아차린 듯) 아닙니다. 그럴 것 없습니다. (잠깐 생각하다가) 처음 뵀을 때 보다 많이 야위신 것 같습니다. 안 좋은 일을 겪으셨다 들었는데...
소은	(걱정해 주는 말에 지운을 보면)
지운	잘 돌아오셨습니다. (스스로에게 하는 말인 듯) 힘든 일을 겪은 곳으로 돌아오는 것이 쉽지 않은 선택이었을 텐데... 옛일은 잠시 내려놓으시고, 스스로 많이 다독여 주십시오. 많이 자책하지 마시고요...
소은	(따뜻한 말에 조금 떨리듯 보면)
지운	(따뜻한 미소와) 그럼 (나가면)
소은	(가는 지운의 모습을 바라보는 데서)

(점프)
하경, 소은에게 줄 선물 (작은 장신구 정도) 손에 들고 들어오면.
혼자 앉아 있는 소은.

하경	(그런 소은 보다) 정주서는?
소은	송구합니다. 제가 먼저 가 보시라 했습니다.
하경	정말? (조금 미안해져) 혹시 내가 둘 다 불편하게 만들었나?
소은	(예쁜 미소로) 아닙니다. 마마...

S#16. 대전 편전

지운, 들어와 일기 등을 챙겨 나가려는데
마침 들어오는 휘.

휘	왜 여기 계십니까? 중궁전에 다과 자리가 끝나지 않았을 터인데.
지운	아, 제가 급히 볼 일이 좀 있어서...
휘	(그 말에 내심 안도하듯, 그러나 저도 모르게 틱틱대는) 그래, 다과 자리는

즐거우셨습니까?

지운   아, 보내주신 다식 감사히 먹었습니다. 전하.

휘   (홍) 정사서에게 보낸 것이 아닙니다. 중전에게 보낸 것이지...

지운   예... (하다가 평소와 다른 휘의 모습에) 헌데 어찌 그러십니까?

휘   (틱틱) 뭐가 말입니까?

지운   제가 혹 뭘 잘못하였는지... (하다가, 혹시 질투인가? 조금 밝아져 보면)

휘   뭡니까 그 표정은?

지운   (괜히 기분 좋고) 아닙니다. 전하. (배시시, 웃음 참지 못하면)

휘   (움찔) 자꾸 왜... 왜 그리 웃는 겁니까?!

지운   전하께서 질투를 하고 계시는 것 같아 너무 기분이 좋아서요.

휘   (어이없고) 예에?! (기막힌) 아니, 질투는 누가!! 허! 혼자 착각하지 마십시오!! (마음을 들킨 듯 괜히 시선 피해 퍽퍽 장계 펼치면)

지운   (귀여운 듯 보고 섰다가) 전하. 저 금방 밖에 다녀오겠습니다. 걱정 마십시오. (예를 갖추고는, 배시시... 웃으며 나가면)

휘   (어이없고, 허... 보다가, 픽... 저도 모르게 풀어져 웃어버리는데)

잠시, 김상궁의 "내금위장 입시이옵니다." 소리 들려온다.
소리에 돌아보는 휘,
곧이어 정석조, 들어와 예를 갖춘다.

휘   (얼른 가다듬고 보면)

정석조   제현대군께서 계신 강화 처소의 방비를 살필 겸 며칠 다녀오려 합니다.

휘   (제현대군이라는 말에) 갑자기 왜... 겸이에게 무슨 일이라도 있는 것이오?

정석조   계절 중으로 살피는 일입니다.

휘   (의심스럽게 보다가) 알겠소. 다녀오시오.

정석조, 돌아서면. 휘, 아무래도 의심스러운 듯 보는데.

S#17.   궐문 앞

질금, 궐문 근처를 서성이며 지운을 기다리고 있다.
지운, 급히 나오는.

지운   질금아!
질금   형님! 왜케 늦어. 요즘 우리 약방 손님도 많아서 이렇게 오래 자리 비우면 안 된단 말이야.
지운   미안 미안.
질금   그래. 무슨 일인데?
지운   다른 게 아니라, 너 내 부탁 좀 들어줘야겠다.
질금   부탁?
지운   약초시장 다니면서, (종이 하나 내밀며) 이 풀에 관해 좀 알아봐 줘. 아무래도 조선에서 구하기 쉬운 건 아닌 듯한데... 명나라나 서역 쪽 풀에 관해 아는 약초꾼들 있으면 수소문 좀 해 주고.
질금   (종이 펼쳐 읽어보고) 뭔데 이게? 독초?!
지운   (쉿! 주변 살피고는) 부탁한다. 질금아.
질금   (저도 모르게 움찔, 입 다물고 무슨 일이지? 지운 얼굴 보는 데서)

(E) 쨍그랑, 무언가 깨어지는 소리.

S#18. 태실 이전 현장

원산군의 지휘 아래 관원과 일꾼들, 태실을 이전하기 위해 태함을 꺼내는 작업을 하고 있다. 일각, 무언가 깨지는 소리가 들려 돌아보면 일꾼 하나, 사색이 된 얼굴로 덜덜덜 원산군을 바라본다.

일꾼   (넙죽) 주, 죽여주십시오. 태함을 꺼내다 손이 미끄러져 그만...
원산군   (싸늘한 시선. 곁에 선 관원에게) 이것이 누구의 함이냐.
관원   (난색) 그것이... 주상전하의 태함입니다...

낭패스럽고. 표정 굳어 깨진 태함을 보는 원산군. 깨어진 틈 사이 얼핏 태가 보인다. 어쩐지 조금은 이상하게 꼬여 있는 모양 (두 개의 태가 꼬여 하나로 보이는 모양에) 뭔가 이상한 듯 바라보는 원산군의 표정 위로.

원산군 (E) 쌍생이라니?

S#19. 원산군 거처

의원 하나 앉아 태를 살핀다. 쌍생이란 소리에 놀라 바라보는 원산군.

의원 쌍생으로 태어난 아이들의 태 중 간혹 뱃속에서부터 태가 꼬여 이런 형상이 되는 것이 있다 들었습니다.
원산군 (제법 재밌는 발견을 했다는 듯, 허, 기막힌 듯 웃는다)
의원 (그런 원산군을 보면)
원산군 (의원 앞으로 은자가 든 주머니 던져 주며) 오늘 본 건 아무에게도 말하지 말거라.

의원, "예..." 고개 숙이면
원산군, 의미심장한 미소...

S#20. 궐 일각

정석조를 떠올리듯 굳은 휘, 대전 일동과 걸어간다.

홍내관 (앞씬의 말을 들은 듯) 자기네들이 제현대군 마마를 그 구석으로 유배 보내 놓고 이제 와 계절로 살핀다니 참 웃기지도 않네요
휘 (그 말에 아무래도 불안하고, 곁의 홍내관에게 낮게) 아무래도 여연의 일을 멈춰야겠다. 은서 그 아이에게 연통을 보내거라.
홍내관 (역시 심각하게 듣다가) 은서요?
휘 김가온 그 아이 말이다.

홍내관	(그제야 알겠다는 듯 아~) 이름이 영 적응이 안 돼서... 알겠습니다. 전하.

홍내관, 급히 쪼로록 행렬에서 빠져나가면
아무 일 없는 듯 계속해서 걸어가는 휘, 조금 떨어진 곳 지나가는 이현의
모습이 보인다. 지나가는 대신들에게 예의 바른 미소로 인사하는 이현의 모
습.

플래시백

김상궁	(이현의 마음 헤아리듯) 자은군께서는 아무래도 종친의 신분이신지라... 전하의 비밀을 아신 후 대전에 걸음을 삼가시는 것 같습니다. 행여나 전하께서 불편해 하실까 하는 배려 깊은 마음 때문이겠지요...

다시 현재
휘, 잠시 안타깝게 이현을 보다, 이내 밝게 "형님!" 부르며 다가간다.

이현	(발견하고, 조금 놀라며) 전하...

S#21. 궐. 누정 / 석양

휘, 이현에게 직접 차를 내려주면
이현, 조금은 어색한 듯 차를 받는다.

휘	(그런 이현을 보며) 요즘 많이 바쁘십니까? 통 얼굴도 안 보여 주시고요.
이현	(행여나 휘에게 무슨 일이라도 생겼나, 걱정으로) 왜... 무슨 일이라도 있으십니까?
휘	(그 반응에, 픽 웃고는) 형님은 제가 이리 말하면 항상 무슨 일이 있었느냐 걱정부터 하십니다.
이현	아... (안도하듯, 그제야 픽... 머쓱하게 웃으며 차를 마시면)
휘	(그런 이현 고맙게 보고는 멀리 풍경을 바라보며) 형님과 함께 이리 앉아

있으니, 오래전, 함께 하던 날이 떠오르네요. 낯선 곳에서 제가 무서울까, 밤이 깊도록 서책을 읽어 주셨지 않습니까...

이현 　(역시 떠올리듯) 전하께서 책을 워낙 좋아하셨지요. 예나 지금이나...

인서트 / 궐. 누정 / 과거
어린 이현, 나지막하게 책을 읽으면, 어느새 스르르 기대어 잠이 드는 어린 휘. 이현, 두근... 그런 휘를 바라보면.

다시 현재
제 손에 든 찻잔만 바라보는 이현. 떠올리듯 애틋한 표정 위로.

휘(E) 　그때 형님께서 제게 처음으로 사탕을 맛보여 주셨습니다. 태어나 처음 맛본 달콤한 맛이었는데.. 사탕이 녹는 동안 만큼은 궐에 온 두려움까지도 잊을 만큼 좋았습니다.

인서트 / 궐. 누정 / 과거
글공부 중인 어린 휘에게 다가와 입에 쏙, 사탕을 넣어주는 어린 이현의 장난스러운 얼굴. 어린 휘, 동그랗게 놀랐다가. 이내 어린 이현을 향해 해사하게 웃으면, 따뜻한 미소로 바라보는 어린 이현의 모습.

이현 　(따뜻하게 휘를 보며) 또 가져다드리겠습니다. 필요하신 만큼 얼마든지요.
휘 　(고맙게 보고) 형님은 어렸을 때부터 제게 가장 편했던 분이고, 제가 가장 의지했던 분입니다.
이현 　(그 말에 떨리듯 보며) 전하...
휘 　허니 앞으로도 계속 저를 편히 대해 주시면 안 되겠습니까? 형님께서 이리 저를 어려워하시면, 저 역시 형님을 어찌 대해야 할지 모르겠습니다...
이현 　(안타깝게 시선 내리고)
휘 　앞으로도 좋은 형님으로, 가장 가까운 벗으로, 제 곁에 계셔 달라 하면, 제 욕심이겠습니까.
이현 　(벗이라는 말에 조금은 마음 아프다. 그 마음 숨기고, 미소로) 욕심이라니요. 당연히 그리 할 것입니다. 전하... 전하께선, 저의 영원한 주군이 아니십니까.

| 휘 | (그 말에 고마운 미소, 천천히 차를 마시면) |
| 이현 | (애써 미소 짓는 얼굴, 그러나 휘의 모습 보는 눈빛이 아프다) |

(점프)
휘는 이미 떠난 후인 듯. 이현 홀로 앉아 있다.
그 자리에 그대로 앉아 있는 이현. 휘의 빈자리와 식은 찻잔을 본다.
잠시 소매에서 가락지를 꺼내보는 이현.

플래시백
/ 4부 61씬, 물을 막아주며 휘를 제 품속으로 끌어당기던 이현.
/ 6부 18씬, 석양 아래 나란히 있는 두 사람의 편안한 모습.

이현, 쓸쓸히 홀로 앉아 천천히 차를 마시는 모습에서.

S#22. 원산군 거처 / 밤

어두운 방 안. 원산군, 홀로 앉아 깊은 생각에 잠겨 있다.
원산군의 앞에 놓여 있는 휘의 태실함.
곧 스르르 문이 열리더니 버선발 하나가 안으로 들어온다.
바라보는 원산군.

| 원산군 | (기다렸다는 듯 씩 의미심장하게 웃으며) 오셨습니까 숙부님. |

방으로 들어서는 사내. 날카로운 표정의 창운군이다!
바라보는 원산군의 시선에서.

S#23. 의흥위 앞 거리 / 밤

가온, 윤형설을 찾으러 가는 길인 듯. 급히 걸음을 옮기는 얼굴 위로.

\# 플래시백 / 사당

휘 아무래도 정석조 그자의 행동이 수상하구나. 부호군께 가 여연으로 가시는
    걸 당분간 미루라고 전해 다오.

S#24. 동. 의흥위 앞 / 밤

군사 하나와 마주 선 가온.

군사 부호군께서는 북방 지역 경계를 살피시러 어젯밤에 급히 떠나신다 하셨습
     니다.
가온 어젯밤 말이오? (낭패스러운 표정이다. 급히 돌아서면)

S#25. 여연 전경 / 다른 날, 새벽

건물 앞을 지키고 선 삼엄한 군사들의 모습.
깊은 숲속 자리 잡은 사병의 근거지다.
일각의 윤형설, 몸을 숨긴 채 살피는 모습.
잠시, 어느 건물에서 나오는 지휘관, 멀어져 가면.
윤형설, 은밀히 몸을 움직여 건물 안으로 잠입한다.

S#26. 여연. 어느 건물 안

조용히 집무실로 들어오는 윤형설.
밖의 눈을 피해 은밀히 무기 거래 장부를 찾는다. 서랍들을 열어 가며 중요
장부를 뒤지는 모습. 마침내 어느 구석, 무기 거래 장부를 찾아내는 윤형설.

꺼내어 펼쳐 보면 무기를 들여온 기록 외에 여연의 사병 규모와 구조, 책임 자의 이름까지 적혀 있다.

윤형설, 급히 장부를 챙겨 가슴팍에 넣고 빠져나가면

S#27. 동. 건물 뒤쪽 일각

뒷문을 통해 급히 나오던 윤형설의 앞을 가로막는 누군가...
보면, 어느새 여연까지 온 정석조다!
윤형설, 조금 놀라 바라보면

정석조 내 예상보다 빨리 도착했나 보군.
윤형설 (긴장으로 바라보면)
정석조 말하지 않았나. 다음은 봐주지 않을 거라고.

윤형설, 검에 손을 가져가면, 정석조, 역시 검을 고쳐 쥔다.
잠시 서로를 살피듯... 누가 먼저랄 것 없이 칼을 뽑아 드는 두 사람. 한바탕
일전이 시작된다. 용호상박의 실력으로 엎치락뒤치락하는 정석조와 윤형설.
잠시, 팽팽하던 싸움 끝에 두 사람, 서로의 칼날이 마주치며 바라보면

윤형설 (힘을 주어 버티며) 실력은 여전하군.
정석조 (역시 버텨내며) 내가 항상 자네보다는 실력이 좋았었지.
윤형설 (그 말에 인정하듯, 엷게 웃고는) 그날, 내게 했던 말 말이다.
정석조 (보면)
윤형설 아직도 그렇게 생각하나? 걸을 수 있는 길이 그곳뿐이라고 말이야.

플래시백 / 14부 42씬

윤형설 그 선택을 후회한 적 없었는가? 상헌군의 곁에 선 자네의 선택 말일세.
정석조 (흔들리는 눈빛 끝에) 난 그저 갈 수 있는 길이 이 길뿐이라, 이곳으로 걸어
왔을 뿐이네...

#다시 현재

정석조, 그런 윤형설과 눈이 마주치면 잠시 눈빛 흔들리듯...

대답 대신 챙, 칼날을 내리친다. 잠시의 휴전 끝 다시 싸움이 시작되고... 어느 순간, 윤형설의 품에 든 장부가 떨어지자 급히 장부를 차지하려는 두 사람. 그러나 윤형설이 빨랐다.

정석조, 어쩔 수 없이 장부 줍던 윤형설을 공격하면 어깨를 베이는 윤형설.

고통을 참아 내고... 정석조, 다시 윤형설을 공격하여 장부를 뺏으려는 순간

챙- 어디선가 가온이 나타나 정석조를 막아선다.

윤형설   (가온의 등장에 조금 놀라 보면)
가온   괜찮으십니까...

윤형설, 휘가 보낸 것을. 알겠다는 듯 끄덕이며 보면
그사이 가온을 공격하는 정석조.
두 사람, 잠시 각을 겨루면 무사히 장부를 챙겨 일어나는 윤형설
정석조, 가온에게 밀리며, 잠시 주춤하는데,
그와 동시에, 두 사람의 앞으로 화살 몇이 날아와 박힌다. 윤형설과 가온,
놀라 바라보면, "웬 놈들이냐!" 소리와 함께 여연의 군사들이 달려오고!

윤형설   (! 가온에게) 따라오너라!

가온과 윤형설, 급히 달아나듯 건물을 벗어나면
정석조, 쫓아온 군사들에게 "절대 놓쳐선 안 된다!" 소리친다.
군사들, 두 사람의 뒤를 쫓기 시작하면.

S#28. 숲 일각 + 절벽 앞

군사들을 피해 숲길로 접어든 윤형설과 가온.
달리는 두 사람 사이로 화살들이 날아와 위협적으로 박힌다.

돌아보면, 어느새 바짝 추격해 온 여연의 사병들과 정석조.
윤형설과 가온, 군사들을 피해 급히 달려가다 문득, 걸음이 막히듯... 보면,
앞에 펼쳐진 건 까마득한 낭떠러지와 그 아래 금방이라도 두 사람을 삼킬
듯 굽이치는 검푸른 물결이다.
윤형설과 가온, 낭패스러운 표정 스치며 돌아보면
쫓아온 군사들, 어느새 대열을 형성해 활 쏠 준비를 하고 있다.
그 사이로 걸어오는 정석조.

정석조   장부를 내어놓거라. 그럼 네 목숨만은 살려줄 것이니.
윤형설   벗으로서의 마지막 배려인가?
정석조   (벗이라는 말에 그저 보면)

팽팽하게 당겨지는 활시위들.
가온, 긴장으로 바라본다.
윤형설... 고민하듯... 그러나 이제 더는 어쩔 도리가 없다.
품속에서 장부를 꺼내는 윤형설.
정석조와 가온, 각자의 눈빛으로 바라보면
윤형설, 정석조에게 건넬 듯, 그러나 그대로 가온에게 책을 넘기고는

윤형설   부탁한다...!

동시에 퍽- 가온을 절벽 쪽으로 밀어버리는 윤형설. 온몸으로 가온을 보호
하려는 듯, 그대로 칼을 들고 군사들을 향해 달려가면, 그것이 신호라도 되
는 듯 동시에, 탕탕탕- 시위를 벗어난 화살들이 윤형설을 향해 날아간다.

정석조   (충격으로 보며) 안 돼...

그러나 동시에 윤형설에게 날아가 박히는 화살들.
윽... 칼을 쥐고 주저앉는 윤형설.

윤형설   (마지막 힘을 쥐어짜듯, 가온에게) 가거라. 살아서...!

윤형설, 다시 칼을 고쳐 쥐면, 가온, 갈등하듯... 눈빛 흔들린다. 그러나 쫓아
오는 군사들에 어쩔 수 없이 장부를 쥐고 첨벙! 절벽으로 뛰어내리면. 확인
하듯 바라보는 윤형설... 안도하듯...
그제야 풀썩... 무릎이 꺾인다. 그 모습 바라보는 정석조... 눈빛이 떨리는데.
동시에 또다시 탕탕탕- 윤형설에게 날아가는 화살들에

정석조   (! 놀라며) 무슨 짓이냐!! 멈추거라! 멈춰!!

그러나 날아간 화살이 또다시 윤형설의 몸에 박히고
결국 털썩... 그대로 쓰러지고 마는 윤형설
윤형설, 자신의 마지막을 직감하듯 숨을 몰아쉬며 하늘을 바라본다.
눈이 시리게 파란 하늘이 보이고...

정석조   (고통스럽게 바라보면)
윤형설   ...하늘이 좋다... 석조야...

윤형설, 정석조를 향해 옅은 미소...
정석조, ! 괴롭게 흔들리는 눈빛... 그 위로.

인서트
과거의 어느 날. 젊은 날의 윤형설과 정석조가 함께 격검을 벌이고 있다. 두
사람, 서로를 향해 최선을 다하는 모습이고.

(점프)
지친 듯, 누워 숨을 몰아쉬는 두 사람.
함께 하늘을 올려다본다.
두 사람의 머리 위로 보이는 새파란 하늘...
눈이 시리게 파랗고 아름다운 그날의 하늘에서.

다시 현재

쓰러진 윤형설의 모습을 바라보는 괴로운 정석조, 허탈한 그 모습에서.

S#29. 여연. 낭떠러지

검푸른 물결이 넘실대는 낭떠러지 아래
뿔뿔이 흩어져 떠내려가는 종이 조각(장부)들... dis.

S#30. 한기재 사저 / 밤

한기재 앞에 앉아 있는 정석조.

정석조　　(무거운 표정으로 고개 숙인) 장부를 가져가진 못한 듯합니다.
한기재　　(다음 말을 기다리듯 올려 보면)
정석조　　...부호군은 현장에서 즉사했습니다.
한기재　　(끄덕) 그 정도 값을 치렀으면 전하께서도 이제 깨닫는 것이 있으시겠지...
　　　　　　그만 가 보시게.
정석조　　(무겁게 고개 숙이는 표정)

S#31. 궐 문 앞 / 밤

지운, 궐문 앞으로 걸어 나오면 "형님 여기!" 기다리고 있던 질금 반갑게 손을 흔든다.

지운　　(다가가며) 내가 부탁한 건? 찾았어?
질금　　시신이 하루 반나절이 지나서야 부풀고 변색됐다고 했지? 아무래도 이거 같은데... (책 정도 건네면)

지운, 책의 접힌 곳 펼쳐 본다. 약초의 그림과 밑에 설명 정도 있고 끄덕이며 바라보는 지운. 표정에서.

S#32. 대전 앞 / 밤

지운 책을 들고 급한 걸음으로 걸어오면, 저 앞쪽, 마침 대전으로 들어가려
는 휘가 보인다. 곁엔 김상궁도 따르고 있고. (홍내관은 없다)
"전하!" 부르며 다가가는 지운.

휘   (돌아보고, 조금 놀라) 정주서... 아직 퇴궐하지 않으셨습니까?
지운   예... (잠시 보다) 드릴 말씀이 있습니다 전하.
휘   예? (하다가, 지운의 진지한 표정에) 마침 편전에 가던 길이었는데, 따라오
        시지요.
지운   예. 전하. (따르면)

S#33. 동. 편전 / 밤

지운, 휘에게 앞씬의 책 정도 건네면

휘   뭡니까 이게?
지운   정원일기의 기록에 따르면 선대왕 전하를 돌아가시게 한 독초는 부소화라
        적혀 있습니다.
휘   예. 그건 저도 들었습니다. 정원일기 역시 확인하였고요.
지운   모두 거짓입니다. 부소화로 죽은 시신의 경우 독살로 인한 시신의 사후 반
        응이 즉각 나타나는 데 반해 선대왕께서는 하루 반나절이 지난 후에나 그
        반응이 나타나셨습니다.
휘   (조금 놀라며) 그게 무슨...
지운   (접힌 부분 펼쳐주며) 소낭초입니다. 부소화보다 훨씬 독성이 강하면서도
        사후 반응은 비슷한 독초지요. 허나 구하기가 극히 어렵다 들었습니다.
휘   (놀라 보며) 허면...

지운	이 독초가 유통되는 곳을 찾으면, 선대왕 전하의 억울한 죽음에 대해서도 밝힐 수 있을 것입니다.
휘	(떨리듯, 지운이 건넨 책 속 약초 그림을 보는데)

급히 들어오는 홍내관. "전하..." 부르는 목소리가 떨리고 표정 역시 심각하다. 휘와 지운, 돌아보면

휘	무슨 일이냐...
홍내관	(겨우 울음 참으며) 여연에서... 소식이 왔습니다...
휘	(문득 불길함에) 소식...
지운	(역시 불길한 듯 바라보는데)

S#34. 사당 안 + 밖 / 밤

휘, 급히 사당으로 들어선다. 떨리는 걸음... 저벅저벅 걸어가면.
기다리고 선 가온. 여연에서 곧바로 찾은 듯. 몰골이 말이 아니다.
여기저기 찢기고 다친 모습으로 고개 숙이면.

휘	(불안한 듯, 떨리는 목소리) 부호군께서는... 어디 계시느냐...
가온	(참담하고 죄스러운) ...돌아가셨습니다.

휘, !! 그 말에 괴롭게 바라보면
가온, 떨리는 손으로 장부를 내민다. 물에 빠진 것을 악착같이 수습해 온 듯 일부 번지고 찢긴 장부들.

가온	부호군께서... 전하께 꼭 전해 달라 하셨습니다.

!, 장부를 받아들고 보는 휘. 얼굴 점점 참혹해지면...
차마 아무 말도 하지 못하고 참담하게 고개 숙이는 가온.
휘, 여전히 믿고 싶지 않은 듯... 그러나 투두둑, 참았던 눈물이 쏟아진다.

애써 참아 내려 해보지만 결국 무너지듯 장부를 들고 오열하는 휘를 보는 가온, 역시나 괴롭고.

S#35. 사당 밖 / 밤

함께 온 듯, 기다리고 선 지운.
역시 모든 이야기를 다 들은 듯... 괴로운 눈빛이다.
휘의 울음소리를 듣고 선 지운, 안타까운 얼굴에서.

S#36. 강가 일각 (윤형설의 무덤가) / 새벽

강가가 보이는 곳.
윤형설을 기리기 위해 임시로 만들어 놓은 듯 작은 봉분 앞에 선 휘와 홍내관, 김상궁 등. 조금 떨어진 곳 가온과 지운도 무겁게 서 있다. 휘, 붉어진 눈으로 겨우 울음을 참는 듯 무덤을 바라보면
급하게 만들어 엉망으로 성긴 흙들을 정리하듯 매만지며 연신 눈물을 흘리는 홍내관과, 역시나 옷고름으로 연신 눈물을 찍어내는 김상궁.
무거운 침묵 속 홍내관의 흐느낌만이 간간히 들려온다.

S#37. 동. 일각 / 아침

휘, 가온과 마주 서 있다. 뒤쪽에는 아직 무덤 앞을 떠나지 못한 채 무덤을 매만지고 있는 김상궁과 홍내관 있고. 조금 떨어진 곳 지운 무겁게 서 있다.

휘   (홍내관과 김상궁 보며 가온에게) 네가 저 두 사람을 궐까지 좀 데려다 다오... 나는, 잠시만 더 여기에 있고 싶구나.
가온   (잠시 걱정스럽게 휘를 보다, 고개 숙인다) 예. 전하...
휘   (돌아서려는 가온에게) 고맙구나.

가온	(보면)
휘	...살아와 줘서.
가온	(고개를 숙인다)

휘, 마음 아픈 듯 다시 한번 슬프게 무덤을 돌아보면
일각 지운, 그런 휘를 안타깝게 보는 시선에서

S#38. 동. 강가 / 아침

휘와 지운, 강을 보며 나란히 앉아 있다. 강물 위 자욱하게 깔려 있는 물안
개.

휘	(강을 보며) 자꾸만 안개 속을 헤매는 것 같습니다... 이곳이 목적지라 생각해서 달려오면 목적지는 어느새 저만큼 멀어져 있고... 또다시 죽어라 달려오면 더 멀리 도망가 있고... 끝도 없이 헤매고 헤매다 이제는 가야 할 길이 어딘지도 잃어버린 기분입니다...
지운	(안쓰럽게 본다) 전하...
휘	제가 다시 길을 찾을 수 있을까요... 저 안개가 걷히긴 할까요...
지운	(잠시 그런 휘를 바라보다) 비가 그치면 볕이 들고... 안개가 걷히면 먼 곳의 풍경이 또렷하게 드러나지요. 향하고자 하는 곳이 있다면 언젠간 그곳에 닿을 것입니다. 아무리 오랜 시간이 걸린다 하더라도요...

잠시 지운을 보았다가, 다시 강물을 바라보는 휘의 슬픈 얼굴.
오랫동안 잔잔히 흘러가는 강물을 바라보는 두 사람의 모습에서.

S#39. 이현 군저 전경 / 아침

S#40. 동. 사랑채 / 아침

이현과 원산군, 찻잔을 두고 마주 앉아 있다.

이현   (조금 의외인 듯) 연통도 없이 갑자기 도성에는 어쩐 일이십니까?

원산군   부호군께서 돌아가셨다는 소식을 들었다. 전하께서 많이 따르셨는데 마음
이 좋지 않으시겠구나...

이현   예... (조금 이상하고) 그것 때문에 오신 겁니까?

원산군   (끄덕이듯, 그러나 대답 없이 그저 차를 마시면)

이현   (어쩐지 찝찝한 듯 잠시 보다) 태실을 이전하는 일은 어떠십니까? 잘 되어
가시는지...

원산군   생각보다 재미있는 곳이더구나... 나를 보내 주신 상헌군께 어떻게 감사를
드려야 할지... (쌍생의 태를 떠올리듯 미소 지으면)

이현   다행이네요. 지방에서의 생활이 힘드실까 걱정하였는데...

원산군   걱정 말거라. 계획보다 좀 더 일찍 도성에 돌아올 수 있을 것 같으니... (뭔가
꿍꿍이가 있는 듯 옅은 미소로 차를 마시면)

이현   (그 모습 어쩐지 불안한 듯 보는 데서)

S#41. 갈대밭 / 아침

걸어오는 휘와 지운. 궐로 돌아가는 중이다.
드넓게 펼쳐진 갈대밭(억새밭) 앞에서 잠시 걸음을 멈추는 두 사람
잠시, 바람이 불어오면, 갈대(억새)가 흔들리며 마치 파도가 치듯 쏴아- 소
리가 난다.

휘   소리가 좋네요... 꼭 파도 소리 같이... (잠시) 함께 바다에 가자고 했는데... 미
안합니다...

지운   (그런 휘를 보다) 꼭 바다에 갈 필요는 없습니다.

휘   (보면)

지운   바다가 아니라 전하의 곁에 있고 싶었을 뿐이니까요... 저는.

휘   (고맙고 미안한 듯... 안쓰럽게 보면)

지운   (그런 휘를 따뜻하게 바라본다)

잠시, 바람에 흔들리는 억새의 물결을 바라보는 두 사람에서.

S#42. 동. 일각

일각 갈대밭 사이, 휘를 노리듯 몸을 숨기고 지켜보는 시선. 자객 복장의 창
운군이다! 그 곁으로 몸을 숨긴 자객들 몇 보이고.
창운군, 떠올리듯 시선 위로.

S#43. 원산군 거처 / 창운군 회상 / 22씬에 이어서

(E) 탕- 하고 원산군을 벽으로 몰아붙이는 창운군. 멱살을 쥐어 올리며 분
하게 바라본다.

창운군   (죽일 듯 노려보며) 개죽음을 당하느니 너를 믿어 보라 하였느냐? 이것이
          개죽음이 아니면 무엇이더냐!! 제현대군 세력을 몰아낸 후, 왕좌에 앉아 날
          데리러 오겠다더니... 내가 보낸 연통만 해도 수백 수천 통이야!!!
원산군   (이해한다는 듯 보다가, 잠시 떨쳐내며) 인사가 제법 격하십니다. 고정하시
          지요. 숙부님.
창운군   (그 모습 같잖고, 분하게) 나를 부른 속셈이 무엇이냐. 이제 와 이 꼴이 되
          니 내가 필요해진 모양이지? 왜? 저승길 동무라도 되어주랴?
원산군   (픽, 웃고는) 그럴 필요는 없을 것 같군요. 숙부님을 그곳에서 빼내 드리려
          부른 것이니.
창운군   (여전히 씩씩대지만, 그 말에 조금 누그러져 보면)
원산군   (자신감 넘치는 미소로 보고)

(점프)

창운군   (원산군이 내민 태함을 확인하며) 태가 두 개라면... 쌍생이라는 말이냐?!
        (잠시 생각하다, 이내 원산군 쏘아보며) 허튼 수 쓰려 하지 말거라. 그래서,
        쌍생이면 뭐가 어쨌다는 건데.

원산군   전하께서 태어나던 해 산실청이 피바다가 된 적이 있었다는 걸 아실 것입
        니다.
창운군   용케도 주워들었구나. 비밀이라 쉬쉬하는 얘기를.
원산군   (픽, 미소, 떠올리듯)

인서트 / 1부 쓰러져 가던 산실청 사람들.

원산군 (E) 그것이 어떤 비밀을 감추기 위해서라면... 어떨 것 같습니까. 예를 들어... 전
        하께서 어느 순간 다른 사람으로 바뀌었다던가...
창운군   (! 보면) 바, 바뀌어?
원산군   전하께서 세손이었던 시절, 현이가 그런 말을 한 적이 있었지요. 세손께서...
        마치 다른 사람이 된 것 같다고... 숙부님도 저도 느끼지 않았습니까. 아무
        리 종친과는 거리를 두신다 하나 사내끼리 모이는 일에는 단 한 번도 끼지
        를 않으시는 그 유난한 결벽을...

창운군, 그 말에 떠올리듯...

플래시백 / 2부 62씬
강무장에서 머리가 풀리던 휘.

창운군   (이제야 알겠다는 듯) 허, 허허허, 맞지? 그래... 그렇다니까... (곧이어 재밌다
        는 듯 하하하하하!! 기막힌 웃음으로 보면)

원산군   저 역시 아무래도 숙부님의 말씀이 맞을지도 모른단 생각이 드는군요. 이
        제는. (의미심장하게 웃으면)

S#44. 갈대밭 / 다시 현재

멀리, 휘를 보는 창운군의 서늘하고 비열한 시선.

창운군 계집인지 아닌지 확인만 해 보면 된다 이거지... (광기 어린 미소, 복면을 쓱 올려 쓰면)

S#45. 갈대밭

걸어가는 휘와 지운. 아까보다는 조금 풀린 분위기.

지운 눈이 많이 부으셔서 어떡합니까.
휘 어쩔 수 없지요... 궐을 오래 비워둘 순 없으니...

두 사람, 아까보다는 조금 편안해진 모습으로 걸어가는데 순간 갈대가 마구 흔들리며, 뭔가가 다가오는 느낌이 든다. 두 사람, 이상한 낌새에 일순 긴장해서 보면... 순간 갈대 사이에서 솟아오르는 복면의 사나이들! 휘와 지운을 포위하고 둘러싼다.
! 놀라 바라보는 휘와 지운.

휘 웬 놈들이냐!
지운 (본능적으로 휘를 뒤로 보내 막아서고) 몸을 피하셔야겠습니다!

그와 동시에 두 사람을 향해 공격을 가해 오는 자객들.
휘와 지운, 속수무책으로 날아오는 칼들을 피하면
지운, 빠르게 자객 하나를 제압해 칼을 빼앗아 든다.
휘를 지키기 위해 뒤로 감싸며 자객을 막아서는 지운.
그러나 수적 열세에 결국 수세에 몰리는데.
그 틈을 이용해 휘에게로 달려가는 창운군.
휘, 복면을 쓴 창운군을 알아채지 못한 채 막아서면.

엎치락뒤치락 몇 번의 공격이 오가고... 그 사이, 창운군의 얼굴에 쓰여 있던
두건이 흘러내리며 그제야 드러나는 창운군의 얼굴에
충격으로 바라보는 휘!

휘   (충격이다) 숙부님께서 어찌...

휘, 창운군의 등장에 놀라 잠깐 주춤하는 사이, 창운군, 비열한 미소와 함
께 휘의 손을 노리고! 챙- 칼을 손에서 놓친 휘.
지운, 몇 놈을 동시에 상대하느라 정신없다가. "전하!" 급히 오는데, 그 틈에
재빨리, 휘의 가슴팍으로 향하는 창운군의 칼날!
동시에 휘의 옷이 찢어져 가슴끈이 보일 듯 드러난다.
그러나 급히 달려와 휘를 제 품에 확 감싸 안으며 지켜주는 지운.
창운군, 정확히 확인을 하지 못했다는 듯, 지운의 등을 그어 내리기 위해 칼
을 치켜세운다! 이야!! 광기 어린 눈빛의 창운군.
그렇게 절체절명의 순간, 챙-! 누군가의 칼이 등장해 창운군의 칼을 막아선
다. 보면, 언제부터 왔는지 두 사람을 지키고 선 정석조다!
창운군, 정석조의 등장에 당황하다, 다시 이야!! 힘을 가하면
칼을 맞대고 선 정석조의 사나운 눈빛.
그리고 그런 두 사람을 보며 놀란 휘와 지운에서. 16부 엔딩.

17부

그게 어떻게 정주서의 탓입니까.
난 이런 소문에는 이골이 난 사람입니다.
걱정 마십시오. 감당할 거라지 않았습니까. 모두...

S#1.　　사당 안 / 밤 / 16부 34씬

　　　　휘, 급히 사당으로 들어선다. 떨리는 걸음... 저벅저벅 걸어가면.
　　　　기다리고 선 가온. 여연에서 곧바로 찾은 듯. 몰골이 말이 아니다.
　　　　여기저기 찢기고 다친 모습으로 고개 숙이면.

휘　　　(불안한 듯, 떨리는 목소리) 부호군께서는... 어디 계시느냐...
가온　　(참담하고 죄스러운) ...돌아가셨습니다.

　　　　휘, !! 그 말에 괴롭게 바라보면
　　　　가온, 떨리는 손으로 장부를 내민다. 물에 빠진 것을 악착같이 수습해 온
　　　　듯 일부 번지고 찢긴 장부들...
　　　　받아들고 흐느끼는 휘의 모습.

S#2.　　대전. 휘의 처소 / 밤

　　　　괴롭게 홀로 앉아 있는 휘, 잠시, 문이 열리고 정석조가 들어온다.
　　　　정석조, 그런 휘를 향해 가만히 예를 갖추면.

휘	(모두 안다는 듯) 부호군께서 그러더군. 벗이었다고...
정석조	(무거운 표정) 양화진에서 절두산으로 향하는 물길 옆 조용한 곳에 부호군을 묻어 두었습니다... 찾아가 보시지요.
휘	(그 말에 조금 놀라 보면)
정석조	(무거운 눈빛 감추려는 듯, 고개를 숙이고 돌아선다)
휘	(의도를 알 수 없고, 흔들리는 눈빛에서)

S#3.　윤형설의 무덤가 근처 + 강가 / 새벽

16부 36씬의 휘 일동을 보고 선 정석조.
차마 더 다가가지 못하고 바라보는 표정.

(점프)
휘 일동이 모두 떠난 후인 듯
윤형설의 무덤 앞, 혼자 선 정석조.
윤형설과 함께한 순간을 떠올리듯, 괴로운 표정이다.

S#4.　동. 갈대밭 / 16부 엔딩과 연결

무덤가를 떠나 걸어오는 정석조, 쓸쓸히 걸어가는데
갈대밭(억새밭) 쪽에서 수상한 움직임이 느껴져 돌아본다.
갈대(억새) 사이 몸을 숨긴 채 어딘가를 지켜보는 검은 무리들.
그들 사이 창운군의 얼굴이 보이고!
믿기지 않는 듯, 멈칫, 굳어 보는 정석조.
순간, 광기 어린 미소와 함께 복면을 올려 쓰는 창운군!
그와 동시에 검은 무리들이 어딘가로 달려가는데
보면, 멀리 휘와 지운 두 사람의 모습이 보인다!
놀라는 정석조. 급히 칼을 고쳐 쥐고 그들의 뒤를 쫓아가면 휘와 지운의 앞으로 화악! 솟아오르는 자객들과 창운군!
지운, 자객들을 상대하는 사이, 창운군, 휘를 노린다.
촤악! 그어지는 휘의 옷자락 속으로 드러나는 가슴끈이 보일 듯...
달려오던 정석조, 그제야 창운군의 목적을 확인한 듯 놀라면
지운이 급히 휘를 감싸 안고 막아선다.
다시 한번 칼을 치켜드는 창운군!
달려가는 정석조, 급히 칼을 빼내어 창운군의 칼날을 막아선다.
챙!! 날카로운 쇳소리와 함께 그제야 놀라 바라보는 휘와 지운 그리고 창운
군 등...
창운군, 물러서지 않겠다는 듯 더욱 힘을 주어 칼을 내리면
정석조, 역시 더욱 거세게 창운군을 밀어붙이고.

지운   (놀라) 아버지...
휘   (역시 놀라 보고)

정석조, 창운군을 밀어붙이면 끝내 힘에 밀려나며 칼을 놓치고 마는 창운
군. 수하들이 달려오는 틈을 타 갈대(억새) 사이로 몸을 숨기기 시작한다.

정석조   (지운에게) 전하를 지키거라!

S#5. 동. 갈대밭 일각

키 높이까지 자란 억새들로 인해 시야가 가려진 정석조
순간순간 나타나는 수하들을 무찌르며 멀리 달아나는 창운군을 뒤쫓는다.

창운군   (뒤를 살피며, 두려운) 아이씨!!! (미친 듯이 달아나고)

정석조, 역시 억새들을 헤치며 창운군을 쫓는다.
그러나 달려오는 수하들에 창운군의 모습 조금씩 멀어지고.
어느 순간, 종적을 감춘 듯 모습을 보이지 않는 창운군에 낭패스러운 표정

이 되는 정석조. 억새밭에 불어오는 바람에 풀들이 누우면 널브러진 수하들의 시신만이 보일 뿐이다...

S#6.   동. 일각 (휘와 지운이 있던 곳)

정석조, 돌아오면
어느새 지운의 옷을 걸친 채 찢어진 옷을 가리고 선 휘.
그런 정석조를 본다. 휘와 지운, 행여나 눈치챘을까 불안한 눈빛으로 보면

정석조   (담담한) 괜찮으십니까. 전하. 다치신 곳은...
휘   괜찮소.
지운   (역시 불안한 듯, 표정 감추며) 어떻게 됐습니까. 자객들은.
정석조   (휘에게 고개를 숙이며) 송구합니다...
휘   (여전히 믿기지 않는 듯) 분명 창운군 숙부였습니다...
지운   하지만... 창운군 대감은 이미 돌아가신 분이 아닙니까.
휘   (역시 이상하고, 불안함 감추며 정석조의 반응 살피듯) 자객들에 대해선 일
        단 우리만 알고 있는 것이 좋겠소... 죽은 창운군이 벌인 일이라 말하면 아
        무도 믿지 않을 것이니...
정석조   ...예. 그리 하겠습니다.

휘, 지운, 그런 정석조의 반응에 안심하듯...

정석조   (돌아서며) 길을 잡겠습니다. 위험하니 조심히 따르시지요.

정석조, 아무 말 않고 그대로 앞서가면
휘, 일단은 안심하면서도, 어쩐지 그런 정석조가 이상하다.
의심 어린 눈빛으로 따르는.
정석조, 복잡한 눈빛, 표정을 감추며 앞장서는 모습에서.

S#7.   근처 어느 창고

헐레벌떡 뛰어 들어오는 창운군. 숨을 몰아쉬면
그런 창운군을 기다린 듯 다가오는 원산군.

원산군   확인은 하였습니까. 계집인지...
창운군   (숨 몰아쉬며, 애매한) 아이씨... 맞는 것 같기도 하고 아닌 것 같기도 하고...
원산군   (그 말에 탕- 앞에 물건 따위 내려친다. 분하게 바라보면)
창운군   (구겨지는 원산군 표정에) 갑자기 내금위장이 나타나서는...
원산군   (그 말에 본다. 젠장... 낭패스러운 표정에서)

〈연모 17부〉

S#8.   궐 전경

S#9.   대전 일각

이현과 마주 선 홍내관. 주위를 살피며 낮게 대화한다.

이현   (놀라며) 전하를 공격한 자가 창운군 숙부라니... (믿기지 않는 표정) 숙부
         께서는 이미 돌아가시지 않았느냐!
홍내관   제 말이 그 말입니다. 귀신이 되어 나타난 것도 아니고...
이현   (놀란 듯, 멍하니 생각하면)

S#10.   대전. 휘의 처소

환복 중인 휘의 모습.

김상궁, 역시 많이 놀랐는지 가슴을 쓸어내린다.

김상궁	(찢어진 옷을 정리하며) 정말 다치신 곳은 없으십니까.
휘	음... (아무래도 정석조의 행동이 신경 쓰이고)
김상궁	헌데 내금위장께서 어찌 거기에... (옷을 보며) 설마, 전하에 대해 눈치를 채신 것은 아니겠지요.
휘	(떠올리듯) 그럴 리 없을 것이다... 아니, 설혹 보았다 하더라도 함부로 말하지 못할 것이야. 내가 살아 있다는 것이 밝혀지면 그자의 목숨 역시 보존하기 어려울 것이니... 제 실수를 감추기 위해서라도 그럴 순 없을 거다. (그러나 불안함을 지울 순 없고)
김상궁	(역시 불안하고, 걱정스러운데)

잠시, "자은군 대감 드십니다." 소리와 함께 이현이 들어온다.
김상궁, 물러나면
다가가 휘와 마주 앉는 이현.

이현	부호군의 무덤가에서 자객을 만나셨다 들었습니다.
휘	예... 알려져선 안 됩니다. 궐이 시끄러워질 겁니다.
이현	(안타깝게 보고) 알고 있습니다... 헌데, 그자가 창운군 숙부라는 말이 사실입니까.
휘	믿기진 않으시겠지만... 틀림없습니다...
이현	(끄덕이고) 이 일은 제가 알아보겠습니다. 창운군 숙부는 저희 형님과 친밀하였으니... 형님께서 분명 뭔가 알고 있을 것입니다.
휘	(역시 그렇다 생각하듯, 끄덕이고) 고맙습니다. 형님...
이현	(걱정으로 보고)

S#11. 궐 일각

지운, 정석조와 함께 서 있다.
정석조의 기색을 살피듯...

지운	아버지께서도 부호군의 무덤엘 오셨던 것입니까.
정석조	(보면)
지운	어머니께 들었습니다. 그분과 오랜 벗이었다고...
정석조	(그 말에 표정 굳고, 대답 대신) 전하께선 괜찮으시더냐.
지운	예... (기색을 살피듯 보면)
정석조	오늘 일은 내가 더 알아보고 보고한다 전해 드리거라.
지운	상헌군께도, 말씀드릴 겁니까...
정석조	(잠시 보다가) 믿을 수 없는 일이 아니냐. 죽은 자가 살아 돌아왔으니... 더 알아보고 전하께서 직접 말씀드리는 것이 좋을 것 같구나.

정석조, 돌아서는 표정, 복잡하고. 그대로 걸어가면
지운, 아무래도 아버지가 휘의 비밀은 모르는 것 같다.
안도하듯 보는 표정에서.

S#12. 대전. 편전

휘, 어느새 일상적 업무를 보듯 장계를 살피면
지운, 조용히 들어온다.

휘	어찌 되었습니까. 내금위장께서는...
지운	평소와 다름없는 것이 아무것도 보지 못하신 모양입니다.
휘	(그제야 조금 마음이 놓이고) 예... 다행이네요.
지운	이거... (하고 청심원 정도 내밀며) 많이 놀라셨지 않습니까. 도움이 될 겁니다.
휘	(고맙게 보고. 받으면)
지운	(미소로 보다가) 참, 강은서 그 아이 말입니다. 당분간 삼개방에서 지내도록 하는 것이 어떨까 싶은데.
휘	삼개방이요?
지운	예. 전에 보니 몸도 성한 곳이 없는 것이. 그곳이 딱인것 같아서요. 삼개방

아이들과 같이 독초를 찾는 일도 도울 수 있을 거고...

휘　　　(그 말에 고맙게 보며) 좋은 생각이군요. 그렇지 않아도 신경이 많이 쓰였는
　　　　데... 덕분에 마음을 놓을 수 있겠습니다.

지운　　(따뜻한 미소)

S#13.　삼개방 안

가온, 질금과 마주 앉아 있다.

질금　　우리가 구면인가?

가온　　(보면)

질금　　아. 나 신사년 뱀띠! 내가 형이니까. 말 편히 할게... (가온의 카리스마에 말
　　　　이 편히 안 나온다) ...요. 우리 지운이 형님께서 보내셨으니 내 집이다 생각
　　　　하고 편히 지내... 세요.

마침 한방차 정도 가지고 들어오는 영지.

영지　　이거 좀 드셔 보세요. 몸을 따뜻하게 해 주는 찬데~

영지, 계단을 내려오다 문득 발을 헛짚고 넘어지려 하면
얼른, 다가가 멋지게 영지를 붙잡아주는 가온.
영지, 두근두근... 놀라 바라보면.

가온　　(놓아주고는, 찻잔 들고 담담히) 잘 마시겠소.

영지　　(뿅- 감탄하며 바라본다. 문득 수줍어져) 필요하면 더 말씀하세요. 많이 있
　　　　으니까... (발그레)

질금　　이것들이... (황당하게 보다가) 야, 이게 얼마짜린데!

영지　　(끼지 말라는 듯 보면)

질금　　(허! 괜히 가온에게 툴툴대며) 거, 다 마셨으면 이제 밥값 해야지...요?

질금, 큼... 일어나 나서며 영지 째려보면
영지, 가온 보면서 미소.
가온, 무심히 스쳐 가다 고개 인사 조금 까딱.

S#14. 약초방 안

온갖 약재가 가득한 약초방의 모습이 보인다.
안으로 들어서는 세 사람.

질금   (가온을 향해 낮게) 여기가 궐에 약초를 대는 곳 중에 제일 큰 곳이거든...
여주인   (다가오며) 어서 옵쇼~ 뭐 찾으시는 거라도 있으십니까?
질금   아~ 그게... (붙잡고는 낮게) 듣자 하니, 여기서 좋은 걸 거래한다던데~
여주인   좋은 거? 좋은 거 뭐... 간에 좋은 거? 눈에 좋은 거?
질금   에이~ 그런 거 말고... (귓가에 대고 속닥속닥하는데)

곁으로 도포 자락의 누군가(서의원)가 들어온다.
"나으리 오셨습니까~" 하는 소리와 함께 달려 나오는 남주인.
"전에 말한 약재들은 들여놓았는가" 하고 들어가는 사내를 무심히 돌아보
는 가온, 그런데 문득 보이는 사내의 손목이 얽어 있다!

플래시백 / 15부 5씬
전각 안으로 사라지는 내의원 복장을 한 사내의 얽은 손목.

"여부가 있겠습니까. 이리로 오시지요~" 하고 어디론가 서의원을 이끄는 남
주인. 가온, 여주인과 얘기 중인 질금을 한번 보고 은밀히 뒤를 따르듯, 서
의원을 살피면...

S#15. 동. 일각

귀해 보이는 약재를 따로 보관하는 방인 듯
남주인과 서의원 약재들을 보며 대화 중이다.

남주인 궐에서 쓰실 건지 아님 상헌군 대감께 들이실 건지요.
서의원 오늘은 내가 쓸 걸세.
남주인 아, 예... (이것저것 보여주며) 건지황이랑 황련이 새로 들어왔는데... 물건이
       좋습니다.

       # 일각, 어느새 따라온 가온, 서의원을 주시하면
       남주인의 설명에 따라 약재들을 살피는 서의원의 손... 도포 자락이 살짝 올
       라가며 얇은 손목이 정확히 보인다.
       가온, 서의원을 살피는 눈빛에서.

S#16. 중궁전 수라간

       유공, 수라간에 부탁한 음식 정도 받아 가려는데, 뒤에서 들려오는 궁녀들
       의 목소리.

궁녀1 승정원의 그 주서랑?
궁녀2 오늘 새벽에도 전하랑 둘이서 어디 갔다 온 걸 본 자가 있다던데?
궁녀3 새벽에? 둘이서? 어머머! 대체 어딜~?
궁녀2 그야 모르지. 둘만 아는 어떤 곳?
궁녀3 미쳤어 미쳤어~ 사내끼리...
궁녀2 그래서 중전마마랑 합방도 자꾸 피하시는 거 아냐?

       궁녀들 자기네들끼리 남색이 어쩌고저쩌고 쑥덕거리다가
       순간, 유공을 발견하고 헉! 입을 다문다. 얼른 일하는 척하면
       유공, 다 들었다. 굳어져 황급히 나서는 데서.

하경 (E) 전하께서 정주서와 사사로이 만나신다니...?

S#17. 중궁전 안

유공, 걱정으로 보고 있고
하경, 믿기지 않는 듯, 그러나 아직은 대수롭지 않게 바라보면.

유공 오늘 새벽에도 두 분이서 함께 궐 밖을 나갔다 온 것을 본 자가 있답니다.
두 분의 모습이 주군과 신하의 분위기, 그 이상이 느껴진다고..

하경 그야... 주서라는 자리가 원래 전하를 곁에서 모시는 것이니까...

유공 합방일마다 요를 두 개씩 넣으라 하시는 것도 이상하지 않습니까... 혹 전하
께선 여인보다 사내를...

하경 (쉿! 주변 살피며) 그 일은 너와 나만 알기로 한 일이잖느냐!

유공 그치만...

하경 내가 널 사가에서부터 얼마나 아꼈는데, 어찌 그런 해괴한 소문을 듣고 와
서는... (조금 불안하지만, 믿고 싶지 않다) 말도 안 되는 소리들이잖아. 전하
께서 내게 얼마나 다정하신데... 너도 봤잖느냐. 벗과 나누라고 음식도 내려
주시는걸.

유공 그때도 주서 나리가 계시지 않으셨습니까.

하경 그건...! (! 더 불안해지고, 애써 괜찮은 척) 다시 또 이런 망측한 소문을 꺼
내면 널 본가로 데려가라 이를 거야!

유공 (안타깝고, 어쩔 수 없이 일어나 나가면)

하경 (애써 태연한 척하지만, 두렵고 불안한 표정 숨길 수 없는데)

S#18. 궐 일각

문수, 만달, 범두 승정원 쪽으로 걸어가고 있다.

범두 나, 남색?!

만달 지금 궁녀들 사이에 소문이 쫙 퍼졌답니다. 전하와 주서 나리가 그렇고 그

런 사이라고...

문수 (쓰읍!) 거 조용히 못 해?! 어디서 그런 상스러운 소문을 듣고 와서는... (하는데)

만달 저기 좀 보십시오...!

하는데, 마침 그들의 눈에 지나가는 휘와 지운이 보인다.
상궁 나인들 조금 떨어져 따르는데, 지운, 휘의 곁에 바짝 붙어 무언가 은밀히 얘기하며 따르는 모습 보이고.
지나가던 궁녀들, 그 모습에 "맞지? 그치?" 서로 소문에 대한 얘길하듯 쿡... 웃으며 바라보는.

범두 저러다 정말 뭐일 나는 거 아닙니까?

문수 (불안하게 보다가) 승정원 주서와 전하의 추문이라니... 막아. 막아. 소문 더 퍼지면 승정원은 끝이야. 막아~

문수, 휘와 지운 쪽으로 달려가면
범두, 만달, 역시 당황해 보다가 문수 따라 달려가고.

S#19. 동. 일각

함께 걷고 있는 휘와 지운

지운 (주변 살피며 낮게) 질금이가 의심이 가는 약초방을 찾았다 합니다. 오늘 밤 강은서 그 아이가 전하를 뵙고 따로 말씀드리겠다 하니 사당으로 함께 가시지요.

휘 (끄덕이며 걷는데)

"즈은하~!" 외치며 급하게 다가오는 문수. 휘와 지운을 갈라놓듯 둘 사이로 쏙 끼어든다. 뒤이어 범두와 만달도 다가와 하하...어색하게 예를 갖추면.
휘, 지운, 갑작스러운 이들의 등장에 당황해 보고

휘	도승지께서 갑자기 무슨 일이오. 뭐 급한 일이라도...?
문수	그것이... 아, 산보 중이셨나 봅니다. 날씨가 차암~ 좋지요?

문수, 자연스럽게 휘를 지운에게서 떼어내 걸어가며 범두, 만달 쪽 눈짓하
면.

만달	(두 사람을 따르려는 지운 이끌며) 주서 나으리 하실 일이 있으시대 놓고... 여기서 뭐 하십니까...
지운	할 일? 아, 나 지금 전하께 드릴 말씀이... (하고 더 따르려는데)
범두	(막아서듯) 정주서, 우리 얘기 좀 나누세...

만달, 범두, 양쪽에서 지운을 포박하듯, 질질질 끌고 사라지면
돌아보는 휘. 문수, 얼른 "참 지방에서 올라오는 장계들이~" 어쩌고 하면서
억지로 말을 이으며 휘를 이끈다.
휘, 이 사람들이 왜 이러지? 조금 이상한 듯 보는데.

S#20. 동. 다른 일각

끌려온(?) 지운, 범두와 만달을 뿌리치면.

지운	대체 왜 이러십니까. 저 아직 전하께 고할 일이 남았는데...
범두	(막으며) 더는 전하께 다가가서는 아니 되네!
지운	(? 무슨 말인가 보면) 아니 되다니요?
만달	(걱정으로) 궐에... 나으리와 전하에 대한 민망한 소문이 쫙 퍼졌습니다. 두 분이... 그렇고, 그런 사이라고...
지운	(당황스럽고) 뭐?

S#21. 궐. 휘의 처소

휘, 들어오면, 김상궁 따라 들어온다.

김상궁   (근심으로) 그저 궁녀들 사이에서 떠돌다 사라질 소문일 거라 생각하고 넘
             기려 하였는데... 도승지께서도 아시는 걸 보니, 이제 대신들도 거의 다 아는
             모양입니다...
휘   (그 말에 표정 조금 어두워지면)
김상궁   당분간 정주서와의 만남을 삼가셔야 합니다. 전하.
휘   (그 말에 보면)
김상궁   소문이 혹 상헌군 대감의 귀에까지 들어가게 되면... 전하와 정주서 두 분
             모두 위험해지실 것이 아닙니까.
휘   (심란한데)
대비 (E)   쌍생의 태라니요?!

S#22. 대왕대비전

원산군, 대비 앞에 문후를 올리러 왔다.
대비, 원산군의 말에 적잖이 놀란 듯, 저도 모르게 주변을 살피면

원산군   (관찰하듯 보다가, 떠보듯) 태실을 옮기다 주상전하의 태를 우연히 보았습
             니다. 태를 확인한 의원의 말이 쌍생의 태가 확실하다는데... 혹 할마마마께
             서도 전혀 모르시는 일이옵니까?
대비   (애써 가다듬으며) 말도 안 되는 소리가 아닙니까. 그 의원이 실언을 한 게
             지요. 왕실에 쌍생이라니, 당장 목을 내어놓아도 시원찮을 자가 아닙니까.
             당장 그자를 내게 데려오시지요. 전하를 모욕한 죄로 엄히 벌할 것이니!
원산군   송구합니다. 마마. 소손이 괜한 심려를 끼쳤습니다.
대비   군께서도 행여나 그런 말은 입 밖에 내지 마시지요. 자칫 역심을 품었다 오
             해나 받을 것이니...
원산군   (확신하듯 묘한 미소, 감추며) 그럴 리가 있겠습니까... 오랜만에 도성에 와
             안부를 여쭙는다는 것이 괜히 불편하게 해드린 것 같아 송구합니다. 할마

마마.

대비   (그 말에 안쓰럽게 본다. 그러나 쌍생 태라는 말에 어두운 얼굴...)

(점프)
원산군 나가고, 심각한 표정의 대비, 홀로 앉아 있다.

인서트 / 과거 회상
중궁전에 앉은 대비(중전 시절) 앞에 한기재가 서 있다.
(1부 민궁전에서 어린 휘의 죽음을 확인하고 나온 이후)

대비   (모두 전해 들은 듯, 착잡한) 계집아이가 죽었다고요...
한기재   전하께서 쌍생의 비밀을 알고 있는 자들은 모조리 죽이라 명하셨으니 마마
      께옵서도 그리 알고 계시지요. 이 비밀은 끝까지 묻어 두셔야 할 것입니다.
대비   (무거운 마음이다. 허나 어쩔 수 없다는 듯 담담하게 *끄*덕이는)

다시 현재
홀로 앉은 대비, 착잡한 듯 표정에서.

S#23. 대왕대비전 앞

밖으로 나오는 원산군, 이현. 그런 형을 기다린 듯 다가온다.

이현   (의도를 살피듯) 대왕대비전엔 어쩐 일로 드신 겁니까.
원산군   어쩐 일이라니. 오랜만에 도성에 왔으니 문후를 올려얄 것이 아니냐.
이현   (살피듯, 조금 불안하게 바라보면)
원산군   별일은 없는 것이냐. 전하께서도 괜찮으시고 말이다?
이현   (무슨 말인지 불길한 듯 보면)

원산군, 궐을 돌아보면. 평소와 다를 바 없이 조용한 궐의 모습.
내심 자객의 일을 감추고 있구나... 확신하듯 묘한 미소가 피어오른다.

그 위로.

플래시백 / 7씬에 이어

창운군 아냐. 계집이야. 계집... 확실해. 그 사내새끼가 날 공격하지 않고 주상을 덥
        썩 안은 게 이상하지 않아? 죽으려고 환장한 게 아니라면...

원산군 (역시 생각하듯, 끄덕이고는) 궐엘 다녀와야겠습니다.

창운군 미쳤어? 왕이 자객에게 당했는데. 지금쯤 궐이 난릴 것이다. 가서 괜한 의심
        이나 사지 말고...

원산군 만약 시끄럽지 않다면... 진정 여인이란 뜻이겠지요. 오늘의 일을 최대한 숨
        기고자 할 터이니... (서늘히 웃는다)

다시 현재

원산군 (만족한 미소로 바라보면)

이현   (그런 원산군을 불안한 듯 의심스럽게 살피다가) 헌데, 계획보다 일찍 도성
        에 올 것 같다던 그 말은 대체 무엇입니까.

원산군 아... 생각보다 일이 더 잘 풀릴 것 같아 말이다... (의미심장한 웃음)

이현   (불안하게 보는 표정에서)

S#24. 중궁전 앞 / 밤

하경, 조금 불안한 표정으로 대전으로 향하면, 따르는 유공과 중궁전 일동.

유공   (걱정으로) 이리 갑자기 대전으로 가신다니... 어쩌시려고요. 진짜 소문에
        대해 물어라도 보시려고요?

하경   (입을 막듯) 내 그 얘기 하지 말랬지! (불안함 애써 숨기듯) 그냥 멀리서 용
        안이라도 뵈려는 거야... 그래야 마음이 좀 놓일 것 같아서.

하경, 고민스러운 표정, 그러나 결심한 듯 대전으로 다시 걸음을 옮기면

유공, 역시 걱정으로 따르고.

하경 (E)   아니 계시다니?

S#25. 대전 처소 앞 복도 / 밤

하경, 궁녀1과 마주 서 있다.
유공, 이게 어찌 된 일인가 눈치 보듯 보면.

궁녀1   잠시 산보를 가신다고 나가셨습니다.
하경   (조금 시무룩해져) 그래, 어느 쪽으로 가셨는진 모르느냐.
궁녀1   (모른다는 듯) 예. 그것은...

S#26. 사당 앞 전경 / 밤

홍내관이 언제나처럼 근처에서 망을 보고 있다.

S#27. 사당 / 밤

가온, 지운, 휘 함께 있다.

가온   찾아간 약초방에서 내의원 복색을 하였다던 그 자를 보았습니다.
휘   지난번 네가 말한 조내관을 죽였다던 그 자 말이냐?
가온   예. 내의원 의원인 서승규라는 자라 합니다. 그때 보았던 손목의 상흔도 똑똑히 보았습니다.
지운   (조금 놀라고) 내의원 서승규?
가온   소낭초가 그 약방에 있다면 상헌군의 짓이라는 것이 더 명확해질 겁니다. 계속 찾아보겠습니다.

휘	(끄덕이면)

(점프)
가온은 떠나고 휘와 지운만 서 있다.

지운	내의원에 서승규라면... 전하의 옥체를 살피는 어의가 아닙니까. 당장 그자를 파하고 잡아들이셔야 합니다.
휘	갑자기 그자를 파한다면, 외조부께서 이상한 낌새를 눈치챌 것입니다. 일단은 곁에 두고 지켜보도록 하지요. 그러는 편이 내게도 유리할 것입니다.
지운	허나...
휘	걱정 마십시오. 내 홍내관에게 일러 그자의 행적을 유심히 지켜보라 할 터이니... (털어 내듯) 가시지요. 편전에 가서 내의원과 거래 중인 약초방에 대해 좀 더 알아봐야겠습니다.

휘, 그대로 나서려는데, 지운 조금 머뭇대는 모습 보인다.

지운	전하 먼저 나서시지요. 전 조금 더 있다가 따르겠습니다.
휘	(본다. 그 마음 알겠고) 궐의 소문 때문입니까?
지운	...저 때문에 전하께서 곤란을 겪으시는 것 같아 송구합니다.
휘	그게 어떻게 정주서의 탓입니까. (안타까움 숨기듯) 난 이런 소문에는 이골이 난 사람입니다. 걱정 마십시오. 감당할 거라지 않았습니까. 모두... (따뜻한 미소로 보면)
지운	(안쓰럽고, 역시 따뜻한 미소) 그래도 당분간은 조심을 하는 것이 좋을 것입니다.

두 사람, 잠시 서로 애틋하게 보는데

S#28. 궐 일각 / 밤

하경, 조금 실망해서 걸어가는데. 뒤따르던 유공 "어?" 하곤 어딘가를 본다.

저 멀리 홍내관이 궁녀들을 이끌고 어딘가로 가는 모습 보이고. 역시 바라 보는 하경.

동. 일각

홍내관   (근처에 온 궁녀들 쫓아내듯 짐짓 무섭게) 이 시간에 이리 위험한 곳을 지 나다니. 대체 어느 전의 나인들이더냐? 자. 따라오거라. 밝은 길을 알려 줄 테니. (이끌고 사라지면)

하경, 그 모습 이상한 듯 보는데.
동시에, 사당에서 나오는 사람, 지운이다. 하경이 선 곳과 반대 방향으로 지 운 혼자 걸어가기 시작하면, 곧이어 나오는 사람, 휘다!
휘와 지운 돌아보지도 않고, 서로 반대 방향으로 멀어지면
믿기지 않는 듯 그 자리에 그대로 서서 그 모습 바라보는 하경.
일각, 걸어오던 휘, 그런 하경을 발견하고는 역시 놀라 멈춘다.
두 사람, 당황한 눈빛으로 서로를 보는데...
휘, 하경의 눈빛이 스치는 곳이 지운의 뒷모습임을 확인한다.

휘   중전... 그것이... (하는데)
하경   (뒷걸음질) 송구합니다. 저, 저는 중궁전으로 돌아가야겠습니다.

하경, 순간, 당황을 감추지 못하고 뒤돌아 뛰듯이 가버리면
휘, 잡으려다 차마 잡지 못하고, 남겨져 낭패스러운 표정에서.

유공 (E)   송구하옵니다. 마마께선 막 침수에 드셨습니다.

S#29. 중궁전 처소 앞 복도 / 밤

유공, 눈치 보듯 휘에게 말하고 있다.
휘, 참혹한 심정으로 불 꺼진 중전의 침소를 한 번 바라본다.

유공	(불안한 듯 살피며) 지금이라도 일어나시라 말씀 올릴까요...
휘	아니다. 아침에 일어나면 내 다녀갔다 전해 주거라.

유공, "예..." 예를 갖추면
무겁게 돌아서는 휘.

S#30. 중궁전 안 / 밤

하경, 휘와 마주쳤던 차림 그대로 어두운 침소에 망연히 앉아 있다.
많이 운 듯, 눈이 부어 있고.
조심히 들어오는 유공 그런 하경을 안타깝게 보면

하경	(걱정과 두려움에) 유공아... 오늘 일은 절대 아무에게도 말하지 말거라... 알겠지?
유공	(끄덕이고, 걱정으로) 괜찮으십니까? 마마...
하경	(마음이 잡히지 않는 듯 고개 젓고) 나 정말... 아무것도 필요 없다 생각했는데... 전하께서 내 손 한 번만 잡아 주시고... 내 마음 한 번만 알아주시면... 그거면 될 거라 그리 생각했는데...
유공	(안타깝게 보며) 마마...
하경	이제 어찌해야 할지 모르겠어...어찌해야 할지... (눈물 글썽이면)

(점프)
홀로 앉은 하경, 생각에 잠겨 있다.

플래시백 / 9부 24씬
넘어지려던 자신을 안아주던 휘와. 그런 휘를 보며 황홀했던 하경.

다시 현재
홀로 슬프게 눈물을 흘리는 하경에서.

S#31. 궐 후원 / 다른 날, 낮

휘, 심란한 마음으로 화살을 당긴다.
탕- 홍심을 빗나가는 화살.
못마땅한 듯 바라보는 대비.
보면, 대비와 휘가 함께 활을 쏘는 중이다.

대비   요 며칠 궐에 사특한 소문이 돌고 있더군요. 주상. 어찌 그런 망측한 말들이
        생겨난 건지 원...
휘   (표정 무거워져 활을 당기면)
대비   이게 다 주상과 중전 사이에 후사가 없으니 그런 것 아니겠습니까. (활을 놓
        고 잠깐 생각하듯) 혹, 부원군이 상헌군의 사람이라, 중전을 멀리하시는 겝
        니까.
휘   그럴 리가요...
대비   (한숨 쉬고) 그래요. 주상께서 더 잘 아시겠지만, 영상은 무서운 사람입니
        다. 원자를 생산하지 못하고, 추문이 커지는 날엔, 어찌 돌변할지 모르니,
        행실을 항상 조심하세요. 과전불납리*라지 않습니까.
휘   (보면)
대비   소문이 난 자를 계속 곁에 두어 좋을 것이 없으니, 정지운이라는 자는 주
        상이 적당히 정리를 해 내보내도록 하세요.
휘   (그 말에 애써 미소로) 심려를 끼쳐 송구합니다. 할마마마. 허나 대전의 일
        은 제가 알아서 할 것이니 염려치 마시지요.

        대비, 그 말에 휘를 한 번 보면
        휘, 다소 무거운 표정으로 활을 내린다, 궁인들 정리를 시작하면
        대비, 조금 못마땅한 듯, 잠시 보다가, 어딘 갈 보곤 인사를 받듯 끄덕이는
        데. 그 모습에 휘, 역시 돌아보면

....

* 참외밭에서는 신발을 고쳐 신지 말라. 남의 의심을 받기 쉬운 일은 하지 말라는 말.

어느새, 대비의 부름을 받은 듯 다가오고 있는 하경.
두 사람 향해, 곱게 예를 갖춘다.

대비   내 중전과 주상의 찻상을 봐두라 일렀습니다. 두 분이 자주 함께해야 괜한
        소문도 바삐 꼬리를 감추는 법이니... 어서 가 보시지요.

        대비, 역시 활을 놓고 정리하듯 돌아서면
        휘, 대비의 말에 무거운 표정으로 하경을 잠시 바라보는 데서.

S#32. 궐. 누정

        누정에 있는 두 사람. 누정 아래 멀리 궁인들 있다.
        둘 사이 어색한 분위기가 흐르고...

휘   (무겁게 먼저 입을 뗀다. 변명이라도 할 듯) 중전, 어제는 말이오...
하경   (결정에 자신은 없지만 떨리듯) ...진실이 무엇인지는 묻지 않을 것입니다.
휘   (그 말에 보면)
하경   저의 마음을 받아 달라 보채지도 않겠습니다. 그저... 후사만 잇게 해 주십
        시오.
휘   (조금 놀라고) 중전...
하경   (다짐한 듯, 애써 강단 있게) 저는 이 나라의 국모가 아닙니까. 아내로서, 중
        전으로서 해야 할 도리만이라도 하게 해 주십시오. 그리고... 전하께서도 이
        나라의 지존으로서 역할을 다 해 주십시오. 허면... 신첩 그 무엇도 묻지 않
        을 것입니다... (떨리듯, 옷자락을 꽉 쥐고 보면)
휘   (무슨 말도 해줄 수 없어, 괴로운 표정에서)

S#33. 대전. 복도 / 밤

        장계를 들고 오는 지운.

궁녀들 그런 지운을 보며 "저분 맞아?" "안 올 줄 알았더니..." 정도 낮게 수군대면, 지운, 역시 표정 무겁고.

김상궁 입들 다물지 못하겠느냐! (차갑게 장계 받아들며) 오늘은 제가 들여가겠습니다.

지운 (전해 주며, 마음 무거운) 예. 그러시지요.

김상궁, 장계 들고 "전하. 장계를 들이겠습니다." 들어가면,
홍내관, 그런 지운을 보며, 마음 무겁고. 밖에서 잠깐 보자는 눈짓.

S#34. 대전 밖 일각 / 밤

주변 눈치 살피는 홍내관, 지운 붙잡고 얘기한다.

홍내관 당분간은 대전엔 안 오시는 편이 낫겠습니다. 어제부터 중전마마와도... (생각하니 복잡하고) 뭐 일이 좀 있었고. 하여튼, 전하께서 마음이 좋지 않으시니 정주서께서 대전 출입을 조금만 삼가해 주시지요.

지운 (대충 상황을 알겠는, 마음 무거운) 그리하겠습니다.

지운, 걱정스러운 눈길로 대전 쪽 바라보면

S#35. 대전. 편전 / 밤

휘, 홀로 심란하게 앉아 있다. 무거운 표정에서.

S#36. 이현의 방 / 밤

방으로 들어오는 이현, 그런데 원산군이 이현의 자리에 앉아 있다.
원산군, 손엔 4부 61씬 이현이 휘에게 주려고 했던 반지를 들고 살피듯 보

다가 들어온 이현을 본다.

원산군   여인이 있었더냐?

이현   (다가가 낚아채듯, 반지를 빼앗으며) 이게 무슨 짓입니까.

원산군   (의미를 알 수 없는 미소) 궐에 전하와 승정원 주서 대한 묘한 소문이 돌더
        구나.

이현   (불안한 듯 보면)

원산군   정지운 그자라면 너의 오랜 벗이 아니냐. 걱정이 되어 하는 말이다. 왕을 사
        랑하는 사내라니... 이 어찌 이해를 해 보아야 할지...

이현   (조금 놀라지만, 애써 다잡고) 그런 말도 안 되는 소문 따윌 전하러 오신 거
        라면 그만 나가 주시지요. 아무것도 모르는 자들이 떠벌리는 추문 따위엔
        관심 없으니.

원산군   (그 말에 픽 비웃듯, 자리에서 일어나면)

이현   (잠시 그런 원산군 보다가) ... 최근 도성에서 창운군 숙부로 보이는 이가 나
        타났다던데, 혹 아시는지요.

원산군   (보면)

이현   형님께서 숙부의 죽음을 가장 먼저 알려온 사람이 아닙니까. 생각해 보니
        그때 시신의 얼굴을 제대로 보았다던 자가 없더군요. 장례 역시 급히 치러
        버린 것이, 혹 무언 갈 숨기고 있는 건 아닌가 하여 말입니다.

원산군   (가만 보다가, 픽 웃듯) 당치도 않은 소릴 하는구나. 죽은 사람이 살아 돌아
        오다니... 추문 따위엔 관심이 없다더니, 꼭 그런 것 같지는 않아 보이는구나.
        (웃으며, 나서다 이현 손에 든 반지 보며) 그 가락지의 주인은, 언제고 내게
        꼭 소개해 다오. 현아... (나가면)

이현   (반지를 꾹 쥔다. 불안하고, 의심스럽게 보는 데서)

S#37.   동. 밖 / 밤

원산군 제 방으로 가려는데
다가오는 원산군의 수하 하나.

원산군수하 창운군 대감께서 또 안가를 빠져나가신 모양입니다.
원산군 (성가시다는 듯, 표정 굳으며) 다른 사람 눈에 띄기 전에 어서 가 찾아오너라.
원산군수하 예! (간다)

S#38. 기루 방 안 / 밤

창운군, 술에 잔뜩 취해 기녀를 끼고 이야기 중이다.

창운군 내 재밌는 얘기 하나 해 줘? 만약에 말야, 이 나라 왕이 계집이면 어떨 거 같애?
기녀1 계집? 어우 미쳤나 봐~ (깔깔 웃으면)
창운군 쌍생이 뒤바뀌어 계집이 된 거라면 말야...

지나가던 종친1, 그런 창운군을 가려진 문틈이나 천 사이로 언뜻 본 듯, "어? 뭐...뭐야? 창운군 아냐? 죽었다던 자가 어찌..." 지나가는 사람들에 가려 제대로 확인치 못하겠는지 갸웃대며 열심히 훔쳐보는 데서.

S#39. 한기재 집무실 / 밤

정석조 들어오면, 앞씬의 종친1이 인사하고 물러나고 있다.
정석조, 이상한 낌새를 느끼듯 나가는 종친1 곁눈질로 보고.

한기재 창운군이 낙사 하였다고 하였지...
정석조 (멈칫) 예. 대감.
한기재 그놈이 살아 돌아다니는 걸 본 자가 있더군. (생각하니 어이없고) 자네가 가 어찌된 일인지 좀 알아보게.
정석조 (복잡하고) 알겠습니다 대감. (나가려는데)
한기재 참...

정석조	(긴장으로 본다)
한기재	자네 아들의 충심이 아주 지극한 모양이야. 전하의 곁에서 함께 그리 자주 붙어 다녔으니, 그러한 소문이 날 법도 하지...
정석조	(바라보면)
한기재	자네를 믿고 주상의 곁에 자리를 준 것이네. 더 이상 나를 실망시키지 말게나.
정석조	명심하겠습니다. 대감.

정석조, 굳게 결심한 듯, 나서는 데서.

S#40. 지운 집 마당 / 밤

지운, 무거운 표정으로 걸어온다. 그 위로

인서트 / 중궁전
하경 앞에 불려 앉은 지운.
하경, 다짐한 듯, 애써 떨림을 참으며, 지운을 곧게 보면.

지운	(조금 놀라 보며) 궐을... 나가라니요.
하경	대왕대비마마를 비롯해 왕실 어른들 모두 전하와 정주서의 소문에 대해 신경을 많이 쓰고 계시네.
지운	(그 말에 무겁게 보면)
하경	(떨림을 참으며) 내가 이런 말을 할 자격이 없다는 걸 알고 있네. 허나... 전하를 향한 마음이 진정 충심이라면... 부디 스스로 궐을 나가 주시게.
지운	중전마마... (뭐라 더 말하려는데)
하경	전하께서 더는 정주서로 인해 웃전의 미움을 받아서는 아니 될 것 아닌가. (더 듣고 싶지 않다는 듯, 지운의 눈빛 피하면)
지운	(안타깝고, 괴로운 표정에서)

다시 현재

지운, 무거운 표정. 방으로 들어가려는데.
다가오는 정석조.

정석조   어찌 이리 늦은 것이냐.

지운   궐에... 일이 좀 많아서요.

정석조   정말 승정원의 일이 맞느냐?

지운   예? 그게 무슨... (그게 무슨 말인가 보면)

정석조   (답답하게 보다가) 네 어미에게 말해 혼사 자리를 알아보라 일렀다. 그리 알 거라. (가려 하면)

지운   (갑작스러운 말에 놀라 막아서며) 그게 무슨 말씀이십니까? 혼인이라니요? 저는 아직 그럴 생각이 없습니다. 아버지.

정석조   궐에 네가 남색이라는 소문이 돌더구나.

지운   (! 그 말에 조금 놀라 보면)

정석조   언제까지 네 어미와 내 얼굴에 먹칠을 할 셈이더냐. 혼인을 해 도성을 떠나 거라. 그게 모두를 위해 좋을 것이니. (가 버리면)

지운   아버지! (답답하고)

S#41. 신영수 사저 전경 / 다른 날, 아침

S#42. 동. 사랑채 / 아침

소은, 긴장한 얼굴로 찻잔 내려놓으면
신영수와 정석조 마주 앉아 있다.

신영수   의혼을 청하신다니요. 제 여식과 말입니까.

정석조   예. 그렇습니다.

정석조의 말에 놀라 보는 신영수.
방을 나서려던 소은 역시 놀라 돌아보면

신영수, 소은에게 나가라고 눈짓한다.
얼른 꾸벅, 인사하고 방을 나오는 소은.
그러나 놀란 마음이 진정되지 않는 듯 문밖, 잠시 서 있으면
다시 방 안, 정석조를 바라보는 신영수.

신영수   (무겁게) 내금위장께서도 아시다시피 세자빈 간택에 들었던 아이입니다. 그
            일을 모르시지도 않으실 터인데 어찌 이런 얘길 꺼내시는 것입니까.
정석조   허니 이것이 서로에게 좋은 선택이 될 수도 있지 않겠습니까.
신영수   (뜻을 가늠하듯 보다가) 혹 상헌군 대감의 청을 받은 것입니까?
정석조   (그 말에 보면)
신영수   제 여식과의 혼인을 정치적 도구로 사용할 생각이라면, 저는 (하는데)
정석조   궐에 제 아들과 관련된 터무니없는 소문이 돌고 있습니다. 이 혼사로 그 소
            문을 묻고 싶습니다.

신영수, 그 말에 정석조를 보면
무거운 표정의 정석조, 뜻을 굳힌 듯 똑바로 바라보는 얼굴에서.

(점프)
혼자 앉아 있는 신영수. 빈 정석조의 자리를 보며 고민이 깊은데
조심스럽게 들어오는 소은. 찻잔을 치워 나가려다 멈칫, 잠시 망설인다.
결심한 듯 신영수의 앞에 앉는 소은.

소은   아버지... 저... 내금위장 대감과의 혼인, 하고 싶어요.
신영수   소은아...
소은   (용기 내어) 오래 좋아했습니다. 그분. 세자빈 자리를 포기해도 좋다 생각했
        을 만큼... 놓치고 싶지 않은 분이었어요.
신영수   (조금 놀라고, 답답하게 보면)
소은   혼인... 시켜주세요. 아버지. (간절한 얼굴에서)

S#43. 정석조 사저 마당

지운, 방에서 나서다 안채 쪽에서 나오는 김씨부인과 아낙(매파)을 본다.

김씨부인 납폐서*는 대감께 말해 곧 준비함세. 잘 좀 부탁하네.
매파　　 예 마님. 걱정 마십시오. 도성서 젤루 좋은 것들로만 준비하겠습니다.
지운　　 (굳어 다가가며) 그게 무슨 말씀입니까?

　　　　 김씨부인, 당황하고 "얼른 가보시게." 서둘러 매파를 보내면

지운　　 납폐서라니요...
김씨부인 아버지한테 얘기 다 들었어. 신부 될 집에서도 너 좋대. 다 괜찮대. 그러니
　　　　 혼인해 지운아.
지운　　 얘길 듣다니요. 대체 무슨 말씀을 들으신 지 모르겠지만... 아니에요. 어머
　　　　 니... 어머니가 생각하는 그런 거... 아니라고요.
김씨부인 그럼 뭔데. 대체 왜 그런 소문이 도는 건데?
지운　　 (차마 아무 말 못 하면)
김씨부인 (억장이 무너지고) 가정이라도 이루고 살아. 그럼 다 잊어져. 살 부비고 애
　　　　 도 낳고... 그렇게 남들처럼 살면 되는 거야.
지운　　 제 마음이 가는 대로 살라고 하신 분이 어머니시잖아요...
김씨부인 그래, 그랬지... 그래도 이건 아니야. 이러다 너 죽는다고 정말... 지운이 너 때
　　　　 문에 내가 손가락질당한다면 백번 천번이라도 상관없지만 니가 받는 건 싫
　　　　 어... 니가 힘든 건 못 봐. 나는...
지운　　 어머니... (마음 아프고, 답답한데)

　　　　 언제부터 그런 둘을 지켜봤는지, 정석조가 다가온다.
　　　　 김씨부인, 눈물 감추고 먼저 물러나면

정석조　 (잠시 홀로 선 지운 보며) 따라오너라.

....

* 혼인할 때, 정혼이 이루어진 증거로 신랑 측에서 신부 측으로 예물을 보낼 때 함께 보내는 혼서.

S#44. 동. 사랑채

정석조와 지운 마주 앉아 있다.

지운 　납폐서는 준비하실 필요 없습니다. 저는 혼인 같은 거 안 할 거니까요.
정석조 니 의견 따윈 중요하지 않다. 이미 그 집에서도 너와의 혼인을 받아들였느
　　　　니라.
지운 　...그저 소문일 뿐이잖습니까. 헌데 어찌 그런 일로 이렇게까지 하시는 것입
　　　　니까.
정석조 진정 소문일 뿐이더냐.
지운 　(그 말에 보면)
정석조 (결심한 듯 무겁게 입을 뗀다) 알고 있다. 전하께서... 여인이라는 거.
지운 　(충격으로 돌아본다) 지금... 무슨...
정석조 더는 거짓을 고할 필요 없다. 나 역시 모두 알고 있으니.
지운 　(충격이고)
정석조 허니 내 말을 따르거라. 그러지 않는다면, 나도 더 이상은 이 비밀을 묻어둘
　　　　수 없을 것이니라.
지운 　그게 무슨 말씀이십니까. 허면...
정석조 (지운 똑바로 보고) 죽일 거다. 그것이 너를 지키고, 우리 가족을 지키는 길
　　　　이니.
지운 　(충격으로) 지금... 역모라도 하시겠단 말씀이십니까?
정석조 (비웃듯) 왕이 여인인데 어찌 역모가 될 수 있단 말이냐.
지운 　(! 흔들리듯 보면)
정석조 (차가운 얼굴로 쏘아보다) 혼례를 올려야 할 것이다. 네게 다른 선택지는 없
　　　　으니.
지운 　(! 충격으로 바라보는 데서)

S#45. 동. 마당

정석조 괴롭게 걸어 나오는데 수하 하나 달려온다.
"창운군 대감을 찾았습니다!"
정석조 날카롭게 보는 데서
(E) "으아악!" 창운군의 비명 소리.

S#46. 거리 일각

미친 듯이 달려 도망가는 창운군. 그 뒤를 이현이 쫓는다.

이현   거기 서십시오 숙부님!!
창운군   너 같으면 서겠냐. 왕한테 넘기면 죽음인데!

어느 순간 맞은편에서 오는 정석조와 수하들.
헉! 창운군 양쪽에서 가로막히자 반대쪽으로 도망가고
이현, 역시 놀라 본다.
정석조의 수하들, 그 사이 창운군을 잡으려 하면
이현, 빼앗기지 않으려 어쩔 수 없이 정석조의 수하들과 맞선다.
그 사이 빠져나가는 창운군.
정석조, 반대길로 달려 그런 창운군을 쫓고.

S#47. 숲 일각

어느새 산길로 접어든 창운군과 정석조.
정석조, 달려가 창운군의 앞을 막아서면
헉! 두려움에 주저앉는 창운군.

창운군   사, 사, 살려주시게... 이거 다 원산군 그 자식이 시킨 거야. 죽은 척을 하면
          세자를 끌어내릴 수 있다 그랬다니까. 갈대밭에서 전하를 공격하라 시킨
          것도 그 자식이야. 나는 그냥 전하께서 계집인지만 알아보려... (하다가, 아차

보면)

정석조   (표정 굳어) 계집?
창운군   나, 날 상헌군께 데려가게. 허면 내 다 말할 것이니...

정석조, 가만히 바라보다 결심한 듯, 챙- 칼을 꺼내면

창운군   (헉! 놀라 주춤주춤 물러나며) 왜, 왜 이러나... 갑자기 왜...

정석조, 그대로 창운군에게 다가가면
"으악!!" 혼비백산 도망가기 시작하는 창운군
그러나 금세 다리가 풀린 듯 넘어지며 구른다.
정석조, 저벅저벅 다가오면 "으아악..." 기어서라도 도망가려 하고.
그 모습 비굴하고 비참한데.

창운군   (어딘가에 턱 막혀 어쩔 수 없이 돌아보는, 공포에 질려 무릎 꿇고 비는) 살
         려주시게. 제발 한 번만 살려주면 내 자네가 시키는 건 뭐든 다 할 것이야.
         기라면 기고, 구르라면 구르고. 어? 그러니 제발 목숨만... (하는데)
정석조   대감께서 아는 그 사실은 저승길에 묻어 두셔야겠습니다.

창운군, 그게 무슨 말인가, 충격으로 보면
정석조, 그대로 촤악- 칼을 내리 긋는다.
억... 쓰러지는 창운군의 죽음에서.

S#48.   지운 방 / 밤

충격으로 굳어 무겁게 앉아 있는 지운.

플래시백 / 44씬에 이어서

정석조	왜, 내가 진정 전할 죽이지 못할 것 같으냐.
지운	(괴로운) 아버지 제발...
정석조	(역시 괴로운 맘 숨기며) 혼인을 하고 도성을 떠나거라. 가서 의원짓을 하든, 무엇을 하든 신경 쓰지 않을 테니.
지운	대체 왜 이렇게까지 하시는 겁니까... 그저 묻어 주시면 안 되는 것입니까? 전하의 그 비밀을...
정석조	(괴롭고) 이 사실을 상헌군께서 알게 되는 날엔 어찌 되는지 정말 몰라서 이러느냐!
지운	(보면)
정석조	그만 내 말을 따르거라. 그렇지 않으면 나도 더는 너와 전할 지켜줄 수가 없을 테니.

지운, 참담한 얼굴로 무겁게 고개를 숙인다.

| 휘 (E) | 혼인이라니요... |

S#49. 동. 처소 / 밤

휘와 마주 앉은 하경.
휘, 충격인 듯 놀라 바라보면

하경	(굳게 마음먹은 듯) 소은이가... 내금위장의 아들인 정지운, 그분과 혼례를 올린다합니다.
휘	(믿기지 않고, 충격으로 굳어서 뭐라 말하지 못하고 보면)

하경, 휘의 그 눈빛에, 치맛자락을 꽉 쥐고 애써 두려움과 슬픔을 참아낸다.
긴장한 듯, 손이 조금은 떨려 오고... 앞에 앉은 휘를 보면.
잠시, 모든 사고가 멈춘 듯 굳어 있는 휘의 모습에서.

S#50. 궐 후원 / 밤

휘, 여전히 믿기지 않는 듯 멍한 얼굴. 심란한 눈빛으로 산책 중이다.

휘   (아무리 생각해도 믿기지 않고) 아니야. 말도 안 돼...

휘, 결심한 듯 지운을 찾으러 가보려는데.
맞은 편, 무거운 얼굴로 걸어오는 지운 보인다.
멈칫, 잠시 흔들리듯 그대로 서로를 바라보고 서는 두 사람.
지운, 결심한 듯, 휘에게 다가가면.

휘   (애써 괜찮은 척) 하루 종일... 어딜 가셨던 겁니까... 승정원에도 나오지 않
          았다 하고... 내가 얼마나 걱정했는지,
지운   드릴 말씀이 있습니다. 전하.
휘   (! 긴장으로 보면)
지운   혼례를... 올릴 것입니다.
휘   (! 사실이구나. 믿기지 않고) 어째서...
지운   (무겁게 바라보면)
휘   (부정하려 애써 괜찮은 척) 혹, 궐에 떠도는 소문 때문에 그러는 거라면...
          그만두십시오. 각오하지 않았습니까. 우리 둘 다...
지운   제가, 원해서 하는 것입니다.
휘   (! 흔들리는 눈빛, 믿을 수 없고) 원해서라고요... 어찌 그런 거짓말을 하십
          니까.
지운   (무겁게 보면)
휘   대체 이러는 이유가 무엇입니까. 무슨 일이 있었던 건지 말씀해 보십시오.
          갑자기 왜 이러는지... 함께 잘 버텨 왔지 않습니까. 여기까지...
지운   (차마 말하지 못해 괴롭고)
휘   왜... 내게도 말하지 못할 이유가 있는 것입니까?
지운   ...전하를 잃고 싶지 않습니다. 제가 전하를 잃지 않는 방법은 이것밖에는
          없습니다...
휘   그게 무슨 말입니까... 잃고 싶지 않다면서 왜...

지운	이제 여기서 멈춰야 할 것 같습니다... 전하.

믿을 수 없는 듯 잠시 멍하게 보던 휘,
지운, 괴로운 듯 그대로 돌아서면

휘	거기 서십시오! 나는 아직... 멈추라 한 적이 없습니다.
지운	(멈칫, 꽉 쥐는 주먹. 돌아보지 않고 힘겹게 걸음을 옮기면)
휘	서거라! 어명이다...
지운	(그제야 멈칫 선다, 그러나) ...송구합니다. 전하.

지운, 그대로 가는 길 가며 멀어지면
휘, 지금 이 현실이 믿기지 않는... 무너지듯, 괴롭게 서서 멀어지는 지운을
바라본다눈물에 가려 점점 흐려지는 지운을 바라보는 휘.
피가 날 정도로 주먹을 꽉 쥐고 힘겹게 눈물을 참아 내는 지운.
그렇게 멀어지는 두 사람의 모습에서. 17부 엔딩.

18^부

담이야.
전하셨습니까. 담이가...

S#1.　숲 일각 / 17부 47씬에 이어서

정석조의 수하들과 대치하다 뒤늦게 달려온 이현.
창운군이 사라진 방향을 추측하며 찾는데
조금 떨어진 숲 어딘가, 정석조가 홀로 걸어 나온다.
정석조의 칼끝엔 창운군을 벤 핏물이 묻어 있고.
이현, 의심스럽게 보다 다가가려 하면
마침, 정석조를 발견하고 달려오는 수하 몇.

정석조　(칼집에 칼을 넣고) 여긴 없다. 가자. (걸어간다)

수하들, "예!" 역시 정석조를 따르면
의심스러운 듯 그런 정석조를 바라보는 이현.
그러나 지체할 시간이 없다. 창운군을 찾기 위해 다시 주변을 헤매는 데서.

S#2.　정석조 사저 / 밤

휘와의 이별 후 터덜터덜 괴롭게 걸어오는 지운.

그 앞에 역시 창운군을 죽이고 돌아오던 정석조가 있다.
두 사람, 마주치면. 잠시 마주 보고.

지운   혼례를 올리겠습니다. 아버지의 말씀대로 할 것입니다.
정석조   (보면)
지운   허니... 전하의 비밀은 꼭 지켜 주십시오. 반드시... 그리하셔야 할 겁니다. (괴
    로움 삼키는 눈빛에서)

〈연모 18부〉

S#3.   소은 집 / 다른 날, 낮

지운의 집에서 보내온 예물과 비단 등을 보는 소은. 설레는 표정이다.

매파   (함께 예물 보며) 아우 예뻐라. 내금위장댁 마님께서 아주 꼼꼼히도 챙겨
    보내셨네...

소은, 그 말에 이제야 실감이 나는 듯 더욱 설레는 표정인데
"아씨!" 하고 다가오는 여종 하나.
소은, 돌아보면, 여종의 뒤를 따라 외출복 차림을 한 하경이 들어서고 있다.

하경   (애써 밝게) 소은아!
소은   (하경의 등장에 반색하며) 마마!

S#4.   소은 방

하경이 건넨 결혼 선물(패물 정도)를 받는 소은.

소은	어찌 이런 걸 다... 감사합니다. 마마...
하경	(밝지만, 전과 달리 힘은 없는) 축하해. 정말... 혼례 준비는 잘 돼 가지?
소은	(수줍은 듯 옅은 미소로) 이것저것 바쁘긴 한데, 아직은 실감도 안 나고 그러네요...

하경, 밝아 보이는 소은에 차마 궐에 난 휘와 지운의 남색 얘기를 못 꺼내고 표정 조금 어두우면

소은	(걱정으로) 안색이 좋질 못하십니다. 무슨 일이라도 있으신지...
하경	아니야. 일은... (그러나 표정 숨기지 못하는데)
소은	(대충 알겠고) 혹시 그 소문 때문에 그러십니까? 전하와 도련님에 대한... 저도 들었습니다.
하경	(조금 놀라고, 무슨 말을 해야 할지 모르겠는데)
소은	(저도 조금은 신경 쓰이지만, 담담하고 당차게) 걱정 마세요. 마마. 아니란 거 아시잖아요... 저와 혼인하면 금방 없어질 소문입니다. 그러니 너무 신경 쓰지 마세요.
하경	(옅은 미소. 그러나 걱정스럽고 쓸쓸한 마음 떨치기 어렵다. 그저 끄덕이는 데서)

S#5.   대전. 편전

문수와 지운을 비롯한 승지들, 휘에게 정무 보고하는 위로

플래시백 / 17부 엔딩

지운	전하를 잃고 싶지 않습니다. 제가 전하를 잃지 않는 방법은 이것밖에 없습니다...

휘, 지운 쪽 돌아보면 지운, 역시 무거운 표정으로 담담히 서 있고.
그 모습에 여전히 믿기지 않는 듯 괴로운 휘.

문수　　(보고를 끝낸 듯) 아 참, 저희 승정원의 정주서가 곧 혼인을 하게 되어 말입니다. 이것저것 준비로 정신이 없을 것 같은데, 당분간 편전에는 김주서만 들어도 괜찮으시겠습니까. 전하.

휘　　(마음 아프지만, 애써 괜찮은 척) 예... 뭐...

지운　　(차마 눈 마주치지 못한 채, 불편한 듯 고개 숙이면)

문수　　(흐뭇한) 허면 저흰 물러나 보겠습니다.

　　보고를 끝낸 문수와 승정원 일동, 돌아서 나가면
　　그 자리에 우뚝 멈추어 선 지운.

휘　　(그런 지운을 보면)

지운　　(담담히 보고하듯) 일전에 말씀드린 독초에 대해 찾고 있는 중입니다. 두 가지 모두 찾아낸다면 의금부 공초에 기록된 독살에 관한 증언이 잘못되었음을 밝힐 수 있을 것입니다...

　　휘, 끄덕인다. 잠시 침묵이 감돌고.

휘　　...혼인 준비는 잘 되어 갑니까.

지운　　(문득 시선 마주쳤다가 다시 고개 숙이고, 괴로운) 예...

휘　　....그렇군요. (마음 다스리려는 듯) 수고했습니다. 그만 나가 보십시오.

지운　　(예를 갖추고 돌아서면)

휘　　(가는 지운 보는 쓸쓸한 표정에서)

S#6.　대전 일각

　　이현, 홍내관과 마주 서 있다.

홍내관　　(낮게) 그래서, 창운군 대감은 찾으셨습니까?

이현　　(무겁게 고개 젓고) 관상감에서 합방 날짜가 나와 전하를 뵈려 하네.

홍내관	예... (합방이란 말에) 에휴 또 시간이 벌써 그리되었구만...
이현	(역시 표정 무거운데)
홍내관	참, 정주서께서 곧 혼례를 올린다는데 들으셨지요?
이현	(처음 듣는 말이다) 혼례라니? 정주서가 말이냐?
홍내관	못 들으셨습니까? 제일 친한 벗이라더니...
이현	(이상한, 문득 휘가 걱정되고) 혹, 전하도 아시느냐?

S#7. 궐 후원

내금위 군사와 격검 중인 휘.
지운의 일을 잊으려는 듯 정신없이 격검에 몰두한다.
잠시, 휘의 목검이 날아가면 "괜찮으십니까. 전하." 군사 달려가고

| 휘 | (숨 몰아쉬고 괴롭게 일어나는) 괜찮다... |

일각에서 지켜보던 김상궁. 걱정스러운 듯 다가오는.

김상궁	전하, 이제 그만 하시지요... 옥체가 상하실까 저어되옵니다.
휘	괜찮대도...
김상궁	(안타까운) 전하...
휘	이리라도 할 수 있게 두거라. 제발...

휘. 괴로움 감추듯, 다시 목검을 고쳐 잡고 돌아서면
안쓰러운 듯 바라보는 김상궁.

일각, 이현, 역시 멀리서 그런 휘의 모습 바라보며, 마음을 헤아리듯 안타
까운 표정. 잠시, 무언가 생각하듯, 돌아서는 데서.

S#8. 승정원 앞

지운, 무거운 표정. 힘없이 터덜터덜 걸어오는데,
앞에 이현이 다가와 선다. 역시 무거운 이현의 표정.
바라보는 지운에서.

S#9. 궐 일각

인적 드문 일각에 마주 선 지운과 이현, 두 사람.

이현   혼인이라니, 갑자기 무슨 소리야.

지운   그냥... 그렇게 됐다. (역시 심란한 듯 대답을 피하면)

이현   그깟 소문 하나에 이리 쉽게 흔들릴 마음이었던 거냐?

지운   (보면)

이현   그저 그런 감정으로 가만히 잘 있던 분을 흔들어 놓았던 거였냐고.

지운   (저 역시 속상하고, 괜한 위악으로) 그래, 고작 이런 마음이었다. 고작 이런 마음으로 좋아했었던 거라고. 됐어?

이현   (기막히고) 뭐?

지운   어차피 천년만년 함께 할 수 있는 사이도 아니었는데... 차라리 잘 된 거지... (괴로운데)

이현, 그 말에 "이 자식이..." 주먹을 날리면
나동그라지는 지운. 일어설 생각도 없이 그저 괴롭게 있고
이현, 그런 지운의 모습에 역시 괴롭고 답답한. 그러나 이유 없이 지운이 이럴 것이라 생각지 않는다는 듯 안타깝게 바라본다.

이현   말해... 이유가 뭔지.

지운   (그 말에 본다. 괴롭게 시선 피하면)

이현   아무 이유 없이 이럴 놈이 아니잖아. 너.

지운, 차마 말 못 하고 괴로운 표정.

역시 괴롭게 바라보는 이현에서.

S#10. 한기재 집무실

홀로 앉은 한기재, 심각한 표정. 그 위로

인서트 / 한기재 사저

수하1   도성의 기루에서 기묘한 소문이 돌고 있다 합니다.
한기재   (보면)
수하1   창운군으로 보이는 자가 왕이 쌍생이란 얘길 하고 다닌답니다. 여인일지도
         모른다고 말입니다.

         한기재, 허... 기막히고, 노한 표정인데.
         잠시, 관리 하나의 안내를 받고 들어오는 유공. 쭈뼛쭈뼛...
         앞에 앉은 한기재를 긴장으로 바라본다.

유공   부, 부르셨다 들었습니다.
한기재   (가만 보다가) 앉거라. 내 그저 묻고자 하는 것이 있어 불렀느니라.
유공   (두렵게 보면)
한기재   (바라보는 표정에서)

S#11. 대전. 처소

휘, 앞씬의 격검으로 손이 다친 듯, 서의원에게 진료를 받고 있다.
김상궁, 걱정으로 휘를 보면
휘, 진료를 받으며 떠올리듯, 서의원의 손목을 찬찬히 살핀다.
잠시, "전하, 탕약을 들이겠습니다." 하는 홍내관의 목소리 들려오면.
"들어오너라." 말하는 휘.

서의원, 치료를 끝내고 물러나려하면 홍내관이 들어온다.
휘와 홍내관, 미리 모의한 듯 잠시 눈빛 주고받고.

홍내관   (탕약 쟁반 들고 오며) 어의께서 계셨네요.

하며 실수인 척, 서의원의 소맷자락에 탕약을 쏟는다.
서의원, 갑자기 뜨거운 것이 쏟아지자 놀라면

홍내관   어이쿠 이런...
휘   (짐짓 놀란 듯) 이게 무슨 짓이냐!
홍내관   송구합니다. 제가 실수로...
휘   다친 곳은 없는지 어서 살펴 주거라.

홍내관, 급히 수건 정도로 서의원의 손을 닦아주며 손목을 가린 덧소매를
풀게 하면, 서의원, 괜찮다 물러나지만 홍내관에 의해 어쩔 수 없이 덧소매
가 풀리고. 그 안으로 드러나는 얽은 상처.

휘   (확인하는 눈빛) 다치진 않았소?
서의원   아, 예... 다행히 많이 뜨겁지 않아...
휘   (끄덕) 다행이군. 나가 보시오.
서의원   예. 전하. (물러나면)

홍내관, "아유 저런 미안해서 어쩌나..." 하며 서의원 바라본다.
휘, 홍내관, 둘 모두 상흔을 확인한 듯, 모종의 눈빛 끄덕.

S#12. 궐 일각 + 내의원 앞

대전을 나가는 서의원을 몰래 따르는 홍내관.
서의원 내의원으로 들어가면, 잠시 몸을 숨기고 대기하는 홍내관.
잠시, 다시 서의원 나오고 어디론가 가면, 홍내관 역시 얼른 뒤를 따른다.

S#13. 한기재 집무실 앞 복도

서의원, 조용히 한기재 집무실로 향하면
마침, 밖으로 나오는 한기재.
홍내관, 헉! 얼른 어딘가로 몸을 숨기고, 복도에서 두 사람이 하는 대화를
엿듣는다.

서의원 전하께서 격검 중 손을 다치셔서 입진하고 오는 길이옵니다.
한기재 그래, 괜찮으시더냐.
서의원 예. 따로 진맥도 하였는데 결과도 양호하시니 합방 역시 문제없을 것 같사
       옵니다.
한기재 알았다. 계속 살피고 작은 것 하나도 소홀함 없이 보고하거라. (가면)

홍내관, 역시 서의원이 한기재 사람이었구나. 확인하듯 끄덕인다.

S#14. 깊은 숲

약초꾼 복장을 한 지운, 험준한 산을 헤매고 다닌다.
부소화를 찾아다니는 지운. 산길을 오래 헤매었는지 손과 얼굴엔 작은 상
처도 몇 보이고. 순간, 바위 뒤 낯익은 꽃을 발견하고 다가가는 지운.
얼굴이 환해진다.

지운 (다가가 꽃을 캐고는) 부소화다...! 부소화...

S#15. 삼개방 안 + 밖

삼개방으로 온 지운, 부소화를 상하지 않게 잘 담으면

질금	그깟 부소화 하나 찾겠다고 꼭 그렇게 무식하게 돌아다녀야 하나? 사람이 머리를 써야지. 머리를... 어찌 그리 몸을 써.
지운	(대꾸 없이 부소화 상자 챙기며) 소낭초는? 알아봤어?
질금	(거들먹) 오늘 거래하기로 했지! 그 약방 주인이랑. 소낭초!
지운	(놀라고) 뭐? 그게 정말이야?
질금	내가 뭐랬어~ 나만 믿으라 했지? (찡긋, 윙크하면)
지운	확실하대? (마음 급한) 오늘 언제? 어디서? 위험하니까 은서 그 아이랑 같이 가.
질금	은서 없어. 걔 얼마나 바쁜데, 전하가 뭐 시키셨다던데. 함경돈가... 거기 갔다 온다고.
지운	(대충 알고 끄덕이면)
질금	(뭐라 말하려다가) 헌데, 곧 혼례를 올릴 새 신랑께서 얼굴이 이게 뭐냐? 입술은 어디서 또 쥐 터져가지고... 관리도 좀 하고 그래. 아무리 아부지 때문이라도 그렇지. 어찌 이리 자기 혼사에 관심이 없어?

지운, 그 말에 표정 굳어지고, 부소화 담은 상자 챙겨 자연스럽게 밖으로 나가면, 따르는 질금.

질금	(나서며 계속 얘기하는) 대사헌 댁 아씨도 알고 보면 마음씨도 좋은 것 같고. 괜찮은 분 같던데...

하는데, 마당에 언제부터 있었는지 소은이 서 있다.
질금, 헉! 당황해 얼른 입 다물면
지운, 역시 난처한 듯 소은 보고.

소은	(본의 아니게 얘기 들은 듯, 당황하며) 아... 지나가다 잠깐, 생각이 나서... (지운 보며) 계신 줄 몰랐습니다. 여기에...
지운	(조금 어두워져 보는 데서)

S#16. 도성 일각

지운, 소은과 함께 걸어가고 있다.
어색하게 말이 없는 두 사람.

소은   ...보내주신 채단*은 잘 받았습니다. 고르시느라 힘드셨겠더라고요. 하나하
       나 어머님께서 직접 고르셨다 들었습니다...
지운   (마음 무겁고) 예...
소은   (그런 지운의 모습에 마음이 무겁고, 엉망인 얼굴에 속상한) 얼굴은 왜...
지운   아... 아닙니다...
소은   (손수건을 꺼내어 닦아주려 손을 내밀려다 멈칫, 그저 건네며) 이거라도...
지운   (소은이 내민 손수건 본다. 망설이다 받으면. 마음 무거운데)
소은   (그런 지운을 보며, 짐작하듯) 도련님껜 혹... 이 혼례가 원치 않는 것입니까?
지운   (본다. 뭐라 말해야 할지 모르겠고) 그런 것이 아닙니다...
소은   (보면)
지운   (더는 거짓으로 대하기 미안하고) 미안합니다... 허나... 노력할 것입니다. 조
       금 시간이 걸리더라도요...

소은, 지운의 그런 진심에 마음이 아프다.
찢어지는 마음 숨기고, 옅은 미소, 믿는다는 듯 가만히 끄덕이면
지운, 미안하고, 괴롭고, 복잡한 마음이다.
소은이 준 손수건을 바라보는 표정에서.

S#17. 중궁전 처소 / 저녁

하경, 어두운 얼굴로 홀로 앉아 있다.

플래시백 / 17부 49씬

....

* 신랑 집에서 신부 집으로 보내는 예물.

지운의 혼인 소식을 들은 후 무너지는 휘의 표정

하경 괴로운 얼굴인데... 유공, 들어온다.

유공   마마, 합방에 드실 시간이옵니다...
하경   (낮은 한숨) 그래... (일어서 나가려는데)
유공   저... 마마...

안절부절 하던 유공, 마치 울 것 같은 얼굴로 하경을 부른다.

유공   (울상으로) 실은... 아까 영상대감께서 부르시어 갔었는데...
하경   (의아한) 영상께서 너를 왜?
유공   (안절부절 하다 갑자기 무릎을 꿇는다) 송구합니다 마마!
하경   (놀라) 유공아...?
유공   제가 다 말해 버리고 말았어요. 그동안 합방일에 요가 두 개 들어갔던걸...
하경   (! 순간 얼굴이 하얗게 질린다) 뭐? 그건 내가 절대 말하지 말라고 했잖아!
유공   상헌군 대감께서 너무 무섭게 물어보셔서 그만...

유공, 눈물을 뚝뚝 떨구며 두렵게 올려다보면
하경, 그 모습에 더 화도 못 내고 난처하다. 어떡하나 걱정스러운 얼굴에서.

S#18. 중궁전. 합방 처소 / 밤

휘, 무거운 걸음으로 처소로 들어오면 방 안, 먼저 온 하경이 고개를 숙인
채 무겁게 앉아 있다. 하경의 뒤로 요가 하나인 것이 보이면
표정 굳는 휘. 어찌 된 일인지 보는데.

하경   (굳게 마음먹은 듯) 오늘부터 요는 하나만 들일 것입니다.
휘   (조금 놀라고) 그게 무슨 말이오.
하경   (잠시, 결심하듯 떨림 숨기고 애써) 궐에 소문이 좋지 않습니다. 그 소문들

	을 불식시키기 위해서라도... 이리 하셔야 합니다.
휘	소문은...(괴롭지만) 그저 소문일 뿐이오. 밖에 말해 다시 요를 들이라 하시오.
하경	부부의 합방에 요가 두 개 들어오는 법은 없습니다.
휘	(괴롭고, 답답한) 중전!
하경	신첩... 잘은 모르오나, 중전을 국모라 부르는 까닭은 전하를 섬기는 백성들을 내 배 아파 낳은 자식처럼 아끼고, 돌보라는 뜻이 아닐까 생각하옵니다. 헌데 제 아이를 품어 본 적도, 낳아본 적도 없는 제가 어찌 그 뜻을 이해하고 백성들을 품을 수 있겠습니까...
휘	(그 말에 괴롭게 바라보면)
하경	후사를 이어 종묘사직의 대를 잇는 것이, 중전으로서 해야 할 가장 큰 직무이자 존재 이유입니다... 부디 제가 저의 일을 해낼 수 있게 도와주시옵소서 전하...

하경, 결심한 듯, 휘 앞에서 제 옷고름을 풀어내기 시작하면
괴롭게 바라보는 휘. 눈빛이 흔들리고.

휘	제발 이러지 마시오. 더는 중전을 곤란하게 하고 싶지 않소...
하경	(그 말에 원망스러운) 그렇다면 품어 주십시오. 신첩을...

하경, 눈물을 참아 내듯, 다가가 손을 뻗어 휘의 옷고름을 잡는다. 떨리듯
다소 거칠게 휘의 옷고름을 풀어내려 하면, 스르르 풀리는 휘의 옷고름.
휘, 급히 그런 하경의 손을 잡아 제지한다.

휘	(간절히 하경을 붙잡고) 이러지 마시오. 중전. 제발...
하경	(그런 스스로가 비참하고, 휘가 원망스러운) 전하께선 진정 사내를 좋아하시는 것입니까. 아니면 다른 여인을 심중에 두신 것입니까... 말씀해 주십시오. 그저 신첩이 싫어서인지, 다른 이유가 있는 것인지...
휘	(괴로운) 그런 것이 아니오...
하경	그런 것이 아니라면... 어째서 이러시는 것입니까. 대체 어째서...
휘	(차마 아무 말 못 하면)

하경　（괴로운）차라리 후궁을 들이십시오... 정녕 신첩이 할 수 없는 일이라면...
　　　후궁을 들여서라도 후사를 이으십시오. 제발...

　　　그 말을 하는 하경, 무너지듯, 고개를 숙이며 눈물을 흘리면,
　　　괴롭게 바라보는 휘. 떨려 오는 하경의 어깨를 아프게 바라본다.
　　　하경, 억지로 울음을 참아보려 하지만 흑흑... 흐느낌 새어 나오면
　　　안타깝게 바라보다 그런 하경을 조심스럽게 안아주는 휘. 저 역시 이런 현
　　　실에 눈물이 맺히고.

휘　　（미안한 마음으로 꼭 끌어안고）아니오... 내 결코 중전이 싫어 그런 것이 아
　　　니오...
하경　（휘의 품에서 서럽게 흐느끼면）
휘　　（마음 아픈）미안하오... 이런 나를 이해할 수 없다는 거 알고 있소. 머지않
　　　아 내 다 말해 주겠소... 내가 왜 이래야만 했는지... 이럴 수밖에 없었던 이
　　　유를... 중전에게만큼은 다 말해 주겠소... 모두...

　　　휘, 서글픈 운명에 대한 서러움에 역시 눈물이 맺히면
　　　하경, 그런 휘의 진심을 느끼듯 품에 안겨 흐느끼는 모습.
　　　그렇게 슬픈 두 사람의 모습에서.

S#19.　이현 집무실 / 밤

　　　홀로 앉은 이현, 낮의 지운과의 일을 떠올린다.

　　　# 플래시백 / 8씬에 이어

지운　（괴롭게 입을 떼는）아버지가 아셨다... 전하의 그 비밀에 대해...
이현　（충격이고）뭐?
지운　전하를 지킬 수만 있다면 뭐라도 할 거다. 난. 그러니... 제발 모른 척해줘. 현
　　　아. 부탁이다...

다시 현재

이현, 마음이 복잡하다... 괴롭게 한숨 쉬는데.

순간 무언가 (# 플래시백 / 정석조 칼날에 맺힌 핏방울) 떠오른 듯

"설마..." 급히 자리에서 일어나는 데서.

S#20. 숲 일각 / 밤

정석조를 마지막으로 보았던 풀숲 근처에 온 이현. 다급히 산을 뒤진다. 일
각, 뭔가 이상한 걸 발견한 듯 가까이 가보면 낙엽 따위에 묻힌 창운군의 손
가락 정도... 이현, 급히 낙엽을 헤치면 드러나는 창운군의 모습. 발견한 이
현. 진짜 정석조가 죽인 것이로구나... 복잡하고 무거워지는 표정에서.

S#21. 약방 앞 길목 / 밤

정석조, 약방 근처에서 누군가 오기를 기다리고 있다.

인서트

수하   약방에 소낭초를 찾는 이가 왔었답니다.

어둠 속, 누군가 약방으로 다가오는 모습에 바라보는 정석조.
다가가 급히 칼을 꺼내 겨누는데, 피하는 사람. 다름 아닌 지운이다!

지운   (역시 놀라고) 아버지...
정석조   어찌 니가... 너였더냐. 소낭초를 구한다는 사람이.
지운   (놀라 보다가, 짐작하듯) 역시... 아버지도 알고 계셨던 겁니까? 선왕전하의
       죽음에 대해.
정석조   (대답하지 않고) 이제 와 그것을 구해 무엇을 하려는 것이냐.

지운	(원망스럽게 쏘아보며) 선왕 전하의 죽음을 밝혀낼 것입니다.
정석조	선대왕의 죽음을 밝히고자 한다면, 아비인 나까지도 발고해야 할 것이다.
지운	(무겁게 보다가, 다짐하듯) 죄를 지으셨다면, 아버지께서도 죗값을 받으셔야겠지요...
정석조	(그 눈빛에 허탈해지고)
지운	(잠시 보다가, 괴롭게 곁을 스쳐 가려는데)
정석조	멈춰라. 그곳은 상헌군께서 관리하는 곳이다. 그리 허술하게 됐을 것 같으냐.
지운	(놀라 돌아보며) 허면 함정이라는 것입니까?
정석조	(그렇다는 듯 말없이 보면)
지운	질금이가 그곳에 있습니다! (급하게 가려 하면)
정석조	(챙, 지운을 향해 칼을 겨눈다) 갈 수 없다. 너는.
지운	(원망으로) 그 아이를 두 번 죽이실 셈입니까!
정석조	네가 살린 아이들이라 들었다. 그걸로도 충분하다 여길 테니. 더는 마음 쓰지 말거라. 이미 늦었을 것이다. (하는데)
지운	제가 구한 것이 아닙니다! 그 아이들이... 저를 살린 것입니다.
정석조	(지운의 말에 보면)
지운	(괴롭게) 아버지로 인해 상처받았던 그때, 차라리 죽고자 했던 저를 살게 한 것이 그 아이들입니다. 그 아이들이 없었다면 견딜 수도 없었겠지요. 그 시간들을...
정석조	(조금 놀란 듯, 흔들리고) !!
지운	비켜 주십시오. 가야 합니다...

정석조, 흔들리는 눈으로 지운을 보면
지운, 그대로 정석조를 지나쳐 스쳐 간다. 이내 급하게 달려가면
지운이 멀어지는 모습을 보며 툭, 칼을 내리는 정석조.
고민하듯 무겁게 그 모습 보는 데서.

S#22. 다른 숲길 (혹은 도성 외곽길) / 밤

질금, 조금 불안한 듯 약방주인(17부 14씬의 남주인)을 따라서 걸어간다.
점점 더 으슥하고 길이 아닌 곳으로 향하는 약방주인.

질금   (조금 무서운 듯 주위를 둘러보며) 아까부터 대체 어디까지 가는 거예요...
         소낭초가 있긴 한 거예요?
약방주인   아 이제 다 왔대도. 그리 은밀한 걸 아무 데서나 거래할 수 있나... (주변을
         살피는 눈빛, 걸음이 좀 더 빨라지면)
질금   하긴 그게 좀 은밀하긴 하지만... (불안한 듯 둘러보며 따르면)
약방주인   (돌아보며) 헌데... 그 위험한 건 왜 찾는다고 했지?
질금   아~ 그거? 그럴 일이 좀 있어요. 묻지 마시라니까.

하는데, 어디선가 나타난 복면의 자객들, 질금을 둘러싼다.
질금, 헉! 놀라 "이, 이게 무슨..." 약방 주인을 보면

약방주인   (수하 하나에게) 이 자입니다. 소낭초를 찾는다는 자가.
수하1   (끄덕, 칼을 질금의 목에 대고) 죽어 목이라도 온전히 달고 있고 싶으면 솔
         직히 말해야 할 것이다. 소낭초를 찾는 저의가 무엇이냐.
질금   (두려운) 예? 그, 그것이... 전 그저 진귀한 약초라기에 구경 삼아...

수하1, 질금의 목에 칼을 더 깊이 넣으면, 피가 흐르고
질금, "살려주세요. 으으으..." 두려워하면서도 차마 말도 못 하는데.

수하1   어서 말하거라. 널 보낸 자가 누군지.
지운 (E)   나다. 그 아일 보낸 게.

일동, 소리에 돌아보면, 달려온 지운이 서 있고.
질금, "형님!!" 놀라고, 두렵게 보면
수하들, 순식간에 지운을 공격한다. 수하들과 일전을 벌이는 지운.
질금, "형님..." 울먹이며 바라보면
지운, 수많은 검들을 피해내고 순식간에 수하1의 앞까지 다가와 칼을 날려
질금을 제 쪽으로 끌어 숨긴다.

지운   (안도하고) 가자!!

지운, 그대로 질금을 데리고 숲을 향해 달아나기 시작하면
수하1, "잡아라!" 소리와 함께, 수하들, 두 사람을 쫓아가고.
쫓아오는 복면들과 맞서 싸우며 내달리는 지운, 금방이라도 잡힐 듯
수세에 몰리고. 수하들의 공격에 팔과 다리 등을 베이며 쓰러지면
"형님!!" 울먹이며 다가가는 질금. 좁혀오는 수하들에 두렵게 보고.
지운, 질금을 지키기 위해 일어나 마지막 힘을 내어 수하들을 상대한다. 잠
시, 수하들 주춤거리는 사이 질금과 다시 달아나는 지운.
그러나 잡히는 건 시간문젠데. 순간 어디선가, "멈추거라!" 소리 들리며 수
하들 앞으로 나타나는 누군가... 정석조다!

수하1   여긴 어쩐 일이십니까.
정석조   이곳은 내가 책임질 것이니 물러들 가거라.
수하1   (조금 이상하고) 소낭초를 구하려는 자는 필히 잡아 오라는 상헌군 대감의
          명이 계셨습니다.
정석조   물러가란 말 안 들리느냐? (서늘하게 보며) 대감껜 내가 보고할 것이다.

수하1, 정석조의 서슬에 어쩔 수 없이 돌아서면.
바라보는 정석조, 멀리 지운이 달아날 시간을 벌어주듯, 표정 어두운 데서.

S#23. 삼개방 마당 / 밤

소은, 영지와 마주 서 있다. 영지에게 옷감 정도 건네는 소은.

소은   (따뜻한 미소) 낮에 들렀는데 네가 없어서 내 마음대로 골라봤어. 혼례식
          때 도와준다 해 준 거... 고마워서.
영지   당연한 것을요... 신경 안 써주셔도 되는데...
소은   도련님께서 너와 네 오라비를 친동생처럼 아낀다고 들었어. 괜찮다면 나도

그렇게 생각해도 될까? 너희들이랑 정말 잘 지내보고 싶어. 가족처럼 말이야...

영지   (그런 소은의 모습에 조금 놀라지만. 환하게 웃는다) 그럼요.

영지와 소은, 서로 마주 보고 웃는데

질금 (E) 영지야! 영지야!

지운을 부축한 질금, 급하게 영지를 찾으며 들어온다.
"오라버니!" 다친 지운의 모습에 놀라 소리치는 영지.
소은 역시 "도련님...!" 놀라 바라보면
질금에게 기대 겨우 서 있던 지운, 결국 폭 쓰러진다.

S#24. 삼개방 방 안 / 밤

응급처치를 한 지운, 식은땀을 흘리며 끙끙, 사경을 헤맨다.
곁에 앉은 질금, 영지, 소은 등.

소은   대체 어찌 된 일이야. 도련님께서 왜...
질금   그것이... (뭐라 말 못 하고) 형님... 좀 일어나봐. 형님...

소은, 더 묻지 못하고 안타깝게 보면
영지, 질금을 데리고 밖으로 나간다.
홀로 앉은 소은, 지운을 바라보면. 속상한 듯 눈물이 끼치고.
"도련님..." 마음 아프게 보는데.

(점프)
수건으로 지운의 땀을 닦아내주는 소은.
밤새 지운의 곁에서 간호하는 모습이다.
소은의 손길이 스치면 아픈 듯 찡그리는 지운의 모습.

가만히 지운의 얼굴을 바라보는 소은. 어쩐지 슬픈 눈빛에서.

S#25. 이현의 군저 / 밤

이현 이제 어찌해야 하나, 무거운 표정으로 들어오는데
문득 사랑채의 댓돌 위, 손님이 온 듯 신발이 놓인 것이 보인다.

원산군 (E) 상헌군의 귀에 들어가다니?

S#26. 동. 원산군의 방 / 밤

원산군의 앞에 서 있는 수하.

원산군수하 창운군께서 술에 취해 쌍생에 대한 말을 흘리고 다닌 것을 들은 이가 한둘
이 아니랍니다.
원산군 (하! 기막히고. 차가워지는 표정) 하여 숙부는 아직 찾지 못했단 말이냐.
(수하, 그렇다는 듯 고개 숙이면) 혹여라도 상헌군께 먼저 발각되었다 입이
라도 잘못 놀리면 큰일이다. 어서 가 숙부를 찾아오너라.
원산군수하 예!

하는데 문이 쾅! 열린다. 놀라 보면, 화난 얼굴의 이현, 들어온다.

이현 진정 형님 짓이었습니까... 대체 무슨 짓을 꾸미고 계신 겁니까!
원산군 (조금 놀라보다가, 머뭇대는 수하에게) 어서 가 찾으란 말 안 들리느냐!
원산군수하 (고개 숙여 인사하고 이현을 스쳐 가면)
이현 이제 그만 하시지요. 숙부는 죽었습니다.
원산군 (그 말에 조금 놀라) 죽다니... 숙부를 죽인 자를 보았느냐.
이현 (대답 대신, 원망스럽게 쏘아보며) 어찌 이리 간악한 짓을 벌이신 겁니까. 대
체 왜 이렇게까지 하시는 거냐 말입니다.

원산군	그 이유를, 정녕 모르느냐.
이현	(! 원망스럽게 쏘아보면)
원산군	(묘한 미소와) 내 항상 궁금했다... 네가 왜 그리 왕에게 충심을 다하는지... 현이 넌 다 알고 있었던 게지. 전하께서 여인이라는 사실을.
이현	! (당황하고, 흔들리듯 보면)
원산군	너의 연심이... 아주 어긋난 곳을 향해 있었구나, 현아.

원산군, 비웃듯 입꼬리 올린 채 바라보면
밖에서부터 "원산군은 어디 있느냐!" 하는 한기재 수하들의 목소리가 들려
온다. 놀라 돌아보는 원산군과 이현.

인서트 / 흩어져 원산군을 찾는 군사들.

원산군	(짐작했다는 듯) 생각보다 상헌군께서 더 빨리 나를 찾으시나 보군...

원산군, 어쩔 수 없다는 듯 자리에서 일어나면.
충격으로 굳어 있던 이현, 급히 칼을 뽑아 들고 원산군 앞을 막아선다.

이현	가시면 안 됩니다. 이대로는... 저와 함께 전하께 가시지요. 뜻을 꺾고 용서를 비신다면, 저 역시 형님을 살릴 수 있게 방안을 강구할 것입니다.
원산군	이미 늦었다. 물러서거라.
이현	(물러서지 않고 버티면)
원산군	네가 정녕 어머니와 우리 두 형제의 목숨을 그 연심과 바꾸려는 것이냐?
이현	(그 말에 괴롭고) 상헌군을 만나 대체 어찌하려 하십니까!
원산군	나의 자릴 찾을 거다.
이현	형님!!
원산군	(서늘히 보며) 여인은, 왕이 될 수 없다. 현아...

원산군, 그대로 이현을 스쳐 밖으로 나가면
무너지듯, 허탈하게 바라보는 이현. 이제 어찌해야 하나 괴롭게 바라본다.
수하들을 향해 뚜벅뚜벅 걸어가는 원산군의 모습에서.

S#27. 한기재 사저. 사랑채 / 밤

원산군이 발견한 휘의 태함을 앞에 두고 앉은 한기재.
꼬인 태를 보는 표정... 생각이 깊다.
잠시 문이 열리고 수하들에 이끌려 들어오는 원산군.
한기재 앞에 놓인 태함에 조금 놀랐다가 이내 체념하듯, 픽 웃으면
한기재, 본다. 수하들에게 눈짓하면. 수하들, 원산군을 남겨두고 나가고.

한기재   앉으시지요. 군대감.
원산군   (짐짓 여유 있는 모습으로 자리에 앉아 한기재를 보면)
한기재   전하를 폐위시키기 위해 창운군을 죽은 자로 만드셨다... 아직 그 헛된 욕심
        을 버리시지 못한 모양입니다.
원산군   (응수하는 미소) 이미 태까지 확인하신 것 같은데... 어찌 헛된 욕심이라 하
        십니까. 헛된 욕심은, 잘못된 패를 쥐고도 놓지 못하고 계시는 상헌군께서
        부리시는 것이지요.
한기재   (허, 기막히고. 서늘하게 보면)
원산군   궐이 조용하던데... 전하께서 자객의 공격을 받으셨다는 것도 모르시겠습니
        다. 그때... 전하의 옷고름이 찢어지셨다지요.
한기재   (몰랐던 사실이다. 조금 놀라 보고)
원산군   (몰랐음을 확신하고, 피식) 내금위장께서도 그 자리에 계셨다는데 어찌 숨
        기셨는지... (웃고는) 불안하지 않습니까, 대감? 사내에 빠져 중전과의 잠자
        리를 부정하는 어린 왕이라니... 그 혈기방장함이 엉뚱한 곳을 향하고 있음을
        모르진 않으실 테지요.
한기재   (불쾌한 듯 본다. 그러나 담담히) 이 자리를 저승길로 여겨 걸음한 것이 아
        니라면, 무리수를 두면서까지 나를 자극할 필요가 없을 것인데...
원산군   (끄덕이고는) 기억하십니까? 10년 전, 세손전의 스승인 익선이 죽은 후, 얼
        마간 전하께서 마치 다른 사람이라도 된 것 같으셨지요. 당시에는 모두 충
        격이 커 그렇다 생각했지만... (맞보며) 그때... 만약 전하께서 뒤바뀐 것이라
        면...

원산군의 말에, 미세한 균열이 일 듯 눈가가 떨리는 한기재.
그러나 이내 기막힌 듯 허, 허허허... 웃기 시작한다.
그 모습 지켜보는 원산군. 그러나 이내 쾅! 서안을 내리치는 한기재.
핏발선 눈으로 무섭게 쏘아본다.

한기재   (호통) 네 이놈! 어디서 그런 허무맹랑한 소리로 전하와 나를 농락하려 드
        는 것이냐! 내 당장 여기서 그 입을 찢어주랴!

원산군   (기죽지 않고) 아직 대감께 기회는 남아 있습니다. 제가 대감의 패가 되어
        드리지요. 어떻습니까. 저와 손을 잡는 것이.

한기재, 기막힌 듯, 서늘하게 보면
원산군 역시 한기재를 보고. 두 사람 시선, 팽팽하게 부딪히면

한기재   저놈을... 당장 끌어내 가두거라!!

한기재의 명에 대기하고 있던 수하들 들어와 원산군을 붙잡으면
원산군, 차갑게 쏘아본다. 멈칫, 수하들 그 기세에 자신도 모르게 물러서면

원산군   내 발로 갈 것이다... (나가기 전, 한기재 돌아보고) 대감께선 곧 다시 저를
        찾으시게 될 겁니다.

원산군 끝까지 당당하게 걸어 나가면
홀로 앉은 한기재, 분한 듯 서늘해지는 눈빛에서.

휘 (E)   모든 사실을 알다니요...

S#28.   대전 처소 / 밤

이현이 모든 것을 전한 듯, 충격으로 바라보는 휘.

김상궁과 홍내관 역시 놀라 바라보면

이현   (괴로운) 숙부를 자객으로 보낸 자가 저희 형님이셨습니다.

휘   (놀라면)

이현   전하께서 여인이란 사실을 확인키 위해 꾸민 것 같습니다. 지금쯤 상헌군께
        도 그 사실을 전하고 있을 것입니다...

휘   (충격으로 보면)

청천벽력 같은 소식에, "이를 어찌..." 김상궁, 쓰러질 듯하고,
홍내관, "마마님!" 급히 김상궁을 부축한다.

홍내관   전하 이를 어찌합니까. 이제...

휘   (두렵지만, 다잡으며) 우리가 먼저 움직여야 한다... 원산군 형님이 알고 있
        는 것은 추측에 불과하니... 외조부께서도 아직은 섣불리 움직이진 못하실
        것이다.

휘, 생각보다 결전의 날이 빨리 온 듯 낭패스러운 표정 지으면
두려움과 불안함에 서로를 보는 일동의 표정에서.

S#29. 중궁전 / 다음 날, 아침

하경, 긴장으로 바라보면, 앞에 한기재가 앉아 있다.
조금 긴장했으나, 애써 태연하게 바라보는 하경.

한기재   간밤에 평안하셨습니까.

하경   예... 영상대감께서 중궁전까진 어인 일이신지...

한기재   소신, 쓸데없는 잡념들로 밤을 허비하여 말입니다. 마마와 전하의 사이가
        좋지 못하다는 말들이 들리던데...

하경   (조금 긴장해 보다가) 그저 소문일 뿐입니다. 전하께서 저를 많이 아껴 주시
        니 곧 좋은 소식 들려드릴 것입니다. 너무 걱정 마십시오.

하경 애써 태연한 척, 그러나 찻잔을 드는 손이 조금 떨리고
한기재, 그 모습 유심히 보다 차를 마시는 데서.

S#30. 삼개방

지운, 정신이 드는 듯, 조용히 눈을 뜨고 몸을 일으키려 하면.
영지, 치료하던 물건들 정리하다가, "오라버니!" 부축하는.

영지   정신이 좀 들어?
지운   어떻게 된 거야? 질금이는, 괜찮아?
영지   지금 누가 누굴 걱정해요! 질금 오라버닌 멀쩡해. 걱정 말어.

지운, 그제야 다행이라는 듯, 움직이다가 몸이 아픈 듯 인상 찡그리며 상처
를 보면, 곱게 치료되어 있다.

영지   소은 아씨께서 밤새 간호해 주셨어.
지운   (그 말에 조금 놀란 듯 보면)
영지   막 가셨는데...
지운   (고맙고 미안한 표정으로 상처를 보는 표정에서)

S#31. 도성 거리

소은, 생각에 잠긴 채 걸어간다. 어쩐지 서글픈 눈빛.

플래시백 / 23씬에 이어.
소은, 지운을 간호하는데
찡그리던 지운, 괴로운 듯... "보고 싶습니다... 많이..."
지운, 눈가에 눈물이 맺힌 듯도 하고...

소은, 그런 지운의 모습에 멈칫, 상처받은 얼굴로 그 모습 본다.

다시 현재
괴로운 듯, 쓸쓸하게 걸어가는 소은에서.

S#32. 대전 처소

휘와 홍내관 김상궁, 긴장으로 모여 있다.

휘	소낭초는, 아직 소식이 없느냐?
홍내관	예... 아직 구하지 못한 듯싶습니다.
휘	(낭패스럽고 어쩔 수 없는) 소낭초를 구해 외조부께 가져다드린 것이 서의 원일 것이다. 일단 그자라도 붙잡아 실토하게 해야겠다.
홍내관	하지만, 그자가 끝까지 입을 열지 않으면요. 괜히 상헌군께 더 의심만 사는 것이 될 터인데...
김상궁	(나서며) 전하의 말씀이 맞습니다. 상헌군께서 의심하기 시작하셨으니, 사실을 알게 되는 것은 시간문제입니다. 무엇이든 서둘러야 합니다.
휘	(끄덕) 당장 은서 그 아일 보내야겠다.

S#33. 한기재 집무실

한기재, 정석조와 마주 앉았다.

한기재	창운군이 전하를 공격하였단 얘길 어찌 숨겼더냐.
정석조	부호군의 무덤에 다녀오는 길이었습니다. 하여, 전하께서 알리길 원치 않으셨습니다.
한기재	(그걸 변명이라고 하는 건가, 비웃듯) 어명을 따랐다? 허면, 창운군을 잡아오라 명하였을 땐. 그때라도 알렸어야지 않는가.
정석조	송구합니다. 우선 그자를 잡아 사실을 확인한 후 말씀드려도 늦지 않을 거

라 판단했습니다.

한기재 (대체 무슨 생각인가. 빤히 보면)

정석조 (긴장을 숨기고)

한기재 (잠시, 그대로 살피듯 보다가) 그래... 그만 나가보게.

정석조, 불안한 듯 본다. 예를 갖추고 나가면
잠시, 수하 하나가 들어온다.

한기재 내금위장을 잘 살펴보거라.

수하 (조금 놀라 봤다가) 예. 대감.

S#34. 궐 밖. 골목 일각 / 밤

어둠 속을 걷는 서의원.
그 뒤를 조용히 쫓는 사람, 가온이다.
서의원, 눈치채지 못하고 골목을 도는 순간,
가온이 서의원을 확 낚아챈다.

S#35. 대전 처소 / 밤

휘, 초조한 듯 왔다 갔다 하면
역시 불안한 듯 문 쪽을 바라보는 김상궁.
잠시, 홍내관 안으로 들어오면, 휘와 김상궁 돌아본다.

휘 은서는 어찌 되었느냐!

홍내관 지금 막 선원전에 도착한 모양입니다.

휘, 끄덕. 나서려고 문으로 다가서는데.
조용히 문이 열리고, 등장하는 사람, 한기재다.

긴장하는 일동. 모두 숨죽였다가, 예를 갖추듯 급히 물러나면.

한기재, 휘를 지나쳐 안으로 들어선다.

휘   (평정을 되찾으려, 한기재를 돌아보며 자리로 가는) 이 시간에 어쩐 일이십
           니까.

한기재   (자리에 앉으며) 어딜 가시려던 참입니까?

휘   (긴장한) 적적하여 잠깐 걸으려 나서던 길입니다.

한기재   (대수롭지 않게) 허면 저와 잠시 담소를 나누시면 되겠습니다. 소신, 아주
           재미난 이야기를 많이 가져왔으니.

휘   (각오했다. 긴장을 감추고) 예... 그것도 좋겠군요. (살피듯 보면)

한기재   (표정을 알 수 없고) 죽은 줄 알았던 전하의 숙부가 버젓이 살아 돌아와, 전
           하의 목숨을 노렸다고요. 헌데, 그것이 목숨을 노린 게 아니라, 우스운 소문
           을 확인코자 벌인 짓이라던데...

휘   (그 말에 보며) 소문이라니요...

한기재   왕이 날 적에 쌍생이었다. 그것도 계집아이와 한 태에서 난 쌍생...

휘   (! 긴장으로 보면)

한기재   그 사실만으로도 왕의 자릴 보전키 어려울 것인데... 아무도 모르는 사이 두
           아이가 바뀌어 계집아이가 이 나라의 왕이 되어있다고 말입니다. (픽, 기막
           히다는 듯 웃으며 휘를 보는) 어떻습니까. 참으로 재미난 얘기가 아닙니까.

휘   (떨리지만, 애써 참아낸다. 역시 웃으며) 참으로 재밌군요. 백성들은 궐 깊은
           곳에 사람을 잡아먹는 괴수가 있다는 소릴 한다더군요. 어릴 적엔 그 괴수
           와 마주칠까 두려워 밤엔 밖을 나서질 않았었는데... 오랜 후에 그것이 외조
           부님을 뜻한다는 것을 알게 되었지요. 뭐 가끔 궐의 소문은 그리 허황되게
           부풀려지곤 하나 봅니다.

한기재   (웃음이 새는) 그랬습니까. 헌데, 전하. 소문이 영 거짓만은 아니옵니다. 전
           하께선 날 적에 쌍생이 맞으셨습니다. 전하의 누이동생인 계집아이를 제가
           죽이라 명했었지요.

휘   (그 말에 분한 듯, 떨림을 감추며) 죽이라 명하였다고요...

한기재   예. 그 소문을 아는 이들도 아무도 남지 않았습니다. 제가 모두 죽이라 명
           하였으니...

김상궁, 홍내관 (긴장으로 보면)

휘	(분노로 떨림을 참으며) 어찌 그러셨습니까... 어찌 그리 가혹한 일을 하신 겁니까.
한기재	모두 전하를 위한 일이었지요. 민간과 달리 왕실은 쌍생을 불길의 징조로 여기지 않습니까... 조카를 죽이고 옥좌에 오른 선왕께서는 쌍생의 소문이 퍼지는 것을 누구보다 두려워하셨습니다. 하여, 소신에겐 선택의 여지가 없었지요. 전하와 누이동생 둘 모두를 죽이거나, 아니면 계집아이만 죽여, 비밀을 유지하거나... 말이지요.
휘	(긴장을 숨기며) 이 얘길 지금 제게 하시는 연유가 무엇입니까.
한기재	앞으로도 이 사실을 아는 자가 있다면 제가 모두 잡아 죽일 것입니다. 전하의 앞길에 방해가 되는 자들은 모조리 말입니다.

휘, 긴장으로 보면
한기재, 잠시 알 수 없는 고요한 미소. 일어서다가, 문득 김상궁과 홍내관을 한번 본다. 휘, 그 눈빛 알아보고. 떨리는.

한기재	소신의 충심을 전하께옵선 알아주시리라 믿지요. 그 뜻만 알아주신다면, 소신, 궐에 사는 괴수라 여겨져도 여한이 없사옵니다.

한기재, 휘를 한 번 보고는 예를 갖추어 돌아선다.
잠시, 고요히 걸어 나가면.
홍내관과 김상궁, 긴장이 터져 나오듯...

휘	(결심한 듯) 너희는 짐을 챙겨 궐을 떠나야겠다.
김상궁/홍내관	전하! / 예?
김상궁	아니 되옵니다. 어찌 그런 말씀을 하십니까. 전하를 두고는 아무데도 가지 않을 것입니다.
휘	(절박한) 너희가 있으면 내가 이기는 싸움을 할 수 없다... 분명 외조부가 너희를 볼모 삼아 내 입을 열려 할 것이니라.
홍내관	(애타는) 혼자서 대체 어쩌시려 합니까...
휘	(결심하듯) 외조부께서 아바마마를 죽이고 역심을 품었다는 것을 밝힐 것이다. 여연에서 구해온 장부와 서의원을 이용해 소낭초만 찾는다면... 할 수

있을 것이야.

홍내관   허나 조정의 사람들이 모두 상헌군의 사람인데... 그것만으로는 어려울 거라지 않으셨습니까.

휘   (알고 있다) 이렇게 된 이상 해 봐야지... (확신을 주듯) 너무 늦지 않을 것이다. 반드시 이 일을 성공 시켜 너희를 찾으마. (아픈 마음 숨기며 미소로) 내가 겸이에게 선위하는 모습을 함께 봐야 할 것이 아니냐.

김상궁, 홍내관   (눈물로) 전하...

휘   나를 믿거라. 나는, 죽지 않을 것이다. 내가 어떻게 버텨왔는지, 너희가 더 잘 알지 않느냐.

        휘, 애써 미소로 바라보면
        홍내관과 김상궁, 괴롭게 눈물 훔친다.
        두려운 싸움을 준비하듯 애써 담담하게 바라보는 휘의 눈빛에서.

S#36. 한기재 사저 / 밤

        찻잔을 만지작거리며, 생각에 잠긴 한기재.

        # 플래시백 / 2부 10씬

한기재   ......아이를 봐야겠다.

빈궁   (밖의 정석조를 보며) 왜, 정석조 저자를 믿지 못하시는 것입니까?

        # 플래시백 / 1부 엔딩

한기재   (윤목을 보며) 사가의 아이들이나 가지고 노는 것을 어찌 마마께서.

        # 플래시백 / 9부 25씬

혜종   세자빈 간택에 관해서는 제가 따로 말씀 올릴 때까지 조금 더 기다려 주시지요.

대비 　대체 언제까지 국본의 자리를 불안하게 둘 생각이십니까. 하루바삐 국혼을
진행 시켜 후사를 이어야지요. 더는 늦출 수 없습니다. 주상.

플래시백 / 26씬

원산군 　(끄덕이고는) 기억하십니까? 10년 전, 세손전의 스승인 익선이 죽은 후, 얼
마간 전하께서 마치 다른 사람이라도 된 것 같으셨지요. 당시에는 모두 충
격이 커 그렇다 생각했지만... (맞보며) 그때... 만약 전하께서 뒤바뀌었다면...

플래시백 / 11부 26씬

한기재 　천한 계집아이의 죽음에 저하께서 나선 것이 잘못이란 말입니다.
휘 　(그 말에 더욱 분하고, 겨우 참으며) 세상에 하찮은 목숨이란 없습니다. 아
무 이유 없이 죽어야 할 목숨도 없고 말이지요. (한기재를 똑바로 보며)

다시 현재
한기재. 찻잔을 쥔 손, 꽉 쥐면, 찻잔 팍- 터지고. 손에 피가 흐른다.

S#37.　대전 일각 / 밤

이현과 휘가 마주 서 있다.
한 발짝 뒤에서 울고 있는 김상궁과 홍내관.

휘 　부탁드립니다 형님.
이현 　(믿음직하게 끄덕이고, 홀로 남겨두는 것이 못내 걱정스러운 듯) 안전한 곳
에 데려다준 후 곧바로 오겠습니다. 전하.
휘 　(끄덕, 고맙게 바라본다. 잠시, 홍내관과 김상궁을 돌아보면)

홍내관과 김상궁 눈물로 바라보고

휘	(홍내관 향해) 복동아. 김상궁을 잘 부탁한다.
홍내관	(울음 참으며 끄덕이는) 예. 전하... 제가 잘 모실 것입니다.
휘	걱정 말거라. 내 일을 마치면, 꼭 너희를 데리러 갈 것이니.
김상궁	꼭 오십시오. 새벽이 깊어도 오셔야 합니다. 불을 밝히고 기다릴 것이니. 꼭 오셔야 합니다...
휘	(끄덕이며 눈물 어린 채 바라보는)
이현	날 따라오시게.

이현, 서둘러 데리고 가면 홀로 남아 바라보는 휘의 눈빛에서.

S#38. 거리 일각 / 밤

이현, 홍내관과 김상궁을 데리고 서둘러 길을 가는데.

홍내관	(훌쩍) 혼자 대체 어쩌시려고...
김상궁	(못내 걱정스럽고, 생각하다가) 잠시만, 들릴 곳이 있습니다.
이현	(보면)

S#39. 지운의 집 / 밤

지운, 아직 몸이 성치 않은 듯, 조금 지친 얼굴로 나온다.

지운	(이현을 향해) 현아...

하는데, 이현의 뒤에 김상궁이 있다.
확인하고 놀라는 지운.

지운	무슨 일입니까. 김상궁께서 이곳엔 어찌...

| 김상궁 | 드릴 말씀이 있습니다. |
| 지운 | (바라보는 표정에서) |

S#40. 대전. 의대칸 / 밤

홍내관과 김상궁이 없는 대전.
휘, 야장의를 혼자 입고 있다, 문득 뒤에 걸린 곤룡포를 바라보는 눈빛,
무거워지고. 문득 돌아서다 일각에 놓인 상자를 발견하고는
잠시... 상자를 꺼내어 열어본다.
상자 안, 어린 지운이 주었던 '연선' 이름이 든 염낭과
『좌씨전』 책이 곱게 들어 있고.
염낭을 열어 '연선' 이라 쓰인 종이를 들어 잠깐 쓸어보듯, 바라보는 휘.
다시는 돌아갈 수 없는 그때를 그리듯 아련해지는데.

S#41. 궐 문 앞 + 궐 일각 / 밤

믿을 수 없다는 듯 다급한 표정의 지운, 궐을 향해 달려가는 모습 위로 38
씬의 김상궁의 목소리.

| 김상궁 (E) | 전하께서 어릴 적 궐에 궁녀로 있었던 적이 있습니다. 그때 전하께서 쓰신 이름이 담이입니다. |

지운, 다급한 표정 위로 # 플래시백 / 38씬

| 김상궁 | 지금의 내금위장께서 세손마마를 담이인 줄 알고 죽이셨습니다. 전하께서는 결코 알리고 싶지 않아 하셨지만... 정주서의 아버지는 전하에게 가장 위험한 사람입니다. 그러니, 정주서께서 지켜 주십시오. 부디 전하를... 지켜 주십시오. |

지운, 궐로 들어가 곧장 대전으로 향하는 얼굴 위로 과거의 일들이 떠오른다.

플래시백 / 2부 31씬
윤목을 전해 주던 세손

휘   (떨리는) 네가 말한 그 소녀가 혹 담이라는 아이더냐...
지운   (약간의 기대감으로) ...그 아이에 대해 알고 계십니까?
휘   (고민하듯, 소매춤에 넣어 놓았던 제 윤목을 꺼내 서안 위에 올리며) 너를 만나게 되면 전해 달라 하더구나.
지운   (! 놀라 본다)
홍내관 (보다가, 휘를 대신해 지운에게 윤목을 가져다주면)
휘   힘들 때... 의지가 되어 줄 것이라 했다. 그 아이에게도 그러했다더구나...

플래시백 / 6부 14씬

휘   그 궁녀... 죽었다더군요. 병으로 출궁한 후 얼마 못 되어 그리 되었답니다.
휘   (그 모습에 잠시) 그 아이가, 많이 특별 했나 봅니다.
지운   (떠올리듯) 첫사랑이었습니다. 저를 많이 바뀌게 해준 아이였지요...

플래시백 / 13부 7씬

휘   (잠시 침묵, 담담히 고백하듯) 쌍생이었습니다. 이 나라 세손이었던 나의 오라버니와...
지운   (그 말에 조금 놀라 보면)
휘   (떠올리듯) 오라버니가 죽고... 제가 대신 그 자리에 앉게 되었지요. 사람들을 속여 가며 지금껏 남의 삶을 살아왔습니다.
지운   힘든 일들은 나중에, 천천히 말씀해 주십시오. 지금은 저하의 몸이 우선입니다. 그러니 굳이 설명하지 마십시오. 지금은...
휘   (그런 지운의 마음이 고맙고, 미안해져) 어쩌면 나중에도 모든 걸 다 말하지 못할지도 모릅니다...

지운   (그런 휘를 보는 표정에서)

다시 현재

휘를 향해 내달리는 지운, 마음이 급하다. 그동안 왜 알아차리지 못했을까...
스스로를 원망하듯... 주체할 수 없는 눈물이 솟구친다. 터져 나오는 그 감정
에 문득 우뚝 멈추어선 지운. 흐느끼듯 더 나가지 못하고 무너지는 모습에
서.

S#42. 대전 후원 / 밤

홀로 선 휘, 앞엔 불이 피워져 있다. 그 옆으론 의대칸에서 보고 있던 상자
가 놓여 있고, 잠시 일렁이는 불꽃을 보는 휘. 결심한 듯 『좌씨전』 책을 넣으
면, 타오르는 불길... 아프게 보고. 잠시, '연선'이라 적힌 이름도 태우기 위해
들어 보는데, 그 순간 휘의 뒤에서 들려오는 지운의 목소리...

지운 (E)   담이야...

담이라는 이름에 굳은 휘. 천천히 돌아보면.
흔들리는 눈빛의 지운, 눈물이 고인 채 휘를 바라보고 있다.
휘, 믿기지 않는 듯... 놀라 손에 든 종이를 떨어트리면
다가가 천천히 휘가 떨어트린 종이를 주워들어 보는 지운.
분명 자신이 전해 준 '연선' 그 이름이다.
다시 눈물이 솟을 듯... 떨리는 눈빛으로 휘를 보는 지운.

지운   (이제야 알게 된 것이 미안한 듯) 전하셨습니까. 담이가...
휘   (! 지운이 알았구나, 흔들리듯 바라본다. 역시 눈물이 차오르고)

두 사람 그렇게 서로를 바라보는 데서. 18부 엔딩.

19부

나 역시 그랬습니다.

어쩌면 그때의 기억으로 버텨 왔는지도 모르겠습니다.

그때, 정주서를 만나 행복했습니다.

그리고 지금 이렇게 다시 내 앞에 나타나 주었으니

그것만으로 충분합니다. 나는.

S#1.　대전 후원 / 밤 / 18부 엔딩

홀로 선 휘, 앞엔 불이 피워져 있다. 그 옆으론 의대칸에서 보고 있던 상자
가 놓여 있고. 잠시 일렁이는 불꽃을 보는 휘. 결심한 듯 『좌씨전』 책을 넣으
면, 타오르는 불길... 아프게 보고. 잠시, '연선'이라 적힌 이름도 태우기 위해
들어 보는데, 그 순간 휘의 뒤에서 들려오는 지운의 목소리...

지운 (E)　담이야...

담이라는 이름에 굳은 휘. 천천히 돌아보면.
흔들리는 눈빛의 지운, 눈물이 고인 채 휘를 바라보고 있다.
휘, 믿기지 않는 듯... 놀라 손에 든 종이를 떨어트리면
다가가 천천히 휘가 떨어트린 종이를 주워들어 보는 지운.
분명 자신이 전해 준 '연선' 그 이름이다.
다시 눈물이 솟을 듯... 떨리는 눈빛으로 휘를 보는 지운.

지운　(이제야 알게 된 것이 미안한 듯) 전하셨습니까. 담이가...
휘　(! 지운이 알았구나, 흔들리듯 바라본다. 역시 눈물이 차오르고)

두 사람 그렇게 서로를 바라보는 데서.

〈연모 19부〉

S#2.   폐전각 / 밤

폐전각 마루에 앉아 있는 휘와 지운.

지운 (쉽사리 진정되지 않는 듯 떨리는 목소리로) 어째서 말씀하시지 않았던 겁니까... 전하께서 담이라는 사실을요.

휘   그것이 뭐가 중요하겠습니까. 어차피 지금 이리 함께인데...

지운 (미안한 듯 아프게 보면)

휘   (그 눈빛에) 나로 인해 상처받을 정주서를 볼 자신이 없었습니다. 나 때문에 아버지와의 관계가 더욱 나빠지는 걸 바라지도 않았고요...

지운 저를 보실 때마다 그 일이 떠올라 괴로우셨을 터인데... (차마 말을 잇지 못하면)

휘   (되려 위로하듯) 정주서 역시 오래 아팠다는 거 압니다. 정주서와 나... 누구도 선택한 적 없는 일이었으니... 자책하지 말았으면 좋겠습니다.

지운 (오히려 담담한 휘의 모습에 마음이 찢어지고) 그 후로 오래... 찾았습니다. 명을 오가면서도... 도성에 오면 그 다리를 찾곤 했었지요. 일생이 외로웠을 아이가... 그래도 부서지지 않고 단단하게 웃던 그 아이가, 어딘가 살아 있다면. 부디 행복하기를... 그렇게 바랬었습니다.

휘   (그 말에 고마운 미소) 나 역시 그랬습니다. 어쩌면 그때의 기억으로... 버텨왔는지도 모르겠습니다. 그때, 정주서를 만나 행복했습니다. 그리고 지금 이렇게 다시 내 앞에 나타나 주었으니... 그것만으로 충분합니다. 나는...

      휘, 애틋한 미소로 지운을 바라보면
      지운, 미안하고, 안쓰러운 마음이다. 제 앞에 있는 휘를 따뜻하게 꼭 안아주는 눈빛... 아프고. 두 사람, 그렇게 서로를 바라보는 표정...

잠시, 서로를 위로하듯 입을 맞추는 모습에서.

S#3.   한기재 사저 근처 / 밤

정석조, 가마를 타고 퇴청 중인 한기재를 조용히 뒤따른다.
복면을 올려 쓰곤, 금방이라도 달려가 베어낼 듯,
칼을 손에 쥐는 표정 위로.

플래시백 / 18부 33씬

정석조   송구합니다. 우선 그자를 잡아 사실을 확인한 후 말씀드려도 늦지 않을 거
라 판단했습니다.
한기재   (대체 무슨 생각인가. 빤히 보면)
정석조   (긴장을 숨기고)
한기재   (잠시, 그대로 살피듯 보다가) 그래... 그만 나가보게.

정석조, 불안한 눈빛 감추며 칼을 빼어 들려 하는 순간!
일각에서 누군가(한기재 수하) 자신의 뒤를 쫓고 있는 것이 느껴지고!
잠시... 뒤돌아 그대로 빼어 든 칼을 휘두르는 정석조.
죽은 자를 확인하면, 한기재의 수하(18부 33씬)다.

인서트 (18부 33씬과 동일 시점)
나가는 정석조와 한기재의 수하가 스쳐 지나가고, 그 얼굴을 보았던 정석
조.

다시 현재
착잡하게 보고 선 정석조, 잠시 돌아보면.
한기재, 이미 대문으로 들어섰고.
탁탁탁, 집 앞에 삼엄한 경비가 세워진다.
그 모습 확인한 정석조, 어쩔 수 없이 칼집에 칼을 넣는 표정에서.

S#4.   소은 집. 소은 방 / 아침

매파의 도움을 받아서 활옷을 입어보고 있는 소은.

매파   참으로 선녀가 따로 없습니다. (팔 길이를 확인하며) 가만 보자... 이쪽이 조
       금 크니 품을 약간만 줄이면 딱 되겠습니다.
소은   (그 말에 표정 조금 어두워지다가 이내 담담히) 그럴 필요 없네.
매파   (의아하게 보는) 예? 어찌 그러십니까?
소은   (대답하지 않고, 애써 괜찮은 척) 그만 나가 보시게.

       매파, 이상하다는 듯 보다가 어쩔 수 없이 나가면
       홀로 선 소은, 거울 속 활옷 입은 자신을 보는 표정에서.

S#5.   소은 집 앞 / 밤 / 소은 회상

       지운, 무거운 얼굴로 소은의 집 앞에서 기다리고 있다.
       어떤 예감을 느낀 듯, 불안하고 떨리는 얼굴로 나오는 소은.

지운   (어렵게) ...드릴 말씀이 있습니다.
소은   (예감하듯 먼저 입을 떼며) 제가 먼저... 말씀드리겠습니다.
지운   (보면)
소은   (슬픔을 감추듯, 애써 담담하게) 생각해 보았는데, 이 혼인, 없던 일로 하는
       것이 좋겠습니다. 마음에도 없는 혼인을 한다는 것이 도련님과 저 우리 둘
       모두에게 불행한 일이 될 것 같아서요.
지운   (그 말에 놀라 보면)
소은   도련님의 마음속에 다른 분이 계시다는 거 압니다... 마음이라는 것이 원래
       뜻대로 되지 않는 법이지요. 누군가를 좋아하는 마음은 더더욱...
지운   (마음이 아프고) ...미안합니다. 정말...

소은　사과하실 필요 없습니다. 이 혼인은 제가 깨는 것이니까요. (겨우 지운을 보며) 아버님껜 제가 말씀드리겠습니다.

애써 차갑게 돌아선 소은, 지운을 뒤로하고 눈물 참아 내며 걸어가면
죄스럽고 안타까운 마음으로 바라보는 지운. 고개를 떨군다.

S#6.　동. 마당 / 밤 / 소은 회상

아무렇지 않은 척, 겨우 마당으로 들어선 소은,
그제야 무너지듯 참던 눈물을 쏟아내는 데서.

S#7.　소은 방 / 다시 현재

활옷을 벗어 곱게 개어 놓는 소은.
활옷을 바라보는 쓸쓸한 표정 위로.

소은 (E)　좋은 인연이고 싶었는데, 아픈 인연이었나 봅니다... 그저... 그런 인연도 있었다. 그리 생각하겠습니다...

S#8.　지운의 집. 사랑채

지운, 정석조와 마주 앉아 있다.

정석조　(예상했다는 듯 굳은 얼굴) 결국 네가 일을 이렇게 만들었구나. 전하께서 위험해지셔도 상관없다 그리 생각하는 것이냐.
지운　아버지야말로 진정 전하를 지켜 주실 생각이 있긴 하셨습니까.
정석조　그게 무슨 말이냐.
지운　전하께서 담이 그 아이라는 얘긴 왜 하지 않으셨습니까. 제가 그렇게 찾았

을 땐 모른다 하시지 않았습니까... (떨리듯) 진정 담이까지 죽이려 하셨습니까... 죄 없는 궁녀 아일 죽이고, 담이 그 아이까지...

정석조　(지운이 알았구나. 당황하고, 흔들리듯 보면)

지운　(괴롭게 보며) 아버지께선 대체... 어떤 삶을 살아오신 겁니까. 아직도 제가 모르는 아버지의 죄가 더 남은 것입니까.

정석조　(흔들리듯, 괴로움 감추며) 무슨 말이 듣고 싶은 것이냐.

지운　(원망스러운 눈빛) 어릴 적 다정했던 아버지가, 도무지 잊히질 않아, 절 오래 힘들게 했습니다. 그냥 모든 걸 잊은 척, 그때로 다시 돌아가면 어떨까... 의미 없는 기대도 해 보았습니다. 어떻게든 아버질 용서할 순 없겠지만... (무너지는) 적어도 이해하려는 노력은 해볼 수도 있을 것이라고... 제게 실낱같은 희망이, 생기고 있었단 말입니다...

정석조　(눈빛 흔들리지만, 애써 차갑게) 이해할 필요 없다. 이리 된 이상 나는 내 할 일을 하는 수밖에 없겠구나. (자리에서 일어나면)

지운　(막아서듯, 괴롭게 노려보며) 비밀을 묻기 위해 전하를 시해하고자 하신다면... 저를 먼저 베셔야만 할 겁니다...

지운, 원망에 찬 고통스러운 눈빛... 먼저 차갑게 나가버리면.
남겨진 정석조, 허탈하고 무거운 표정에서.

S#9.　동. 마당

지운, 밖으로 나오면.
일각에 서성이던 김씨부인 "지운아..." 안타깝게 바라본다.
잠시 멈칫한 지운, 하지만 무겁게 스쳐 가면
김씨부인, 차마 잡지 못하고, 옷고름(수가 놓인)으로 눈물을 찍어 닦아 낸다. 나오며, 잠시 그 모습 착잡하게 바라보는 정석조에서.

S#10.　한기재 사저

한기재, 수습해 마당에 눕혀져 있는 죽은 수하의 시신(3씬)을 본다.

한기재   (혼잣말처럼 낮게) 기어이 이리 나오시겠다...

S#11. 동. 사랑채

한기재, 무언가 생각하듯 앉아 있으면,
수하 하나, 사저 어딘가에 가둬 두었던 원산군을 끌고 들어온다.
얼굴이 조금은 상했지만, 여전히 형형한 눈빛의 원산군, 예상한 듯 입꼬리
를 올리고 바라보면.

한기재   말해 보시지요. 나에게 군대감의 쓰임이 무엇이 있을지.
원산군   (입꼬리 올리며) 대감께서 쓰고자 하는 곳에 쓰여야겠지요.
한기재   (보면)
원산군   현이에게 사람을 붙여 놓았습니다. 주상께서 움직일 일이 있으면, 누구보다
            바삐 나서는 이가 그 아이니, 도움이 될 것도 같은데 말이지요.
한기재   (픽, 쓰게 웃는. 제법이라는 듯 보는 데서)

S#12. 궐 밖. 어느 창고

서의원, 다친 곳 없이 멀쩡한 상태로 묶여져, 입만 막아져 있다.
문이 열리고 들어오는 휘와 지운, 가온.
서 의원, 이게 무슨 일인가 놀라 바라본다.
가온, 입을 막은 천을 내리고, 손을 풀어준다.

서의원   (픽 엎어지며, 엎드리듯) 저... 전하!
휘   조내관을 죽인 연유가 무엇이더냐.
서의원   (덜덜 떨며) 예? 어, 어찌 제게 그런 것을... (물으십니까)...
휘   지금 당장 모든 진실을 고하거라. 허면, 내 목숨만은 살려줄 것이니.

지운	소낭초를 구한 것이 서의원 당신의 짓이라는 증거가 있소. 허니, 발뺌할 생각은 하지 않는 게 좋을 것이오.
서의원	(눈 질끈 감고, 더듬듯 말을 이어간다) 선대왕께서 돌아가시는 걸 확인한 직후, 상선을 죽이라는 상헌군 대감의 명이 있었습니다. 조내관이 선대왕을 오래 모셨기에, 독살에 가담하더라도 언제든 마음이 변할 거라고... (두렵게 보며) ... 살려주십시오. 전하. 제발... 목숨만... 목숨만은 살려주십시오...
휘	(무겁게 보며) 소낭초를 구할 수 있는 곳을 알고 있느냐.
서의원	(고개를 가로젓는) 그 이후로 어디서도 소낭초를 들여오진 않았을 겁니다. 워낙에 위험한 물건인지라... 상헌군 대감께서 갖고 계신 것이 전부라 압니다.

S#13. 동. 밖

밖으로 나온 휘, 지운, 가온.

지운	(휘를 향해) 아무래도 상헌군 댁을 직접 확인해 보는 수밖에는 없겠습니다.
휘	외조부는 서의원에게서 나에 대한 보고를 받아왔으니, 저자가 없어진 것을 금방 눈치챌 것입니다.
지운	허면, 더더욱 가 보아야겠습니다. 시간이 없을 테니까요.
휘	(고민스럽고. 불안한 눈빛) 은서 너는 곧장 강화로 가 겸이를 데려와 다오. 내가 독초에 관해 조사하고 있음을 안다면, 외조부는 분명 겸이까지 건드리려 들 것이다.
가온	예. 전하. (예를 갖추고 먼저 가면)
휘	(보다가, 지운에게) 외조부 댁에 갈 일을 만들어 보겠습니다. 하여 직접 확인할 겁니다.
지운	전하께서 직접 가신다면, 상헌군께서 더더욱 경비를 삼엄히 하시겠지요. 제가 다녀오겠습니다.
휘	위험합니다. 혼자는 안 될 겁니다. 은서가 강화에서 돌아오면 (하는데)
지운	말씀하셨잖습니까. 상헌군께서 알게 되는 것은 시간 문제라고. 몰래 들어가는 일이라면, 혼자인 편이 낫습니다.

휘	하지만...
지운	(그 마음 안다. 달래듯 따뜻하게) 전하 혼자 남겨두고 다치는 일은 절대 없을 겁니다... 저를 믿으십시오.
휘	(못내 걱정스럽다. 말리듯) 정주서...
지운	정 걱정되면 한 번만 안아주시겠습니까? 그럼 정말로 다치지 않을 자신이 있는데.

휘, 지운의 그 말에 그제야 픽 풀어지듯 보다가, 걱정스러운 눈빛 가만히 다가가 지운에게 안기면

지운	(달래듯 꼭 안으며 너스레) 걱정 말거라 담이야...
휘	(그 말에 픽 웃으면)
지운	(휘를 안은 채 애틋한) 어릴 적 어여쁜 소녀 하나가 제게 무예도 안 배우냐 통박을 준 적이 있었지요. 그 후로 제가 얼마나 열심히 무예 연습을 하였던지... (품에서 떼어 내고 따뜻하게 바라보며) 다치지 않을 것입니다... 염려 마십시오.
휘	(믿는다는 듯 끄덕, 그러나 못내 걱정스럽고) 허면 내가 궐로 돌아가 시간을 끌어보겠습니다...

지운, 알겠다는 듯 끄덕이면. 두 사람, 마주 본 표정에서.

S#14. 내금위 집무실

정석조 생각에 잠긴 듯 있는데, 군사 하나 들어온다.

군사1	(함을 하나 가져와) 상헌군께서 보내셨습니다.

정석조, 불길한 느낌에 함을 열어보면,
피 묻은 김씨부인의 옷고름(9씬) 끝만 잘린 채 들어 있다.
충격으로 바라보던 정석조. 뜻을 알아채듯 급히 나가는 데서.

S#15. 대전. 휘의 처소

휘와 한기재, 대비 마주 앉아 차를 마신다.
서로를 보는 세 사람. 껄끄러운 듯...
평화로운 분위기 속 묘한 긴장감이 흐른다.

대비   긴히 하실 이야기가 있으시다고요.

휘   예. (여유를 가지고 차를 마신다. 한기재를 한번 보고) 궐 밖에 흉흉한 소문
         이 도는데, 할마마마께서도 알고 계셔야 하지 않을까 하여서요.

대비   소문이라니요...

한기재   (휘의 의중을 눈치채듯 서늘히 보면)

휘   저자에 왕이 쌍생이란 소문이 돌고 있다더군요. 여아와 한태에 난 쌍생이라
         고...

대비   (놀라) 그게 무슨 말입니까 주상. 어찌 그런 해괴한 소문을... (한기재의 눈
         치 보듯 살피고) 다시는 그런 말도 안 되는... (하는데)

휘   애써 숨기실 필요 없습니다. 어제 외조부님께 모두 들었거든요. 저도. 제게
         쌍둥이 누이동생이 있었다고.

대비   (! 놀라 한기재를 보면)

한기재   (그런 휘를 본다. 무슨 꿍꿍이인 것인가)

휘   제가 태어난 해 산실청의 모든 이들이 죽었다더군요. 쌍생의 사실을 아는
         사람들은 모두 죽여 비밀을 묻으려 하셨다고... 그게 사실입니까 할마마마?

대비   (사색이 되어, 한기재 향해) 어찌...그런 말씀을...!

한기재   (노한 기색 감추며 비웃듯, 찻잔을 내리고) 있는 사실이니 말씀을 드린 것
         이지요. 이 중대한 비밀을 언제까지 전하께 숨길 수는 없는 법이 아닙니까.

대비   (기막힌 듯 한기재 쏘아보고, 휘에게) 오늘 한 말씀은 잊으셔야 합니다. 주
         상께서 여아와 쌍생이었다는 것이 밝혀지면 왕실의 권위는 바닥에 떨어질
         것입니다. 더구나, 그 비밀을 묻기 위해 저지른 일들이 밝혀진다면... (하는
         데)

휘   사지(四知)라 하였지요. 두 사람만의 비밀이라도 반드시 남이 알게 되된다

하였습니다. (한기재 보며) 이제 소문이 손 쓸 수 없이 퍼져 나가기 시작하였으니 민심이 동요하겠지요.

대비   당장 소문을 막아야 합니다! 주상의 자리가 위태로워질 거예요.

휘   (짐짓 여유롭게) 그런 것은 두렵지 않습니다. 다만... 그날, 궐의 비밀을 묻는 것에 동의하셨던 할마마마와 외조부... 두 분께서 받으실 고초가 걱정이지요.

한기재   (차갑게 보면)

휘   저를 위해 수많은 목숨을 빼앗아 비밀을 묻으셨으니, 두 분께서도 그 죄를 피하기 어려우실 것 아닙니까...

대비   (당황하듯 긴장으로 보면)

한기재   (무슨 생각인가 가늠하듯 휘를 본다)

휘   허나, 너무 염려는 하지 마십시오. 소문은 그저 소문일 뿐... 죽은 제 누이동생이 살아오지 않는 한 비밀은 영원히 밝혀지지 않을 것 아닙니까... (뼈 있는 말로 한기재를 보면)

한기재   (기막히고... 은근한 협박에 여유로운 미소로 받아치며) 물론이지요...죽은 계집이 살아오다니... 만약 그런 일이 있다면, 제가 전하를 위해 또 한 번 피를 못 묻히겠습니까. 염려 마십시오. 전하.

서로의 뜻을 전하듯 서늘히 바라보는 휘와 한기재
그리고 두려운 듯, 심각해진 대비의 모습에서.

S#16.   지운 집

급하게 뛰어 들어오는 정석조. 바닥 곳곳 떨어진 선혈과 함께 이미 한바탕 폭풍이 쓸고 간 듯 엉망이 된 집안. 마당과 마루 등 노비들이 집안 곳곳에 칼에 베어 쓰러져 있다.
멈칫, 굳어 선 정석조, 황망한 얼굴로 잠시 그 모습 보다가 급히 칼을 빼 들고 안방으로 달려가면, 텅 빈 안방. 정석조, 불안한 얼굴로 보는데 일각, 꺄악-! 소리 들린다.

S#17. 동. 뒷마당

정석조, 급히 달려오면, 복면을 쓴 한기재의 수하 하나(복면1). 인질로 잡은
김씨부인의 목에 칼을 겨누고 있다.

김씨부인 (끌려오며, 공포에 질려) 영감...
정석조 (놀라 보고, 복면을 향해 살벌한 분노로) 당장 그 손을 놓거라...

정석조, 김씨부인을 구하기 위해 검을 고쳐 잡는데
그 순간 타다닥, 달려와 정석조를 향해 검을 겨누는 한기재의 수하들.
정석조, 순식간에 포위됐다.

복면1 (김씨부인의 목에 칼을 더 들이대며) 검을 버리시지요.
정석조 (굳고) 상헌군 대감을 뵙게 해 다오. 내 직접 말씀드릴 것이니.
복면1 그럴 필요 없소. 상헌군께선 영감의 목만을 보고자 하시니.

정석조, !, 낭패스러운 얼굴. 섣불리 검을 내리지도 못하고 팽팽하게 대치하
는데,

일각, 급히 집으로 걸어오던 지운 역시 쓰러진 노비들의 모습에 놀라고.
"어머니..." 읊조리다 소란에 돌아보는데.

정석조, 김씨부인을 보면. 두려움에 떨고 있는 김씨부인.
정석조, 어떡해야 하나 고민하는데, 문득 수하의 뒤쪽(담벼락 뒤쪽)으로 급
히 달려오는 지운을 발견한다. 역시 놀란 지운.
두 사람 시선 마주치면, 짧은 순간, 눈빛을 교환한 두 사람.
정석조, 수하들의 시선을 끌기 위해 항복하는 척 천천히 바닥에 칼을 내려
놓으면, "포박해라." 수하들, 복면1의 지시에 따라 정석조를 묶는다. 그 순간,
수하 하나의 허리춤에서 단도를 빼내어 복면1에게 던지는 정석조! 복부에
단도를 맞은 복면1, 윽, 주춤하면 지운, 그 순간 달려 들어와 복면1을 제압

하고 김씨부인을 구해낸다.

정석조   네 어미를 지키거라!

정석조, 다시 검을 들고 수하들과 맞서 싸우면, 지운 역시 복면1의 칼을 들고 김씨부인을 보호하며 수하들과 일전을 벌인다.
등을 맞대고 싸우는 정석조와 지운.
잠시 후, 모두 쓰러진 수하들. 정석조, 헉헉, 바닥에 꽂은 칼에 지탱해 숨을 고르면, 지운, "어머니, 괜찮으세요?" 급히 김씨부인을 바라보는데 김씨부인, 그 순간 정신을 잃고 쓰러진다.

지운   어머니!! (급하게 받쳐 안는 모습에서)

S#18.   삼개방

실신한 김씨부인을 안아 든 지운, 급하게 삼개방으로 들어서면,
마당에서 새로 말린 약초 등을 정리하고 있던 영지와 질금, "형님! / 오라버니..." 놀라 바라본다. 뒤따른 정석조, 걱정으로 굳어 보는 데서.

S#19.   동. 방 안

한결 진정된 듯, 김씨부인 아까보다 편안한 모습으로 잠들어 있다.
잠시 그 모습을 보던 지운, 조금 안심한 듯 방에서 나온다.

S#20.   삼개방 마당

무거운 얼굴로 서 있는 정석조. 지운, 다가온다.

지운   상헌군의 짓입니까? 대체 왜 아버지를 해하려 하는 겁니까...

정석조   (담담하게) 내가 전하의 비밀을 알고도 숨겼다는 것을 모두 아신 모양이구
        나.

지운   ! (굳어지고, 결심한 듯) 소낭초를 찾아야 합니다. 어디에 있는지... 아신다면
        가르쳐 주십시오...

정석조   그걸 찾아 대체 어찌하겠다는 것이냐.

지운   상헌군 대감의 죄를 밝힐 겁니다.

정석조   그까짓 독초 하나 찾는다고 그게 가능할 성싶으냐.

지운   이제 가족들까지 위험해졌습니다... 그러니... (간절한 눈빛) 말씀해 주십시
        오... 제발...

정석조   (흔들리는 눈빛으로 바라보는 데서)

S#21. 대전 처소

        한기재, 고요히 앉아 있다.
        대비는 먼저 나간 듯, 휘. 그런 한기재를 보면.

한기재   (자리에서 일어나려다가 잠시 보며) 그 자리가 버거우십니까.
휘   (보면)
한기재   허면 언제든 말씀해 주시지요. 소신이 전하를 도울 것입니다.
휘   (잠시 보다가) 예... 필요하다면 말씀드리지요.

        휘, 픽 맞서는 눈빛. 서늘히 바라보는 한기재.
        두 사람 사이에 팽팽한 긴장감이 감도는데.
        한기재, 이내 일어서 예를 갖추고 처소를 나서다,
        문득 걸음을 멈추고 다시 돌아본다.

한기재   헌데... 어째 아끼시는 아이들이 오늘은 보이질 않는군요.
휘   (약간 긴장하지만 티 내지 않고) 일이 있어 잠시 심부름을 보냈습니다.
한기재   (끄덕, 꿍꿍이 있는 미소로) 아끼는 물건일수록 곁에 두고 보셔야지요. 잃어

버리면 아깝지 않겠습니까. (서늘히 보다가, 예를 갖춰 인사하고 이내 돌아 나가면)

휘   (혹시 뭘 눈치챈 게 아닌가.. 불안하게 보는 데서)

(E) 챙챙챙-! 날카롭게 맞부딪치는 칼소리.

S#22. 어느 숲 일각

이현, 급습한 원산군의 수하들과 싸우고 있다. 이미 싸움이 꽤 된 듯 여기 저기 다치고 버거워 보이는 이현의 모습.
일각의 원산군, 무표정한 얼굴로 그 모습 지켜보면
그 곁엔 이미 원산군에게 잡혀 묶여 있는 김상궁과 홍내관이 있다.
이현, 필사적으로 싸우지만 결국 사방에서 날아오는 칼에 베어 푹, 꺾여 쓰러진다. 그런 이현의 앞으로 다가오는 원산군. 이현을 향해 칼을 겨눈다.

이현   (겨우 칼에 지탱한 채 절망스럽게 올려다본다) 대체 왜 이렇게까지 하시는 겁니까. 보내 주십시오. 형님...! 제발...
원산군   (칼을 겨눈 채 그 모습 내려다보는 데서)

플래시백 / (11씬과 다른 장면)

한기재   자은군이 주상과 각별하다지요. 살아있으면 앞날에 걸림돌이 되지 않겠습니까.
원산군   (그 말에 보면)
한기재   왕이 되고자 하는 자는 비정해져야지요. 내 가족과 형제의 목숨도 그을 수 있을 배포가 필요한 법입니다.
원산군   하여 내게 아우를 베라?
한기재   (그렇다는 듯 보며) 자은군이 주상이 아끼는 내관과 상궁을 데리고 도망쳤다고요. (시험하듯 보며) 그들을 데려오십시오. 허면 내 한 번은 생각해 볼 테니...

다시 현재, 결심하듯, 이현을 서늘히 내려다보는 원산군.

원산군   미안하구나 현아. 너와 내가 형제로 태어난 것을 원망하거라.

가차 없이 칼을 휘둘러 이현을 베어버리는 원산군. "안 돼!!!" 김상궁과 홍내관의 비명 소리 들려오면, 이현, 믿을 수 없는 얼굴로 피를 토하며 쓰러진다. 괴로운 이현의 얼굴... 그 위로 확인 사살을 하듯 칼을 치켜드는 원산군! 곧 내려꽂을 듯... 그러나 멈칫, 멈춘다.

원산군   (고통에 찬 이현의 모습에 이내 칼을 내리고) 네 형으로서 나의 마지막 배려니라... 다시는 돌아오지 말거라.

원산군, 그대로 칼을 넣고 돌아서면
차갑게 홀로 남겨진 이현을 뒤로 한 채 끌려가며 울부짖는 김상궁과 홍내관. 잠시... 그들이 멀어지면, 쓰러지는 이현... 괴로운 듯 숨을 몰아쉰다. 눈가에 고통에 찬 눈물이 고이고.

S#23. 한기재 사저 전경 / 밤

어둠 속, 그림자 하나가 한기재의 집을 지키는 수하들의 눈을 피해 담을 넘어 들어간다.

S#24. 동. 한기재 서재방 / 밤

앞의 그림자, 방으로 숨어들면... 창가로 드리우는 달빛에 드러나는 얼굴, 지운이다. 서재방을 훑어보는 지운의 모습 위로

플래시백 /20씬에 이어

정석조	안 사랑채가 있는 협문을 지나면 상헌군의 서재가 있을 것이다. 그곳에 중

정석조   안 사랑채가 있는 협문을 지나면 상헌군의 서재가 있을 것이다. 그곳에 중요한 것들을 따로 보관한다 들었다. 푸른색의 향합을 찾거라. 그것이 소낭초일 것이다.

급하게 여기저기 뒤지며 소낭초를 찾는 지운에서.

S#25. 한기재 집 앞 거리 / 밤

퇴청 중인 한기재, 가마를 타고 오는데, 그 앞을 막아서는 누군가.
수하들 "웬 놈이냐!" 하면, 바라보는 한기재. 허... 기막힌 듯 웃는다.

한기재   (보며) 네놈이 용케도 살아남았구나.

보면, 정석조다. 한기재의 가마 앞에 무릎을 꿇는 정석조.

정석조   (고개 숙인다) ...용서해 주십시오, 대감.
한기재   (가만 바라보면)
정석조   여기서 이리 끝낼 순 없습니다. 한 번만 더 기회를 주십시오.
한기재   용서를 하기엔 네 실수가 너무나 크구나. 그깟 계집아이 하나 제대로 처리하지 못해 일을 이 지경으로 만들다니... 게다가 그 사실까지 숨기려 하지 않았더냐.
정석조   부디 제 가족만은... 지키게 해 주십시오. (간절한 듯, 고개를 숙이면)
한기재   (그 모습 가만히 내려다보는 데서)

S#26. 한기재 서재방 / 밤

소낭초를 찾는 지운. 어느 서랍을 열면, 푸른빛의 향합이 들어 있다!
얼른 꺼내 살피는 지운. 뚜껑을 열면, 소낭초 가루가 들어 있고.

지운, ! 드디어 찾았다. 안도하고 얼른 향합을 챙겨 넣어 방을 나서려는데
밖에서 소란스러운 사람들 소리 들려온다. 문틈으로 살피면, 한기재, 집으
로 들어서고 있다. 그런데 그 뒤를 따라 들어오는 사람, 정석조다!

지운   (! 예상치 못한 듯 놀라며) 아버지가 어찌...

S#27. 동. 사랑채 / 밤

한기재 앞에 무릎을 꿇은 채 고개를 숙인 정석조.

한기재   그래, 전하의 계획을 알고 있다고?
정석조   전하께선 대감이 여연의 사병을 키우고 있음을 밝힌 후 제현대군에게 왕위
        를 양위할 계획이십니다.
한기재   계집임을 숨기고 상왕이 되시겠다... (비웃듯 생각하면)
정석조   (조금은 불안한 얼굴. 한기재를 살피듯 보고)

S#28. 동. 어느 마당 일각 / 밤

사랑채 쪽을 살피는 지운, 어둠 속, 조심스럽게 빠져나가려는데
"웬 놈이냐!" 한기재의 수하들, 뒤늦게 눈치채고 달려와 순식간에 지운을
둘러싼다.

S#29. 동. 사랑채 / 밤

한기재, 밖에서 들려오는 소란에 돌아보면
낭패스러운 정석조. 그 순간 한기재의 목에 검을 겨누고!

한기재   (조금 놀라다, 비웃듯 쏘아보며) 네놈이 정녕 은혜를 이리 갚으려는 것이냐.

소란에 달려오던 수하들, 챙! 칼을 빼내면
정석조, 한기재의 목에 칼을 겨눈 채 긴장으로 보고.

S#30. 동. 마당 / 밤

지운, 한기재의 가병들과 싸우고 있다. 수적으로 밀려 불리한데
"멈추어라!" 뒤에서 들리는 정석조의 목소리에 일동 돌아보면,
정석조, 한기재를 인질로 삼아 데리고 나왔다.
방으로 달려왔던 수하들 차마 선불리 공격하지 못한 채 길을 트면.

정석조   (서늘한) 누구라도 움직임을 보인다면 즉시 대감을 벨 것이다.

한기재의 목에 겨눠진 검에 가병들, 주춤, 어떻게 해야 하나 바라보면

지운   (걱정으로) 아버지...!
정석조   어서 가거라... 어서!
지운   (놀라고) 안 됩니다. 아버지...
정석조   일을 더 어렵게 만들 셈이냐. 가라지 않느냐. 어서!!
지운   하지만...

정석조를 혼자 두고 가기 어려운 듯, 잠시 갈등하는 지운.
품에 든 소낭초를 잠시 본다. 괴로움에 떨리듯... 고민스러운데.
문득 일각, 담벼락 밖 (혹은 지붕 위) 정석조를 향해 겨눠지는 활을 발견한
다. # 일각, 당겨지는 시위. 금방이라도 활을 쏠 듯...

지운   (놀라며, 급히 알리듯) 아버지!!

지운, 다급히 정석조를 돌아보는 순간 날아오는 화살! 정석조의 팔에 박힌
다. 윽...! 통증에 한기재를 놓친 정석조. 동시에 타타닥, 원산군의 수하들 마

당으로 들어서 지운과 정석조를 포위한다. 그 뒤로 여유로운 미소와 함께 걸어 들어오는 원산군. 곁에 선 수하의 손엔 홍내관과 김상궁이 붙잡혀 있고.

홍내관 / 김상궁   정주서! / 주서 나리!
지운   (놀라 보는데)
원산군   (당당한 미소로 한기재를 보며) 내게 빚을 하나 지셨습니다. 대감.
한기재   (제법이라는 듯 보다가, 수하들에게) 뭣들 하느냐. 저들을 당장 붙잡거라.
원산군   (비릿한 미소로 지운과 정석조를 돌아보는)

수하들, 정석조와 지운을 포위하면.
두 사람. 낭패스럽게 바라보는 데서.

S#31. 궐 문 앞 / 밤

질금, 수문장과 실랑이를 하고 있다.

질금   (간절한 얼굴) 급한 일입니다. 제발 저 좀 들여보내 주십시오. 전하게 꼭 고해야 할 말이 있습니다! 정말 정말 중요한 일이란 말입니다...!
수문장   (막아서며) 네깟 놈이 전하게 중요한 일은 무슨...

질금, 수문장에게 밀려 나동그라지면, 어떡하지 울상인 얼굴 위로

플래시백 / 20씬에 이어

정석조   반 시진이 지나도록 지운이가 궐로 돌아오지 않는다면 곧장 전하게 가 이 사실을 고하거라. 반드시 전하게 전해야 한다. 부탁하마.

질금, 이대로 물러날 순 없다. 벌떡 일어나 "제발요...! 제발 한 번만 들여보내 주십시오!" 다시 간절하게 매달리는데...

"뭐여. 너 질금이 아녀?" 궐에서 나오던 구별감, 실랑이하던 질금을 발견하고 놀라 다가온다.

질금   (구세주라도 만난 듯) 형님...!! (금방이라도 눈물 터질 것 같은 얼굴로 바라보는 데서)

S#32. 대전 처소 + 복도 / 밤

휘, 초조한 듯 방안을 왔다 갔다 하는데 문득 문밖, 작은 비명 소리가 들려오며 소란스러워진다. 설마...! 불안한 휘, 급하게 문을 열고 나가면, 그 순간, 휘의 품으로 푹 쓰러지는 누군가.
피투성이가 된 이현이다.

휘   (충격으로) 형님!!!
이현   (겨우 정신줄을 붙잡으려 애쓰며) 송구합니다 전하... 두 사람을... 지키지 못했습니다...

이현, 그 말을 마지막으로 정신을 잃듯 고개를 떨구면

휘   (놀라고) 형님... 형님...!! (다급하게 돌아보며) 아무도 없느냐!! 어서 어의를 부르거라! 어서!!

하얗게 질린 휘, 충격으로 이현을 바라보는 눈빛에서.

S#33. 한기재 사저. 마당 / 밤

포박된 채 꿇려 앉아 있는 김상궁과 홍내관. 끌려오는 길 고초를 겪었는지 여기저기 조금 터져있는 모습이다.
곁으로 피투성이가 된 정석조와 지운도 잡혀 있고.

수하 하나, 지운의 몸을 수색해 소낭초가 든 향합을 가져오면.

한기재   (받아들며, 가소로운) 아비와 아들이 겨우 이걸 위해 함께 목숨을 걸었더냐...

지운   (분하게 보면)

정석조   (괴롭고)

한기재, 잠시 정석조에게 다가간다.
피투성이가 된 정석조의 얼굴을 살피는 한기재.

한기재   어리석은 놈... 가족을 위한다는 것이 고작 이것이었느냐.

정석조   (쓰러질 듯 상처 입은 얼굴로, 힘겹게 바라보면)

한기재   네가 그리도 끔찍이 지키고자 한 아들이니... 마지막 모습이라도 잘 담아 두거라...

한기재, 지운의 곁에 선 수하에게 눈짓하면
지운 곁의 수하, 한기재의 명에 따라 지운을 베기 위해 칼을 꺼낸다.
놀라 굳어지는 정석조의 얼굴.

정석조   (다급히) 안 된다...!! 안 돼... 나를 죽이거라! 저 아이가 무슨 죄란 말이냐!

수하, 지운을 찌를 듯 칼을 치켜들면, "안 돼!!!" 자신을 붙잡고 있는 수하들을 뿌리치고 달려가려 애쓰는 정석조. 지운 역시 마지막을 직감하듯 눈을 질끈 감는데,
쉭-쉭- 하는 소리와 함께 어디선가 화살들이 날아와 한기재의 수하들을 맞춘다. 사방에서 날아오는 화살에 속수무책으로 쓰러지는 수하들.
일동 칼을 빼 들고 살피지만, 어디서 날아온 것인지 실체가 보이지 않고. 당황해 허둥거리는 사이 무장한 내금위 군사들 쏟아져 들어온다. 수하들, 갑자기 들이닥친 내금위 군사들에 당황해 맞서 싸우면, 원산군 역시 당황해 칼을 빼 들고, 이내 군사들과 가병들의 일전이 벌어지는데.

휘 (E)	(위엄 있게) 감히 왕의 군사들과 맞서는 자, 반역으로 잡아들일 것이다!!

소리에 보면, 무장한 휘, 더 많은 수의 군사들을 이끌고 멋지게 등장한다. 휘의 등장에 놀라 굳은 듯, 일동의 움직임 멈추면, 그 고요 속 저벅저벅 한기재를 향해 걸어오는 휘.

한기재	(끌고 온 군사들에 기막힌) 이게 대체 무슨 짓입니까 전하.
휘	외조부님이야말로. 이것이 다 무슨 짓이란 말입니까. 나를 보필하는 내금위장과 상선을 이리 사사로이 잡아두시다니... 이건 엄연한 반역이 아닙니까?
한기재	(기막힌 듯 코웃음) 반역? 전하께서 감히 반역이란 말을 입에 올리셨습니까? (하는데)
휘	(스릉- 한기재의 목에 검을 댄다)
한기재	(멈칫, 굳어 보면)
휘	(서늘한) 예... 왕인 나의 뜻에 반하였으니, 반역입니다.
한기재	(! 비웃듯) 왕이라...
휘	(눈빛 지지 않고 맞서 보다가, 한기재의 손에 든 향합을 가져오며) 이건... 그 반역의 증거겠지요.
한기재	(부들부들 쏘아보면)
휘	(군사들에게 호통친다) 뭣들 하느냐! 대역죄인 상헌군과 그의 가병들을 모조리 잡아들이거라!

군사들, 한기재와 수하들을 포박하면
바라보는 휘. 한기재와 눈빛 마주치고.

한기재	(비웃듯) 크게 실수하시는 겁니다. 전하...
휘	실수는 외조부님이 하셨지요. 아니 그렇습니까.

한기재, 쏘아보다 차갑게 곁을 스쳐 가면
시선 거두고 급히 김상궁과 홍내관에게 다가가는 휘.

김상궁, 홍내관   전하...!! (눈물 글썽이며 보면)

휘	(엉망이 된 모습에 미안하다. 눈물 꾹 참으며 묶인 것을 풀어주는) 내가 너무 늦어 미안하다...
김상궁	아닙니다 전하... 전하께선 괜찮으십니까.
휘	(눈물 글썽이고, 이내 다잡듯 돌아보면)

일각, "괜찮으십니까 아버지..." 지운 역시 정석조를 챙기고 있다.
정석조, 깊은 상처로 풀썩 쓰러질 듯하고...
그 곁으로 달려오는 질금과 구별감. " 형님! / 정주서!"

구별감	어이구, 이를 어째... 정주서도 많이 다쳤네...
질금	(울먹) 형님... 괜찮어?
지운	어떻게 된 거야. 니가 어떻게...
질금	어르신께서 부탁하신 거야. 전하를 모셔 오라고...
지운	(그 말에 놀라 쓰러진 정석조를 보는 눈빛) 아버지...

지운, 질금과 구별감의 도움을 받아 정석조를 부축해 일어서면
잠시 그 모습 보는 휘. 두 사람 눈 마주치면,
고생했다는 듯 잠시 시선을 주고받는 데서.

(점프)
휘를 선두로 군사들, 한기재와 수하들을 포박해 끌고 나가면
일각 어둠 속, 몸을 숨기고 그 모습을 지켜보고 있는 원산군. 아까의 일전에
다친 듯 옆구리 쪽 베인 상처를 부여잡고 있다. 분노로 이글거리는 눈빛.
이내 어둠 속으로 사라지는 데서.

S#34.　의금부 옥사 전경 / 밤

S#35.　의금부 옥사 / 밤

군사들에 의해 옥사에 갇히는 한기재를 바라보고 선 휘.
군사들, 휘의 눈짓에 물러가면
한기재, 노한 눈빛으로 휘를 바라본다.

한기재   전하께서 제게 이런 짓을 하시고도 무사할 수 있을 거라 생각하십니까.
휘   무사하겠지요. 그러기 위해 견뎌온 것이니...
한기재   (홀로 되뇌듯) 견뎌왔다... (픽, 허탈이 웃고는) 지금이라도 제가 전하의 그 비밀을 밝히면 어찌 하려 하십니까...
휘   외조부님께서 제게 말씀하셨지요. 사람들이 믿는 것이 진실이 아니라 믿게 만드는 것이 진실이라고요. 선대왕을 죽이고, 그 죄를 무고한 이들에게 덮 어씌운 역적의 말을 과연 누가 믿어 주겠습니까. 곧 죽을 자가 실성을 하였 다는 취급이나 받으시겠지요. (차갑게 웃으면)
한기재   (역시 재밌다는 듯 웃고는) 그깟 독초 하날 손에 넣은 것으로 모든 것을 밝 힐 수 있다 생각하는 것입니까.
휘   예. 밝힐 겁니다. 외조부께서 쓰신 소낭초 독과 돌아가신 창천군이 썼다고 한 부소화 독을 비교해 아바마마의 죽음이 조작 되었다는 사실을 알릴 겁니 다. 조내관을 죽인 어의 서승규가 그에 관한 증언을 해 주겠지요.
한기재   (그 말에 보면)
휘   뿐만 아니라 제겐, 부호군께서 목숨을 걸고 구해준 여연의 사병을 확인할 장부도 있으니... 외조부의 역심 또한 밝혀낼 수 있을 겁니다.

인서트 / 편전에 앉아 여연의 장부를 펼쳐보는 휘. 찢어지고 물에 번져 글 자들이 제대로 보이지 않는다. 그러나 어느 부문 기적처럼 남아 있는 거점 주소와 담당자의 이름 하나.
[평안도 희천군(熙川郡) 묘향산(妙香山)... 우후 정만주]
휘, 떨리듯, 바라보는 눈빛

휘   (홍내관에게) 은서를 당장 평안도로 보내야겠다. 우후 정만주를 잡아 여연 의 가담자들을 밝혀내라 이르거라!
홍내관   (잠시 놀랐다가) 예 전하!! (달려간다)

다시 현재

한기재   (허, 기막힌 듯 바라보면)

휘   지금쯤 군사들이 여연으로 달려가고 있을 겁니다. 외조부께서 저지른 악행
들은, 하나도 남김없이 내일 조정에서 모두 밝혀질 것입니다.

한기재   (제법이라는 듯 픽 웃고는) 역시... 내 외손주십니다... 장하십니다. 전하...

휘, 여전히 여유로운 한기재를 노려보듯, 바라보는 눈빛에서.

S#36. 정전 안 / 다른 날, 낮

용상에 앉은 휘. 가득 들어찬 대신들 앞에서 교서를 발표한다.

휘   선대왕을 독살하고 이를 조작 은폐하여 무고한 이들의 목숨을 빼앗은 역적
한기재를 참형에 처한다...

그 말에 소란스러워지는 대신들.
휘, 담담히 바라보면

인서트 / 담담히 옥사에 앉은 한기재. 허탈한 듯, 그러나 뜻을 알 수 없는
묘한 표정... 입가에 어떤 미소가 띄는 것도 같은데.

휘   또한, 상헌군 한기재로 인해 억울한 누명을 쓰고 유배된 제현대군과 과거
역적으로 몰려 억울한 죽임을 당한 익선 강화길의 신분을 복권하여 그 억
울함을 풀어줄 것이다.

휘, 고개를 들어 앞의 정전 문을 바라보면
문이 열리며 제현대군과 가온이 들어온다.
휘의 앞에서 예를 갖추는 두 사람.
휘, 단단한 눈빛. 고개를 끄덕여 바라봐 주는 표정 그 위로.

대비 (E)   양위라니요?

S#37. 대전. 처소 / 다른 날, 낮

대비와 마주 앉은 휘. 대비, 휘의 말에 놀라 바라보면.

휘   예. 제현대군에게 용상의 자릴 맡길 생각입니다.
대비   (갑작스러운 말에, 믿을 수 없고) 대체 왜... 갑자기 어찌하여 이러는 것입니
          까. 주상.

휘, 결심한 듯, 담담히 대비를 바라보는 곧은 눈빛, 그 위로.

휘 (E)   신사년 그 밤, 쌍생으로 태어난 여자아이는 죽지 않았습니다. 열두 살에 궁
          녀가 되어 다시 궐에 들어왔지요.

S#38. 대전 앞

충격에 빠진 얼굴로 걸어 나오는 대비의 모습 위로 휘의 목소리 이어진다.

          # 플래시백 / 앞씬에 이어서

휘   사실을 눈치챈 제 외조부가 아무도 몰래 그 아일 죽이려 하였으나, 마침 옷
          을 바꾸어 입은 오라비가 대신하여 죽임을 당하였던 것입니다.
대비   (심하게 동요하는 눈빛, 두려운) 지금 무슨... 대체 무슨 말씀을 하시는 겁니
          까...
휘   바로 제가 그 여자아이입니다.
대비   (! 충격이고)
휘   상헌군의 처결이 마무리될 때까지만 시간을 주십시오. 일을 마무리하는 대

로 제현대군에게 양위를 하겠습니다. 모두를 속이고 왕의 자리에 오른 죄를
물으신다면 그 역시 따를 것입니다. 모든 결정은 대왕대비마마와 즉위하실
새 왕께서 해 주십시오.

다시 현재
대비, 믿기지 않는 듯. 이내, 힘이 빠져 그대로 털썩 주저앉으면
"마마!!" 놀란 궁인들이 급히 대비를 부축한다.
혼란스러운 대비의 눈빛에서.

S#39. 지운의 집 전경

S#40. 동. 사랑채

치료를 받은 듯, 쓰러져 있던 정석조. 눈을 뜨면 걱정스러운 얼굴로 간호하
던 김씨부인이 놀라 바라본다.

김씨부인   (! 깨어났구나) 정신이 좀 드십니까...?
정석조   (몸을 일으키며) 지운인...

곧 대야와 수건 등을 들고 오던 지운, 깨어난 정석조를 보고 안도하듯, 놀라
면. 두 사람 눈빛 마주친다, 서로 안도하고. 무거워지는 데서.

(점프)
김씨부인 나가 있고, 정석조와 지운만이 마주 앉아 있다.

지운   (무거운) 전하께서 상헌군 대감의 죄를 밝히셨습니다. 상헌군 대감을 따른
자들 모두... 참형에 처해질 겁니다.
정석조   (표정 무거워지고) ...옷을 가져다 다오.
지운   (무슨 말인가 보면)

정석조	전하께 가서 죄를 고하마. 나 역시 죗값을 받을 것이다. (자리에서 일어나면)
지운	(차마 말리지는 못하고, 안타까운) 아버지...
정석조	(잠시 돌아보고는) 네 어미를 부탁하마.
지운	(눈빛 흔들리는데)

S#41. 궐 후원

휘, 가온과 함께 걷고 있다.

휘	(운검 차림의 가온을 보며) 잘 어울리는구나. 은서야.
가온	(보다가, 예를 갖추면)

곧 급히 다가오는 제현대군. 휘, 돌아보면

제현대군	(그 자리에 그대로 엎드리며) 양위라니요... 부디 할마마마께 전하신 그 뜻을 거두어 주십시오. 전하.
휘	(들었구나. 안쓰럽게 보며) 일어나거라...
제현대군	(그대로 엎드린 채) 이 나라의 왕은 전하십니다. 어찌 저에게 전하의 자릴 이어받으라 하시는 겁니까.
휘	내 외조부의 죄가 밝혀졌다. 외조부로 인해 희생된 무고한 이들 때문이라도 나는 이 자리에 있을 자격이 없느니라.
제현대군	(울먹이는 눈으로 보며) 그 자린 전하의 자립니다. 전하께서 자격이 없으시다면 그 누구에게 자격이 있다 하겠습니까. 전하의 자린 형님이 아닌 그 누구도 어울리지 않습니다. 그러니 제발... 명을 거두어 주십시오.
휘	(안쓰런 눈빛, 다가가 제현대군 일으키며) 이건 명이 아니라 부탁이다...
제현대군	(그 말에 글썽이며 보면)
휘	너라면 할 수 있을 것이다. 겸이 네가 아바마마의 유지를 이어 다오...
제현대군	전하...
휘	(일어나 가온을 보며) 네가 겸이를 지켜 다오. 네 아버지가 열어가고자 하였

던 새 세상을 만들어 갈 수 있도록, 곁을 지켜주면 좋겠구나.

가온   (휘의 뜻에 무겁게 고개를 숙이면)

휘   (그런 제현대군과 가온을 보는 애틋한 눈빛에서)

S#42. 대전. 마당

휘, 대전으로 돌아오는데, 앞에 다가오는 사람. 정석조다.
정석조, 무겁게 예를 갖추면
바라보는 휘의 표정.

S#43. 대전. 처소

휘 앞에 무릎을 꿇고 앉은 정석조.
휘, 무겁게 바라보면

정석조   전하께... 저의 죄를 청하고자 합니다.

휘   (그 말에 무겁게 보며) 용서를 구하고자 하는 것이오.

정석조   (말없이 고개를 숙이면)

휘   나는 그대를 용서할 생각이 없소. 그대는... 무고한 사람들을 죽였고, 죄 없
        는 어린 여자아이를 베었소. 아들의 눈앞에서... 또한! (감정 격해지듯 떨려
        오고) 나의 오라비이자 이 나라의 왕이 되었어야 할 이를 죽였지... 그 손으
        로... 허니 지금 당장 참형에 처한대도 그 죄를 모두 용서받진 못할 것이오.

정석조   (고개를 숙이며) 알고 있습니다.

휘   (그 말에 더 괴로운, 복잡한 감정으로 잠시 본다. 이내 마음먹은 듯) 원산
        군이 외조부와 내통하였다 들었소. 여연에 군사들을 보내 놓았으니 내금위
        장이 가 그곳을 살피시오. 여연은 누구보다 내금위장이 더 잘 알고 있을 테
        니...

정석조   (보면)

휘   그 일을 끝낸 후 그대에 대한 처벌을 결정할 것이오.

| 정석조 | (괴롭게 고개 숙이는) 예. 전하... |
| 휘 | (괴로운 표정에서) |

(점프)
휘, 무거운 표정으로 앉아 있다. 그 위로.

플래시백 / 2부
한기재에게 죽은 세손을 확인시키던 정석조.
이월이를 죽이던 정석조.

휘, 괴로운데. "부르셨습니까. 전하" 소리와 함께 들어오는 홍내관.

휘	(떨치듯 본다) 왔느냐. 복동아...
홍내관	예. 전하. 말씀하시지요.
휘	(결심한 듯 무거운) 부탁할 것이 있다. 중전과 합방일을 좀 잡아 다오.
홍내관	(놀라고) 예?! 합방이라니요. 갑자기 어찌 그러십니까.
휘	(무언가 생각하듯, 무거운 표정에서)

S#44. 중궁전 / 밤

핼쑥한 얼굴의 하경, 죄인처럼 앉아 있다. 곧이어 들어오는 휘.
하경, 무겁게 예를 갖추면
잠시 무거운 마음으로 그런 하경을 바라보는 휘의 모습.

휘	부원군이 상헌군과 함께 여연에 사병을 키웠소.
하경	알고 있습니다... 조정에 저 역시 폐서인에 처하라는 상소가 많은 걸로 압니다. 처벌을 내리시면 달게 받을 것입니다...
휘	부원군이 참형만은 피할 수 있게... 내가 힘을 써보겠소.
하경	(그 말에 조금 놀라 보면)
휘	중전은... 궐을 나가시오. 사람들에겐 병으로 죽었다 할 것이니 떠나 새 삶을

사시오.

하경   (충격이고) 그게 무슨 말씀이십니까. 어찌 제게...

휘   (각오한 듯, 담담하게) 지난번 중전에게 해주겠다던 말... 오늘 하려 하오.

하경, 무슨 말인가 보면
휘, 결심한 듯 천천히 옷고름을 푼다.
떨리듯 바라보는 하경. 드러나는 모습에 충격인 듯 바라보면

휘   (역시 떨림을 참으며) 나는... 사내가 아닙니다.

하경   (믿을 수 없는 현실에 경악하듯, 그저 충격으로 바라보며) 전하... 어찌...

휘   미안하오... 그동안 중전을 속여 온 나를 용서하시오.

하경   말도 안 돼...

휘   지금껏 중전께 말하지 못한 이유가 바로 이것입니다... 내가 여인이라... 중전에겐 벗으로도 지아비로도 다가갈 수 없었소. 나의 죄책감으로 중전을 보듬어 주지 못하였습니다...

하경   (여전히 믿기지 않는 듯 혼란스러운 눈빛으로 그런 휘를 본다) 어째서... 어째서 제게 이리 밝히신 겁니까. 이제 와 왜... (눈물이 차오르고)

휘   (무겁게 보면)

하경   왜 그러셨습니까... 평생 모른 척 묻어두시지... 제가 이를 빌미로 아버지의 죄를 사하여 달라 겁박이라도 하면 어쩌시려 합니까... 전하의 목숨이라도 노리면 어쩌시려고...

휘   (각오한 듯) 그렇다 하더라도 받아들여야겠지요. 중전에게 지은 나의 죄가 그보다 클 것이니... 중전은 나에겐 너무나 과분한 사람이었소... (아프게 보며) 중전의 허물은 하나도 없으니... 원망할 것이 있다면 부디 나를 원망하십시오.

하경, 믿기지 않는 듯 고개를 젓다 이내 푹 고개를 숙이며 무너지듯 눈물을 쏟아내면, 휘, 안타까운 눈빛으로 무겁게 바라보는 데서.

S#45. 암자 / 다른 날, 낮

산을 오르는 이현. 작은 암자로 향한다.

인서트 / 어느 행랑채, 홀로 다친 곳에 붕대를 묶고 있는 원산군 보인다.

이현, 도착하면 원산군의 흔적은 없다.
도현세자의 위패 앞에 향을 피워 절을 올리는 이현.

이현   (착잡한 마음, 낮게 읊조리듯) 아버지... 잘 계시는 거지요...

S#46. 동. 밖

이현, 밖으로 나오면, 다가오는 주지승.

주지승   아버님을 뵈러 오신 겁니까.
이현   예... (잠시 생각하다가) 혹 형님께선 오시지 않으셨습니까?
주지승   사흘 전 먼저 다녀가셨습니다. (기억난 듯, 품속에서 종이 하나 꺼내 건네
        며) 오시면 이걸 전해 달라셨는데...

이현, 놀라고. 건네준 종이를 펼쳐보면
과거 원산군이 쓴 시만 한 수 적혀 있다.

인서트 / 암자에서 시를 쓰는 원산군.
『千尺絲綸直下垂 / 一波自動萬波隨 / 夜靜水寒魚不餌 / 滿船空載我
夢歸』

원산군 (E) 긴 낚싯줄을 똑바로 드리우니
          물결 하나 겨우 일다 많은 물결 번져가네
          고요한 밤 물은 차고 물고기는 아니 무니
          빈 배 가득 나의 꿈을 싣고 돌아오네.

이현	(종이 접고 이상한, 주지승에게) 혹 형님께서 어디로 가신지는 모르십니까.
주지승	송구합니다. 그건 저도...
이현	(허탈한 듯, 무거운 눈빛. 다시 종이를 보는 데서)

S#47. 궐. 다리 위 / 석양

휘, 다리 위(4부 56씬)에 홀로 서 연못을 보고 있다.
조금 떨어진 곳, 가온만이 지키고 서 있고.
일각, 휘를 발견하고 다가오는 지운.

| 지운 | 여기 계셨습니까. 전하... |

휘, 돌아보면, 지운 곁에 와 서고

휘	(연못을 보며) 싹이 났나 하여 지켜보고 있었습니다. 그 연씨요... 이곳에 던져두지 않았습니까.
지운	(그 말에 함께 보면)
휘	꽃이 필 때까지 기다려보려 하였는데, 아마도 보지 못할 것 같군요.
지운	드디어 내일이 제현대군께 양위하시는 날이군요.
휘	(끄덕, 조금은 무겁게 바라보면) 아주 오래 기다려온 날인데, 마음이 후련하지만은 않습니다. 겸이에게 무거운 짐을 지우는 건 아닌가 하여서요...
지운	제현대군께선 훌륭히 해내실 겁니다.
휘	(끄덕이고. 고맙게 보다가, 문득 어두워지며 고민하듯) ...내금위장께서 찾아왔습니다. 죄를 청하더군요...
지운	(괴롭게 끄덕이며) 알고 있습니다.
휘	(괴롭고) 미안합니다... 나는 정주서의 아버지를 아직은 용서할 수 없습니다. 아니 어쩌면... 영원히 용서치 못할지도 모릅니다.
지운	(괴롭지만, 그 마음 이해하듯) 용서하지 마십시오. 저 때문에 마음 쓰지도 마시고요... 전하께서 어떤 결정을 내리시든 원망치 않을 것입니다. 저는...

휘, 아프게 그런 지운을 보면
지운, 역시 아픈 눈빛, 그러나 마음을 다잡듯 마주 본다.
잠시, 멀리 "전하!!" 부르며 달려오는 홍내관, 표정이 심상치 않다.
두 사람. 돌아보면

홍내관   큰일 났습니다. 전하... 의금부 옥사에 갇혔던 상헌군이 사라졌다 합니다!!
휘   (놀라고) 뭐?!
지운   (역시 충격인데)

S#48.   여연. 군사 기지 / 석양

정석조가 이끄는 군사들, 여연에 도착하면
어느새 모두 빠져나간 듯 텅 비어 있다.
정석조, 늦었구나! 충격으로 바라보는 데서.

S#49.   의금부 옥사 / 밤

휘와 지운, 가온, 홍내관, 김상궁 등 급히 다가오면
한기재의 옥사 앞, 지키던 군사 몇 죽어 있고, 한기재가 있어야 할 옥사 문
은 열린 채 텅 비어 있다!

휘   이게 무슨... (충격이다. 문득 불길함이 엄습하듯 보는 표정에서)

S#50.   원산군의 방 / 밤

급히 들어온 이현(관복 차림).
책장을 뒤져 같은 시가 적힌 종이를 찾아낸다.

자신이 받은 시와 원래의 시를 비교하는 이현.
보면, 마지막 시구의 한 단어가 다르다!
『滿船空載我夢歸(만선공재아몽귀) / 滿船空載月明歸(만선공재월명귀)』

이현　　월명... 아몽... (그제야 깨닫듯) 달빛이 아니라... 나의 꿈을 싣고 온다고...!

무언가 깨닫듯, 두렵게 흔들리는 이현의 눈빛에서.

S#51. 궐 문 앞 / 밤

무장한 군사들이 줄지어 궐 문 앞으로 다가오고 있다.
그들을 이끌 듯 무리의 앞에 선 한기재와 원산군.
가까워오는 궐을 바라보는 표정에서.

앞으로 벌어질 일을 예상하듯 충격에 빠진 휘와 지운. 이현.
그리고 의미심장한 표정으로 궐을 바라보는 한기재와 원산군의 표정.
교차되며 19부 엔딩.

20부

혹시, 이거... 꿈입니까?

S#1.   도성 외곽 기와집 / 밤

한기재, 수하의 안내를 받아 들어오면
마당에서 기다리고 있던 무복 차림의 원산군, 다가간다.
마주 선 두 사람, 마주치는 시선.

플래시백 / 옥사 / 밤
옥사에 갇혀 있는 한기재 앞, 옥지기 차림의 수하 하나 서 있다.

한기재   (수하에게 쪽지 건네며) 원산군에게 전하거라. 내가 만나고자 한다고.

다시 현재

원산군   (당당한 미소로) 고생 많으셨습니다 대감.
한기재   (보고) 여연의 군사들은 어찌 하셨습니까.
원산군   지시하신 대로 주둔 시켜 놓았습니다.

인서트 / 19부, 텅 빈 여연을 확인한 정석조의 낭패스러운 모습.

한기재	전하께서 내일 제현대군에게 양위를 한다지요...
원산군	그러니 기회는 오늘 밤밖에 없지 않겠습니까. (입꼬리 올리면)
한기재	(생각하듯, 끄덕이는 데서)

〈연모 최종화〉

S#2.　대전. 편전 / 밤

홍내관 김상궁 서 있고.
휘와 지운, 가온이 대화 중이다.

휘	상헌군은 아직도 찾지 못하였답니까.
지운	예. 백방으로 알아보고는 있사온데 아직... (무거워지는 휘의 얼굴에) 염려 마십시오. 평안도와 함경도의 군사들도 모두 함께 찾고 있으니, 곧 소식이 올 것입니다.
휘	(가온을 향해) 여연의 소식은 아직이냐?
가온	아마도 내일이나 되어야 도착할 것 같습니다.
휘	(끄덕, 하지만 어쩐지 걱정스러운데...)
이현 (E)	전하!

소리에 돌아보면, 급히 들어오는 이현, 휘에게 다가온다.

휘	형님... 이 밤에 어쩐 일이십니까.
이현	전하께 알려 드려야 할 것이 있어... (무거운 얼굴로 원산군의 시를 건네며) 이것 좀 보시지요. 전하.

휘, 이현이 준 원산군의 시를 본다. 지운 역시 곁에서 함께 보면.

휘	(의아한) 이건 예전에 원산군 형님께서 쓰셨던 시가 아닙니까? 이건 갑자기

왜...?

이현 (무겁게) 원래 형님께서 쓰셨던 단어는 월명이었습니다. 만선공재월명귀... 빈 배에 밝은 달만 가득 싣고 온다...

휘 (그 부분 다시 비교해 보며) 만선공재아몽귀... 빈 배에 나의 꿈을 가득 싣고 온다...? (! 설마, 놀라 보면)

이현 (무겁게) 아무래도... 형님께서 역심을 품은 것 같습니다. 내일 있을 제현대군의 즉위식을 중단하고 당장 군사를 모으셔야 합니다. 전하.

휘, 지운 (놀라는 데서)

제현대군 (E) 형님...

S#3. 궐. 제현대군 처소 / 밤

휘, 급히 들어오면, 일어나 휘를 맞는 제현대군.
그 뒤로 이현이 따르고.

제현대군 (얼떨떨하여) 이 시간에 두 분이 함께 어찌...

휘 (다가가 제현대군을 붙잡고) 지금부터 내가 하는 얘기 잘 들거라. 내일 있을 너의 즉위식은 미뤄야겠다. 적당한 날을 잡아 내가 다시 알리마. 그때까지 너는 자은군 형님을 따라 잠시만 궐을 나가 있거라.

제현대군 예? 갑자기 어찌 그러십니까?

휘 시간이 없다. 설명은 자은군 형님께서 해 줄 것이니라. (이현에게) 겸이를 부탁드립니다. 형님.

이현 (제현대군에게) 따르시지요. 제가 대군을 모시겠습니다.

제현대군 하오나... (갑작스러운 상황에 조금 두려운 듯 휘와 이현을 바라보면)

휘 (걱정스러운 표정... 그러나 제현대군을 안심시키듯) 괜찮을 것이다. 아무 일 없을 것이니 어서 가거라. 어서....

휘, 무거워지는 표정에서.

S#4.　제현대군 처소 앞 / 밤

제현대군을 보낸 듯, 홀로 걸어 나오는 휘.
대기하던 지운과 가온, 홍내관 김상궁이 그런 휘에게 다가간다.

지운　제현대군께선...
휘　자은군 형님과 막 처소를 빠져나갔습니다.
지운　(끄덕이고, 역시 걱정스러운 듯 휘를 보며) 병조의 군사들이 여연으로 향해
　　　궐을 지킬 군사의 수가 적으니, 자칫 전하께서도 위험해지실지 모릅니다.
휘　(잠시 생각하다가) 군사들을 모아야겠습니다. (가온에게) 내금위, 겸사복,
　　　별시위까지 모두 불러 궐을 엄호하라 이르거라.
가온　예. 전하. (급히 가려는데)
군사1　(급히 달려오며) 역당들입니다! 상헌군이 사병들을 이끌고 궐로 들어오고
　　　있다 합니다!
일동　(놀라 보면)

S#5.　궐 일각 / 밤

횃불을 밝혀든 한기재의 사병들. 몇몇 군사들을 그어가며 앞으로 나아간
다. 이미 궐 내 군사들과 내통한 듯 제법 순조롭게 궐 문을 통과해 걸어오
는 사병들. 그 앞으로 한기재와 원산군의 모습이 보이고.

S#6.　궐 다른 일각 / 밤

멀리서 한기재의 사병들이 밀고 들어오는 모습을 발견한 휘와 지운 일동.

지운　(놀라고) 어서 몸을 피하셔야 합니다! 전하!
휘　(제현대군이 사라진 쪽 돌아보며) 아직 겸이가 궐을 벗어나지 못했을 겁니
　　　다...

지운	하오나,
휘	역모의 명분은 분명 저일 것입니다. 겸이가 왕이 되면 그 명분도 사라지겠지요. 허니 무슨 수를 써서라도 겸이 먼저 지켜내야 합니다.
지운	(보면)
휘	외조부가 또다시 조정의 권력을 장악하게 둘 순 없습니다... (가온에게) 겸이에게 가거라. 내가 시간을 끌 동안 너는 자은군 형님을 도와 겸이를 궐 밖으로 반드시 빼내야 한다. 알겠느냐.
가온	(걱정스러운 듯, 그러나 명 받들 듯) 예. 전하. (급히 돌아가면)
휘	(지운을 돌아본다)
지운	(휘의 뜻을 따르겠다는 듯 끄덕이며 비장하게 보는 표정에서)

S#7. 대전 마당 / 밤

한기재, 사병들을 데리고 대전 마당으로 들어서면
어느새 먼저 도착한 휘와 지운. 이미 대전 앞에 서 있다.
휘의 앞엔 미리 대기시킨 내금위와 궐의 군사들, 대열을 형성해 휘를 엄호하고 있고.

한기재	(비웃듯 휘를 보며, 군사들에게) 왕을 참칭한 계집이다... 당장 잡아들이거라!

한기재의 명에 사병들, 휘의 앞으로 달려오면,

휘	(칼을 뽑아 들고, 비장한) 역당의 무리들이다. 한 명도 빠짐없이 잡아들여야 할 것이다!!

휘의 말과 동시에 한기재의 사병들과 금군들의 싸움이 시작된다.
휘와 지운, 역시 칼을 뽑아 들고 군사들과 함께 싸우는 모습에서.

S#8.   궐 다른 일각 / 밤

이현, 제현대군을 보필하며 급히 전각 사이로 달려간다.
멀리 소란한 군사들의 소리가 들려오면, 놀라 걱정스럽게 돌아보는 이현. 마
음을 다잡고 다시 제현대군을 이끌려는데.

제현대군   (겁에 질려) 역모라니요! 전하를 두고 혼자 도망갈 수는 없습니다!
이현   대군께서 살아 계셔야 전하께서도 후일을 도모하실 수 있습니다...
제현대군   (울듯이) 하지만...

순간 이현과 제현대군의 앞을 막아서는 사병들.
두 사람, 놀라 보면.
이현, 낭패스럽고! 제현대군을 자신의 뒤로 보내 보호하며 긴장으로 바라보
면, 그 앞으로 다가오는 원산군의 모습. 이현, ! 분하게 보는데.

원산군   대군을 이리 내거라...
이현   (분노로) 이것이 형님이 말한 그 꿈입니까...
원산군   내 돌아오지 말라 일렀거늘... 네가 자초한 일이니 날 너무 원망치는 말거라.

원산군, 사병들에게 고갯짓하면 이현을 공격하는 사병들.
이현, 제현대군을 지키기 위해 칼을 빼 들고 사병들과 맞선다.
그러나 수적 열세에 상처 입으며 쓰러지면
"형님!!" 두렵게 바라보는 제현대군.
원산군, 그런 제현대군을 죽이기 위해 저벅저벅 다가간다.
"안 돼!!" 소리치며 마지막 발악하듯 일어나 달려가는 이현.
원산군의 사병, 그런 이현을 그어 내리면
옥- 쓰러지는 이현. 사병들에 가로막혀 제현대군을 구해내지 못한다. 그러
나 다친 몸을 일으켜 끝까지 싸워내려 하고.
잠시 그 모습 보던 원산군, 제현대군에게 다가가 챙- 칼을 빼어 든다.

제현대군   (공포와 괴로움으로 보며) 혀, 형님...

원산군, 그대로 칼날을 촤악- 내리 그으려 하는데
그 순간 어디선가 날아온 화살이 원산군의 어깨를 스친다.
윽... 고통으로 돌아보는 원산군, 활이 날아온 방향을 쏘아보면.
활을 내리는 사람, 다름 아닌 대비다!

대비   (분노) 이게 무슨 짓이오 원산군!!!
제현대군   할마마마...!

대비의 등장에 잠시 쏘아보는 원산군. 이내 그 앞으로 뚜벅뚜벅 다가간다.
지지 않고 맞서 쏘아보는 대비.
쓰러진 이현, 역시 놀라 보면
원산군, 비웃듯, 가볍게 예를 갖추더니 대비의 손에 든 활을 저지하듯 눌러
내린다.

원산군   어찌 이리 위험한 곳에 나와 계십니까... 이것은 사내들의 일이니 돌아가 계
         시지요. 할마마마...
대비   (분노로) 하늘이 무섭지도 않느냐. 제 아우를 베는 것도 모자라 이리 대역
         무도한 죄를 저지르려 하다니... 제현대군을 죽인다고 내 순순히 왕위를 넘
         겨줄 것 같으냐!!
원산군   (피식 웃고) 하늘이 두려운 건 할마마마 역시 마찬가지이실 텐데요. 오래전
         반정의 대가로 중전의 자리에 오르신 분이니... (보고는) 그 왕의 적장손이
         저입니다. 그 피가... 어디 가겠습니까?
대비   (기막혀, 분노로) 원산군!!!
원산군   (군사들을 향해 차갑게) 할마마마를 안으로 모시거라. 일이 끝날 때까지
         한 발짝도 나서게 해서는 안 된다.

원산군, 대비를 향해 가볍게 예를 취하면
분한 듯 쏘아보는 대비. 군사들에게 포박당하듯 이끌려 돌아선다.
"이 손 놓거라! 감히 누굴 가로막는 것이냐!!" 소리치는 대비
안으로 끌려가면.

제현대군   (끌려가는 대비를 보며, 울먹이는) 할마마마...!! 할마마마!!

잠시, 비웃듯 보던 원산군, 그대로 촤악- 제현대군을 그어버린다.
털썩, 제현대군이 쓰러지면.
"안 돼!!" 이현, 역시 절규와 함께 마지막 힘을 내어 제현대군에게 달려간다.
"안됩니다. 안 돼..." 쓰러진 제현대군을 안고서 충격에 빠진 듯 떨리는 이현
의 눈빛... 원망과 분노로 눈물이 차오르고.

이현   형님을 절대 용서치 않을 것입니다... 절대로요!!
원산군   용서하지 말거라. 현아.

원산군, 이번엔 이현을 긋기 위해 칼을 치켜드는데
순간 윽... 고통에 찡그리는 원산군.
보면, 원산군의 뒤에서 가온이 등을 길게 가로 그었다!
쏟아지는 핏물에 놀라 바라보는 원산군.
사병들, 급히 원산군을 보호하듯 감싸면

원산군   (제 손에 묻은 피를 보고 노한 표정) 네 이놈....!!!

핏발이 선 채 고통으로 바라보는 원산군의 노기 띤 얼굴
그런 원산군을 괴롭고 원망스레 보는 이현과 대치하듯 선 가온의 표정에서.

S#9.   중궁전. 의대칸 / 밤

밖에서 소란스러운 소리 들려온다.
걸려 있는 옷 사이, 구석에 쪼그려 앉아 숨어 있는 하경과 유공.
덜덜 떨리는 손엔 뾰족한 인두 정도 들려있고.

하경   (겁에 질려) 역도들이라니? 허면 전하를 해하러 왔단 말이야!

유공	(울상) 그러게 전하께서 나가라 하실 때 진작 나가셨으면 이런 일도 없었을 것을... 어떡해요 이제...!
하경	(어찌할 바를 모르고 떨다가 문득) 전하는? 괜찮으시겠지...? 다치시면 안 되는데... (걱정스럽고)
유공	(답답한 듯) 마마 걱정이나 하셔요!
하경	(두렵고 걱정스러운 듯 눈물 고이는 표정에서)

S#10. 대전 마당 / 밤

여전히 대치 중인 군사들 사이 휘와 지운의 모습이 보인다.
두 사람, 역시 조금씩 상처 입은 모습이고.
어느새 검 하나 주워든 홍내관, 사병들 몰려오면 김상궁을 보호하듯 검을 휘두른다. 싸우던 휘, 홍내관에게 달려드는 사병을 발견하고 "복동아!" 급하게 베어 쓰러뜨리면, 놀라 주저앉는 홍내관. 전하...! 울먹이며 휘를 본다. 휘, 마음이 아픈데. 돌아보면 대전 마당 가득 쓰러진 금군들이 가득하고.

한기재	(여유로운 눈빛, 사병들에게) 가서 주상의 목을 가져오너라.

사병들, 한기재의 명에 휘를 향해 돌격하면
몰려오는 사병들에 밀려나는 금군들과 휘, 지운 등.
지운, 필사적으로 휘를 구하기 위해 사병과 맞서지만 사병의 수에 밀리고...
결국 등을 맞댄 채 고립되듯 둘러싸이는 두 사람. 사병들에게 포위되어 있는데. 어느 순간 와- 하는 소리와 함께 달려오는 군사들. 보면, 여연에서 돌아온 정석조와 군사들이다.
정석조, 사병들을 베어 가며 휘와 지운에게 다가와 두 사람을 구출하면

지운	(역시 놀라) 아버지! (보면)
정석조	(지운에게) 여긴 내가 맡을 테니 어서 전하를 모시거라!
휘	(조금 놀란 듯 보면)
정석조	(휘에게) 광화문부터 신무문까지 밖으로 통하는 길이 모두 막혔습니다. 지

금은 궐 밖으로 나갈 수 없을 테니 우선 안으로 피하시지요.

떨리듯, 잠시 보다가 끄덕이며 돌아서면
군사들과 대치하는 정석조. 긴장감이 감도는데.

휘   (홍내관 김상궁과 함께 안으로 가려가, 다시 정석조를 돌아본다) 살아남으
시오. 내 아직... 그대를 용서치 않았으니... 살아남아 벌을 받아야 할 것이오.

정석조, 그리 하겠다는 듯. 더 말하지 않고 검을 들어 이얍!! 사병들에게 달
려가면.

지운   (김상궁, 홍내관에게) 저는 여기서 길을 막겠습니다. 전하를 안으로 모셔 주
십시오.
휘   (조금 놀라) 정주서! (보면)
지운   (안심시키듯) 들어가 계십시오. 곧 따라가겠습니다...

지운, 처소로 향하는 방향의 사병들을 베어 나가며 길을 트면
김상궁 홍내관, 어서 안으로 드셔야 한다며 휘를 이끈다.
고민하듯 바라보는 휘. 차마 발길이 안 떨어지는데
순간, 조금 떨어진 곳 "전하!" 부르며 다가오는 가온의 모습.
휘, 돌아보는 표정. 불길해지는 데서.

S#11.   대전 처소 / 밤

휘, 처소로 들어오면, 상처로 엉망이 된 이현이 휘를 기다리고 있다.
"형님.." 놀라 바라보는 휘.
그제야 이현의 뒤로 놓인 제현대군의 시신을 발견하고, 눈빛 굳어지면.
죄스럽게 고개 숙이는 이현.
"겸아.." 믿기지 않는 듯 눈빛 흔들리는 휘.
다가가 제현대군 바라보면 제현대군은 이미 차갑게 식어 있다.

김상궁	(역시 충격으로) 대군마마...
이현	(참담한 표정으로 고개 숙이면)
휘	어찌... 어찌..이럴 수가... (믿기지 않고) 일어나 보거라. 겸아... 어서 일어나래도...

휘, 눈물이 흐른다. 차갑게 식은 동생을 믿기지 않는 눈빛으로 보면.
일동, 역시 괴롭게 바라보고.

휘	(말도 안 된다는 듯, 슬픔이 복받친다.) 안 된다 겸아... 이리 가선... 내가 잘 못했다. 제발... 제발 눈 좀 떠 다오... 겸아... 겸아...

차갑게 식은 제현대군의 시신을 붙잡고 오열하는 휘에서.

S#12. 대전 마당 / 밤

군사들과 함께 대전을 막아선 정석조, 이미 여기저기 상처가 깊다.
금방이라도 쓰러질 듯... 사병들을 막아서고 있는데.
사병 하나, 정석조의 뒤에서 칼을 치켜들면
일각에서 달려오던 지운. "아버지!" 칼을 쳐내 그런 정석조를 구해낸다.
피를 덮어쓴 채 숨을 몰아쉬며 지운을 보는 정석조.
지운, 마음이 아픈데

S#13. 동. 일각 (한기재가 있는 곳) / 밤

휘를 찾아 대전으로 향하려는 한기재.
순간, 사병 하나가 급히 다가온다.

사병	원산군 대감께서 치명상을 입으셨답니다.

한기재	(조금 놀라고) 뭐라? 숨은 붙어 있다더냐.
사병	예. 헌데 상황이 좋질 못한 것 같습니다...
한기재	(분한 듯... 잠시 고민하다가) 원산군이 다쳤다는 얘기가 흘러나가선 안 될 것이다.

한기재, 대전 처소를 한번 돌아보고 어쩔 수 없이 발걸음을 옮기면
따르는 수하 몇.

S#14. 동. 대전 일각 / 밤

원산군에게로 향하려 급히 협문으로 나가는 한기재를 발견한 정석조.

| 지운 | 많이 다치셨습니다. 여긴 제가 맡을 테니... (하는데) |
| 정석조 | 마무리해야 할 일이 있다... |

지운, 무슨 말인가 보면
정석조, 지운을 밀치고 이야...! 한기재를 향해 달려간다.
칼을 치켜드는 정석조. 금방이라도 한기재를 베어낼 듯...
한기재, 천천히 돌아보면
한기재의 코앞에서 털썩- 그대로 쓰러지는 정석조.
보면, 한기재를 지키는 사병 하나가 내지른 긴 창 하나가 정석조의 복부를
통과했다.
고통을 참는 정석조, 무릎이 꺾이듯 한기재의 앞에 주저앉으면

| 한기재 | (동요 없이 차갑게 바라보는, 잠시) 치워라... (그대로 스쳐 간다) |

푹 고꾸라지는 정석조.
지운, 그 순간 시간이 멈춘 듯... 충격으로 칼을 내리는 모습... 멍한 채 눈빛
이 흔들린다. "아버지..." 충격으로 바라보던 지운. 몇몇을 베고 달려온다.
급히 달려와 정석조를 끌어안는 지운.

| 지운 | 아버지... 안됩니다. 아버지... 잠시만... 정신을 차려보십시오. |
| 정석조 | (힘겹게 눈을 뜨고 지운을 본다) |

그런 지운에게로 몰려드는 한기재의 사병들, 순간, 어디선가 날아오는 화살에 사병들 나가떨어진다. 지나가던 한기재, 돌아보면.

일각, 한기재를 향해 활을 날리는 가온의 모습.
가온, 또다시 활을 날리면 한기재의 얼굴을 스치는 화살!

| 수하1 | 대감. 일단 몸을 피하셔야 할 것 같습니다. |

한기재, 가온 쪽 노려보다 사병들의 호위를 받으며 급하게 자리를 피하면, 가온, 급히 한기재를 쫓는다.

S#15. 동. 일각 / 밤

한기재를 쫓아 달려온 가온, 그러나 한기재의 사병들, 한기재를 지키듯 몰려와 가온을 막아선다. 챙- 칼을 뽑아 드는 가온. 사병들과 대하는 데서.

S#16. 동. 지운이 있는 곳 / 밤

지운	이리 돌아가시면 안 됩니다... 아직 아버지께 못한 말이 많습니다. 해야 할 말이... 많단 말입니다...
정석조	(힘겹게 그런 지운을 보며) 너를 보아 가장 좋았던 것이 무언지 아느냐...
지운	(눈물로 바라보면)
정석조	(회한의 미소) 나와 닮지 않은 것이었다...

정석조, 말할 때마다 피가 울컥 나오면, 어떻게든 살려보려 애쓰는 지운.

지운	말씀... 그만하십시오. 정신을 잃으시면 안 됩니다... 제가...제가... (치료할 것
	이라는 듯, 하지만 가망이 없음을 알기에 눈물만 떨구면)
정석조	용서하지 말거라. 이 아비를... (아들의 이름을 새겨보듯) 지운아... 정지운...
	정...(지운)

정석조, 이내 힘이 빠진 듯 그렇게 털썩 쓰러지면
"아버지... 아버지!!!" 지운, 정석조를 끌어안은 채 오래 오열하는 데서.

S#17. 궐 일각 / 밤

피투성이가 된 원산군, 건물 어딘가에 기대앉아 있다.
한기재에 의해 끌려온 의원 원산군을 치료 중인 모습이고.
원산군, 의식이 혼미한 듯... 그러나 끝까지 정신을 다잡으려 하며 저를 바라
보고 선 한기재를 본다.

원산군	이제... 대감 차렙니다. (고통에 찡그리다가) 말씀하신 대로... 제현대군을 죽
	였으니... (다짐받듯) 그 계집을 끌어 내리고... 나를 그 자리에 올리셔야지
	요...

원산군 죽어가면서도 야망을 버리지 못한 듯 한기재를 보면
한기재, 그 모습 가만히 바라보다가 의원 쪽으로 시선 둔다.

의원	(다가와) 상처가 너무 깊습니다. 이대로라면 아무래도...
한기재	(미간 조금 구겨지고) 살리시게. 반드시 살리셔야 하네...

한기재, 쓰러진 원산군을 보는 표정에서.

S#18. 대전 일각 / 밤

지운, 쓰러진 정석조에게 제 옷을 덮어주고 일어나면
전멸한 듯 쓰러진 금군들이 보인다.
가온, 사병들을 무찌르고 온 듯, 상처투성이 모습으로 지운에게 다가오면

지운   (곁에 선 가온에게) 제현대군께선 어찌 되었소...
가온   (차마 대답 못 하고 고개 저으면)
지운   (패배를 직감했다. 휘 만은 살리고자 하는 의지, 괴롭게 일어나 대전을 보며) 대전을 나가는 길을 찾아 주시오. 내가 건춘문을 뚫어 볼 것이니... 어떻게든 전하를 살릴 것이오...
가온   (역시 무거운 표정에서)

S#19. 동. 휘의 처소 / 밤

휘 무겁게 앉아 있는데, 밖을 살피던 이현, 급하게 들어와서 휘에게 도망치라고 한다.

이현   (급히 들어오며) 군사들이 더 몰려오고 있습니다. 이제 여기도 안전하지 않으니 어서 몸을 피하시지요. 전하...
휘   나 혼자 도망칠 수는 없습니다...
홍내관 / 김상궁   (울먹이며) 전하 제발... / 전하...
지운 (E)   가셔야 합니다.
일동   (소리에 보면)
지운   (휘만은 살리겠다는 결연한 의지) 아버지가 돌아가셨습니다... 더 이상 버틸 수 없습니다. 창덕궁으로 가시지요. 제가... 건춘문을 뚫어보겠습니다...
휘   (그 말에 슬픔이 복받치듯 보면)
지운   사셔야 합니다... 전하만은... 살아남으셔야 합니다.

휘, 고개를 젓는다. 피투성이 모습의 이현과 지운을 보며 괴로운 표정... 역시 더는 물러날 곳이 없다고 느낀 듯 잠시... 결심한 표정.

휘   외조부를... 만나겠습니다.

일동   전하!

휘   ...원산군 형님께 양위의 뜻을 밝힐 것입니다.

이현   안 됩니다. 전하. 일단 몸을 피하십시오. 후일을 도모하셔야 합니다.

휘   내가 물러나지 않으면 외조부는 멈추지 않을 것입니다...

김상궁 / 홍내관 (걱정과 두려움으로) 전하, 대체 어찌 하시려고... / 전하...(울먹이면)

휘   내가, 외조부를 설득해 보겠습니다... (지운을 보면)

지운   (역시 안 된다는 듯 고개 저으며) 전하...

홍내관   안 됩니다... 전하의 목을 내놓으라 들어온 자에게 무슨 말이 들리겠습니까.

김상궁   홍내관의 말이 맞습니다. 오래 겪으셨지 않습니까. 끝까지 전하를 죽이시려
         할 겁니다.

휘   멀리 떠나 산다고 할 것입니다. 무릎이라도 꿇고 빌 것입니다... (모두가 안
         될 거라 할 것을 알기에 설득하듯) 목숨만은 살려 달라고... 그리 애원해 보
         지요. 그리하여 살 수만 있다면... 그것이 무엇이든 모두 할 것입니다...

홍내관, 김상궁   전하 제발...

이현   (고통스럽고) 전하!

휘   이제 더는... 방법이... 없질 않습니까... 저 때문에 모두 죽을 수는 없습니다...
         더는 내 사람들을 잃고 싶지 않습니다...

         일동, 휘의 말에 차마 아무런 말도 못 하고 괴롭게 눈물을 훔치면
         지운, 역시 괴롭게 휘를 바라본다.
         휘, 그런 지운을 보며 마음이 아픈.

휘   잠시만, 정주서와 할 얘기가 있습니다...

         일동, 그 말에 눈물을 훔치며 물러나면
         안타까운 눈빛으로 바라 보는 지운.

휘   미안합니다...

지운   안 됩니다. 전하...

휘	(애써 다잡으며) 걱정 마십시오. 꼭 살아남을 것이니... 정주서에게 받을 것이 있지 않습니까.
지운	(눈물을 참아 내며 보면)
휘	(눈물을 참아 내며) 그때... 동굴에서 내게 했던 말 기억나십니까... 갖고 싶은 게 무언지 물어봤었지요... 생각해 봤는데 하나 있습니다.
지운	그것이 무엇입니까...
휘	비녀... 비녀가 갖고 싶습니다. 댕기 말고 고운 비녀요. 이 일이 다 끝나고 궐을 나가게 되면... 꼭 사 주십시오.
지운	(눈물을 참듯 바라보면)
휘	살고 싶습니다. 하여... 꼭 살 것입니다.
지운	(휘를 말리듯) ...대전을 나가는 길을 찾겠습니다. 제가 전하를 지키게 해 주십시오...
휘	(슬프게 보며) 연모합니다... 정주서를 만나고 지금까지 단 한 순간도 연모하지 않은 적이 없었습니다...

지운, 울컥 눈물이 흐르고, 휘 역시 아프게 바라본다.
두 사람, 슬프게 마주보는 데서.

S#20. 대전 앞 / 밤

휘, 참혹하게 부려진 시신들 사이로 처참하게 걸어오면
눈물을 참아 내며 그런 휘를 따르는 지운과 이현, 김상궁과 홍내관 등 일동.
일각에 지친 듯 가온이 서 있고.
그들의 앞으로 마주 걸어오는 한기재와 군사들.

휘	양위를 하겠습니다...
한기재	잘 생각하셨습니다. 당연히 그러셔야지요.
휘	외조부님의 뜻대로 모두 할 터이니 더 이상의 희생은 멈추어 주십시오...
한기재	(끄덕이고, 가만히 그런 휘를 보는 데서)

S#21. 편전 / 밤

고요한 편전 안.
휘와 한기재 두 사람이 찻상을 두고 마주 앉아 있다.
휘, 모든 것을 체념한 듯 고요한 눈빛으로 보면.

휘   여인이라는 비밀을 감추고 외조부님과 왕실을 능욕한 죄... 달게 받을 것입니다.

한기재   (그 말에 깊게 보다가) 전하께서 용상의 자리에 앉게 된 것은 사실... 전하의 잘못만은 아닙니다.

휘   (보면)

한기재   첫 번째 잘못은 소신에게 있지요. 전하의 죽음을 제대로 확인하지 않은 죄... 두 번째 잘못은 전하의 모친인 소신의 딸에게 있습니다. 어찌보면... 전하께선 그저 희생당한 셈이지요. 본인의 의지와는 상관없이 주변 사람들로 인해 운명이 짜 맞춰졌으니 말입니다.

휘   (그 말에 보면)

한기재   그러하면 숨죽여 조용히 사셨어야지요... 해서 마지막 잘못은 전하에게 있습니다. 오늘의 일 역시 모두 전하의 탓인 게지요.

휘   그렇군요... (허탈한 웃음) 이제 와 말씀드리지만 저 역시 지금껏 많이 힘들고 두려웠습니다. 나의 것이 아닌 삶을 내 것인 양 감추고서 살아왔으니... (한기재를 보며) 참으로 기구하지 않습니까. 이런 저를 지켜주신 것이 외조부님이시니... 살아오며 많이 원망스럽기도 하였지만 또 감사하기도 하였습니다.

한기재   (그 말에 역시 씁쓸한 듯) 저 역시 전하를 많이 아꼈습니다. 사내로 태어났더라면 좋았을 뻔하였지요.

휘, 그 말에 씁쓸한 미소. 앞에 둔 차를 마실 듯, 입으로 가져다 대는데,
문이 열리고, 의원 하나가 쟁반에 받친 사약을 가지고 들어온다.
휘, 끝임을 알아채듯 무겁게 바라보면.

한기재	이것이 저의 마지막 배려가 될 것입니다. 전하.
휘	(잔을 내리고, 체념하듯) 계집이기에... 제가 꼭 죽어야만 하는 것입니까?
한기재	(그렇다는 듯) 애초에 탄생조차 하지 않았으니 죽음인들 두렵고 억울할 연유 또한 없겠지요.
휘	(끄덕이고) 마지막으로 이 손녀가 올리는 차 한잔만 받아주시지요. 외조부님과 이리 마주 앉아 차를 마실 일도 이제는 더 없을 터이니...
한기재	(그런 휘를 보면)

휘, 한기재의 잔에 차를 따르고, 다시 제 앞에 놓인 잔을 든다.
복잡한 감정을 감추듯 담담히 차를 마시는 휘의 모습.
한기재, 그 모습 보다가 저도 찻잔 들어 마시면.

휘	(빈 잔을 내리고) 생각해 보면 제가 딸이라 오히려 다행입니다. 아들로 태어나 제가 왕이 되고 외조부님께서 지금처럼 제 곁에 함께 있었더라면 서로가 힘들지 않았겠습니까. 외조부님과 제가 생각하는 세상이 너무도 달랐으니... (고통을 참아 내듯 고요한 표정에 미세한 균열이 간다. 한기재의 빈 잔을 보면)

S#22. 대전. 일실 / 밤

김상궁, 휘의 용포를 보며 큰절을 올린다.
보면, 목을 매기 위해 끈이 달려 있고.
결심한 듯 바라보는 김상궁, 슬픈 눈빛 위로

플래시백 / 대전 처소
눈물을 찍어 내고 앉은 김상궁.
휘, 예전 지운이 주었던 환약(7부 22씬)을 보고 있다.

휘	예전에 정주서가 내게 주었던 것이네. 불안을 없애주고 용기를 줄것이라 했는데... (슬픈 미소, 떨리듯... 환약을 하나 꺼내어 입에 넣어 본다. 문득 슬픔

이 복받치고)

김상궁   (그 모습 그저 눈물로 바라보면)

휘   (결심한 듯, 서랍 속에 놓인 소낭초 향합을 꺼내 건네며) 외조부님이 오기
         전에 이걸로 차를 우려 내게 가져다주게.

김상궁   이건... (놀라고) 전하... 대체 무슨 생각을 하시는 것입니까. 아니 되옵니다!!
         절대... 절대로 아니 되옵니다...

휘   (김상궁의 손을 잡으며 애틋한) 고마웠네 그 동안... 어마마마께서 돌아가시
         고 나서 자네가 내겐 어머니나 마찬가지였네.

김상궁   (슬픔에 복받쳐 눈물을 흘리며) 전하... 대체 어찌 이러시는 것입니까... 제
         발... 제발 뜻을 거두어 주십시오. 전하...

휘   이리 하지 않으면 끝나지 않을 것을 알지 않는가. 도와주게. 제발... 자네에게
         만큼은 속이고 싶지 않았네... 그러니... 내 뜻을 알아주게.

         휘, 이것밖에는 방법이 없다는 듯, 눈물로 바라보면
         전하... 무너지듯 오열하는 김상궁에서.

         # 다시 현재
         턱- 목을 다는 김상궁. 버둥버둥 고통에 발버둥 치는데
         그 순간 "마마님!!" 놀라 달려오는 홍내관과 가온.
         홍내관, 급히 김상궁을 안아 들면
         가온이 칼로 묶인 줄을 끊어낸다.
         뒤늦게 달려온 지운과 이현, 역시 놀라 그런 홍내관을 도우면
         홍내관의 품에 안겨 쓰러지는 김상궁. 죽은 듯 미동 없고.

홍내관   (울먹이며) 마마님!! 마마님!!

S#23. 편전 복도 / 밤

         다급한 표정의 지운, 복도를 지키는 사병들을 베어가며 달려간다.
         달려드는 사병들에 지운 역시 크게 베이지만, 끝까지 휘를 향해 달려가는

절박한 모습. 그 위로 김상궁의 목소리.

김상궁 (E) 전하를 지켜 주십시오... 전하를 살려주십시오... 제발...

S#24. 다시 편전 / 밤

휘 하여, 이리 함께 죽을 수 있어 다행입니다.
한기재 (무슨 말인가 본다. 순간 이상함을 느끼고)
휘 지금 마신 그 차에 독이 들었습니다. 소낭초지요. 외조부님께서 아바마마를 죽이셨던 그 독입니다...

한기재, !! 동요하듯 제 앞의 빈 잔을 바라보는 눈빛.

휘 (고통을 참듯, 고요히 바라보며) 저와 함께 가시지요... 외조부님...

그제야 휘의 목적을 알아채고 노해 일어나며 "네 이년!!" 억센 손아귀로 휘의 목을 조른다. 휘, 고통을 감내하듯...

한기재 대체 무슨 짓을 벌인 것이냐... (고통스러운) 네년이 끝까지 이리 나를 능욕하는 것이더냐...!!
휘 이렇게라도... 외조부님을 벌할 수 있어... 여한이 없습니다...

휘, 울컥, 입에서 피를 쏟으며, 고통스러운 표정. 그러나 모든 것이 끝났다는 듯 입가엔 서러운 미소 같은 것이 어리는 것도 같은데.
핏발이 서는 한기재, 역시 울컥 피를 토해 낸다. 힘이 빠지듯 휘청하며 물러나면. 괴롭게 그 모습 바라보는 휘.
"용서하지 않을 것이다... 내 절대 용서치 않을 것이야!!"
마지막 발악처럼 소리치던 한기재, 점점 더 고통이 몰려오듯 괴롭게 쓰러지면, 그제야 모든 것이 끝났다는 듯 힘이 풀리며 역시 휘청 쓰러지는 휘. 아득해지는 의식 너머로, 동시에 문이 열리고 역시 피투성이의 지운이 달려온다… 슬픈 휘의 눈빛, 그러나 안도하듯, 천천히 털썩… 지운의 품으로 쓰러지는 휘의 모습 위로.

"전하… 전하!!!" 휘를 부르며 괴롭게 울부짖는 지운의 모습 멀어지며 모든 소리가 아득히 들려온다… 화이트 아웃.

S#25. 궐. 공주 처소 (휘의 꿈)

휘의 꿈속, 면경을 보며 단장하고 있는 어여쁜 여인의 뒷모습.
잠시, 문이 열리고 들어오는 사람, 김상궁이다.

김상궁 그리하지 않아도 아주 어여쁘십니다. 공주마마.

그 말에 해사하게 돌아보는 여인, 어여쁜 공주인 휘다.

김상궁 오늘이 혼례식인데 또 늑장을 부리실 겁니까. 부마되실 분께서 입궐하신 지 한참입니다.
휘 벌써? (하다가) 참, 복동이는?
홍내관 (동시에 들어오며) 공주마마, 세자저하께서 선물을 보내오셨습니다.

홍내관, 혼례상에 쓰일 꽃이나 화분(송죽 혹은 사철나무)을 가져왔다.

휘 오라버니께서?
홍내관 예. 지난번에 대신 서연에 들어주어 아주 고마우셨답니다.
김상궁 두 분께서 아직 그런 장난을 치신단 말입니까. 공주마마… 제발…

휘, 홍내관 향해 말조심하라는 듯 장난스러운 표정을 짓고.

휘 오라버니께서 급한 일이 있다셔서… (냉큼 일어나 뛰듯이) 얼른 가자!

휘, 문을 열고 뛰쳐나간다.

"공주마마! 뛰지 마십시오!" 쫓아가는 홍내관과 김상궁.

S#26. 폐전각 (휘의 꿈)

폐전각 문을 열고 뛰어 들어오는 휘.
빨래가 널어져 있고, 가운데 혼례상으로 보이는 간소한 상이 하나 차려져
있다. 그 앞에 서 있는 사내. 지운이다.

휘   (환하게) 도련님!
지운   공주마마! 어찌 이리 늦으셨습니까. 한참을 기다렸습니다.

바라보고 선 두 사람, 환하게 웃음 지으면.
홍내관과 김상궁, 어느샌가 와서 행복한 둘을 바라보고 있다.
설레듯, 혼례상 앞에 선 두 사람.... 어디선가 바람이 불어오고.
지운, 휘를 예쁘게 바라보다가, 품에 안아주면.

지운   (휘에게만 들리도록) 연선아... 내 부인이 되어주어 고맙다. 내 너를 꼭 행복
        하게 해줄 것이다.
휘   연선... (읊조리듯, 기분 좋게 바라보면)

세상 가장 듬직한 미소로 휘를 바라보는 지운.
휘, 그런데 어쩐 일인지 슬픈 눈물이 눈에 가득 고인다. 지운, 눈물을 닦아
주면. 휘, 자신과 달리 행복해 보이기만 하는 지운의 표정에 뭔가 이상함을
느낀다.

휘   혹시, 이거... 꿈입니까?
지운   (그저 웃는데)

빨래가 나부끼면 순간, 지운의 모습이 스르르 사라진다.
홍내관, 김상궁 또한 없어졌다.

홀로 된 휘, 혼란스러운 듯 주변을 두리번댄다. 모든 배경이 지워지고.

휘　　　가지 마십시오... 어딜 가신 겁니까. 도련님.... (눈물이 흐르는) 복동아! 김상
　　　　궁! 가지 말거라. 다들 나만 두고 어딜 가느냐...

어느새, 아무도 없는 공간 속 홀로 남겨진 휘, 두려운 표정에서.

S#27.　궐 일각

마당에 한기재의 시신이 놓여 있다.
궁인 하나 거적으로 그 모습을 덮으면
회한이 깃든 눈빛으로 무겁게 바라보는 대비.

대비　　궐 밖으로 모셔다 드리거라. 장례는 치르지 않을 것이다... 무덤 또한 만들지
　　　　말거라.

궁인들, "예." 대답하고 시신을 옮기면
돌아서는 대비. 그 앞으로 이현이 다가온다.
무겁게 예를 갖추는 이현.

S#28.　대왕대비전

이현과 대비 마주 앉아 있다.

대비　　내 앞서 말했듯이 자은군께서 용상에 앉아 주시길 바랍니다.
이현　　(무겁게 보며) 형님께서 저지른 일을 아시지 않습니까...
대비　　이 모든 상황을 가장 잘 이해하고 있는 이가 자은군이 아닙니까. 이번 일로
　　　　주상의 비밀을 모두가 알게 되었습니다. 소문이 더 퍼져나가기 전에 속히
　　　　정국의 안정을 되찾아야지요. 자은군 밖에는 내 믿을 이가 없다지 않습니

까.

이현   형님께서 목숨으로 죗값을 치렀다 하나, 저 역시 역모자의 핏줄입니다. 어찌 그 죄를 피할 수 있겠습니까.

대비   (무겁게 한숨 쉬며) 주상이 여인이었으니 반역이라 할 수 없겠지요.

이현   (그 말에 무겁게 굳어지면)

대비   용단을 내리시지요. 더는 용상을 비워 둘 수 없지 않겠습니까.

이현   (무거운 표정에서)

S#29. 대전 처소

마치 죽은 듯 고요히 잠들어 있는 휘를 바라보는 사람. 지운이다.
내내 간호하고 있었던 듯, 걱정스러운 지운의 표정.
휘, 꿈을 꾸듯 미간이 조금 찌푸려지더니... 주체할 수 없는 눈물을 흘리면, 놀라는 지운 "전하!" 바라보는데 "가지 마십시오. 가지 마십시오..." 흐느끼듯 읊조리는 휘의 손을 잡아주는 지운... 그 모습 안타깝게 바라보며 "제가 여기 있습니다... 전하 앞에요..."
잠시, 지운의 목소리를 들은 듯 깨어나는 휘, 천천히 눈을 뜬다.
눈앞에 자신을 보고 있는 지운의 모습에도 여전히 눈물이 흐르고.

지운   전하... 정신이 드십니까? 제가 보이십니까?

홍내관, 김상궁   전하!

　　　　홍내관과 김상궁, 놀라 뛰어오듯 다가와 곁에 앉으면
　　　　휘, 자신의 시선으로 보이는 지운, 홍내관, 김상궁의 모습에
　　　　안도하듯 울컥 눈물이 또 솟구친다.

휘   (정신이 아직은 희미한) 어떻게... (된 겁니까)

지운   (휘를 와락 끌어안고) 고맙습니다. 살아줘서 고맙습니다. (어느새 눈물이 흐르고) 정말 고맙습니다.

김상궁과 홍내관 또한, 안도의 눈물을 쏟아낸다.
휘, 그제야 현실이구나... 살았음을 깨닫고.

김상궁   (여기저기 확인하듯) 불편한 곳은 없으십니까.
홍내관   (눈물 훔쳐 내며) 따뜻한 물을 가져오겠습니다. (얼른 나가면)
휘   (잠깐 눈물을 닦아 내곤, 품에서 벗어난) 외조부님은... 외조부님께선 어찌
되었습니까.
김상궁   상헌군께선 결국 돌아가셨습니다...
지운   (무겁게 보며) 모두 끝났습니다. 모두요... 이제 아무 걱정 마십시오.

휘, 결국 그렇게 되었구나... 안도와 허망한 기분이 합쳐져, 눈물이 흐른다.
그런 휘를 안아주며 마음 아픈 표정으로 토닥여주는 지운.
휘, 안도와 슬픔, 허탈함에 오래 흐느끼는 데서.

S#30.   대왕대비전

대비, 자신의 앞에 앉은 휘를 바라본다.

대비   대신들에겐 아직 주상이 깨어난 사실을 말하지 않았습니다.
휘   (무겁게 바라보면)
대비   주상의 비밀을 모두가 알게 되었으니, 깨어났다 알리는 순간 그 처벌을 피
할 수 없겠지요. 하여, 죽었다 할 것입니다. 그날 이후 영영 깨어나지 않았다
고 말이지요.
휘   (그 말에 보면)
대비   아무도 모르는 곳으로 떠나 모른 척 살아가시지요. 이것이 주상에게 해 줄
수 있는 내 마지막 배려이니.
휘   그럴 수 없습니다...
대비   (그 말에 보면)
휘   세상에 영원한 비밀은 없는 법입니다. 언제고 이 사실 또한 밝혀지게 되면
오늘과 같은 피바람이 불지 않으리란 법이 없겠지요... 왕이 되실 자은군 형

대비	님도, 할마마마도... 저를 숨긴 모두가 위험에 처할 것입니다.
대비	허니, 숨어 사십시오. 조용히 없는 사람으로 살면 될 일입니다.
휘	지금껏 그리 살아왔습니다. 살아서도 살아 있지 않은 채 그렇게 말이지요. 이제는 더 이상 그런 허상의 삶을 살고 싶지 않습니다.
대비	(안타깝게 보면)
휘	저로 인해 이미 너무 많은 사람들이 목숨을 잃었지 않습니까... 더는 숨길 수 없음을 알고 있습니다. (결심한 듯 단단하고 곧은 표정) 처벌을 내린다면 마땅히 받을 것입니다...
대비	주상... (안타까운데)

S#31. 대왕대비전 앞

휘, 걸어 나오면 마주 오는 지운.

휘	(지운을 보자 마음이 아프다. 죄스러운 마음으로) 미안합니다...
지운	(괜찮다는 듯) 잘하셨습니다...
휘	(다독이는 지운의 말에 고맙고, 참았던 눈물이 어리면)
지운	이미 모두가 알게 되었지 않습니까... 숨어 사는 것이 답이 아니라는 것은 저도 압니다... 그러니 미안해 마십시오. 그리고 두려워하지도 마시고요. 제가 전하의 곁에 있지 않습니까. (따뜻한 미소로 보면)
휘	(고맙고 미안한 마음으로 보는 데서)
범두 (E)	여인의 몸임을 숨기고, 왕이 되고자 한 것은,

S#32. 정전

소리와 함께 정전에 앉은 휘의 모습 보인다.
대신들 사이 휘(수수한 무복 차림)가 꿇어앉아 있고.
붉은색 곤룡포 차림의 이현이 용상에 앉아 있다.
도승지가 된 범두, 이현을 대신해 교서를 읽고 있는 모습.

그 앞으로 영의정이 된 신영수, 좌의정이 된 문수와 나머지 대신들의 모습
보이고. 이현, 무겁게 휘를 내려다보면.

범두   (이어 읽으며) 조정의 대신들과 조선의 백성들을 유린한 일이다. 이는 나라
            의 근간을 흔들고도 남을 중죄에 해당한다.

이현   (안타까운 눈빛으로 보면)

휘   (모든 것을 받아들이듯, 묵묵한 표정) 죄를 벌하신다면 마땅히 받을 것입니
            다.

신영수 (E)   전하.

보면, 신영수, 앞으로 조심스레 나선다.

신영수   아뢰옵기 황공하오나 소신, 전하와 여기 계신 대신들께 드리고픈 말씀이 있
            사옵니다.

이현   (말해보라는 듯 보면)

신영수   남녀가 유별하다는 성리학의 이념에 맞추어 보면 이번 일은 용서받지 못할
            중죄이긴 하나, 선왕께선 본인의 의지와 상관없이 세손의 자리에 앉아 세자
            로 키워졌던 것으로 압니다. 또한 보위에 올랐던 시절, 여느 역대의 선왕 전
            하들 이상으로 나라와 백성을 위한 선정을 베풀고자 노력하셨으니 어찌 그
            것을 교리와 이념의 잣대에 따라서만 처벌할 수 있겠사옵니까.

일동   (고요히 신영수의 말을 듣고 있으면)

신영수   이 일은 선왕께서 백성을 능욕한 것이 아니라, 예행한 망국신의 무리가 제
            대로 왕을 모시지 않고 권력을 쫓기 급급하여 벌어진 일이옵니다. 허니 선
            왕 전하를 벌하시기 전, 지금껏 악행을 저질러 온 자들을 묵인한 조정의 대
            소신료 모두의 책임을 엄중히 물어 주시옵소서.

대신들, 술렁이며 신영수를 바라본다.
휘, 역시 그 말에 묵묵히 바라보면, 일각에 서 있던 문수, 신영수의 그 말에
조금 동요하듯, 불쑥 한걸음 나선다.

문수   선왕의 세자 시절엔 시강원 스승으로, 왕이 되었을 땐 도승지로 가장 가까

이서 보필한 저 또한 스승이자 신하로서... (꿀꺽) 그, 그 죄를 기꺼이 나누겠나이다.

범두　(용기 내어 한걸음 나서며) 토, 통촉하여 주시옵소서...

범두까지 나서자, 대신들 섣불리 반박하지 못하고.
"통촉하여 주시옵소서. 전하..."
휘, 그런 대신들의 모습에 눈물이 차오를 듯.
이현, 역시 무겁게 상황을 바라본다.

이현　(생각하듯) 사안은 엄중하나, 개인에게 죄를 물을 수 없다...?
휘　(신영수와 문수, 범두 등을 바라보면)
이현　(결심한 듯) 옳은 말이오... 내 이를 참작하여 형을 내리겠소.

이현, 무겁게 교서를 펼치는 얼굴, 그 위로.

S#33.　대비전 후원 / 이현의 회상

대비, 이현과 함께 후원을 걷고 있다.

이현　제발 전하를 살려주십시오. 할마마마.
대비　(답답한) 나도 그러고 싶으나 방법이 없질 않습니까. 대신들이 이미 다 알아
　　　버렸습니다. 주상 역시 그 죄를 받겠다고 하니 어쩔 수 없는 일이 아닙니까.
지운 (E)　방법이 있다면 해 주실 겁니까.

보면, 다가오는 지운. 이현과 대비에게 예를 갖춘다.
대비와 이현, 지운을 보면.

지운	죄인 이휘에게 팽형*의 벌을 내려 주십시오.
대비	그게 무슨 말이오.
지운	이휘는 애초에 존재하지 않은 사람이 아닙니까. 오래전 돌아가신 세손이시니... 이 휘에게는 팽형의 벌을 내려 지금껏 살아온 그 행적을 지우시고, 궁녀였던 소녀 담이는 사망한 그 신원을 회복시켜 새 삶을 살아갈 수 있게 해 주십시오.
이현, 대비	(조금 놀라고, 보는 표정에서)

S#34. 정전 / 다시 현재

일동, 이현을 바라본다.
휘, 떨리듯... 그러나 담담히 바라보는 표정 위로.

이현 (E)	여인의 몸을 숨기고 왕위에 오른 죄인 이 휘에게 팽형을 내릴 것이다!

이현의 말에 대신들... 감복하듯 "성은이 망극하나이다." 굽히면.

S#35. 근정전 앞

텅 빈 근정전 뜰을 가로질러 걸어오는 휘(수수한 무복 차림)의 모습 위로 앞썬 이현의 목소리 이어진다.

이현 (E)	또한 쌍생으로 태어나 여아라는 이유로 버려져야 했던 담이의 신원은 회복하여 새 삶을 찾아 줄 것이다.

휘, 앞을 보면 언제부터 있었는지 기다리고 선 지운. 서로를 바라보는 휘와

....

* 죄인을 가마솥에 넣어 삶아 죽이던 형벌로, 미지근한 솥에 들어갔다가 나오는 순간부터 죽은 사람 취급을 받는 명예형.

지운. 두 사람의 입가에 희미한 미소가 떠오른다. 그렇게 오래 바라보는 두 사람에서.

S#36. 삼개방 마당 / 아침

질금, 여인들을 앞에 두고 일장 연설을 하고 있다.

질금   그러니까 이것은 저~~ 옛날 구중궁궐 깊은 곳에서 벌어진 일이었지! 백옥처럼 아름답고, 강철처럼 단단한 여인이 용상에 올라... 부정으로 얼룩진 백관들의 부패를 모두 밝혀내고는!!! 이슬처럼...

여인1   (눈물 글썽) 이슬처럼? 사라진 거야?

질금   (아니라는 듯 절레절레)

여인2   그럼 그럼? 뭔데~

질금   이슬처럼... 영롱한 가마솥 물에 풍당... '팽형'을 언도받고, 새 삶을 살아가게 되었다는 전설의~ 여인! 이야기...

여인1   팽형? 팽형이 뭔데?

질금   거 왜 있잖아. 삶은 물에 풍당 들어갔다 와서 이 세상에 없는 사람으로 살아가는... 존재 자체가 사라졌다 치는 것이지!

여인2   삶은 물에?! 삶은 물에 들어갔다고?

질금   아, 누가 진짜 들어갔대? 그건 말이 그렇다는 얘기고~

하는데, 벌컥- 문이 열리고 내금위장 복장을 한 가온이 밖으로 나온다. 여인들, 가온의 미모에 우와~ 바라보면

질금   이제 입궐하십니까. 내금위장 나리?

가온, 고개 끄덕 걸어가면
질금, 다시 여인들에게 썰을 풀기 시작하고.

S#37. 동. 일각

영지, 나가려는 가온에게 달려와 한방차를 건넨다.

영지   (수줍게 싱긋) 이거 이거 마시고 가세요. 종일 전하를 지키셔야 하는데, 빈 속은 안 좋으니까.

가온   고맙소. (잔을 들다가 생각난 듯) 참... 이거. (지갑 하나 내밀면)

영지   이게 뭐에요?

가온   약초시장 다닐 때 쓰라고.

영지   (수줍게 받아 열어보는) 예쁘다. (미소 지으면)

질금   (언제 왔는지 불쑥 끼어들며) 이거 뭐야? 나는? 내꺼는??

가온, 큼... 쌩하니 뒤돌아 가버리면
영지, 마냥 행복하게 선물 이리저리 보고

질금   아니 내꺼는~~!

S#38. 언덕 (6부 17씬과 같은 장소)

홀로 앉아 있는 이현. 도성을 내려다보다, 사탕함을 열어보는데.
"전하. 또 여기 와계십니까..." 들려오는 홍내관의 목소리. 이현, 돌아보면.
홍내관이 다가오고 있다.
홍내관의 뒤로 함께 다가오는 김상궁과 가온. 이현에게 예를 갖추면.

김상궁   어찌 저희만 빼놓고 오셨습니까. 선왕 전하께서 궐을 떠나시기 전 전하의 곁에 늘 붙어 다니라 그리 말씀하셨는데. 아시면 저희 혼납니다.

이현   (그 말에 웃으며 멀리 바라보며) 잘 지내겠지? 둘 다...

일동, 역시 돌아서 저 멀리 도성의 집들이 빼곡한 모습을 바라본다.
시원한 바람이 불어오고, 이현, 설핏 쓸쓸한 미소를 지으면

S#39.   도성 거리 + 방물전 앞

하경과 유공, 함께 걷고 있다.

유공   궁금한 게 있었는데, 아씬 왜 그때 폐서인이 되겠다고 하신거에요?
하경   그냥, 유배 가신 아부지도 맘 편히 보러 가려고...
유공   진짜 그것 때문이라고요?
하경   궐에서의 일, 없던 일 되는 건 싫었거든... 그래도, 좋았던 기억도 많았으니...
유공   (조금 안쓰럽게 보다가) 그래도 지금 전하께서 이리 신분도 돌려주시고, 중
       전이었다는 기록도 없애 주셔서 다행이지 뭐예요. (힘내자는 듯) 이제 아씨
       도 좋은 분 만나서 혼례도 올리고 하시면 되겠어요!
하경   (그런 유공을 귀엽다는 듯 보고, 방물전에 비단끈 하나를 만지며 혼잣말처
       럼) 이거... 우리 전하께도 잘 어울리겠다... (떠올리듯) 잘 지내시겠지? 건강
       히... (애틋하게 보는 데서)

S#40.   산 속

약초꾼 차림의 지운, 약초를 캐다가 풀을 뜯는 토끼를 발견한 듯,
살금살금 다가간다. 이윽고 확- 낚아채려는 찰나 품속에서 빠져나가 버리
는 토끼. 지운, 아쉬운데
순간, 쉭- 하고 화살이 날아와 바닥에 박힌다.
으악- 주저앉는 지운. 놀라 보면
활을 날린 사람. 여인의 복장으로 사냥하고 있는 휘다.

지운   부인... 놀랐잖습니까.
휘   오랜만에 활을 들었더니 실력이 영 안 나오네요. (웃으면)
지운   그 화살촉은...? 못 보던 건데...
휘   (웃으며) 아... 지난 번 복동이 올 때 부탁 좀 했습니다. 서방님께서 물고기를

지운	워낙 못 낚으시니, 제가 사냥이라도 해서 먹여 살리려고요.
지운	아니, 못 잡다니요. 그저 물고기가 물리실까 봐 안 잡는 것뿐이구만.
휘	(어련하다는 듯, 픽 웃으면)
지운	오늘은 그만 내려가시지요. 가서 제가 맛있는 산약초 무침 해드릴 테니.

휘, 미소로 돌아서려다, "잠시만..." 옆에 흐르는 작은 계곡, 혹은 호수 정도에 가선, 쭈그리고 앉아 손을 씻는다. 손을 닦으며 일어서는 휘를 보는 지운, 물가에 선 휘의 모습이 어딘가 낯이 익다.

지운	(깨닫듯) 어...! 어! (다가가 조심스레 휘를 붙들고 빤히 살피면)
휘	(황당하다는 듯) 왜 그러십니까?
지운	(지금껏 내가 왜 몰랐을지, 깨닫듯) 부인이셨습니까?! 강무장... 그 궁녀!!
휘	(픽 대수롭지 않다는 듯) 그걸 이제 알았습니까. 은근 눈치가 없으십니다. 하긴... 그러니 사내든 여인이든 연모한다고 하셨지. (놀리듯 보면)
지운	아니 그건...! 부인을 향한 나의 순정이 넘쳐 그런 것 아닙니까... 예?
휘	(못 말린다는 듯 픽 웃다가) 저기 호랑이! (말하고는 장난치듯 먼저 가면)
지운	(헉! 쫓아가며) 같이 좀 갑시다 부인~!

S#41. 바닷가

산에서 내려온 차림 그대로 바닷가에서 함께 손잡고 산책하는 휘와 지운. 파도가 밀려오면 잠시 바다 너머를 바라보는 두 사람.

휘	바다 너머에 무엇이 있는지 늘 궁금했는데...
지운	한번 가보시겠습니까? 무엇이 있는지...
휘	아니요. 이젠 너머의 삶이 궁금하지 않습니다. 여기 이대로도 충분히 좋으니까요.

지운, 그런 휘를 따뜻하게 바라보면
부드러운 바람이 휘의 머리칼을 훑고 지나간다.

지운, 흐트러진 휘의 머리를 만져 주면, 설레듯 바라보는 휘.

지운   (생각난 듯 품속에서 뭔가를 꺼내 건네며) 아 참, 이거... 집에 가서 주려고
        했는데.
휘   (보면, 13부 22씬의 그 비녀다) 이건...
지운   정신없어 잊고 있었지 뭡니까. 갖고 싶다지 않았습니까. 비녀...
휘   (고맙게 보면)
지운   잠시만... 계십시오.

지운, 휘의 뒤로 가서 자신이 휘의 머리에 비녀를 꽂아준다.
휘, 조금 수줍은 듯 보면

지운   어여쁘구나. 연선아. 정말로... (웃고)

휘, 그 말에 픽 웃으면, 사랑스러운 듯 그 모습 바라보는 지운.
두 사람, 손을 잡고 다시 걷기 시작하면,
파도 소리와 함께 두 사람의 목소리가 들려온다.

휘 (E)   지금까지의 모든 일들이 마치 꿈을 꾼 것만 같습니다. 아주 길고, 무섭고,
        아름다운 꿈...
지운 (E) 앞으로는 무섭지 않고, 아름답기만 한 꿈을 꾸실 겁니다. 제가 늘 곁에 있
        을 테니까요.

두 사람, 따뜻하게 마주 보는 눈길... 걸어가면.
모래사장 맞은편, 잠행을 나온 듯, 도포 차림의 이현과 보필하듯 따르는 가
온, 홍내관, 김상궁이 걸어온다.
반갑게 마주 보는 사람들, 서로를 향해 다가가는 모습 오래 보여지는 데서.
연모 20부 엔딩.

한희정 작가 인터뷰

🌸 원작이 있던 작품이라 집필을 결심하기가 쉽지 않았을 것 같습니다. 그럼에도 쓰고 싶다고, 써야겠다고 결심한 계기가 궁금합니다.

전작을 마무리하고 얼마 지나지 않았을 때 〈연모〉 집필 제안을 받았습니다.

전작 역시 웹툰이 원작이었기에, 다음 작품은 되도록 제 오리지널 드라마를 하고 싶다고 생각하고 있던 차였지만, 훌륭한 원작을 각색할 기회 역시 충분히 매력적이고 감사한 일이라 여겼기에 제안받은 작품을 읽어 보게 되었습니다.

그러나 사실, 〈연모〉는 선뜻 각색해 보겠다 결심하기 쉽지 않은 작품이었습니다. 신선하고 파격적인 소재에 장점이 많은 훌륭한 원작임에도 불구하고, 조선 시대에 여자가 왕을 한다는 핵심 설정이 제게는 어쩐지 부담스럽게 다가왔기 때문입니다. 그리고 그런 왕이 유교적 사상으로 무장된 궁궐 안에서 로맨스를 펼친다는 것 역시 무척이나 조심스럽고 어려운 일처럼 느껴졌습니다.

만화라는 장르와 달리 드라마는 실존 인물인 여성 배우가 용포를 입고 옥좌에 앉아 대신들을 거느리고 어명을 내려야 하는데 그런 장면들이 자칫 이질적인 판타지로 느껴지진 않을까 걱정됐습니다. 남장 여자인 주인공의 신분이 다름 아닌 '왕'이라는 것이 로맨스를 방해하는 요소가 될 것 같아 자신이 없었던 탓입니다.

그럼에도 불구하고 이 작품을 써 보고 싶다 결심한 이유는, 어린 휘와 예종이 등장하는 원작의 한 장면 때문이었습니다. 귈을 두려워하며 달아난 어린 휘가 전각 다리 밑에 숨어 잠이 들었을 때, 휘의 비밀을 보듬으며 가만히 손을 내밀어 주었던 아버지 예종의 모습에서 느꼈던 뭉클함... 특별하면서도 비극적인 상황에 가려져 더욱더 절절하게 다가오던 그 감정과 관계성이 원작 〈연모〉의 가장 큰 장점으로 느껴졌습니다. 제가 해 보고 싶던 이야기와도 맞닿아 있다고 느껴서 조심스럽게 이 드라마를 써 보겠다 결심하게 되었습니다.

🌸 시대를 오가며 다양한 스펙트럼으로 글을 쓰는 것 같습니다. 그럼에도 '퓨전사극'은 그 중심을 잡는 일이 쉽지 않았을 것 같은데 쓰면서 가장 힘들었던 부분은 무엇인가요?

모든 드라마가 그렇겠지만 초반 설정을 잡아 나가는 과정이 가장 어렵고 힘들었습니다. 조선 시대에 여인이 왕을 한다는 설정과 그런 왕을 사랑하는 남자라는 설정은 무척 매혹적이지만 또 한편으로는 파격적으로 느껴졌습니다. 때문에 보는 이들로 하여금 이 이야기에 빠져들게 만드는 도입부가 더욱 중요하다 생각했습니다.

그 과정에서 아역에 비중을 둘 것인지, 둔다면 어느 정도로 둘 것인지 선택해야 했습니다. 많은 시행착오가 있었고, 휘와 지운의 캐릭터 역시 많이 수정되었습니다. 결국 조금 느리게 가더라도 인물의 감정에 집중하는 것이 가장 중요하다고 판단했고, 그 부분에 대해 여러 차례 논의하며 이야기를 만들었습니다.

🌸 원작이 있는 작품이지만 주인공의 성격, 성장 과정, 첫 만남 등은 서로 다른 이야기라 봐도 무방할 정도로 각색됐습니다. 달리 써야겠다고 마음먹은 이유가 있는지, 각색하며 마지막까지 고민하고 어려웠던 설정은 무엇이었는지 궁금합니다.

긴 호흡의 20부 드라마이기에 원작을 그대로 가져가기엔 한계가 있었습니다. 또

한 원작은 실제 역사인 예종-성종 시대를 배경으로 이야기가 진행되기에 아무래도 상상의 한계가 있을 수밖에 없었고, 등장인물들 역시 실존 인물이라 제약이 많았습니다. 오래 고민한 끝에 드라마다운 결말을 위해서라도 가상의 조선으로 설정하는 편이 낫지 않을까 생각했습니다. 그렇게 원작의 장점은 가져오되 조금씩 변주를 주는 방향으로 이야기를 만들어 나가게 되었습니다.

각색하며 마지막까지 고민했던 부분은 휘가 여자라는 사실을 지운에게 언제, 어떻게 밝혀야 하는가였습니다. 휘의 비밀을 세자일 때 밝히자니 아무래도 왕이 되어서는 로맨스보다 정치적인 부분이 부각되어 이야기가 진행될 것 같고, 왕이 되어서 밝히자니 로맨스의 속도가 너무 늦어지는 것 같아 그 적정선을 찾는 것이 가장 어려웠던 것 같습니다.

결국 휘의 삶에 또 다른 터닝 포인트가 될 12부 말미, 폐세자로 쫓기던 휘가 옷고름을 풀며 자신이 여인임을 지운에게 직접 밝히는 설정을 택했습니다. 지운에게만큼은 스스로 제 존재를 내보이는 것이 가장 휘다운 행동이자, 사랑하는 연인에게 여인으로 다가가고자 하는 휘의 심리를 잘 나타내 줄 장면이라 생각했기 때문입니다.

🌸 휘와 지운이 서로에게 사랑을 느낀 순간과 그 사랑의 깊이는 매우 다를 것 같습니다. 휘는 지운을 어릴 적부터 사랑했고, 지운은 휘가 담이라는 걸, 심지어 여자라는 걸 모르는 상태에서 사랑을 시작했으니 말이지요. 그러한 두 사람의 감정선을 쓰며 어떠한 부분에 특히 신경을 썼는지 궁금합니다.

20부 대사처럼, 휘는 어린 시절 지운을 처음 만난 순간부터 죽음을 앞둔 순간까지 단 한 순간도 그를 사랑하지 않은 적이 없었습니다. 반면 지운은 신분도 성별도 다른 두 사람에게 반하지만 그 둘 모두가 휘인 운명적인 사랑을 하게 됩니다.

휘는 원수의 아들을 사랑해야 하고, 지운은 사내이자 주군인 세자를 사랑해야 하기에 두 사람의 사랑엔 모두 엄청난 장벽이 가로막고 있습니다. 그 장벽을 넘어서는 방법은 서로의 내면을 바라보고 인간 대 인간으로 서로를 이해하는 수밖에는 없다고 생각했습니다.

때문에 지운에겐 소녀 담이의 잔상을 떨쳐 내고 오롯이 인간 휘를 먼저 사랑하게 되는 과정이 필요했고, 반대로 휘에겐 과거 그대로의 소년 지운을 발견하는 과정이 필요했습니다. 그래야만 지운은 세자라는 외피 안에 담긴 진정한 담이를 보게 되고, 휘는 원수의 아들이라는 프레임을 지운에게서 걷어 내고 그의 진심을 알아채 예전의 그 소년, 소녀로 돌아갈 수 있을 테니까요.

휘는 지운에게 첫사랑 소년에게 느꼈던 그 이성적 끌림과 설렘을, 지운은 세자라는 강인함 속에 가려진 휘의 인간적 면모와 연민의 감정을, 이 두 가지를 중점에 두고 감정선을 잡아 나갔습니다.

✿ 극 중에서 지운과 삼개방 아이들은 절대 깨질 수 없는 단단한 신뢰 관계를 보여 줍니다. 어떤 에피소드가 있었던 건지 궁금해 하는 팬들이 많았는데 간단히 풀어 주시면 어떨까요.

2부 말미, 명으로 떠나는 배에 오른 어린 지운은 역시나 그 배에 몰래 올라탄 질금과 영지를 만납니다. 그때 영지는 아주 아팠고, 질금은 어린 동생을 위해 배에서 몰래 먹을 것을 훔치다가 걸리는 통에 곤욕을 치루지요. 지운은 그런 둘을 도와주었고, 그 과정에서 세 사람은 인연을 맺게 됩니다.

존경하던 아버지가 사람을 베던 모습에 괴로워하던 지운은 거의 생을 포기한 것과 같은 마음으로 허탈하게 배에 올랐으나 밝은 두 아이로 인해 힘겨운 시간을 견뎌 낼 수 있었고, 그렇게 친해진 세 사람은 서로를 의지하며 함께 명을 떠돌게 됩니다.

아버지와 다른 삶을 살기 바랐던 지운은 영지를 위해 의술을 익혀 그녀의 병을 치료하며 조금씩 삶의 이유를 얻었고, 조선에 돌아와 삼개방에서 함께 빈민촌 아이들을 도우며 가족처럼 살게 되었던 것입니다.

✿ 다양한 관계가 등장하는 드라마입니다. 20부작인 만큼 다양한 사람. 관계. 감정이 얽히고설켜 전개되는데 작가로서 주인공 외에 가장 마음이 쓰였던 관계가 있다면요?

매번 작품을 할 때마다 모든 등장인물이 마음에 쓰이고 그들의 삶에 이입하게 되지만 〈연모〉는 유난히도 모든 인물이 다 아프고 안타까워 글을 쓰는 내내 마음이 많이 쓰였습니다. 휘와 지운, 이현은 물론이고 정석조와 윤형설, 소은과 하경, 김상궁과 홍내관, 혜종과 빈궁, 하물며 잠깐 등장했던 태감과 후궁까지도 모두 안타까운 사연을 하나쯤은 가지고 있어 더 그랬던 것 같습니다.

그들 중 굳이 하나의 관계를 꼽아야 한다면 아무래도 정석조와 내금위장인 윤형설의 관계가 아닐까 합니다. 어찌 보면 선과 악으로 구분되는 두 사람이지만 젊은 시절의 모습은 서로 그다지 다르지 않았기에 16부 마지막 벼랑 끝에서 맞이한 윤형설의 죽음과 그 앞에서 오열하던 정석조의 모습이 내내 마음에 머물렀습니다. 뿐만 아니라 두 사람 모두 휘가 탄생한 순간부터 이야기의 엔딩에 이르기까지 극의 중심에 깊이 관여된 사람들이었기에 더욱 마음이 쓰였습니다. 아마도 그들의 삶을 연기한 배수빈, 김재철 배우님의 훌륭한 연기 덕분에 더 깊이 몰입할 수 있지 않았나 싶습니다. 이 자리를 빌려 감사함을 전하고 싶습니다.

그리고 상황상 함축해야만 했던 빈궁과 혜종 역시 스핀오프가 되어도 좋을 만큼 안타깝고 아름다운 관계가 아니었을까 합니다.

✿ 왜 담이인 걸 밝히지 않았냐 묻는 지운에게 휘는 "나로 인해 상처받을 정주서를 볼 자신이 없었습니다. 나 때문에 아버지와의 관계가 더욱 나빠지는 걸 바라지도 않았고요..."라고 말합니다. 그 말 사이사이에 숨은 휘의 마음이 궁금합니다. 또한, 휘

와 지운을 누구보다 사랑하는 작가로서 둘의 인연을 좀 더 빨리 보여주고 싶은 마음도 있었을 것 같은데 마지막까지 아껴두었던 특별한 이유가 있으신지. 휘가 담이라는 걸 '김상궁'이 알리게 한 설정의 뒷이야기도 듣고 싶습니다.

아버지 정석조가 자신을 죽이려 했다는 것을 지운이 알게 되면 그나마 지탱하던 그의 세계가 무너져 버리진 않을까, 휘는 아마도 염려하였을 것입니다. 자신이 침묵함으로써 지운이 행복하다면 휘는 자신의 아픔쯤은 참아낼 수 있는 사람이니까요.

아마 김상궁이 전하지 않았더라면 그 밤, 휘는 홀로 『좌씨전』과 '연선'이 쓰인 종이를 불태우고 모든 진실을 묻은 채 외로운 싸움을 하였을지도 모르겠습니다. 물론 어떠한 방식으로든 지운이는 휘를 위험 속에 혼자 두진 않을 테지만요.

휘가 담이라는 사실을 18부가 되어서야 알린 이유는, 정석조로 인한 두 사람의 돌이킬 수 없는 이별이 필요했기 때문입니다. 아마 다른 사건들 속에서 정석조가 휘를 죽이려 했다는 사실을 알게 되었다면 지운이는 그에 대한 부채감에 오히려 휘의 곁으로 선뜻 다가설 수 없었을 겁니다. 두 사람의 사랑이 굳건할수록 지운이는 그 모든 사실을 알지 못한 자신을 용서할 수 없었겠지요. 지운이의 대사처럼 휘가 자신을 볼 때마다 과거 그날의 일을 떠올리며 괴로울 것이 너무도 당연했으니까요. 그 사실을 휘 역시 알고 있었을 겁니다. 그래서 지운이 어린 시절 그날처럼 또다시 상처를 받을까 걱정되어 선뜻 말하지 못하고 끝까지 숨기려 했던 것이지요.

그러나 휘를 지키기 위해 곁을 떠난 지운이라면, 아버지가 휘를 해치려 한다는 사실을 아는 순간 앞뒤 불문 다시 돌아올 수밖에 없다고 생각했습니다. 휘가 담이라는 사실은 극 전반을 끌어온 가장 애타는 사실이자, 이제는 그 누구도 지운을 말릴 수 없게 되는 상징적 사건이기에 극의 클라이맥스에 등장해야 한다고 생각했지요. 그 사실을 전한 사람을 김상궁으로 설정한 이유 역시 휘의 안위를 걱정하며 두 사람의 관계를 막아 온 사람이자, 휘의 어머니 같은 존재가 휘를 위해 지운에게 모든 진실을 고하는 것이, 두 사람의 사랑을 공식적으로 인정하는 상징적인 일이라 생각하였기 때문입니다.

✿ 휘와 지운은 아버지의 사랑과 관심 아래에서 자랄 수 없던 사람들입니다. 눈에 보이지 않는 사랑을 받았다고 할 수 있지요. 그렇게 성장한 휘와 지운이 아이들을 낳는다면 어떤 부모가 될까 문득 궁금해집니다. 팬들을 위한 선물 차원에서 간단히 풀어 주실 수 있나요?

빈궁과 혜종은 자신들만의 방법으로 휘를 사랑하고 지켜 주었지만 각자가 처한 상황상 온전한 사랑을 보여 줄 수 없었습니다. 태어나자마자 부모에게 버림받은 휘는, 자신을 향한 부모님의 커다란 사랑을 자각한 순간 두 사람을 떠나보내야 했기에 그에 대한 결핍이 있지 않을까 생각합니다. 부모의 살가운 관심과 사랑을 제대로 느껴 본 적 없던 휘는 무엇보다 자신의 아이에게만큼은 온전한 가족의 모습을 보여 주고 만들어 주고 싶었겠지요. 엄마 아빠 품속에서 부대끼며 평화롭게 자라나는 아이. 아마 엄마가 된 휘가 이룰 가정의 모습이 아닐까 생각해 봅니다.

지운이는 어긋난 부정이지만 자신을 애틋하게 여겼던 아버지를 여전히 사랑하며, 어쩌면 어느 부분에서만큼은 그런 아버지를 닮고 싶다고 생각할 것 같습니다. 그래서 어린아이들의 손을 잡고 정석조의 무덤에 찾아가는 지운을 상상하곤 합니다.
그 앞에서 지운은 자신의 아이들을 옳고 그름을 알며, 손해를 보더라도 선뜻 옳은 길로 나갈 수 있는 사람으로 가르칠 것이란 얘기도 아버지께 전하겠지요.
휘는 그런 지운을 따뜻하게 바라보고, 그 손을 꼭 잡아 줄 것입니다.

아, 물론 육아는 대체로 지운이가 하지 않을까 싶습니다.
소환들과 축국을 하고, 온양에서 소양증이 생긴 아이를 치료해 주던 지운이라면 누구보다 친구 같은 따뜻한 아빠가 되어 줄 수 있지 않을까요?
제 아들을 목말 태우고 말 흉내도 곧잘 내어 줄 겁니다.
휘는 웃으며 그 곁에 앉아 자신을 꼭 닮은 딸아이의 머리를 땋아 주고서 틈틈이 딸아이에게 활쏘기를 가르쳐 줄지도 모르겠습니다.

해 질 녘이면 네 사람은 손을 잡고 바닷가 산책을 하고 아이들은 게나 조개를 잡으며 엄마 아빠에게 달려오겠지요.

석양이 지는 바닷가에서 그 모습을 바라보는 두 사람의 눈엔 그제야 온전한 행복의 미소가 흐를 것입니다.

❀ 원작에서는 많은 인물이 생을 마감한 만큼 드라마 역시 끝까지 긴장을 놓을 수 없었습니다. 작가로서 쉽지 않은 20부가 되었을 것 같은데 '팽형'이란 묘수에 깜짝 놀라고 말았습니다. 휘의 대사 "지금껏 그리 살아왔습니다. 살아서도 살아 있지 않은 채 그렇게 말이지요. 이제는 더 이상 그런 허상의 삶을 살고 싶지 않습니다."가 겹쳐 들리는 것도 같았고요. 어떻게 떠올린 아이디어인지. 허상의 삶이 아닌 '자신의 삶'을 살게 된 담이는 앞으로 어떠한 인생을 살게 될지 궁금합니다.

회차별 줄거리를 구상하며 엔딩을 두 가지로 정해 놓았는데, 하나는 이현에게 무사히 양위한 후 휘가 상왕이 되는 엔딩이었고, 다른 하나는 방송에 나온 대로 팽형을 언도받고 담이로 돌아가는 엔딩이었습니다. 두 가지 다 조금씩의 무리수가 있었지만 휘의 삶을 생각하면 마땅히 누려도 되지 않을까 싶었는데, 아무래도 상왕 엔딩은 조금 더 비현실적일 뿐더러 진짜 휘의 삶이 아닌 것 같아 머뭇거려졌습니다. 그에 반해 팽형은 모든 것이 좋았으나 자신의 의지와 다른 삶을 살아 온 휘가 마지막 순간까지 여인이라는 이유로 '죄인' 취급을 받아야 한다는 점이 마음에 걸렸습니다. 그러나 그 모든 죄를 자신이 지고 나가는 것이 휘를 더욱 휘답게 보여 주고, 위대하게 만드는 것 같아 팽형을 언도받는 엔딩을 택했습니다. 그리고 그 아이디어를 지운이 냄으로써 서로가 서로를 구원하는 서사가 완성될 수 있다는 점에서 무엇보다 의미 있는 엔딩이란 생각이 들었습니다.

〈연모〉는 표면적으로 휘와 지운의 로맨스 드라마지만, 사실 두 사람의 성장 드라마이기도 합니다. 휘와 지운, 둘 모두 잃어버렸던 진정한 자신의 삶을 찾아가는 과정이 〈연모〉에 담기길 바랐습니다. 한 번도 자신의 삶을 살아 본 적 없던 휘는 팽형과 함께 진정한 자신을 찾게 되고, 지운은 휘를 살림으로써 아버지라는 트라우마에서 벗어나 세상을 제대로 마주할 힘을 얻게 되는 것이지요.

그러나 솔직히 방송이 나갈 때까지도 이 낯선 형벌이 시청자들에게 납득이 될지 자신이 없었습니다. 다행스럽게도 시청자분들께서 공감해 주시고, 만족스럽게 받아들여 주셔서 감사하고 안도했습니다.

팽형 이후 어렴풋이 생각한 엔딩의 느낌은 휘와 지운이 커다란 돛이 달린 배를 타고 전 세계를 항해하는 것이었습니다. 소소한 삶을 사는 여성이 아니라 진취적인 여성으로서 여전히 멋지게 살아가는 휘의 모습이 기대되기도 하고 궁금하기도 했기 때문입니다. 지운 역시 자유로운 영혼의 소유자이니 그런 삶을 싫어하지 않을 테지요. 12부 폐세자 에피소드에서 휘가 여인의 복색으로 배에 타고 있을 때 "부인! 내 다른 여인을 훔쳐본 것이 아니래도 참..." 하고 감싸 주던 휘와 지운의 모습이 아마 그와 비슷하지 않을까요?

그러나 휘에겐 그러한 삶 말고도, 바닷가 마을에 터를 잡고 소소하게 살아가는 지금의 모습도 충분히 소중하고 행복할 것이라 생각합니다. 자신의 진짜 이름이 있고, 존재가 있고, 곁에 지운만 있다면요.

✿   5·18 광주민주화운동을 다룬 〈기쁜 우리 젊은 날〉. 국회의원을 주인공으로 한 정치풍자극 〈국회의원 정치성 실종사건〉, 임오군란과 갑신정변이 등장하는 〈조선총잡이〉, 그리고 이번 〈연모〉까지. 유독 역사와 정치에 관한 작품을 많이 쓰셨습니다. 본래의 관심사인지, 앞으로 써보고 싶은 소재가 있다면 무엇인지 궁금합니다.

모든 이는 자신이 속한 사회에 책임이 있고, 그 사회의 온갖 폐해에 대한 일말의 책임이 있다는 헨릭 입센의 말에 어느 정도 공감하는 지점이 있습니다. 아마도 드라마는 시대를 반영하기 때문에 더욱 그런 것이 아닌가 싶기도 합니다.

생각해 보니 저는 서사가 센 이야기를 좋아하는 것 같습니다. 그래서 시대극이나 사극 같은 역사와 정치가 엮인 이야기를 주로 했던 것 같습니다. 사실 고백하자면 제가 촌스러운 사람이라 세련되고 트렌디한 이야기는 잘 쓰지 못해서이기도 합니다. 앞으로도 기회가 된다면 시대의 흐름과 함께하는 이야기를 써 보고 싶습니다. 그러나 재미만 있다면 무슨 이야기든 상관없을 것 같습니다. 소중한 한 시간을 내어 드라마를 봐 주시는 분들께 조금이라도 즐거움을 드리는 글이라면, 그것이 어떤 시대든 어떤 소재든 감사히 쓸 것입니다.

· 등장인물 이름의 한자 표기
· 소품 원고 읽기

• 주요인물 •		
이휘	李輝	빛날휘
정지운	鄭至韻	이를지/운치운
이현 (자은군)	李顯 (者隱君)	나타날현
김가온 (강은서)	金佳穩 (姜澱曙)	아름다울가/평온할온 물소리은/새벽서
신소은	辛素恩	빛날소/은혜은
노하경	盧賀慶	하례하/경축할경

• 왕실 사람들 •		
혜종	慧宗	슬기로울혜
빈궁 한씨 (송현왕후)	嬪宮 韓氏 (頌顯王侯) 별호: 송현빈/시호: 송현	기릴송/나타날현
제현대군	齊賢大君	가지런할제/어질현
홍복동 (홍내관)	洪福童 (洪內官)	복복/아이동
김상궁	金尙宮	-
조내관	曹內官	-
대왕대비	大王大妃	-
중전	中殿	경주김씨

• 삼개방 •		
방질금	龐瓆昑	사람이름질/밝을금
방영지	龐英持	재주뛰어날영/가질지
구춘생 (구별감)	具賰生	넉넉할춘/날생

· 조정 사람들 ·		
한기재	韓氣在	기운기/있을재
정석조	鄭析助	가를석/도울조
신영수	辛瑩秀	밝을영/빼어날수
노학수	盧學修	배울학/다스릴수
원산군	源山君	근원원/뫼산
창운군	昌澐君	펼창/큰물결운
창천군	暢天君	펼창/하늘천
윤형설	尹炯設	빛날형/베풀설
강화길 (익선)	姜澕佶 (翊善)	깊을화/바를길
호판	戶判	-

· 시강원 ·		
양문수	梁文守	글월문/지킬수
박범두	朴汎敊	넓을범/펼두
최만달	崔萬達	일만만/통달할달

· 그 외 사람들 ·		
김씨부인	金氏婦人	-
천복	千宓	일천천/편안할복
이월	二月	두이/달월
도현세자	桃炫世子	복숭아나무도/빛날현

연선 (1부 49씬) ▲

어린 지운이 소녀 담이에게 선물한 이름. 홍화로 분홍 물을 들인 도화지 (桃花紙) 위에 '蓮膳(연선)' 두 글자가 쓰여 있다. 한 획 한 획 정성스럽게 쓴 이름자에서 소녀를 향한 소년의 애틋한 마음과 애정이 느껴진다.

윤목 (1부 33씬) ▲

소녀 담이가 어린 시절부터 늘 지니고 다녔던 나무로 된 주사위. 직접 만든 것으로 6개의 면에 각각 期(기다리다), 休(쉬다), 進(나아가다), 戀(그리워하다), 不(아니하다), 停(머무르다) 글자를 새겨 넣었다. 후에 갑작스럽게 신분이 바뀌어 자신이 담이라는 사실을 밝히지 못하게 됐을 때, 지운에게 마지막 선물로 준 것이다.

지운 천거 추천서 (10부 14씬) ▼

> 시강원 사서 정지운(鄭至韻)은 청렴결백하고 업무에 대한 열의와 학문에 대한 덕망이 뛰어나며 뛰어난 총명과 예리한 판단력으로 그 명성이 자자하니 그의 능력을 높게 사 사간원 헌납(獻納)으로 승직(陞職)을 권한다.
>
> **경자년 세자 이휘(庚子年 世子 李輝)**

辭職疏

夫侍講院者之所仰位
爲王朝之職而百僚之表本
廈也臣性稟才識不足
不拘聖明之過恩拔擢
侍講院司書之榮然自顧
撥分越度思料曉欲
保分義請辭職恩臣
無衷惜而國之重任何任
不適者乎顧任挨差除
授拆可堪當者
庚子年 侍講院 司書 鄭至韻

지운 사직소 (10부 46씬) ▲

사직소(辭職疏)

무릇 시강원이란 모두가 우러러 보는 자리로서, 왕조의 기틀이 되고 백료(百僚)의 표본이 되어온 곳입니다. 신(臣) 정지운은 성품이 어리석고 재주와 식견이 부족함에도 불구하고 성명(聖明)의 과분한 은혜를 입어 시강원 사서에 발탁되는 영광을 입었습니다. 허나 스스로 돌아보아 분수를 헤아림에 정도를 지나쳤다 사료되어 늦게나마 분의(分義)를 지키고자 사직을 청합니다. 어리석은 신의 몸은 애석한 것이 없지만 국가의 중임을 어찌 적임자가 아닌 사람에게 맡길 수 있겠습니까. 바라건대 신의 직을 갈고 감당할 만한 사람에게 제수하소서.

경자년 시강원 사서 정지운(庚子年 侍講院 司書 鄭至韻)

하경의 편지 (14부 16씬) ▶

종달새 우는 여름 어느 날 전하를 처음 뵈었습니다.

신첩은 궐 어디를 걸어도 매일 그날을 걷는 듯합니다.

여름비가 내리면 그날을 함께 이야기하고,

가을바람이 불면 함께 차를 마실까요.

겨울 눈이 내리면 함께 손을 잡고 궁을 걷고,

봄꽃이 피면 함께 봄바람을 맞으시지요.

전하의 모든 계절을 함께 보내고 싶은

제 마음을 알아주시어요.

부소화 (16부 5씬)

8월에 백색의 꽃이 피는데 꽃잎이 개별로 갈라져 있다는 특징이 있다. 강력한 진통 성분이 있어 두통 시에 소량 달여 마시면 즉각 증상이 호전되는 효과를 얻을 수 있으나 독성이 강해 주의해야 한다. 다량 섭취할 경우 한 시진 안에 배가 부풀고 잇몸이 검게 변하는 증세가 나타나며, 두 시진 안에 목숨을 잃는다. 특별한 해독제는 없다.

소낭초 (16부 33씬)

푸른빛 꽃잎에서 달달한 향을 풍긴다. 강한 독성이 있어 절대 맨손으로 만지거나 섭취해서는 안 된다. 섭취헐 경우 일식경 안에 즉사하게 되며, 배가 부풀고 잇몸이 검게 변하는 증세가 나타나며 3일이 지나도 혈관 속 피들이 쉽게 응고되지 않고 퍼지는 양상을 보인다. 하루 반나절이 지나야 그 증상이 발현되기 때문에 정확한 사망 원인을 파악하지 못하고 지나가는 경우가 많다.

教旨

罪人隱女分欲王是踐躝
朝鮮百姓亂國之根幹如
重罪也　然是不罪人之
意志發事幾妘惡輩
妃奸端由發生者元分参酌
其實罪人李○輝史斬刑者

庚子年十二月二十日

휘의 처벌에 관한 정전 교지 (20부 32씬) ▲

죄인은 여인의 몸임을 숨기고, 왕이 되고자 하였다. 이는 조정의 대신들과 조선의 백성들을 유린한 일로, 나라의 근간을 흔들고도 남을 중죄이다. 허나, 이것은 죄인의 의지만으로 일어난 일이 아니며, 몇몇 간악한 무리가 저지른 폐단에 말미암아 생겨난 것이다. 그 사실을 충분히 참작하여, 죄인 이휘를 팽형에 처한다.

경자년 십이월 이십일(庚子年 十二月 二十日)

戀慕

DRAMA STAFF

출연 박은빈 로운 남윤수 최병찬 배윤경 정채연 외 | 책임프로듀서 윤재혁 | 프로듀서 백승민 | 제작 안창현 황의경 | 제작총괄 한혜연 송민주 박춘호 | 촬영 한동현 정연두 윤재한 윤정환 | 촬영팀 김정호 강민우 나현재 이장현 권혁민 박의영 송기창 김동휘 이상혁 박자현 고차원 김영민 조재관 정문기 이승훈 김성진 | 촬영장비 [에스티매니지먼트] [미디어에스] | 데이터 매니저 [롤세이브엔에스라인] 권태지 김주하 | 조명 이재동 이용근 | 조명팀 김명수 김경태 조정훈 황인규 이유근 김성준 정현승 정선관 김광진 이황주 | 발전차 강경욱 이창근 동시녹음 | 정재환 김준범 동시녹음팀 | 김한얼 장경복 백승욱 전용희 | 그립 조현종 윤대상 | 그립팀 이우진 최문환 장현정 김찬우 캐스팅 | 김추석 전기장 | 아역캐스팅 노태민 | 보조출연 [브로캐스팅] 백영일 [트리엔터테인먼트] 유병섭 유경식 | 무술 [액션스쿨] 권태호 | 무술지도 이철일 | 미술 [유건아트라운지] | 미술감독 김시호 | 미술실장 박성인 | 미술팀장 성지은 | 세트 [제니스] | 세트대표 이관용 | 세트진행 조윤석 | 소도구팀 [스튜디오 더 블랙] 백세훈 조원철 김기원 이창호 이수형 이승재 김영완 조은지 | 의상 [KBS 아트비전] | 의상디자인 강윤정 | 의상팀 신우현 임준호 전세계 이재화 안형신 홍수진 신하영 | 의상지원 이석근 이성주 | 분장/미용대표 [미르분장] 정해랑 | 분장실장 차상훈 | 분장팀 박은지 박정인 김수민 채현금 | 미용실장 문순정 | 미용팀 윤해진 이승연 천세화 | 장신구 [민휘아트주얼리] 김민휘 | 장신구팀 정재인 이용우 우정현 김교연 지민희 손혜림 | 특수효과 [에스에프] 민창기 신종민 유준상 김승주 고두현 | 차량배차 [유진네트관광] 장호정 | 스탭버스 조관성 유현덕 | 연출승합 김진효 김영수 | 진행승합 이상훈 김정남 | 카메라승합 김진환 허부열 박동백 송춘섭 | 소도구차량 김양호 | 의상버스 김수한 | 분장버스 남상배 이금암 | 특수촬영차량 [인아트워] 심대섭 이정우 | 샤륜차 김훈진 | 승마팀 [킴스홀스앤컬처] 김교연 안민재 김영모 최부태 | 드론 서한얼 | 편집 이레네 한이슬 | 편집보 문혜빈 박세정 | 음악 태건 | 작곡 박민지 Roark Fara Effect 강명수 엄기현 김태진 | 음악효과 이임우 | OST 제작 [FNC 엔터테인먼트] | Audio Post Production [CS앰비언트] | Executive Director 서성원 | Studio Director 정승현 | Sound Supervisor 이동환 | Supervising Sound Designer 유석원 | Sound Designer 허관회 배상국 허정현 김수남 | 특수영상 [WIDEEAST] | Executive VFX Producer 조현환 | CG Supervisor 이경용 | CG Producer 남기호 | CG Artists 김경문 임현정 이림 서건화 이해원 | CG Production Managers 신혜원 박지해 | Pantarhei Studio 김자경 김성원 이승훈 천영문 정혜지 오승진 손영수 정시준 김원준 | Motion Graphics Artist 박현희 이수연 이지훈 전민정 한제우 | CGNURI 이순동 김은희 이상섭 | Matte Studio 최동규 윤광규 윤찬미 | Digital Intermediate [Media L] | Digital Colorist 권윤정 박애라 | Color Assistant 서민경 김성우 이온유 | 제작편집감독 김경환 안영록 | 제작편집C.G 조정민 | KBS프로모션총괄 김지연 | 디지털프로모션 강덕천 김은총 | KBS디자인 박성은 | 온라인홍보 [KBS미디어] | 콘텐츠기획 민지선 | 웹디자인 박현진 | 홍보대행 [블리스미디어] 김호은 손예지 | 스틸/메이킹 [블리스콘텐츠] 김호빈 설동성 박수현 박진서 원유경 | 마케팅 [미스터피알] 나연화 김지혜 | 해외마케팅총괄 조한상 | 국내마케팅총괄 신용식 김상우 | 메이킹 포토 2권 427쪽 용포사진 제공 나무 엑터스 | 포스터디자인 [피그말리온] 박재호 박주영 | 포스터사진 이승희 | 대본인쇄 [슈퍼북] 권세나 | 제작PD 최지원 최윤수 도연주 이수민 백현기 박인영 | 라인PD 장혜진 | 사업기획 박종우 | 제작관리 박은별 이영범 강승원 김경아 서주희 | 자문 최희수 | 스토리보드 임희경 | 로케이션 [로그미엔티] 강예성 이창현 홍경수 | SCR 전서은 최민정 | 연출팀 [NATURAL9] 오승호 이국현 전유영 이성주 설지산 이나연 김강 정유진 | 조연출 이영서 정광식 장수미 | 원작 만화 〈연모〉 이소영 ⓒ이소영/대원씨아이 | 극본 한희정 | 보조작가 신소영 심진실 | 연출 송현욱 이현석 | 기획 KBS | 제작 아크미디어 몬스터유니온